U0542911

汉阳造

——汉阳兵工厂（1895—1945）

张隼◎著

西南财经大学出版社
Southwestern University of Finance & Economics Press

图书在版编目（CIP）数据

汉阳造——汉阳兵工厂（1895—1945）/张隼著. —成都：西南财经大学出版社，2014.5
ISBN 978-7-5504-1353-5

Ⅰ.①汉… Ⅱ.①张… Ⅲ.①长篇小说—中国—当代
Ⅳ.①I247.5

中国版本图书馆CIP数据核字（2014）第058566号

汉阳造——汉阳兵工厂（1895—1945）
张　隼　著

责任编辑：张明星
助理编辑：林　伶　文康林
特约编辑：王云强
封面设计：李尘工作室
责任印制：封俊川

出版发行	西南财经大学出版社（四川省成都市光华村街55号）
网　　址	http：//www.bookcj.com
电子邮件	bookcj@foxmail.com
邮政编码	610074
电　　话	028-87353785　87352368
印　　刷	北京合众协力印刷有限公司
成品尺寸	165mm×230mm
印　　张	18.75
字　　数	350千字
版　　次	2014年5月第1版
印　　次	2014年5月第1次印刷
书　　号	ISBN 978-7-5504-1353-5
定　　价	33.00元

1. 版权所有，翻印必究。
2. 如有印刷、装订等差错，可向本社营销部调换。

自　序

《汉阳造》是目前国内第一本从汉阳兵工厂厂长与总工程师的角度描写汉阳兵工厂的建立、发展、顶峰乃至衰落全过程的书。本书生动形象地展示了汉阳兵工厂及其制造的武器装备在中国近代历史上发挥的巨大作用，作者亦通过这部小说揭示了那些为国为民的有识之士的精神存在及其内核，那就是以汉阳兵工厂厂长与总工程师裴元基为代表的兵工厂人为了国家不受外国欺凌，本着“扎好篱笆防恶狼”的信念，在极其艰苦恶劣的条件下克服重重困难，制造中国自己的先进武器装备，用来武装中国军队的汉阳兵工厂精神。

事实上，汉阳兵工厂的精神内核是经过无数仁人志士的共同努力打造的。它不完全局限于汉阳兵工厂的奠基者、建设者以及后来的实践者，同样它也是以汉阳人为中心的武汉人，乃至全体中国人携手努力的结果。因为有了这些汉阳人、武汉人以及全体中国人做后盾，在汉阳兵工厂遭受磨难的时候，众志成城，让汉阳兵工厂的精神得以继续流传下去，否则汉阳兵工厂在初创阶段就很可能因为一场大火而灰飞烟灭，它不可能屹立在世人面前，也不可能创造出那么多奇迹。至少，它也不可能在19世纪末仿制出闻名于世的毛瑟式步枪，也就是尔后被世人称之为“汉阳造”的武器；如果没有广大人民的支持，在遭到日本军国主义侵略的时候，汉阳兵工厂也就不可能先后转移到湘西的辰溪以及重庆，在那儿落地生根，继续开花结果，使得汉阳兵工厂的精神在远离汉阳的地方继续焕发活力。

追溯起来，汉阳兵工厂的建立虽很偶然，但偶然之中又与当时中国的国内外局势紧密相连，是偶然与必然结合的产物。说偶然，是因为建立兵工厂的倡导者与实践者晚清重臣、著名洋务派领袖张之洞时任两广总督，原计划在广州建造一个兵工厂，而且已经把建造兵工厂的队伍、设备等事情全部办妥，正准备大兴土木、具体修建厂子的时候，他奉命离开广州，来到武昌担任湖广总督，主导修建京汉铁路事宜。离开广州之前，他一开始并没有想到要把兵工厂迁走，而是指望继任两广总督李瀚章能够按照他的计划，在广州把兵工厂建起来，但李瀚章对此并不热心，张之洞无可奈何，只有带着修建兵工厂的一套人马来到了武昌，准备将兵工厂迁至湖北，在自己眼皮底下把这个兵工厂建起来。这时候，在湖北修建兵工厂比在广州更有优势。毕竟，张之洞出任湖广总督，开办京汉铁路是其最大的目的。而修建铁路，就需要大量的钢材，因而，张之洞一到任，就先后筹建了钢铁厂、煤矿等大型企业。这为建立兵工厂准备了极好的条件。可是，当兵工厂最终落子汉阳的时候，问题又来了，张之洞在广州购买的兵工厂设备已经显得落伍了，跟不上形势了。为了让国家免受外国的欺凌，张之洞召集修建兵工厂的人员经过再三研究、权衡，终于决定从德国引进当时最先进的克虏伯军火企业生产的毛瑟式步枪。

这一瞄准当时世界最高端、最先进的武器装备的做法，确实为中国带来了极大的利好，直到半个世纪以后，中国人民志愿军走上朝鲜战场，还有很多部队在使用这种武器。可以说，汉阳兵工厂制造的武器装备，在半个世纪内，几乎成为所有中国军队的主打武器装备，在任何一个战场上，都展现了它的雄姿。

汉阳兵工厂在仿制成功了毛瑟式步枪后，还相继引进了快炮、山炮的生产制造线。这些武器之所以不像毛瑟式步枪一样出名，它们不能像步枪一样几乎装备到人手一支，亦是其中的重要原因之一。紧接着，汉阳兵工厂的总工程师、总办、代办们，还自行研制了比黑火药先进得多的无烟火药，用以制造各种类型的子弹、炮弹、手榴弹、炸药包、地雷等武器。可以说，这个兵工厂制造出来的武器装备门类齐全，可以满足当时条件下武装中国军队的要求。

为此，张之洞在湖北主导编练的新军，几乎全都使用“汉阳造”。就是这支新军，在武昌率先打响了辛亥革命的枪声，从而引发全国响应，结束了两千多年的封建帝制。这一点，张之洞当时肯定是没有想到的。他在倡导创办汉阳兵工厂以及编练新军的目的在于维护清王朝的统治，结果，他创办的汉阳兵工厂及其编练的新军竟然成为清王朝乃至整个封建帝制的终结者。就这样，汉阳兵工厂制造出来的武器装备首先并不是在对付列强的侵略中大显身手，而是在改变中国的历史进程中起到了极为关键的作用。

正是由于汉阳兵工厂在改变中国历史进程中起到了如此巨大的作用，窃取辛亥革命成果的袁世凯登上中华民国大总统宝座以后，对其心存忌惮，尽管刚开始不敢有所行动，但当他坐稳了江山后，就立即下令对汉阳兵工厂进行拆解，将一部分制造武器装备的设备与人员迁往他老家所在的省份河南。于是，汉阳兵工厂的规模严重缩水，能够制造的武器装备也仅仅局限于步枪以及火药。

这时候，晚清时期引进的毛瑟式步枪生产线已经落后了，汉阳兵工厂制造出来的步枪也出现了这样那样的问题。因为民族工业太落后，几乎没有任何技术积累，汉阳兵工厂似乎已经走过了极其辉煌的顶峰时期，开始滑坡了。虽然如此，兵工厂的厂长、总工程师们还是在力所能及的范围里，努力地改进毛瑟式步枪的性能，并尝试着继续研制新的步枪，以取代过去辉煌过的“汉阳造”，打造新的“汉阳造”。但辛亥革命宛如打开了一个“潘多拉魔盒”，摧毁了一个旧世界，却并没有建立起新的秩序，国家一片混乱。在这样的情况下，汉阳兵工厂要想发展，谈何容易。

在漫长的煎熬中，汉阳兵工厂等到了北伐时期，因为支持北伐，为北伐大军提供了大量的枪支弹药，遂再度吸引了世人的目光。随后，蒋介石背叛革命，挥起屠刀砍向昔日同盟军共产党人，拉开了十年内战的序幕。这十年，对汉阳兵工厂来说，几乎没有取得任何令人瞩目的成就。

进入抗日战争时期，汉阳兵工厂在全国抗战的形势下，焕发了活力，尽管它仍然仅仅只能制造步枪、火药等少数轻型武器，与当时强大的军事制造工业相比，完全不在一个等级，而落后的中国有自己的特色，中国军队仍然需要依靠“汉阳造”在战场上与日寇展开血战，汉阳兵工厂就必须不断地制造出中国军队急需的武器、弹药，给中国军队输血。因此，自抗战一开始，它就成为了日寇必须摧毁的目标。尽管它遭到了日寇的疯狂轰炸，损失惨重，还是坚强地挺直身子，存活了下来。在日寇将要攻占武汉之际，兵工厂厂长裴元基等人决定把汉阳兵工厂先后迁往湖南辰溪、重庆，让“汉阳造精神”的种子撒播到了新的地方，在新的地方生根、成长。不过，到了抗日战争后期，国民党嫡系部队已经在更换美式装备，汉阳兵工厂不可避免地开始进一步衰落。到抗日战争结束，它终于完成了自己的历史使命，成为中华民族军工事业上永远的丰碑。

汉阳兵工厂的发展史，是与中华民族的发展史及其命运密切相关的。这一点，毫无疑问会给这本小说打上极其厚重的历史底色。可是，过于厚重的历史底色，又会影响读者阅读的兴趣；为此，作者必须在历史的真实与人物的塑造上找到能够让读者接受的契合点。在这本小说中，作者塑造了汉阳兵工厂总办（厂长）裴元基、代办诸葛锦华在追随张之洞创办湖北枪炮厂（汉阳兵工厂的前身）的过程中，历经艰辛，终于建厂成功，并成功地制造出了著名的“汉阳造”，并且以此为起点，以历史发展的脉络为经，以这两个主要人物的恩怨情仇及其错综复杂的关系为纬，编织出一幅令人惊叹、令人感喟的故事，相信能够吸引广大历史、军事类读者的兴趣和产生广泛共鸣。

张隼

2014年5月

目 录

CONTENTS

第一章 横空出世

001

第二章 稳步发展

017

第六章
北伐战争

第七章
国共硝烟

第八章
抗日烽火

第九章 辗转迁移

第十章 叶落归根

第一章 横空出世

谁打第一枪

武昌，公元1895年，夏天迟迟没有过去，太阳依旧像一个巨大的火盆，倒扣在天幕上，炙烤着这座由大江、大湖拥抱着的城市。

这一天正午，阳光更加炽烈。天空中没有半片云彩。从湖北枪炮厂门外，沿着一条赭黄色的土路，一直向长江的江堤方向延伸，每隔三五步，都插上一面旗帜，挺立着一名持枪的兵士。在兵士的背后，拥挤着许许多多老百姓。他们组成一个巨大的长蛇阵，一直蜿蜒到了江堤边。在那儿，筑起了一个巨大的平台。平台四周，挤满了更多的人，有官、有兵、有老百姓。他们和没能挤到平台附近的人一样，兴奋、期盼、紧张地等待着一个神圣时刻的来临。

平台正中央有一长排木桌，上面铺上了红色的绒毯，看不清本来的色调和木质。绒毯上，众人议论不止的那支步枪正安详地酣睡着。在它的右边，是几个弹匣，就像围着母亲要奶吃的孩子，目不转睛地盯着母亲。

在平台上，最显眼的是一个年约六旬的老人，须发皆白，身着官服，显得神态威严，精神矍铄，他就是湖广总督张之洞。数十年的官场阅历，饶是养成了处变不惊的个性，此时仍然掩饰不了内心的兴奋与激动。

是的，他不能不兴奋，不能不激动。因为湖北枪炮厂寄托着他的希望，承载着他的梦想。为了它，他已经耗费了太多的精力、太多的时间、太多的银两，而且遭受了太多的磨难和冷眼。幸而，他身旁有了裴元基、诸葛锦华、欧阳锦亮等一众青年才俊，怀抱济世救国的理想，始终不渝地追随着他，才没让他建立枪炮厂的希望落空。眼下，几经周折，湖北枪炮厂终于生产出了第一支枪。他如何不希望他的宠儿一横空出世，就挟枪带火，征服一切，力盖洋务前辈曾国藩首创的安庆内军械所及其后出现的大大小小兵工厂，成为雄视天下的一代翘楚呢？

此时此刻，枪炮厂总办裴元基和他的副手会办诸葛锦华正一左一右站在张之洞的身边，指点着躺在桌子上的那支枪，你一言我一语，详细地向他讲解着该枪的性能和操作方式。

"这是一种旋转枪栓、双前栓榫锁定、手动式步枪，外露单排弹仓，可装5发子弹，口径7.92毫米，枪管长度29.13厘米，枪重 4.14千克 ，有效射击距离

1000米。使用表尺照门、刀片形准星，可以准确地击中300米之内的任何一个静止目标。”裴元基侃侃而谈道。

按照预定计划，午时三刻，总督张之洞大人就要走向那张桌子，亲自装填第一粒子弹，亲自朝着预定目标打响第一枪。

目标定在百米开外的江面上。几条小船，一字排开，泊在那儿。每一条小船上，都放着一张桌子，桌子上摆放着五彩斑斓的花瓶，隐隐约约可以看得见顶端各露出一段线头。

在平台四周，布满了手持长枪的兵勇。他们来自张之洞的亲兵营。

有一个长相酷似裴元基的士兵，眼睛正不停地盯在那支枪身上，嘴角几乎要流出涎水。他就是裴元基的弟弟裴元杰。

裴元杰本来已经博得了功名，只可惜油嘴滑舌，风流成性，兴致所至，想干什么就干什么，结果被革除了功名。为了砥砺他的秉性，裴元基把他送到张之洞的亲兵营，当了一名兵士。

眼睛盯在枪上的时间一长，裴元杰竟然看到它凭空长了一双翅膀，试图飞进自己的怀抱。他喜出望外，赶紧伸手去接。恰在这时，悠扬的唢呐声响了起来。他吓了一跳，身子把持不住，差一点摔倒在地。

打响湖北枪炮厂制造出来的第一支步枪的时辰已到！

伴随着唢呐悠扬的奏鸣声，张之洞在裴元基和诸葛锦华的搀扶下起了身，缓缓走向桌子。其他的各位大人也都站直了身子，眼睛随着张之洞的移动而移动，谁也没有留意到裴元杰的狼狈相。

他颤抖地恳求道：“总督大人，能不能让我打第一枪。”

“元杰，不许胡闹！”裴元基压低声音，冷冷地呵斥道。

裴元杰放浪形骸，为一般的正人君子所不齿，而张之洞并不这样看。那一天，张之洞在跟裴元基谈论枪炮厂的建设之余，忽然心血来潮，跟裴元基聊起了家常，得知裴元基有一个弟弟裴元杰，生性顽劣，常做别人想都想不到的荒唐事，就让裴元基把裴元杰带到了他的跟前。张之洞只简单地跟裴元杰谈了几句，就慧眼识珠，知道如果善加引导，裴元杰也是一个可堪造就的有用之才，毫不犹豫地把他吸收到了自己的亲兵营，当了一个兵勇。

本来，在确定第一个打枪的人选时，张之洞觉得，裴元基和诸葛锦华是枪炮厂的实际建造者和管理者，枪炮厂的运作、枪炮的生产，都是他们两个在打理，由他们当中的任何一个人去打响第一枪，不仅是对他们的肯定和激励，也是对枪炮厂的肯定和激励。可是，两个年轻人都认为，没有总督大人就没有湖北枪炮厂，更没有今天出产的第一支枪。这个富有历史意义的新篇章，毫无疑问，应该由总督大人来书写。

众望所归，张之洞在裴元基和诸葛锦华的陪同下，迈着沉稳的步子，走向那把凝聚了无数有志之士心血的枪。他要用那把枪射出一段全新的历史，他要用那把枪射出民族的希望与未来。

张之洞很快就要握到那把枪了，没想到，在这个节骨眼下，竟有人提出要打第一枪。这个人不是别人，是枪炮厂总办的亲弟弟，是枪炮厂会办的小舅子，是亲兵营的普通士兵——裴元杰。再先进的枪炮，都不是让人凭吊的供品，而是用来打仗的利器。要打仗，就要由兵士去操作。因而，由裴元杰去打响第一枪，才体现了汉阳造第一枪的真正意义。

张之洞为瞬间就找到了最合适的人选而欢欣鼓舞，情不自禁地大笑起来："好小子，有种！由你打出第一枪，才算枪得其人。"

一枪打出雷暴

裴元杰喜不自禁，赶紧把手里的枪放在地上，飞快地奔向了那张桌子，老远就迫不及待地把手伸了出去，一把抓过那支枪，把子弹压进枪膛，双手把枪往右肩一送，一齐用力，把枪固定住了，眼睛穿透准星，瞄在一只花瓶顶端的线头上，轻轻一扣扳机。只听砰的一声，枪响了，从枪口飞出一团火焰似的东西，风驰电掣般地钻进了那只花瓶顶端上的线头，瞬息之间，从线头上冒出了一缕灰白色的青烟，紧接着，嗖的一声，一团亮光从花瓶的口部冲天而上，迅疾地飞上了半空，然后是一声剧烈的爆炸，劈里啪啦，从空中撒下了一片赤灰色的花蕾。与此同时，那个花瓶似的东西也爆裂开来，无数彩色的碎片向四周急射而去，哗啦啦地落在江水上，给平静的江面绘出了一副壮美的彩图。

人群爆发了一阵接一阵喝彩。紧接着，就是鞭炮齐鸣、锣鼓齐响、唢呐齐吹。一头头微睡的雄狮，一只只金黄色的巨龙，舞了起来……

张之洞站在裴元杰的身后，眼睛一动不动地注视着裴元杰的动作，打内心发出一声狮子般的大叫："好！"裴元基和诸葛锦华对视一眼，心头像巨龙在飞腾，要爆发，要吼叫，要欢呼，却不得不抑制住，警惕地关注着裴元杰接下来的动作。欧阳锦亮站在平台的后端，眼睛里充盈着泪水，嘴唇翕动，也是一个字都发不出来。其他的各位大人亲眼看到汉阳枪炮厂造出的第一枪果然打出了如此巨大的威势，一个个兴奋莫名，拍手的，勾头去望的，还有跳起脚尖的，闹得不亦乐乎。

劈啪一声，又是一声惊天动地的声响，其威势比裴元杰打出的第一枪还要骇人。顷刻之间，天幕像破了一个巨大的洞眼，大雨倾盆而下，强烈地冲击着地面，冲击着江水，冲击着堤坝，冲击着一头头欢腾的雄狮，冲击着一只只喧闹不已的巨龙，冲击着拥挤在江堤附近的每一个人。

但，那不过是序幕，一阵接一阵的劈啪声相继响了起来，在阳光弥漫的天空，扯起了闪电，晃得人的眼睛很难睁开。

“果真天摇地晃了！”人们更加欣喜若狂，此起彼伏的叫喊声，顽强地穿透由锣鼓、唢呐、鞭炮鸣响组成的幕帏，在空中久久地回荡不已。

裴元杰镇定自若地降低了枪支的高度，拉动了一下枪栓，从枪膛里跳出了一枚弹壳，另一粒子弹顺势进入了枪膛。紧接着，他用双手把枪送到右肩，枪口稳稳地指向江面上另一只花瓶。眼睛看向准星，暴雨迷蒙了他的视线。他猛一摇头，大喝一声，甩掉了眼睫毛上的雨珠，迅速冲着准星和目标，三点一线，果断击发。

又是一声枪响，一颗子弹飞快地射出枪膛，打中了一只花瓶。花瓶爆裂出来的五彩碎片，在暴雨的冲击下，宛如折翅的飞鸟，扑簌簌地跌落在江水之中；那一缕青烟，顽强地冲破了暴雨组成的密集方阵，再一次在天空中炫耀出耀眼的火花。

裴元杰情不自禁地瞄了瞄天空，放低了枪支，拉出了第二枚弹壳，同时让第三粒子弹进入了枪膛。瞄准、扣动扳机、第三只花瓶应声而破。又是一阵五彩的碎片雨，又是一缕轻烟，又是一团灿烂的火花。

紧接着，第四只、第五只花瓶，在几乎一眨眼的工夫里，就相继消失不见了。

第一匣子弹打光了，裴元杰退出空弹匣，重新装上新的弹匣。

他环视了一遍热闹的人群，抬眼看了看天空，又举起枪，准备射向剩下的花瓶。突然，一道闪电从眼前迅速地划过，激发了裴元杰的激情，他将枪口一转，试图捕捉转瞬即逝的闪电。

劈啪，又是一阵响雷在天空中炸响，一道闪电像一条巨龙，浑身冒出炽烈的白光，哧哧地从左侧向裴元杰扑了过来。

裴元杰不慌不忙，枪口一转，对准目标，在它消失之前，扣动了扳机。

劈啪一声，激起了一串惊天动地的响声。正在舞动的雄狮吓呆了，再也不敢动弹；欢腾不休的巨龙麻木了，耷拉下高贵的头颅；锣鼓、唢呐和鞭炮，所有制造声音的家伙全部静了音。接踵而至的是一阵又一阵的炸雷，在空中鸣响，还有哧哧冒出白光的闪电，像擎在一只无形巨臂手中的宝剑，在漫天飞舞。

裴元杰似乎被激怒了，操起枪，就去捕捉那只无形的巨臂，一枪接一枪地朝闪电打去。

每一枪响过之后，都会引发新一轮更加猛烈的雷声和闪电。

子弹终于打光了，枪声终于停歇了。裴元杰不理睬越炸越响的惊雷，提了枪，慢慢地走向张之洞。

“果真把老天打出了一个大窟窿。”死寂的人群里突如其来地发出一声大叫。

“不，那是雷暴！”另一个声音响彻云霄。

“是雷暴，一枪打出了雷暴！”众人很快形成共识，一齐高声吆喝道。

裴元杰对人群的鼎沸声无动于衷，继续走向总督大人，双手恭恭敬敬地把枪递向张之洞。

人群安静下来，无数双眼睛一同看向了裴元杰和张之洞。

张之洞接过了枪，连拉了几下扳机，举起枪，像裴元杰一样寻着闪电的足迹去捕捉目标。总督大人扣动扳机，一声脆响，子弹倒是没有，却引发了一阵接一阵新的雷暴。

“总督大人打出雷暴来了！”一个官员激动地吼叫道。

刹那间，群情激奋，所有的人排山倒海般地大声吼叫起来：“总督大人打出雷暴来了！”

张之洞仿佛没有听到人群的吼叫声，仔细看了一遍手里的枪支，露出了满意的笑容，缓缓转过身来，想把枪重新交到裴元杰手里，裴元杰却早已退到哨位去了。总督大人向裴元杰示意了一回，裴元杰走了过来，面向张之洞，毕恭毕敬地站住了。

裴元基没等总督大人开口说话，说道：“请总督大人为它取一个响亮的名字！”

这倒的确是一件大事。张之洞把神枪拿在手里，反复观赏着，脑子里翻滚着一个接一个的名字。德意志帝国以毛瑟命名，湖北枪炮厂造出的步枪就以裴元基命名？不妥。虽说用裴元基命名很适合，可是，似乎又代表不了他想涵盖的一切内容。比喻这块大江大湖的土地，比喻这块大江大湖的土地上生活着的人们对这条枪的生产所付出的努力。

思索了许久，张之洞终于说道：“汉阳枪炮厂凝聚了武汉人的心血，也蕴藏了武汉人的希望。枪出自汉阳枪炮厂，就叫它汉阳造吧。”

“好名字！汉阳造！”

不等裴元基回答，大小官员齐声高呼起来。声音立马传遍了每一个角落，钻入了每一个人的耳管。人们经过了短暂的停顿，吸收消化完了这个好名字，然后一齐呐喊起来："汉阳造！汉阳造！"

声音此起彼伏，盖过一阵阵惊雷……

热闹的裴府

庆祝仪式开始了。瓢泼大雨下着，狮子舞着，巨龙腾着，鞭炮炸着……欢乐的人群从江堤一路游向枪炮厂，又从枪炮厂一路游向江堤，往返了好几个来回，谁也不觉得累、不觉得饿，一个个好像铁打的骨肉，永远也不会停歇地挥洒着他们的激情。

人们把关注的目标全部指向了裴元基，毫不吝啬地把鲜花、美酒、歌声、掌声、欢呼声，编织成另外一场雷暴，源源不断地向他袭去。

虽是受人追捧，裴元基并没有失去理智，深知自己不仅要在最短的时间里完成枪炮厂的重建工作，而且还要利用生产出第一支枪的经验，成批地制造枪支甚至制造山炮。同样，他也没有忘记夫人对他说过的话。

夫人姚心林不能出席那个隆重的开枪仪式，心里很有些失落，就在欧阳锦亮夫人刘玉蓉的怂恿下，和已经嫁给诸葛锦华的小姑子裴云珠约定好了，要在家里特别为她们的丈夫举行一次小小的庆祝仪式。

丈夫临出门之前，姚心林帮他整理好了衣装，温柔地说："记得晚上早点把诸葛大人和欧阳先生带回家。"

一想起夫人的话，裴元基的脸上情不自禁地浮现出了笑容。他继续跟狂欢的人群周旋了一会儿，便拿弟子们做挡箭牌，暗地里使出金蝉脱壳之计，和妹夫诸葛锦华、江城餐饮业巨头欧阳锦亮一起回他的府上去了。

裴府是一个巨大的院落，距离枪炮厂并不远。门外的喧闹，坐在家里就是塞上耳朵，也能听得见。

裴元基的父亲就在府上开设私塾，平日很少出门，这天为了亲眼看一看儿子和女婿忙忙碌碌了几年，漂洋过海、走南闯北，搞出来的东西到底怎么样，便早早地带着八九岁的孙子裴俊超出去了，挤在江堤边那个巨大的平台附近，亲眼见识了小儿子裴元杰用枪炮厂里生产的第一支枪打出一阵雷暴。

他兴奋、激动，他尽情地喊叫，尽情地跳跃，把骑在他肩头的孙子摔了下来，要不是他马上觉醒了，孙子恐怕早就被激动的人群踩进了泥泞。

小家伙却硬是没哭，也没叫，一张小脸紧绷绷的，看不出是什么心思。

“叫呀，跳呀，那是你父亲造出来的枪。”他有点失望，催促道。

“枪有什么用？就是追着闪电玩，打出一场雷暴吗？”小家伙眼睛接连眨了好几下，神情有些不屑一顾。

他举着孙子，说道：“俊超，爷爷告诉你，枪不是为了追着闪电玩，不是为了打出一场雷暴，而是用它看家护院。我们整个大清朝，就是一个家，我们没有枪，人家高鼻子、蓝眼睛的番邦杂种就用枪打进我们家里来了，杀我们的人、抢我们的东西、占我们的地盘、放火烧我们的房子。为了不让番邦杂种再次打进来，我们就要造出这样的枪。”

“我懂了。”裴俊超停顿了许久，似乎是为了把祖父的话全部消化一遍，消化完了，也弄懂了，他说道：“我长大了，也要像父亲一样，造出更好的枪，守住我们的大门。”

祖孙二人直到天黑下来以后，才拖着疲惫不堪的身体，回到了家。

家里灯火通明。三个年轻的女人正焦灼地在厅屋里等候着。裴俊超向刘玉蓉喊了一声“婶婶”之后，一眼看到在小姑姑和母亲身边的表弟诸葛鹏，赶紧飞也似的朝他扑去：“来，我们一块玩。”

诸葛鹏比裴俊超小两岁，身材比裴俊超矮了一大截，只有小他两岁的表妹裴馨儿那么高。为这个，诸葛鹏常常受裴馨儿的嘲笑。本来诸葛鹏昨天晚上跟母亲说好了的，要早一点到舅舅家里去，好跟表哥玩一个痛快。没想到，紧赶慢赶，还是赶不上表哥的步伐，一进舅舅家，发现表哥早就被外祖父带出去了。他很想跑出去追，母亲、舅妈和刘婶婶生怕他出意外，一百二十个不愿意。

裴馨儿也因为祖父不带她出去看热闹而生了一肚子闷气，在母亲面前痛痛快快地大哭了一场，在诸葛鹏进门的时候，眼眶里还噙着泪花，自然再也不好嘲笑诸葛鹏。

刘玉蓉的女儿欧阳宁儿跟他们差不多大小，人跟她的名字一样宁静，见了诸葛鹏，只是礼貌性地向他打了一声招呼，根本就不跟他一块玩，也不爱跟裴馨儿一块玩，或许是在家里听母亲经常唠叨的缘故，一遇上爱多嘴多舌的裴馨儿就无语。她却很喜欢跟裴俊超一块玩，哪怕不说话，两人待在一块，她就觉得舒服。她也很想跟裴俊超一道去看热闹，可是没看到裴俊超，她就一声不吭，坐在母亲的身边，摆出一副很懂事的样子，听她们唠叨，而心里巴不得她们快点闭上嘴。

裴元基带着欧阳锦亮和诸葛锦华一块走进屋子的时候，已是将近半个时辰之后的事情了。三个人一进去，引发的震惊与震动，比裴元杰打出汉阳造的第一颗子弹还要猛烈。

“怎么啦，你们？”裴元基当然知道她们是为什么，却还是情不自禁地问道。

别说她们，就是他自己，第一次见到欧阳锦亮的时候，也不相信自己的眼睛。

“是不是觉得他们长得太像了，有些不可思议呀？”裴元基说道。

“我的妈呀，完全是一个模子里刻出来的。”刘玉蓉率先回过神来，啧啧称奇道。忽而想起一件心事，问道：“你们莫非真是失散了几十年的孪生兄弟？”

“嫂子，我从小就是一个孤儿。”诸葛锦华说道。

“我虽说非常希望诸葛兄弟是我失散了的孪生弟弟。可是，诸葛兄弟另有家世。”欧阳锦亮说道。

“这么说来，欧阳兄弟真有一个失散了的孪生兄弟？”

姚心林的话音还没有落地，裴云珠就抢过了话柄：“不管你们是不是失散了多年的孪生兄弟，长得一模一样，能够聚在一起，就是缘分，不如你们就当成兄弟，我们的关系就会更亲近些。”

几个人越说越兴奋，竟然忘掉了丰盛的晚餐。直到从刘玉蓉的酒肆里叫过来的厨子走上前来，轻声询问是否可以开席，他们才想起腹中空空如也。

得到了主人的许可，下人们连忙摆开桌子，放置碗筷，安放椅子，收拾餐具，很快就把餐厅布置好了。

欢庆宴会

裴父坐在上首，在他两边的是欧阳锦亮和诸葛锦华。其他的人，连同孩子们一同围上来，把桌子围得满满的。酒斟满了，裴父率先举起酒杯，为儿子和女婿送去祝福，紧接着，又为欧阳锦亮先生深明大义，在关键时刻不惜倾其所有支持儿子和女婿的事业表示敬意。欧阳锦亮赶紧客套一番，说动了老人家的心思，私塾老教师感慨万端，接过欧阳锦亮的话头，就是一大通发挥，什么国家兴亡匹夫有责呀，什么筑紧篱笆防恶狼呀，什么天下之事永远不会坏到不可收拾的地步。因为在乾坤混沌的时候，有识之士总会挺身而出、拔剑而起，虽千万人吾往矣呀。说得一桌子人都不得不停止各自的动作，眼巴巴地望着他。老人家终于意识到自己说的话太多了，接连干了三大杯，摇摇晃晃地走进了他的书房。

桌面上经过了短暂的沉默，一向风风火火的刘玉蓉把火焰点燃了，劈啪一声，激情如洪水似的从他们胸膛里奔泻而出。

他们喝着酒，他们饮着成功第一步带来的欢乐，喝是狂喝，饮是狂饮。当然他们也没有忘掉他们的主题，他们不断地谈到了这条打出一场接一场雷暴的枪。

“我也要造枪！”裴俊超左耳朵灌的是“汉阳造”，右耳朵灌的还是“汉阳造”，马上想起祖父带他去看叔叔打枪的情景，忍不住大声吼叫道。

大人们先是一愣，紧接着爆发了一阵接一阵开心的大笑。

裴元基就坐在儿子身边，强忍住了笑，问儿子：“你为什么要造枪呀？”

“祖父说的，筑好篱笆防恶狼！”裴俊超胸脯一挺，理直气壮地回答道。

“好一个筑好篱笆防恶狼！”裴元基满怀激情地大叫一声，腾身而起，一把将儿子抱了起来，兴致勃勃地朝空中抛去。

姚心林吓得花容失色，赶紧抢过儿子，抱在怀里，怒目圆睁，盯着疯狂的丈夫。刘玉蓉乐了，双手往桌子上一拍，劈里啪啦一阵轰响，碟、碗、杯、瓶、筷子，哗啦啦地朝地上掉。裴云珠忍不住也笑了。欧阳锦亮和诸葛锦华对视一眼，摇头发出一阵苦笑。

孩子们不知道他们为什么要笑，一双双小眼睛朝这个看看、朝那个瞧瞧，掂量着是不是也该像裴俊超一样说点什么。

诸葛鹏大声嚷叫道：“我也要造枪，我也要筑好篱笆防恶狼！”

众人不约而同地把目光聚焦在诸葛鹏的脸上，谁也不作声。场面安静极了。诸葛鹏心里有点发怵，却见裴馨儿朝他投来赞赏的微笑，不由胆气十足，又是一声大叫：“我也要造枪！”

裴元基露出了笑容，正要大叫一声：“好孩子！”

可是，诸葛锦华比他还快。诸葛锦华的声音宛如平地响起了霹雷：“不，你不能造枪。”

“我就要造枪，我要跟表哥一起，像父亲和舅舅一样造枪。”诸葛鹏大叫道。

“你不能造枪！”诸葛锦华几乎一字一顿地说道。

的确，造枪并不是诸葛锦华的第一选择。如果他真能选择的话，他首先选择的准是科举考试。这是他的祖训。任何时候，他都忘不了祖训。

他的祖父曾经通过科举考试踏出了一条光明灿烂的前途。要不是一场突如其来的惨祸，让祖父头顶上的荣耀连同项上人头一块被皇帝取走，害得诸葛锦华从此失去了科举考试的机会，否则，他绝不会去学造枪，因此，他就把完成祖训的愿望寄托在儿子身上，而不希望儿子去造枪。

后来，遇到了张之洞。张之洞觉得他是个可塑之才，便派他和裴元基去德意志帝国学习军械。

诸葛锦华和裴元基追随张之洞

那是一段什么日子呀！虽说大清王朝和张之洞给予了他们需要的一切，可是，一个来自劣等国家的学生，连人家的一句话都听不懂。谁拿他们当一回事？受尽白眼，遭人戏弄，甚至连吃饭、喝水也要看人家的脸色。每一天，总有几个来自其他国家的人要在他们身上留下一点纪念。诸葛锦华要过江湖、卖过艺，早就忍受过各种非人的折磨，自然忍得下去。裴元基可就惨了，能忍不能忍，他都得忍，从来没有叫一声饶，也没有流一滴泪。

最残暴的要数来自邻国日本的一个叫犬养雄一的家伙。这个矮矬子每一次都把他们整治得浑身上下看不出一点伤痕，但是，绝对够他们一连在床上躺好几天。诸葛锦华实在忍受不了，拿出卖艺人教给他的绝活，轻轻按了一下犬养雄一的某个穴位，让东洋鬼子号啕大哭了好几天，跪着哀求诸葛锦华救他一救，才使这个矮矬子不再痛哭流涕的。

从此以后，不仅犬养雄一不敢再对他们大声大气地说话，连西洋鬼子也向他们献起了殷勤。他们的境况才一天比一天好。

诸葛锦华在异国他乡赢得尊重的事，只有这一件。接下来的事，就全靠裴元基了。

裴元基似乎是上天特意派下凡尘为大清王朝扎紧篱笆的那个人。他不仅学习洋人的语言快，学习洋人的科学技术也快，一接触到枪炮火药和它们的原理，就是那些成天趾高气扬的德国佬，也对他佩服得五体投地。因而，裴元基在老师和同学们的心目中，都是一种骄傲，在德意志军火圈几乎没有人不知道他的名字。

诸葛锦华自知比不上裴元基，就甘当绿叶，去陪衬他；甘当肥料，去滋润他；甘当助手，和他一块打拼。

1887年，他们学成回国，开始追随张之洞筹建枪炮厂。工厂蓝图的设计，技术人员的招聘和提前送往其他一些制造厂去学习，联系购买所需的钢材、炸药制造设备等物，都是裴元基先拿出总体方案，诸葛锦华随后能提一点修改意见就提一点修改意见，不能提修改意见就点头同意。

他们一块忙上忙下，跑前跑后，所需之物准备得差不多了，却因为朝廷批准了修建京汉铁路的计划，就调张之洞任湖广总督，全盘负责这件大事。原定在广州建的厂子，因为继任两广总督嫌耗费资金太多，搁置下来。这怎么能动摇得了张之洞兴办枪炮厂的决心？饶是兴办京汉铁路以及兴建汉阳铁厂已经耗费了张之洞很大的精力，他还是做出了易地修建枪炮厂的决定。

裴元基和诸葛锦华毕竟已经在广州时期积累起了相当多的经验，一回到湖北，就在张之洞的支持下选定汉阳大别山一带作为枪炮厂厂址。当时四周环境颇有些荒凉，地势低洼，夏天常会受到洪水威胁。目标已经确定，他们当然不会把任何困难放在心上，筑地基、修堤坝、建道路，轰轰烈烈地兴建起了基础设施。就在这时候，从德国老师那儿传来了消息，说是德国已经生产出了新式毛瑟步枪，裴元基和诸葛锦华如获至宝，连忙向张之洞大人汇报，促使张之洞迅速做出购买全球最先进的全套德国毛瑟88式7.92毫米步枪生产线的决定。

1894年，枪炮厂终于屹立在汉阳的土地上。事先选派出去学习的技术骨干全部回来了，各类技术人员经过了一段时间的实地操作，掌握了各种制造工具和过程的操作要领，造枪造炮造弹药的各种原材料和制造设备也已到位，选定良辰吉日，准备正式投产，却被一场突如其来的大火把枪炮厂全部烧毁。

1895年，厂子重建工作初见成效，甚至还生产出了第一支完整的枪、第一粒完整的圆头子弹。

它们打出了威风，打出了雷暴，打出了武汉三镇百姓心里的希望。诸葛锦华的心里一样感到自豪。但是，他仍然忘不了祖训，他已经用造枪术打开了一条通向实现祖宗遗愿的大门，就理应由儿子去实现祖宗遗愿。

“表哥能造枪，我为什么不能？”诸葛鹏哪里懂得父亲的心思，质问道。

诸葛锦华严肃地说道：“因为你不是你表哥，你是我家祖宗的子孙，我家的祖训就是要子子孙孙都从科举考场上踏出一条道路。我没有办法，违背了祖宗的遗训，我不希望我的儿子再一次背叛祖宗。”

寻找弟弟偶遇贵人

欧阳锦亮的老家在距汉口几百里之外的欧阳大湾。

他的祖父一度任××知府，却因得罪某一个权臣而被皇帝处斩，从此家道中落。欧阳家族本来三世单传，到了乃父头上，生下孪生兄弟，老大叫欧阳锦亮，老二叫欧阳锦华。

父亲死后，母亲就在白天带着他们兄弟俩给东家干活、为西家做事，以换取一点糊口的粮食，在夜晚就教他们识文认字。母亲教不了，他们就偷偷跑去私塾，躲在窗外，倾听老师讲课。时间一长，兄弟俩竟然学到了许多知识。母亲以为欧阳家族列祖列宗在暗中保佑自己的儿子，急切地盼望着儿子走向科举考场。

然而，她辛辛苦苦拉扯到十岁大的小儿子欧阳锦华，竟然不见踪迹。她一下子病倒了，心如死灰，对大儿子说道："去，把你弟弟找回来。"

母亲咽了气，欧阳锦亮便遵守母亲的遗愿，一定要把弟弟找回来。他离开欧阳大湾，一路讨饭找寻弟弟。找了一年，他竟然找到了汉口。衣服已经遮不住身体，头发乱糟糟的，极像野人。他拖动着疲惫不堪的脚步，在一条街道上慢慢地走过，忽然眼前直冒金花，脑袋一阵眩晕，一头栽倒在地。

母亲出现在他的眼帘，眼睛里流淌着说不清的情愫。是哀怨他至今也没有找到弟弟，还是因为他变成了这副模样而让母亲伤感？他不知道。他只知道，他愧对母亲，眼泪悄悄地爬出眼窝，挣扎着就想站起来，继续踏上寻访弟弟的路程。

"你醒了？"一个柔柔的声音传进了欧阳锦亮的耳中。

他本能地停止挣扎，眼睛朝声音传过来的方向望去，赫然看到了一张小姑娘的脸。他大吃一惊，想跳起来逃跑，身体却又软又不听话，躺在柔软的床上，怎么也挪动不了。

"别动，你还没好呢。"小姑娘似乎很有些紧张，阻止道。

欧阳锦亮可不想听从她的摆布，终于动起来了，不过，身子还没完全抬起来，一阵眩晕，又倒在了床上，浑身上下一阵阵钻心的疼。很想哭，却当了一个小姑娘的面，怎么也哭不出来。

这时候，进来一个约摸五十来岁的精瘦老人。

老人伸手摸了摸他的额头，说道："孩子，不要怕，你是饿晕了，才倒在小店门口的。看得出来，你是一个好孩子。你就安心在我家里养一段时间吧。"

欧阳锦亮果真在老人家那儿住了下来。老人家几乎每天都会为他熬一些稀饭、鱼汤、排骨汤和牛肉汤，让小姑娘端给他吃。小姑娘很喜欢看他狼狈的样子，也想知道他的来历。实在从他嘴里掏不出什么东西，她轻轻地叹息一声，慢慢说开了自己的身世。

小姑娘姓刘，名叫刘玉蓉，只有十岁。父母四十多岁才生下她，把她当成掌上明珠，好吃的由着她吃，好穿的由着她穿，好玩的由着她玩。

有一天，她吃了一家小面馆做的豆皮，觉得它是天下最好吃的食物，就天天要去那儿吃。吃的时间一长，再喜欢的东西，也会变得不喜欢了。为了满足女儿的口味，父亲和母亲只有自己动手做。越做越精以后，不光女儿说好，亲戚、朋友们也一个劲儿地夸赞他们的豆皮比汉口任何一家豆皮馆做出来的都要好。于是，大家一致怂恿她的父母也开一家豆皮馆。

刘记豆皮馆一开张，果然大热，不论达官贵人，还是贩夫走卒，没有不喜欢吃刘记豆皮的。很快，刘老汉不仅在汉口开了总店，在武昌和汉阳也开设了分店。

刘玉蓉六七岁的时候，母亲突然染病去世。父亲开始把生意交给别人去打理，自己却一心一意在家里看顾女儿。请了几个名动汉口的女人当女儿的教习，想把女儿打造成一个完美无缺的大家闺秀，可是，女儿偏偏对棋琴书画不感兴趣，经常捉弄那些教习，让她们出丑露乖。时间一长，刘家给的待遇再高，也没有哪个人愿意再到府上去触霉头。

欧阳锦亮非常羡慕刘玉蓉父母给予她无微不至的爱，也为她的母亲过早离开人间感到难过。

“说说你自己呀。”刘玉蓉说完了自己的身世，就催促欧阳锦亮。

“我得走。我走了之后，你就再也见不到我，我何必要跟你说呢？”欧阳锦亮顿了顿，补充道：“我知道了你的家世，会把你牢牢记在心里，有朝一日，我会还你的情。”

刘玉蓉哭了，一边哭，还一边捶手顿足的，样子很可怕。

欧阳锦亮慌了，赶紧就想解劝，却又不知道该怎么解劝才好，说话也就不过脑子了：“求求你，别哭了，哭什么呢？”

“要我不哭，除非你把你的事情也告诉我。”刘玉蓉马上不哭了，说道。

欧阳锦亮只有把自己出来寻找弟弟的事情说了一遍。刘玉蓉内心潜藏已久的悲伤之情一下子就被激发出来了，她痛快淋漓地放声大哭特哭了一通。欧阳锦亮摸不着头脑，心里想道：不说你要哭，说了你也哭，还不如不说。可是，说已经说了，他收不回去，一时悲从心来，也放声大哭起来。

欧阳锦亮一哭，刘玉蓉就不哭了。她拿了自己的衣袖去擦欧阳锦亮的眼泪，一边擦，一边说：“不哭，不哭，我陪你一块去找你弟弟。”

刘玉蓉的父亲得知了欧阳锦亮的身世之后，说：“遵从母亲的遗命，当然是对的，可是，你找弟弟已经找了一年多，结果连一个准信也没得到，继续找下去，除了多跑一点地方，多吃一点苦，还能得到什么呢？还不如暂时放弃寻找弟弟的想法，用考取功名来成就自己。一旦你功成名就了，有了地位，以后还怕找不到弟弟吗？”欧阳锦亮觉得有道理，后来便在刘玉蓉的极力请求下，留了下来。

刘父为欧阳锦亮请来了全汉口最好的老师。

刘玉蓉有了欧阳锦亮做伴，也收了一些性子，开始跟着老师读起了书。只要欧阳锦亮喜欢的事，她就做。她也不是什么都依着欧阳锦亮，还会时不时主动去逗逗他，令他略略有些难堪，她就非常高兴。

欧阳锦亮成家立业

欧阳锦亮在刘家大约待了三年，刘父突然生了重病，而且一病不起。

老人家自知不久于人世，拉着欧阳锦亮的手，说道："锦亮，我把蓉儿交给你，希望你好好爱她。"

欧阳锦亮原先一门心思要寻找弟弟，要实现祖宗的遗训，压根也没有想过会和哪一个女人扯上关系。是老人家临终前的一席话，在他心里打开了一扇门窗。他终于知道他自己需要爱，还需要跟一个女孩子结婚。这一觉醒，他马上发觉自己也是爱刘玉蓉的，离不开刘玉蓉的。刘父逝世后，他把老师辞退了，年纪轻轻就担当起了管理刘记豆皮店的重任。

他很快就学会了经营，并且和刘玉蓉一道，不断地研究、总结新的豆皮制作工艺和配方。时间不长，名声比刘父在世的时候还要响亮。开的连锁店越来越多，盈利也越来越大。欧阳锦亮继续扩大经营，接连开了好几家酒肆。日子不长，就成了汉口首屈一指的餐饮业巨子。

随着年龄的增长，他们到了谈婚论嫁的年龄了。两人心里早就有了对方，便请了媒人，把一套结婚的程序做得足足的，轰动了整个汉口，连身在武昌的达官贵人谈起他们的婚事，也不能不羡慕。

几年后，他们就有了一个女儿欧阳宁儿。

欧阳锦亮心里非常高兴，日夜盼望着夫人为欧阳家族再添丁加口。谁知刘玉蓉的肚子再也没有鼓起来过。欧阳锦亮心里不觉有些遗憾。

刘玉蓉虽是女人，却对丈夫家族传宗接代的事情极为关心，为自己不能生一个儿子感到揪心，对丈夫说："我生不了儿子，真是愧对刘家和欧阳家族。不如你纳一个妾吧。"

欧阳锦亮连忙说道："生不了儿子，我们可以把女儿当作儿子养。你再也别说纳妾的事了。"

他不想纳妾，一来是夫人对他太好了，他不能辜负了夫人；二来他心里还惦念着弟弟，虽说一直没找到弟弟，冥冥之中，他觉得弟弟一定能解决欧阳家族传宗接代的问题。

这一下，更勾起了他对弟弟的思念。从此以后，他心里无时无刻不想着弟弟。日盼夜盼，盼望弟弟能够出现在面前。为此，他还特意回了一趟老家欧阳大湾，把自己的落脚点告诉过宗族一位德高望重的长者，希望老人家一见到自己的弟弟，就让他来汉口找自己。他还经常托南来北往的客人打听弟弟的消息。然而，弟弟杳如黄鹤，一去不复返。

店开多了，钱赚多了，名声也大了，他没忘掉自己的誓言。他时时刻刻在寻找机会，想去开辟一条通天的路径。

一天，欧阳锦亮听说湖广总督张之洞大人竭尽全力建起来的枪炮厂被一场突如其来的大火烧了个精光。张之洞为了重建枪炮厂，都快要急疯了。欧阳锦亮顿感机会终于降临了，心里马上生出要把全部产业卖个精光，去支持张之洞大人的想法，就连忙去跟夫人商量。

夫人一听，很赞赏他的想法，说道："你想怎么做，就尽管去做吧。"

得到了夫人的应允，欧阳锦亮赶紧着手运作转卖所有的豆皮店及酒肆，摸清了谁是具体操办枪炮厂的人，一等银票到手，马上约见裴元基，把一大把银票都交给了他。

裴元基拿到银票之后，急急忙忙把它交到了张之洞的手里。张之洞十分惊讶，十分感动，一刻也不肯耽误，马上接见了欧阳锦亮。

"欧阳先生真是武汉三镇全体百姓的典范！"湖广总督张之洞给予了欧阳锦亮极大的褒奖，并以此为契机造势用势，不仅收到了许多民间捐款，而且得到了朝廷的垂青，很快就筹集到了重建枪炮厂的银子，并且把原来的刘记豆皮店及酒肆全部交回给欧阳锦亮经营。

裴元基对欧阳锦亮的推崇，张之洞对欧阳锦亮的赞许，都令欧阳锦亮感慨万端。更让他一想起来就热泪盈眶的是，他见到了裴元基的助手诸葛锦华。

到底是诸葛锦华，还是欧阳锦华？他不知道，他无法亲自询问诸葛锦华的来历。后来，裴元基把诸葛锦华的来历告诉了他，仍然没能解开他心中的疑惑。他不会说出来，只要诸葛锦华不告诉他他的确就是欧阳锦华，他就不会说出来，他只凭内心的感觉，认定诸葛锦华就是欧阳锦华。

现在，能够跟一个长得像极了自己，又跟弟弟的名字一模一样的人相见，他还能有什么不满足的呢？

就在欧阳锦亮跟裴元基的关系越走越热络的时候，他们的夫人也见了面。一向豪爽得像男人一样的刘玉蓉，竟然跟一向沉静的姚心林结成了闺中密友，这多少有点让欧阳锦亮感到意外。

第二章

稳步发展

枪炮厂的“三驾马车”

因为第一支汉阳造步枪打出了神威，激起了社会各界的普遍关注，带动枪炮厂的重建工作进入飞速发展的轨道，几个月以后，枪炮厂重建工作就全部完成，顺利进入了规模化生产的阶段。

这时候，经过裴元基和诸葛锦华以及全体枪炮厂工人的共同努力，枪炮厂和子弹厂能够保持平稳运转，并以最快的速度制造出了第一门陆路快炮、第一枚炮弹。由张之洞亲自试射的炮弹打出了好几百米远的距离，准确地落在预定目标区域，让一座修建好的简易屋子瞬间就灰飞烟灭。这更令三镇的老百姓和官吏们兴奋不已。大家都认为凭借这些“汉阳造”，就可以顺利地挡住西方列强的入侵。

裴元基却很冷静。他知道，为了振奋民众的精神，说说可以，事实上单凭数千支汉阳造步枪、数十门汉阳造陆路快炮、过山快炮，还根本无法跟西方列强抗衡。他得生产出更多的武器，只有当清军全部换上了湖北枪炮厂生产的枪炮，才可以抵御得了强敌的攻击。

不仅裴元基知道这一点，湖广总督张之洞也知道这一点。这就需要有源源不断的原材料供应。

张之洞对欧阳锦亮当年在枪炮厂陷入危机的关头能挺身相助的事情记忆犹新，深感欧阳锦亮是一个值得信赖的人，就把凡是跟枪炮厂制造武器、弹药相关的物资，全部交给他打理，并且还用自己堂堂封疆大吏的名头为欧阳锦亮提供一切方便。

因为汉阳铁厂制造出来的钢材含磷量高，不能制造枪炮，制造快枪、快炮的钢材都需要进口，所以，实际上，欧阳锦亮打交道的对象几乎都是外国人以及跟外国人有千丝万缕联系的清廷高级官员、操办洋务的老手。在张之洞的支持以及裴元基和诸葛锦华的帮助下，欧阳锦亮经过了一段艰难的努力，终于能够跟这些人打上交道了。

可是，总是购买洋人的钢材和火药，实在不划算。这时候，张之洞萌生了就近修建一座钢材厂，以此专门为湖北枪炮厂提供原料的想法。不过，这需要很大一笔银子，还需要一个像裴元基一样的人才来打理。他曾经设想过把诸葛锦华从枪炮厂分离出来，去负责钢材厂的建设，却转念一想，办钢材厂的目的无非是为了给枪炮厂提供便利；一旦诸葛锦华离开了枪炮厂，无异于斩断了裴元基的一条胳膊，将会给枪炮生产带来另一种损失。然而，如果不把诸葛锦华从枪炮厂分离出来，一时间到哪里去找合适的人才来筹划和管理钢材厂的建设呢？想来想去，他最后把人选锁定在欧阳锦亮身上。只可惜，欧阳锦亮饶是能够辨认一些钢材与火药原料的好坏，对技术方面的活还是颇感生疏。张之洞把裴元基找来，亲自向他交代一番，要他好好带一带欧阳锦亮，教会欧阳锦亮操办钢材厂和火药厂的要领。

事情就这么说定了。枪炮厂里，上有张之洞做后盾，外有欧阳锦亮源源不断地输送各种各样的钢材和火药，内有裴元基和诸葛锦华掌舵，下有郑庆光、郝老六、王老四和肖老二等一批技术熟练的工人，生产一直很顺畅。

裴元基、诸葛锦华分别成家

枪炮厂生产出来的枪炮，裴元基有绝对的把握，在今后十几年的时间里，也绝不会落伍。

他有这个信心，是因为他亲自参与了枪炮生产线的引进工作。

从德意志帝国回国之后，裴元基和诸葛锦华立马投靠到时任两广总督的张之洞大人帐下。本以为有了张之洞大人的鼎力支持，他们可以立刻放开手脚，在广州修建一座枪炮厂，谁知张之洞堂堂总督，说出的话也不能马上兑现，大清王朝就像一部破车，行驶起来，不是有人掣肘，就是缺东少西。害得他们一连跑了好几年，才使得修建枪炮厂的方案终于尘埃落定，不过，枪炮厂并没有按照原定的计划建在广州，而是移到了汉阳。

在广州筹备创办枪炮厂期间，裴元基在父亲的逼迫下，利用回到汉阳探望父亲的机会，跟一个名叫姚心林的女人结了婚。

洞房花烛之夜，掀起新娘的盖头，竟是一个如花似玉的大美女。

“老天何其垂青于我啊，有姚小姐作为我裴元基的夫人，我还有什么奢求呢！”他惊叹道。

新婚夫人姚心林满脸通红，样子更加娇娆，说道：“我早就听说过郎君的事情，只道像郎君这样忠君爱国、一心为了造出好枪、好炮的人，一定会是一个正人君子，没想到也会做出小人的举动。”

轮到裴元基满脸通红了：“夫人怎么说出这样的话来了？”

“新婚燕尔，你侬我侬，本来无可厚非。可是，如果郎君以为有了我，就别无所求，忘掉了自己肩上的责任，那就太令人失望了。”

“夫人说得是，裴某有如此胸怀宽阔的娇妻，怎敢不努力发奋呢？”

“郎君能够如此，家里的事情一切不必放在心上，贱妾虽说是一个弱女子，也愿意替你照顾好全家老小。”

姚心林果然说到做到，上对父亲礼敬有加，下对小叔子、小姑子关怀备至，任何事情都能做得尽善尽美。她还识文断字，棋琴书画无一不精。性格温顺，平时很少说话，但每说一句话就具有一股让人不能不肃然起敬的权威。

成家以后，裴元基曾经把诸葛锦华带到府上，隆重地介绍给了夫人。

等客人走后，姚心林开始盘问起诸葛锦华的家世，问诸葛锦华有没有成亲，没有成亲的话，家里给他定了亲事没有。等丈夫一五一十地告诉了她，她顿了一会儿，问道：“你不觉得云珠可以嫁给诸葛锦华吗？”

裴元基的确从来没有想过这回事。他在1884年离家去德意志帝国留学的时候，妹妹裴云珠还只有七八岁，弟弟裴元杰才五六岁。自此以后，在他的记忆里，妹妹永远只有七八岁的样子，弟弟永远只是五六岁。如今一听夫人的话，还真觉得妹妹已经长大了，可以结婚了。

“夫人既然觉得云珠可以嫁给诸葛大人，我没有反对的理由。”裴元基说道。

夫妇俩意见一致，事情基本上算是确定下来了。不过，还有两个关口：一个是妹妹裴云珠的态度，一个是父亲肯不肯把女儿嫁给诸葛锦华。

姚心林拿得稳，裴云珠和父亲那里也都不可能有问题。为了稳妥，她还是先把小姑子叫到自己的卧房，拐弯抹角地替诸葛锦华说了一通好话，完了，问道：“你觉得，诸葛大人能不能成为我们裴家的人呢？”

裴云珠从小受父亲的教导，对像哥哥一样有大胸襟、干大事情的人佩服得五体投地，更何况诸葛锦华一表人才，谈吐文雅，正是心目中理想的丈夫。裴云珠一听嫂子的话，脸羞红了，把头一低，什么话也不说，就跑回了自己的房间，趴在桌子上，心仍然像小鹿在里面撞击一样。父亲已经绝了大儿子通过金榜题名换取顶戴花翎的路子，再贡献一个女儿，也不成问题。

诸葛锦华从第一眼看到裴云珠的时候起，就已经对她怦然心动，只不过自忖自己一来年龄比她大许多，二来是一个无父无母的孤儿，怎么可能娶貌似天仙的裴云珠为妻呢？只有把这个念头强压在心底。当裴元基主动提出愿意把妹妹嫁给他时，他喜出望外，抓住裴元基的手，激动地说道：“老天啊，我竟然能娶令妹为妻啊！”

接下来，就该考虑成亲的事情。在哪儿成亲，成亲之后怎么过日子，诸葛锦华得好好盘算盘算。他和裴元基一样，现在是飘荡着的浮萍，总不能走到哪里，就把一个如花美眷带到哪里，让她跟着遭受奔波之苦吧。于是，新家暂时安在老丈人家里，有老丈人和嫂夫人照料，他就是走到天涯海角，也会很放心。

裴元基和诸葛锦华原本就是很要好的同窗，现在又加上了郎舅关系，关系好得不能再好。

张之洞得知消息，也非常高兴，不仅当面向他们表示祝贺，甚至还专门差人去汉阳向裴老先生致以祝贺，向姚心林和裴云珠两位夫人分别送去了一份令人眼热心跳的贺礼。

紧接着，他们都有了后。两位夫人头一胎就替他们解决了炎黄血统最关心的问题，都是儿子，家族血脉从此得以延续。过了两年，裴元基还有了女儿。

汉阳建立枪炮厂

家里的事情一帆风顺，修建枪炮厂的事情同时也有了眉目。裴元基和诸葛锦华眼见得枪炮厂马上就要落地生根，心里的高兴劲不亚于得了儿子时的那份狂喜。谁知好事仍须多磨，随着两广总督张之洞迁任湖广总督，原定在广州修建枪炮厂的计划泡了汤。

他们在不得不放弃原定计划之后，毅然回到了汉阳。通过一番重新设计，他们要在汉阳建造枪炮厂。

也正是因为他们都回到了汉阳，诸葛锦华在离裴家不远的地方，另择了一个住处，把夫人和儿子都搬了过去。诸葛锦华总算有了自己的家，也有了一份不再漂泊的生活。夫人小他七八岁，却自幼跟她父亲读书，不仅知书达理，还很会营造家庭情趣。每一次诸葛锦华回到家，就像掉进了蜜罐，硬是不想从家里再出来。

裴元基比诸葛锦华的家庭生活还要有情趣。上面有老父亲，下面有两个活泼可爱的孩子，金童玉女，谁见了谁都羡慕，中间还有一个弟弟。

不过，弟弟裴元杰倒是让他担了不少心。这家伙不知道怎么染上了一身浪荡的毛病，小小年龄就去过妓院，气得父亲一棍子把他赶出家门。裴元基回国之后，找到了弟弟，把他好好地教训了一通，逼他改邪归正，就把他带回了家。裴元基在家的时候，裴元杰就是老实疙瘩一个，哪儿也不敢去；只要裴元基不在家，他就动点歪脑筋。这些歪脑筋绝不会轻易让父亲发觉。因为他浪子回头以后，考上了秀才，紧接着又考上了举人。要出去游学，要出去会见同年，无论什么借口，父亲都不好拒绝。

姚心林倒是时时刻刻提醒小叔子："千万要把住方向，别乱来！"

"嫂子，你就放一百二十个心吧。我走过弯路，知道哪条路能走，哪条路不能走。"裴元杰说道。

不过，说是说，他最后还是没把住方向，走了弯路，爬上了一个同年的夫人床上。他正跟同年夫人在床上颠鸾倒凤的时候，同年回家了，结果一告就告到了官府，把他的功名褫夺掉了。

父亲知道后，吐了一口血，大骂一声："逆子！"再次把他赶出家门。

姚心林认为是自己没管好小叔子，才导致他做出令整个裴家祖宗十八代都蒙羞的丑事，觉得心里有愧，于是托人找到他，经常接济他，不让他冻饿而死，还用委婉动听的话开导他。

裴元基定居汉阳之后，从夫人手里接过了关照、开导弟弟的棒子。几年之后，裴元杰去了张之洞的亲兵营。

裴元基和诸葛锦华在汉阳安定下来，重新编制枪炮厂建厂方案。

在广州定下来的方案，包括生产什么样的枪炮，时过境迁，再也不是他们理想的方案了。

他们从德意志老师那儿得到消息：德意志已经定型生产了88式毛瑟步枪和克虏伯山炮。这是世界最先进的武器。他们得把目光放远，盯住世界高端武器，这样才能实现突破性的飞跃。于是，裴元基和诸葛锦华提出了引进88式毛瑟步枪和克虏伯山炮生产线的设想，并收集了大量的相关信息，写出了洋洋数万言的可行性报告，提交到张之洞的手上。

张之洞十分关注国外的先进技术及其发展趋势，一接到裴元基和诸葛锦华的报告，不由分外高兴，马上草拟了一份奏折，连同可行性报告一块儿，呈给了朝廷。

方案无可挑剔，实施起来却谈何容易。

大清王朝经历了两次鸦片战争，又是长达十几年的太平天国运动，早把一个曾经繁花似锦的泱泱帝国搞得奄奄一息。朝廷纵然心仪这份方案，却拿不出那么多银子来办枪炮厂。张之洞迟迟得不到朝廷的答复，进京展开了一系列游说斡旋，总算一番心血没有付诸东流。

裴元基亲自去了一趟德意志帝国，凭着跟老师建立起来的私人感情以及在德意志军火界积累起来的声望，得到了生产88式毛瑟步枪和克虏伯山炮的书面合同，并引进了一套完整的生产该式枪支和山炮的设备。

老师为了帮助最得意的学生，同时也对西方列强侵略一个古老的国家感到不满，他把自己数十年来掌握的兵器设计的精华一股脑儿地送给了裴元基。其中就包括一些老师最新的设计构想。

裴元基满载而归，一门心思扑在枪炮厂的建设上，把家里的一切全部交给夫人去打理。

姚心林的精明强干，再一次得到了充分表现。她不仅把裴家打理得好好的，而且连带着帮助裴云珠把诸葛锦华家里治理得井井有条。这让裴元基和诸葛锦华能够全副身心地投入到枪炮厂的建设。

裴元基归国之后搜罗的技术工人，包括原鞭炮生产者郑庆光、原铁匠郝老六、原木匠王老四和原码头工人肖老二，他们陆续从金陵兵工厂、江南制造总局、福州船政局、天津机器制造局等地回到了裴元基的身边，各自承担了一个方面的监督管理之责。他和诸葛锦华就统筹安排一切事情。

厂子是建起来了。正当他们摩拳擦掌准备大干一场的时候，一把突如其来的大火，让他们的心血付诸东流。

这个时候，欧阳锦亮出现了。正是他的出现，让枪炮厂从一个几乎再也不能实现的迷梦变成了活生生的现实。

欧阳锦亮雪中送炭

欧阳锦亮是拿了一大把银票来找裴元基接洽商谈重新筹资枪炮厂的。

裴元基感动得流出了眼泪。从此以后，他就跟欧阳锦亮成了好朋友。欧阳锦亮气度恢弘，他的夫人也应该是人中龙凤。裴元基见到了欧阳锦亮的夫人刘玉蓉，深为她的豪爽和慷慨折服。

姚心林第一次去见欧阳锦亮和刘玉蓉时，要不是她知道诸葛锦华不在汉口，要不是她确信自己进的是欧阳锦亮的家，要见的是欧阳锦亮，她肯定会惊讶地责问他：“锦华，你怎么跑这里来了？”

刘玉蓉并不知道她为什么会失态，还以为是自己的装扮让她吃惊的呢，江湖女儿豪爽的性格马上就显露出来了，先是亲热地向她打了招呼，紧接着就把她引进了卧房，三言两语，就把第一次登门拜访的客人变成了知心姐妹。

欧阳锦亮很警觉。在那一天交给裴元基银票的时候，欧阳锦亮就感觉得到裴元基有点不对头，当时还以为他是对自己拿出如此大一笔银子感到震惊呢，就没往深处想。现在，连裴元基的夫人也是这副模样，欧阳锦亮忍不住问道："裴大人和嫂夫人莫非见过跟小弟一样的人？"

裴元基不能不把妹夫诸葛锦华的事情告诉他。

欧阳锦亮相当激动，他请求裴元基带他去见诸葛锦华。第一眼看到诸葛锦华，他就认定，诸葛锦华就是他的亲弟弟欧阳锦华。

他马上流出了泪水，大喊一声："母亲，我终于找到弟弟锦华了。"

诸葛锦华冷静地说道："欧阳先生，请你看清楚，我是诸葛锦华。"

"不，你不是诸葛锦华，你是我的亲弟弟欧阳锦华。知道吗？母亲临终前要我一定要找到你。我找你十多年，终于见着你了。你怎么说你是诸葛锦华？"欧阳锦亮激动地吼道。

"欧阳先生，对令堂的去世，我感到很难过。但是，我的确是诸葛锦华呀。"

欧阳锦亮终于冷静下来了。他不再认诸葛锦华是他的亲弟弟，但是，他愿意看到诸葛锦华，每一天，他都找各种各样的借口来见诸葛锦华。裴元基知道，欧阳锦亮是想从诸葛锦华的身上寻求一些心灵的安慰，心里时常会涌起一种说不出的滋味。

裴元基、欧阳锦亮和诸葛锦华成了好朋友。总督张之洞已经为他们搭好了舞台，这"三驾马车"就要驶进一个属于他们的时代。

兵工厂失窃

身为总办的裴元基，其实更喜欢搞技术，因而，行政管理及各种繁杂事务，都是诸葛锦华在做。张之洞亲点欧阳锦亮为枪炮厂提供一切原材料时，欧阳锦亮觉得自己对技术上的事情一窍不通，生怕耽误了枪炮的生产，先是婉言谢绝，谢绝不了，就央求裴元基先带他一段时期。

裴元基已经私下受领了张之洞的指示，不仅要教会欧阳锦亮一些和制造枪炮相关的技术活，还要教会他怎么筹划和管理一座厂子。裴元基欣然从命，先一步步教会欧阳锦亮钢铁与火药的基本理论知识，然后带着他去铁矿以及各钢铁厂和火药厂熟悉情况。

这一天，裴元基又把兵工厂的全部权力都交给了诸葛锦华，并向郑庆光、郝老六、王老四、肖老二和其他大大小小头目提出了一些要求，就跟欧阳锦亮一起踏上了去大冶铁矿厂的道路。

欧阳锦亮果真聪明能干，原先虽说没有学习过任何技术，更没有接触过机械和火药制造，但和裴元基待了一段时间，耳濡目染，不仅掌握了一定的理论知识，而且还知道怎么跟洋人打交道，怎么判断收买的钢材、火药是不是符合枪炮厂的要求，又因为经常参观国内的一些小型钢铁厂以及火药厂，对钢铁、火药厂的管理也有了一定的积累。

两人一路说笑着到了大冶铁矿。在那儿待了几天，裴元基和欧阳锦亮弄清了怎么辨认铁矿的质量以及铁矿石的质量与炼铁的关系以后，就一齐返回汉阳。

一回汉阳，竟听说枪炮厂已经停了产，诸葛锦华也被人砍伤，躺在床上动都不能动。裴元基急了。放下妹夫受伤的事不说，厂子停产一天，得少生产多少支枪啊。他着急上火，顾不得去看望妹夫，就一阵风似的刮进了枪炮厂，要让厂子恢复生产。

然而，厂子已经恢复不了生产了，急需要的所有原材料全部没有存货。

“怎么回事？我走之前不是计算好了的，可以接上新的原材料吗？”裴元基厉声质问他的徒弟们。

郑庆光、郝老六、王老四和肖老二知道师傅哪一天回来，早就在厂门口等着裴元基呢。一听师傅的质问，一齐回答道：“前几天晚上，所有的无缝钢管都被人偷走了，所有的炮胚也都被人毁掉了。做火药的硝和镪水也一夜之间全部不见了。制作护木的木材被人一把火烧掉了。”

裴元基差一点昏厥过去。枪炮厂刚刚建起来的时候，就被一场突如其来的大火烧了个精光。吸取教训，该堵塞的漏洞都堵塞了，该采取的防范措施都采取了，怎么又是一场大火呢？而且原材料也丢了个精光！

一定是有人暗中做了手脚。裴元基要迅速把这个人揪出来。

不过，现在最要紧的还不是这个，是恢复生产，是把丢失的东西全部补回来。可是，到哪里去弄齐那些东西？他管不了那么多，他一定要把那些东西弄到手。欧阳锦亮一时无法办到，他就把几个徒弟都派出去了，让他们尽快跟原料提供商接洽，在最短的时间里把那些东西搞到手。

刚刚安排完这些，他就接到了总督张之洞的召见。

其实，兵工厂出事的当天晚上，张之洞就接到了报告。是诸葛锦华不顾个人安危，派遣郑庆光前去向张之洞报告的。总督大人连夜赶到了枪炮厂，查看现场，并亲自送一身鲜血却仍然坚守岗位的诸葛锦华回家治病养伤。他还带来了一大批精干的官员调查处理此事。但最终结论除了枪炮厂有内鬼或管理漏洞之外，也没有新的发现。

张之洞接到这样一个结论，气得吹胡子瞪眼睛，把他们大骂了一通。因为张之洞知道，不管是有内鬼，还是管理有漏洞，都只不过是表面原因，真正的原因是有人不想让汉阳造快速装备大清王朝的军队。

为什么不想让汉阳造快速装备部队？同行们不顾国家民族大义，见不得汉阳枪炮厂一天比一天红火？西方列强派出了间谍，想扼杀大清王朝追求武力强盛的希望，好方便让他们自由侵入？那些洋供货商收买人手，故意毁掉所有枪炮厂的库存原料，以便坐地起价，得到更多的利益。这也有可能，也都有些说不通。但是，无论怎么样，枪炮厂绝不能停产，纵使停了产，也要在最短的时间里恢复生产。查明原因永除后患的事，就留在后面去做。

张之洞已经派人向其他兵工厂求援去了。他现在找裴元基来，是因为他觉得不能再继续等待下去了，得马上在汉阳把钢材厂办起来，同时还要跟裴元基一道研究到底该怎么解决后患。

裴元基一来到跟前，张之洞马上就问："欧阳先生学得怎么样了？"

总督大人一定是想尽快把钢材厂办起来了。裴元基心头一凛，思索着说道："欧阳先生也许不会继续接受大人的安排。"

"你向他透露过我的打算吗？"张之洞问道。

"是的。"裴元基说道："卑职说他可以筹划和管理一家厂子，他马上表明了他的态度，说他为枪炮厂提供原材料已感难以胜任，绝不会再接受大人其他的任何安排。"

张之洞愣了一愣，调转了话题："枪炮厂一次又一次出事，你觉得，该怎么才能避免类似事件重演？"

裴元基回答道："卑职认为，应该成立一个专门的机构来负责安全保卫工作，并且组成一支维护内部安全稳定的队伍，由肖老二具体负责管理和实施，一方面监视生产的每一个环节，另一方面发展一些忠勇可靠的工人，组成暗桩，负责监视一切形迹可疑的人。"

解决问题的办法拿出来了，裴元基才去探望妹夫诸葛锦华。

病房里的相互勉励

其时，欧阳锦亮就坐在诸葛锦华的床边，双眼红着，一句话也不说，直直地盯着诸葛锦华。诸葛锦华浑身上下缠满了绷带，连一块完整的肉也看不出来。

裴云珠一脸的憔悴，却强撑着。她想动一下这个，想动一下那个，还没动，只一个眼神丢过去，刘玉蓉和姚心林就准能猜透她的，替她把这些事情做得好好的，让她什么也做不了。

她们的孩子都不在身边。欧阳宁儿留在汉口，由下人照看着。诸葛鹏被母亲送到外公那里去了。小家伙不仅跟裴俊超打得火热，而且因为在裴府宴会的表现，赢得了裴馨儿的心，小姑娘也跟他玩起来了。三个孩子，由裴元基的父亲领着，学起了文化知识。

裴俊超不仅学“之、乎、者、也”，也学算术和机械。这些他祖父教不了，都是他父亲裴元基挤时间教他的。

诸葛鹏也想跟着学，而诸葛锦华心意已定，诸葛鹏当然就学不成了。学不成算术和机械，学“之、乎、者、也”却快得不可想象，常常提一些连他的外祖父都要思考很长时间才能回答出来的问题。

一见裴元基进来了，几个女人一齐站起身，而谁都没说话。裴元基也没有说话，只扫了她们一眼，就一头钻进了妹夫的卧房。

“对不起，我没管好厂子。”诸葛锦华说话的声音很微弱。

“如果不是你，枪炮厂恐怕又会被大火烧掉。是你救了厂子。不仅总督大人，朝廷也会感激你。”裴元基说道。

“千万别这么说。是我没管理好。我对不起你，对不起总督大人，对不起朝廷。”诸葛锦华渐渐激动起来，身子一扭一扭的，每扭一下，都会疼得难受。可是，他强忍着，硬是没叫一声，只不过整张脸都扭曲了，连呼吸都很困难。

“你别动，先安心养好伤。”裴元基连忙制止他，说道：“只要我们在，厂子就在，原材料就会源源不断地运到厂子里来，枪炮就一定会按时生产，一天也不会停歇。”

“可是，厂子已经停产了。”诸葛锦华不再扭动，泪水从眼眶里漫了出来。

裴元基微笑道：“总督大人有办法。他已经从别的兵工厂借调了一批原材料，厂子正转得欢呢。”

欧阳锦亮听了裴元基和诸葛锦华的对话，心里感到很惭愧。虽说他明知诸葛锦华不可能是自己失散十多年的弟弟，但是，他打心眼里总是把诸葛锦华当亲弟弟看待。一听说诸葛锦华受了伤，他的心里就像猫抓似的，什么也不顾，就过来看望他。看着诸葛锦华浑身伤痕，裹得像一个粽子，他就恨不得把那些伤痕全部转移到自己身上。

他安慰不了诸葛锦华，反而是诸葛锦华安慰他：“你不必难过。我没事，很快就会痊愈的。”

当裴元基和诸葛锦华的对话让他看出了自己的渺小之后，他就会认清自己，知道自己到底该怎么做。他不能躺在张之洞大人为他打开的通道里坐享其成，他得谋寻更多的出路。他可以让原材料积压在那儿，但是绝不能让原材料供应不上。

当裴元基再一次跟他谈起他可以独当一面筹划和管理钢材厂时，他把头摇得像拨浪鼓一样，说道："裴大人，这是牵扯国家安危的大事，需要有大才能的人去承担，欧阳锦亮才具不足，不足以担当重任。我只要有一碗饭吃，就已经足够了。"

随后，无论裴元基再说什么，欧阳锦亮就是不松口。后来，张之洞亲自找欧阳锦亮谈话，仍然没能让他回心转意，只有感叹一声，重新物色堪当重任的人才。

诸葛锦华的表现

诸葛锦华在家里一躺就是半年多。每一天，他都是在焦急、煎熬、怨恨、痛苦、期盼等各种各样的负面情愫当中度过的。

自从和裴元基一道留学回国，他们就在一起打拼，遍尝各种酸甜苦辣。眼下，枪炮厂正值多事之秋，裴元基就是有两双手、两个脑袋，怎么运转得开？他恨不得马上就跳下床，跟裴元基一道并肩战斗。可是，偏偏他不能下床，不仅不能下床，连活动一下也很困难。他实在受不了乱箭穿心般的痛苦，说话变得粗声粗气了，对待夫人的态度也恶劣了。

好在裴云珠理解他，不仅不计较他的态度，反而更加小心地呵护他、照料他。

后来，他能够起床了，也能够下地活动了。夫人用娇小的身躯托着他，他的心里就会涌起一种亏欠感，着实向夫人道了歉，把裴云珠感动得眼泪像一道清泉，停不住地往外流。

裴元基总要抽一点时间来看望他。每一次，大舅子还没有说出一个字，他就先急切地问开了："厂子现在运转得怎么样？"

"你还是先安心养好身体再说吧，一切都会好起来的。"裴元基说道。

看着大舅子一脸憔悴的样子，诸葛锦华伤感地说道："你在厂子里拼死拼活地干，我怎么能安心躺在家里呢？"

裴元基说道："你不用担心我，也不用担心厂子。我今天来，不仅是为了看望你，也是要告诉你，厂子已经完全恢复了秩序。我再也用不着像前一段时间一样奔忙了。”

诸葛锦华总觉得枪炮厂出事是自己惹出来的，到头来自己躺在床上，却要大舅子去擦屁股，很有些过意不去，就咬着牙，硬让下人把他抬去了厂子。

厂子运行得很平稳。原材料供应由欧阳锦亮一手负责，再也没有出现任何问题；虽说内鬼仍然没有查出，可是再也不敢轻举妄动。汉阳钢材厂正在张之洞的大力主导下，紧锣密鼓地筹建起来。

“汉阳钢材厂的建立，对枪炮厂无疑会是一个福音。我们应该尝试着怎么提高枪炮弹药的产量才对。要不然，汉阳钢材厂一建起来，供应的原材料大大超过我们的需求，我们就显得太无能了。”诸葛锦华终于痊愈了，一正式上班，就向裴元基提议道。

“是的，我曾经设想过跟江南制造总局合作，优势互补，以最大限度地提高我们双方的产量。向总督大人汇报过后，得到了总督大人的首肯，却因为江南制造总局一直没有答复，结果不了了之。”

“江南制造总局自恃是大清王朝第一家也是最大的兵工厂，哪里会把我们这个新兴的枪炮厂放在眼里？不过，他们一样有软肋：枪炮与火药制造的关键部门都是外国人在操控，容易受制于人。我们都是毕业于德意志帝国的军火制造行家，各种要害部门都是我们自己的人掌控，只要我们注重从内部挖掘潜力。迟早有超越江南制造总局的那一天。”

“从内部挖潜，作用似乎也很有限，还不如一步步地扩大枪炮厂的规模。”

“这倒真是一个解决问题的好办法。”诸葛锦华的兴趣高昂起来了：“你想到了怎样扩大枪炮厂的规模吗？”

“当然。”裴元基说道：“把如今的各个生产车间进行重新划分，设立枪械厂、炮厂、炮座厂、弹药厂等各种分厂。不过，真要这样干的话，银子仍然是我们必须面临的一大难关。”

“银子不够，我们可以一步步地实现枪炮厂的扩充计划。”诸葛锦华说。

裴元基的父亲临终遗言

就在裴元基和诸葛锦华两人一同绞尽脑汁地谋求大幅度提高枪炮的产量时，裴父却因为听说打着扶清灭洋的旗帜，曾经跟清军在抗击八国联军的战场上并肩作战的义和团遭到了清军的血腥镇压，一时气急，脑袋一晕，扑通一声倒在地上，再也没有站起来。

他是倒在私塾的教室里的。他的孙子和外孙以及所有前来求学的小家伙都大为惊慌，一时不知道该怎么办才好。裴俊超率先回过神来，马上把母亲和裴家上上下下都召集了过来。裴云珠很快就得到消息，跑回了娘家，看到的是老父亲双眼看着窗外，嘴唇不停地哆嗦着，双手和双脚不住地敲击着床板，却什么话也说不出来。

裴元基和诸葛锦华接到消息，也以最快的速度回到了裴府。一见老人家的样子，也不知道应该怎么办才好。

最先为裴老先生医治的大夫忙碌了很长一段时间，浑身上下大汗淋漓，最后双手一摊，只对裴元基说了一句："裴大人最好还是为裴老先生做最后的准备吧。"

裴元杰很快也回到了家。他一直对父亲把他赶出家门的事情耿耿于怀。父亲行将就木，裴元杰的心里倒不怎么着急。要不是张之洞委托他以总督大人的名义前来探视，他才不愿意这么快就回家。

张之洞终于挤出时间前来探望裴老先生。看着老先生随时都会走向最后的归宿，他很伤感，不仅把为自己看病的名医都召集起来，而且还向各位王爷求援，请求他们派来太医，试图挽救老先生的性命。

裴老先生稍有好转，脑子就能想一些问题。他想不通为什么朝廷在遭受洋人入侵的时候，不仅不号召像义和团一样的义士挺身而出，武装起来，去砍下洋人的脑袋，反而帮助洋人砍下了义和团义士们的头颅。那是自毁长城，是嫌疆土还没有被列强们瓜分罄尽吗?

不行，朝廷不杀洋人，却杀义士，这样的枪炮、火药再先进又有什么用?他得告诉儿子，拯救国家不是光有枪炮、火药就行，还得有一个能号召全体民众奋力抗击侵略军的朝廷。

于是，他用含混不清的语调把儿子、女婿都招到床边来了。

父亲叽里呱啦了好一会儿，裴元基也没听出一个所以然。父亲更着急了，裴元基连忙轻声安慰地说道："父亲，你有什么话，尽可以慢慢说。"

裴老先生慢不下来，似乎不连忙把堵在心口的话说出来，就再也没有机会。他费了很大的劲，还是没说出一句完整的句子。一急，身子就想动，而且真的坐起来了，说的话很流畅，也很清晰："元基，你有再好的枪炮、再好的火药，不去打洋人，都没有用。"

"父亲，你怎么说出这样的话来了？"裴元基大吃一惊。

他吃惊的不是父亲突然能够说出清晰流畅的话来了，而是父亲的话里既蕴藏着对朝廷的不恭，又含有一层对张之洞的不满。

裴老先生没有理睬儿子的问话，继续自顾自话："所以，重要的不是我们手里有没有枪炮，而是想不想跟洋人开战。只要想跟洋人开战，整个大清王朝，几万万臣民，就是一人一口唾沫，也会把洋人全部淹死。"

"父亲。"裴元基说道："唾沫淹不死人啊，最后靠的还是实力。大清王朝不能跟西方列强相提并论，最好的办法，还是先发展自己。"

裴老先生摇了摇手，打断了儿子的话："不，是朝廷的骨头越来越软了，洋务大臣们的骨头也越来越软了。你今后就不要成天想着造枪、造炮了，要变法，不变法，一切都是空的。"

裴元基吓了一大跳。戊戌变法的核心成员们要么被砍头，要么被投入监牢，要么流亡国外，父亲不是不知道，怎么说出无君无父的话来了？

他赶紧伸手去扶父亲，想看一看父亲到底是怎么啦。

然而，父亲根本不需要他扶。说完这几句话，双眼露出可怕的白光，双手一仰，身子一挺，重重地倒在床上，再也没有一点动静了，只一双眼睛空洞地圆睁着。

"父亲。"裴元基意识到不妙，爆发一声凄厉的大叫，扑向父亲，探了探父亲的鼻翼，一点气息也没有。

欧阳锦华的机会

裴应儒的去世给诸葛锦华带来了一个独当一面的机会，他怎么会不竭尽全力，搞出一番比裴元基在位时还要大的事业呢？

别看诸葛锦华一门心思辅助裴元基把枪炮厂搞得红红火火，他的心里却还是有一些苦涩。毕竟，他和裴元基付出了一样多，裴元基得到的却比他多得多。他一直想谋求单飞，以此证明自己。岳父的去世，裴元基的守制正好给了他全面管理枪炮厂的机会。他已经跟裴元基商量过，要扩大枪炮厂的规模。裴元基没有来得及做，他可以做下去，以此让张之洞及所有的人都看一看，他诸葛锦华绝不会比裴元基差。

扩大枪炮厂的规模，得有一大笔银子。朝廷因为庚子赔款，更加无力承担这笔开支，诸葛锦华想到了当年欧阳锦亮的壮举，觉得从民间吸收资金是一个短期就能见效的好方法。于是，他连忙跑去找到欧阳锦亮，说道："欧阳先生，义和团的失败固然有朝廷的因素，但是，究其实质，也是国家现实环境不尽如人意所致。我们要想不再让八国联军侵略的事情重演，就要提高枪炮的生产。你说是不是？”

欧阳锦亮一直把诸葛锦华当作自己的亲弟弟，诸葛锦华有事，他不能不管，说道：“诸葛大人尽管直说，需要我做什么，我一定照办。”

“我就是想扩大枪炮厂的规模，可是，朝廷没有银子……”

诸葛锦华的话还没说完，欧阳锦亮就说道：“诸葛大人的意思我明白了，我就是抛弃家产，也要为大人筹集一些银两。”

就这样，欧阳锦亮振臂一挥，应者云集，诸葛锦华果然获得了一大笔银子，开始动手扩建枪炮厂了。这一下，果不出他的意料，不仅张之洞对他刮目相看，当地的百姓，也对他敬佩有加。

诸葛锦华以为岳父上香的名义，带着夫人和儿子一道再一次踏进了裴元基的家门。

裴元基在家里教儿子裴俊超学习。见妹夫来了，就让儿子去和诸葛鹏一块玩，连忙仔细地询问起枪炮厂扩建的事情来。诸葛锦华一五一十地把这一段日子里自己做了什么，是怎么做的，都告诉了他。

完了，诸葛锦华又说：“我知道你心系枪炮厂。你不在，我有的时候忙起来，就把一切都搞忘了，顾不上过来跟你说一声，不如这样，我叫郑庆光每天都来向你汇报一下，怎么样？”

“有你在那儿，我有什么不放心的呢？”裴元基摇了摇手，说道。

“其实我也有些事情要向你学习呢。就这么说定了，每天都让郑庆光过来对你说一说。”诸葛锦华说道：“你觉得有什么地方做得不够，可以让郑庆光告诉我。厂子离不开你。”

两个人又扯了一通闲话，扯着扯着，就扯到老人家临终前的遗言了。

诸葛锦华推心置腹地说道：“大哥，依我说，岳父大人说的话也有道理。从来就是玩枪杆子的玩不过玩笔杆子的，不如还是让俊超和鹏儿一样，就去考功名。”

“你怎么说出这种话来了？”裴元基显得很讶异，问道。

“我觉得，岳父大人说得对极了，我们造出了再多、再好的枪炮，不用来打洋人，却打大清王朝的子民，还不如不造它。”

裴元基轻轻地叹息了一声，说道：“我反复思考过，枪炮该造还得造，该提高它们的性能还得提高它们的性能。要不然，洋人再发动一次攻击，我们根本就无法抵御。”

“大哥，你也想做父亲的逆子了？”裴元杰跑了过来，恰好听到了裴元基后面的话，禁不住笑嘻嘻地插嘴道："要是这样的话，你比我还要叛逆，毕竟我让父亲看到了我浪子回头。你一叛逆，父亲就永远也看不见你有重新回到他怀抱的希望。"

"元杰，你怎么这样说大哥？他跟你可不一样。"诸葛锦华责备道。

"他当然跟我不一样。我是在父亲生前叛逆，大哥是在父亲死后叛逆，怎么能一样呢？"

"元杰。"诸葛锦华厉声叫道。

裴元基摆了摆手，说道："元杰，你说得不错，我们都是父亲的逆子。我不想说我跟你不一样，但是，我为的是要替父亲的一生画上一个完整的句号。他知道我这样做，也会欣慰的。"

"我当逆子，父亲把我赶出家门；你当逆子，却是为了父亲。天下还有这种道理吗？"裴元杰不乐意了，马上吼叫起来。

"元杰！"诸葛锦华再一次拿出了姐夫的派头，阻拦小舅子。

"元杰，父亲是怎么教导我们的呀？君君臣臣，永远是第一位的。父亲永远也不会忘掉这一点。他之所以在一听到朝廷扼杀义和团的消息时，就气成那副样子，不是他对朝廷不忠，恰恰反映了他对朝廷的忠诚。我们不能仅仅只是听他说了些什么，还要了解他说这些话的原因。"

裴元基成功地让弟弟闭上了嘴巴，就唤过裴俊超，要他明天正式跟着姑父诸葛锦华去枪炮厂当学徒。

裴元杰调侃欧阳锦亮

裴元杰越发觉得没趣，就寻思着要去别的地方找乐子。正要走，忽然接到下人的报告，说是欧阳锦亮带着夫人刘玉蓉来了。他连忙和哥哥、姐夫一道出门去迎接。

四个男人在一块聊了好一会儿，裴元杰总觉得插不上嘴，就离开了。他刚刚走到厅屋，就听见从嫂子的房子里传来了女人的说话声。他踮着脚，偷偷摸摸地摸到了窗下，把她们的话听了一个清清楚楚。

原来，刘玉蓉正在说着她的烦心事。她知道丈夫家族三代单传，到了欧阳锦亮手里，只生了一个女儿。她可不想让欧阳家族就在丈夫手里画上句号，想让丈夫纳妾，丈夫却死活不松口。她一直想让姚心林和裴云珠出出主意。这一次，三个女人不知道说了些什么，说着说着就说到了后人的身上，激起了刘玉蓉敏感的神经，终于不管不顾地说出了心里话。

裴元杰不由暗自笑了：这个欧阳锦亮也太扯淡了，是男人，哪一个不想三妻四妾呀，就你这副得性，早就应该找一个妾。如今夫人提出来了，你还不干，真傻。

裴元杰反过来又想道：真是的，裴某人要是有刘玉蓉一样的夫人，心里那个美，谁比得了？还是刘玉蓉懂得男人的心，要是裴某人，找一百个妾，也得把刘玉蓉当成菩萨供着。

裴元杰一头钻进了嫂子的房间，笑道："欧阳夫人，你怎么就嫁给了欧阳兄，纳妾是打着灯笼找不到的好事，他是犯哪门子傻呀。不如这样，你叫欧阳兄一纸休书休了你，你嫁给我，你让我娶多少妾，我都愿意娶。"

三个女人吓了一大跳，看清来人是裴元杰，总算放下了心。

姚心林横了他一眼，责备道："元杰，欧阳夫人是你嫂子，哪有像你这样没个长幼尊卑的。"

"是啊，元杰，你太不像样子了。"裴云珠也跟着责备道，比她嫂子还严厉。

刘玉蓉反而觉得裴元杰挺风趣的，生怕姚心林和裴云珠一责备过了头，裴元杰就走了，那就不好玩了。何况，她还想请裴元杰把这些跟欧阳锦亮学一遍，于是，笑嘻嘻地拦下了还想责备他的姚心林和裴云珠，说起了裴元杰的好话，把裴元杰高兴得不知道自己是谁了。

笑闹了一回，裴元杰根本不需要刘玉蓉求他，就想到了要去调侃一下欧阳锦亮。

他一路笑着走进了哥哥和欧阳锦亮、诸葛锦华谈事的地方，面向欧阳锦亮，笑道："欧阳兄，你有一个天底下再好不过的夫人，你不知道珍惜，不知道疼爱，到底是怎么回事呀？"

不仅欧阳锦亮一头雾水，就是裴元基和诸葛锦华也是丈二和尚摸不着头脑，一齐看着他。

裴元杰继续笑："欧阳兄，你是不是有问题呀？"

"元杰，你胡说什么呀。"裴元基一听弟弟说得不对味了，马上斥责道。

裴元杰并不理会哥哥，一味地笑着向欧阳锦亮说一些高深莫测的话，既让人明白，又不让人明白，等于还是不明白。

"元杰，你到底想对我说什么呀？"欧阳锦亮心里直发麻，问道。

"你夫人为了欧阳家族有后，想让你纳妾，这是多大的好事呀，你怎么能拒绝呢？是你有问题，还是你成心想辜负夫人的好意呀？"

欧阳锦亮一听，头都大了。但是，他说不出口，只好愣着，宛然一段木头。

裴元基说道："欧阳兄有一个心胸豁达的夫人，有深远的思想，实在叫人敬佩。但是，夫人的意见也不是不能考虑。毕竟，儿子可以继承一切，这不管怎么说，都是我们的传统。"

"是呀，能够纳妾，也不是坏事。"诸葛锦华接过了大舅子的话柄，说道。

裴元杰对欧阳锦亮说道："你别身在福中不知福，天下没几个女人愿意自己的丈夫纳妾。嫂子愿意，这是多大的福气呀。你可千万要抓紧。你不抓紧把事情办了，嫂子突然觉得事情不应该这么做，改了主意，你想纳妾就纳不成了。知道要纳什么样的女人吗？妾可不是妻，要有好长相，还要有好身材，最好歌、词、诗、赋都会一点，那叫有情趣。还有，最关键的一点是妾的床上功夫要好，要跟嫂子不是一个类型的女人，那才叫有味。要不然，都一个味，就没什么意思了。"

欧阳锦亮羞得满脸通红。诸葛锦华也努力地抑制着自己大情绪。裴元基忍不住了，怒喝道："你这个不知羞耻的东西，你给我滚一边去。"

西风东渐

裴元基在家里守制，也轻松不了。每一天，大弟子郑庆光都会来向他汇报枪炮厂的扩建情况。儿子裴俊超，白天在诸葛锦华的监督和教导下，学习枪炮知识，晚上回到家就跟着他学习文化。令裴元基高兴的是，前几年在儿子身上付出的努力终于见到了实效，儿子学起枪炮火药来，比自己当年在德意志帝国学得快多了。有时候，诸葛锦华亲自到裴府，专门跟他谈有关枪炮厂的问题。

"还记得当年我们想跟江南制造总局联合的事情吗？"裴元基问道。

"怎么不记得？可是，江南制造总局没有回应。难道你觉得联合的时机已经到了吗？"

"不，我是说，你对枪炮厂实施的扩建计划，可以弥补我们无法跟江南制造总局联合的缺憾，但是，要想让我们的枪炮厂具备跟江南制造总局联合在一起的生产能力，似乎还应该走一走其他的路子。"

"什么路子？"

"也许，在钢铁和机械制造以及火药的生产方面，我们可以动一动脑筋。

只要我们在技术上有所突破，一支步枪、一门山炮发挥出数十支步枪、数十门山炮的作用，那个影响就太大了。”

“是呀，这的确是一个很好的思路。只是，我们的钢铁生产和机械制造起步晚发展慢，很难有所突破。而在火药方面，江南制造总局发明的无烟火药，性能远远超过了黑火药，不仅成为我大清王朝火药界的翘楚，而且也能跟西方强国相媲美。我们站在江南制造总局的肩膀上，在火药方面做点文章，应该很容易见效。”

“我们想到一块去了。”裴元基热烈地鼓掌道。

“既然如此，不如我去江南制造总局看看他们是怎么研制出无烟火药的，回来之后，我们一块研究改进的方法。”

“枪炮厂正在扩建之中，你哪里离得开？还是我去吧。”

诸葛锦华想了一会儿，忽而说道：“无烟火药是江南制造总局的命根子，他们不告诉你研制方法以及火药配比又该怎么办呢？”

“都是大清王朝的臣子，有什么不好说的呢？就用我们要是研究出了新的火药，就与江南制造总局利益共享为条件，我相信，人家没有不把研制无烟火药的一整套东西交给我们的道理。”

两人商议一定，裴元基便收拾行装，去了一趟上海，颇费了一番口舌，果然把无烟火药的研制方法及其各种成分的配方全部拿回来了。不等他专心致志地去钻研，就出现了一件意料之外的事情。

这一天恰好是裴老先生周年的忌日。诸葛锦华安排完枪炮厂的事情，就带着裴云珠和诸葛鹏一道来到裴府。

诸葛锦华给裴元基带来了新消息：“朝廷在洋人的逼迫下，开始在全国大力兴办新式学堂，还准备大力兴办新军。你觉得这件事情到底怎么样？”

“是好事呀。”裴元基说道：“我们都接受过西洋教育，应该知道，只有西洋教育可以推进科学技术的进步，是拯救国家的最好教育方式。不过，在洋人的逼迫下开始推行新式学堂、编练新军，就未免有失国家的体面了。”

“这么说，你是赞同新式学堂和编练新军的了。”诸葛锦华说道。

“我没有理由不赞同。”裴元基笑道：“要不然，我也不会让元杰不在家里守制，跑去编练新军了。”

的确，朝廷要编列新军的事一传到裴元杰的耳朵，他再也不愿意继续在家里守孝了。觉得既然朝廷一切都要实行新的规矩，为什么不像西方人一样，人一死，就不必拘泥于守孝三年的规矩呢？更何况，编列新军可是一个非常有刺激性的活，岂不意味着自己只要召集起了一支军队，就有出人头地的机会吗？他寻思一阵，就对哥哥说道：“哥哥，我要去编练新军！”

裴元基先是一愣，继而说道："编练新军是一件有利于国家的好事，只要你考虑清楚了，知道自己在干什么，为什么要这么干，你可以向总督大人提出申请，他要是同意了，我没有理由反对。"

哥哥给予了明确答复，裴元杰马上过了长江，来到总督府，找到了张之洞大人，向他表明了自己想去训练新军的愿望。

张之洞一听裴元杰的想法，觉得很好，便任命裴元杰为统制，全面负责整个湖北新军的编列与训练工作。

在德意志帝国留学3年，诸葛锦华深知西方学堂是怎么一回事。早在1890年，湖广总督张之洞大人就在武昌办了一个两湖书院，属于新式学堂。诸葛锦华压根也没有想到过要把儿子送到那里去。可现在，举国都在搞新学堂，不能不让他担心科举考试是不是要泡汤。没有科举考试，祖宗的遗训怎么实现得了？

他为此心里郁闷，就特地前来听一听大舅子的主张。

大舅子是赞同开办新式学堂的。诸葛锦华虽并不觉得意外，但亲耳听到了他的话后脸色还是为之一变，愣在那儿，好一会儿也说不出话来。

裴元基意识到妹夫仍然希望把儿子送上科举考场博取功名。既然新学一开，科举考试迟早就会废止，他得劝一劝妹夫："其实，我们都没有参加科举考试，不是一样能为朝廷贡献我们的智慧吗？"

"我们是不得已才走上这条道路的，怎么能让我们的儿子也走这条路呢？"诸葛锦华说道。

"孩子们走上这条道路有什么不好的呢？"

"可是，我从来就没有那样想过啊！科举考试难道真的要走向消亡吗？"

在事情还没有走到绝境之前，诸葛锦华不能抛弃祖宗的遗训。他要跟时间赛跑，赶在朝廷废止科举考试之前，把儿子送进考场，让儿子博一个金榜题名，光宗耀祖。这就得找一个让儿子速成为一代英杰的名师。可是，诸葛锦华费尽心机，也找不出这样的名师，是欧阳锦亮帮他达成了心愿。

欧阳锦亮几乎每隔一两天就要跟诸葛锦华见见面，商谈一些问题。他跟诸葛锦华不仅是生意上的伙伴，也是知己。不管诸葛锦华怎么看待他，只要是诸葛锦华的事，他就想得非常周到。知道了诸葛锦华的想法，欧阳锦亮花费了大把银子，把一个家住京城的知名老先生请到了汉阳，专门教导诸葛鹏。欧阳宁儿、裴馨儿、裴俊超偶尔也会得到老先生的指点。

老先生果然名不虚传，跟着他学习的小家伙读起书来进展神速，把诸葛锦华高兴得连睡觉也是笑着的。后来，他知道老先生出了一个非常古怪的题目，儿子一连做了好几天，也不符合老先生的心愿，就让裴俊超做一做。裴俊超抽时间写出来了，交到了诸葛锦华的手里。诸葛锦华一见那篇文章，就深为叹服。这哪是十一二岁的小家伙写的呀，读书读到胡子拖地的老学究，也未必写得出这篇文章的气势。老先生看后，拍案惊奇，大叫一声："这个孩子要是肯专心读书，考不上功名我宁愿一头撞死。"

于是老先生就去找裴元基商量，宁愿不要裴家一个铜板，也要把裴俊超教育成人。裴元基已经下了决心要让儿子走实业救国的道路，就不会为了博一个功名，坏了儿子学习枪炮火药制造的兴致。

诸葛锦华亲耳听到了老先生说的一番话，心里难受，不仅再三恳求老先生每天多教儿子一点东西，而且自己还给他加码，出一些怪题、难题，让儿子去做。他甚至还经常要裴俊超去给儿子讲一讲他是怎么构思出那篇文章的，有时候儿子理解不了，他也跟着一起听，仔细琢磨，琢磨出来了，就讲给儿子听。

裴元基却把全副身心都放在钻研从江南制造总局拿回来的图纸和各种数据上。诸葛锦华为了儿子的事情差一点走火入魔，再也没有时间跟裴元基一道研制火药了。

火药实验室爆炸

三年的时间一晃就过去了。裴元基守制已满，正式去枪炮厂上班了。在诸葛锦华的带领下，他饶有兴致地到各个制造车间参观了一圈，深有感触地说道："诸葛大人在三年的时间里，完成了我不能完成的任务，实在令人佩服！"

的确，这三年的时间里，诸葛锦华虽说对儿子考取功名一事非常在意，但为了全面超越裴元基，并没有放松对厂子的扩建工作。他不断地提升枪炮厂的规模，把各种制作车间分门别类，扩建成枪厂、炮厂、炮架厂和火药厂等几大分厂。1904年厂子扩建已完成，生产规模上去了，名称也就改成了湖北兵工厂。他自己心里也时常为裴元基没能完成的事情，却由自己一手完成了而感到说不出的兴奋。眼下听了大舅子的赞誉，连忙说道："我只不过是把裴大人的设想化为了现实。枪炮厂还是应该由裴大人掌舵才能有更大的发展。"

"不，枪炮厂还是由诸葛大人掌舵吧。我做一点技术方面的事情就可以了。"

"裴大人是不是已经想到了提高火药威力的办法？"诸葛锦华马上想起了当年裴元基告诉自己的那些话，问道。

“这就需要诸葛大人鼎力相助了。”裴元基毫不否认地说道：“如果不建立一个实验室，我就是有再好的思想，也无法真正提高火药的威力。”

诸葛锦华对裴元基能够在三年的时间里琢磨出一种新式火药，的确是十分敬佩的。他也为自己没有具体参与到大舅子的研制工作而生出了许多遗憾。他决定弥补这方面的不足，因而，在建立实验室和帮助裴元基准备各种器材以及所需的物资方面，分外卖力。

因为裴元基担心火药实验会出现意想不到的事故，特地把实验室建在了枪炮厂最边缘的一个角落。下一步，还准备在那儿建立其他各类实验室，真正从仿制德意志的毛瑟枪，到实现自主设计、自主定型生产的转变。

正式投入实验的那一天，张之洞亲自来到枪炮厂，完成了揭幕仪式。裴元基就开始和郑庆光待在实验室里，紧锣密鼓地搞起了实验。他们挑选了好几个熟练工人和好几个有见识、有学问的年轻才俊，搭建实验班子。

诸葛锦华因为要负责整个枪炮厂的全面运作，平时不经常待在实验室里，但是，几乎每一天，他都要到实验室来看一看裴元基到底干到了什么程度。

一晃又过去一年了，现在就要进行最后的火药合成实验。

张之洞非常高兴，专门来到枪炮厂，说道：“裴总办，一旦火药实验成功，就是我们民族军事工业进步的标志。我相信，从此以后，列强再也不敢随意侵入我大清王朝了。你不仅是湖北枪炮厂的功臣、军事工业的功臣，而且是整个大清王朝的功臣。你的业绩，将会永远铭刻在史册上。”

诸葛锦华心里有点酸酸的，却不得不顺水推舟地说：“是呀，裴大人的功绩无论怎么宣扬都不过分。”

张之洞当然不是为了说那几句话而来的，他要亲眼见证湖北枪炮厂自主研制的火药。裴元基和诸葛锦华不敢大意，事先嘱咐肖老二对整个枪炮厂加强了警戒。张之洞在裴元基和诸葛锦华的簇拥下，进入了实验室的第一重大门，还想继续跟进去看一个究竟，却被裴元基和诸葛锦华挡住了。

“怎么啦？对我保密吗？”张之洞很有点不满。

“火药实验是非常危险的事情。我这样做，是为了大人的安全着想。”裴元基回答道。

“我如果连火药都怕，岂不是叶公好龙？还搞洋务干什么？”

“请大人理解我和裴大人的一片心意。要不然，我们就不敢进入实验室了。”诸葛锦华祭出了一记重锤。

张之洞无计可施，只得留在那儿焦急地等待着火药试制成功的消息。

裴元基和诸葛锦华一道走进了第二重大门。郑庆光和实验室里的工人以及技术人员都在那儿恭候着他们。两人换了衣服，就要走向第三重大门。裴元基忽然意识到了什么，示意诸葛锦华留在原地。诸葛锦华似乎想争辩，裴元基却不由分说，命令两个技术工人把诸葛锦华挡了下来。

“万一出现闪失，你我全部报销，今后的枪炮厂，谁来负责。”裴元基一边走进第三重大门，一边说。

“可是，我们已经计划好了的，不可能出问题呀！”诸葛锦华分辩道。

裴元基丝毫不理会诸葛锦华的分辩，径直走进了实验室的核心位置，缓缓地走到了操作台面前，命令郑庆光和弟子们按照早就编排好的顺序称出一种种原料，然后一件接一件地接过来，把它们混合在一起，放进那台巨大的火药碾压机。突然，裴元基眼前一阵昏花，他差一点跌倒在地。

郑庆光连忙命令两个下手把裴元基扶到一边去。另外两个技术工人继续一件接一件地朝郑庆光手里递剩下的原料。郑庆光每接过一件，就把它往已经混合好的原料里拌。最后一件原料倒进去以后，郑庆光就开动机器，轰隆隆的声音骤然响起，碾压机的滚动轮压向了那团混合原料。当滚动轮压向混合原料的一瞬间，郑庆光只觉眼前晃过一道闪电，本能地意识到大事不好，马上就想叫裴元基和技术工人们全部退开。轰隆一声巨响，郑庆光紧缩成了一团轻飘飘的灰尘，在一阵狂风的吹拂下，飘得无影无踪。

裴元基昏昏沉沉，也看到了那团闪电。他一样想大喊，一样还没来得及喊，就觉一堵铜墙铁壁，夹着无比巨大的威势，把他扑倒在地，扑出了他的灵魂，扑出了他的一切。

站在第二重大门口的诸葛锦华没有看到闪电，却听见了巨大的爆炸声。他一样想高声叫喊，却就被一道极强的气流击倒在地，动弹不得。

张之洞也没有看到闪电，却听见了巨大的爆炸声，紧接着，就是几声撕心裂肺的惨叫。他知道这意味着什么，飞身就想朝第二重大门里闯。可是，他被随从人员拦住了。

几个身手敏捷的随从不由分说，迎了被气流推开的大门，飞身钻了进去。浓烟弥漫，里面什么也看不清。

肖老二把守在实验室外面，一听爆炸声，心里一急，也是燕子一样飞了进去。他很快就到了第二重大门，没有任何阻挡，接着就到了第三重大门。大门口，他被一个东西绊了一下，跌倒在地。手搭在了那个东西上，感觉湿漉漉的，连忙爬了起来，抱起那个东西就朝外跑。

张之洞看到肖老二抱了一个血淋淋的人出来，急忙奔上前去。那人浑身上下已经没有一点好的皮肤，衣服被烧焦，头发也被烧焦，五官严重变形。陆续有几个人被抱出来了，摸了一摸他们的鼻息，都没了气息。只有最后出来的一个人还有一点人形。张之洞认出了他。他是诸葛锦华，站在第二重大门口，也被热浪和火焰烧得不轻。

"总督大人。"诸葛锦华看到了张之洞，痛苦地叫了一声，眼泪流了出来。

"裴大人呢，裴大人呢？"张之洞发疯似的抓住诸葛锦华，急切地问道。

"不知道，他把我留在了第二重大门口，就和郑庆光他们进去了。"诸葛锦华更加痛苦，连说话也有些含糊不清了。

张之洞清楚了，裴元基就躺在那些没有气息的人当中。他不能失去裴元基。哪怕阎王真要裴元基死，那也不行，张之洞一定要把裴元基从阎王手里抢回来。

无法举行的欢庆宴

欧阳锦亮知道裴元基和诸葛锦华要在这一天实验新式火药，便带着夫人和女儿，一道来到了裴府，准备等待两位功臣归来，庆贺他们取得最新的成功。

裴云珠也回了娘家，她没带儿子。诸葛鹏在父亲的严令下，正在家里读书。儿子是不是读书的料，是不是想通过科举考试来为家族增添荣光，她根本不会理睬。

裴馨儿知道诸葛鹏其实并不愿意读书，也不愿意考取功名。

诸葛鹏有一个很怪异的想法：裴俊超不愿意考取功名，自己为什么要考取功名呢？不过，他不愿意当面顶撞父亲，那是忤逆；他不能忤逆，只能软顶。父亲不是喜欢看到他比裴俊超聪明，比裴俊超能干吗？他就偏不表现聪明，偏不表现能干，反而经常表现得比裴俊超愚蠢。

裴馨儿越发觉得他很可爱，在去诸葛家里接受那位老先生的熏陶时，经常趁着老先生不注意，就向诸葛鹏偷偷摸摸地跷一下大拇指。

诸葛鹏受了激励，以后就越发做得让父亲失望。老先生好几次都想甩袖离开，再也不教他了，可是，欧阳锦亮一再提高老先生的待遇，让他无法拒绝。他心里还有一个愿望，就是想慢慢打动裴元基和裴俊超的心，让裴俊超参加一次考试。

裴云珠回到娘家的时间比欧阳锦亮夫妇早些，正和嫂子姚心林扯着闲篇，欧阳锦亮夫妇来到了裴府，屋子里的气氛更加热闹起来了。

突然，外面传来一声巨大的爆炸声。

姚心林刚刚端起了茶盅，双手情不自禁地一抖，茶水泼了一身。裴云珠手里的帕子一沉，掉到了地上。刘玉蓉一跃而起，张口就想大喊。可是，一看到丈夫像木头一样坐在那儿，脸色苍白，浑身无力，就什么也喊不出来。

“夫人，爆炸声是从枪炮厂方向传来的。”一个下人跌跌撞撞地跑了进来。

姚心林心如刀割，眼冒金花，差一点就瘫倒在地。但是，她不能倒，强作镇定地呵斥道：“干什么慌里慌张的。不就是爆炸吗？”

“夫人，是枪炮厂发生了爆炸。”下人以为姚心林吓傻了，提醒道。

“下去！”姚心林厉声呵斥道，看到下人还想分辩的样子，不由心里一软，补充道：“你去枪炮厂看一看，要是老爷和姑爷没事，就回来报告。”

下人退下了。屋子里陷入了一片死寂。裴云珠浑身发抖，一副想哭又不敢哭的样子。姚心林张了好几次嘴，却再也说不出话来。刘玉蓉倒很想说点什么，或者催促大家快一点去枪炮厂看个究竟，可是，一见姚心林和裴云珠的样子，什么话也说不出来。

欧阳锦亮沉默了一会儿，突然腾身而起，一阵风似的刮了出去。

刘玉蓉也跳起了身，想跟着丈夫跑出去，转眼一望屋子里的情景，犹豫再三，径自走到姚心林身边，抚摩着她的肩头，轻轻地安慰道：“别担心，没事，裴大人和诸葛大人都是经过风浪的人，不会有事。”

姚心林倒没什么，裴云珠一听刘玉蓉的话，马上放声大哭起来。

刘玉蓉只好放下姚心林，走到裴云珠的身边，捡起她掉到地上的手帕，抖了抖，替她擦拭着泪水，说道：“你放心，诸葛大人一准没事。”

情况很快就弄清楚了。裴元基和诸葛锦华事大了，恐怕连性命也难保。

姚心林和裴云珠同时大叫一声，倒在地上。刘玉蓉连忙吆喝裴家的佣人和丫环把夫人和小姐抬到床上去。可是，没等她们抬，姚心林和裴云珠突然睁开了眼睛，各自大叫一声：“老爷。”活像两头发疯的母老虎，挣脱了众人的掌握，就朝门外跑去。还没跑两步，两个人同时倒了地，又是一阵挣扎。

刘玉蓉赶紧吆喝佣人和丫环紧紧地抓住她们，安慰道：“事情也许还没那么糟。欧阳回来之后，就会有准确消息。”

欧阳锦亮是隔了好半天才回到裴家的。他不仅打听到了准确消息，而且还去了出事现场。那个惨烈的现场，一想起来就令他胆颤。他尽量把话说得很含糊：“张之洞大人已经把伤员全部带到总督衙门去了。有张大人帮忙，裴大人和诸葛大人一定吉人天相。”

这就是说裴元基和诸葛锦华都没有死。姚心林和裴云珠马上就捕捉到了这个信息。她们高兴得相互拥抱着，喜极而泣。过了好一会儿，她们才想到得去总督衙门看一看。

张之洞虽说难以拒绝她们探望各自丈夫的要求，却依旧不能让她们见裴元基。因为裴元基仍在抢救，仍然没有丝毫气息，是他顽固地认为裴元基一定能活下来，才命令大夫竭尽全力继续抢救的。

其实，大夫早就想放弃抢救裴元基的努力。张之洞看出了苗头，威胁道：“要是救不活裴大人，你们一个也别想活！”

为了保住脑袋，大夫不得不竭尽全力继续对裴元基施救。

让两个柔弱的女人见到了没有一点气息的裴元基，张之洞很难设想她们会不会当场昏厥。

他脑子接连转了几圈，说道：“大夫现在正在抢救裴大人。因为裴大人的伤势还要轻一些，就先救诸葛大人。我只能先带你们去看一看诸葛大人。我得先提醒你们，你们看到了诸葛大人，千万别被他的样子吓着了。”

她们的确没有被诸葛锦华的样子吓着。因为诸葛锦华还活着，而且活得好好的，这就够了。她们天真地幻想道：裴元基一定活得比诸葛锦华更好。

第三章 初试锋芒

裴元基的盘算

在火药实验室发生的大爆炸之中，诸葛锦华受伤不重，很快就痊愈了。回到厂子之后，根据张之洞的意见，他把湖北枪炮厂更名为湖北兵工厂。紧接着，他不仅没有停止对火药的研究，反而投入了更多的精力和时间，重新把实验室修葺一新，仔细研讨了裴元基在实验过程中出现过的漏洞，也调整了一部分原料的比例、混合顺序和配比方法，甚至还对火药的碾压程序和方式做出了一些调整，终于把火药搞出来了，其威力之大，比江南制造总局研究出来的无烟火药强了好几倍，跟西方列强研制的无烟火药不相上下。

张之洞深感欣慰，更加盼望裴元基快一点复原。他请来了很多太医，硬是把裴元基抢救过来了。虽说裴元基一直躺在床上，仍然不能动弹、不能说话，只要他有一口气在，张之洞就感到放心、感到欣慰。

诸葛锦华在事业上取得了巨大的成功，儿子诸葛鹏的学业也进步不小，据说再有一年的工夫，参加考试，进入前三甲应该不成问题。然而，朝廷取消了科举考试。

“天啊，为什么要这样？”诸葛锦华心如死灰，眼望苍天叫嚷道。

夫人虽说也望子成龙，却想得开，尽了最大的努力，也不能让丈夫心情好转。

裴元基已经痊愈了，他和夫人姚心林也经常开导诸葛锦华，同样没有任何效果。是欧阳锦亮得知消息，带着夫人刘玉蓉一道来看望他，不停地劝说他，才终于使他清醒过来。

他不能这么就算了，要让儿子考京华大学堂，那一样是光宗耀祖的事！

诸葛鹏其实巴不得参加不了科举考试。他以为不去科举考试，就可以像表哥一样干自己喜欢的事情。可是父亲的安排给他浇了一瓢凉水。他不能经常让父亲牵着鼻子走。他大声说出了心里的话，原以为父亲会收回成命，没想到父亲一个耳刮子抽在他的脸上。

“浑小子，想做忤逆之子吗？老子叫你做什么，你就要做什么。”

裴云珠连忙把儿子拉到跟前，说他父亲：“打儿子干什么呢，有什么话不能好好说吗？”

怕丈夫继续施暴，裴云珠又说儿子：“你父亲见识广博，他是为你好。”

儿子表面上老实了，心里却多了一份对父亲的怨恨。

裴元基除了火药爆炸造成的身体创伤外，就没有像诸葛锦华那么多的烦心事。他看事情很准，也很看得开，就是毁了容，他也一样乐观，一样该笑就笑，该做什么就做什么。

他偶尔也会想起那次大爆炸。他虽说知道做火药是最危险的事情，也做了精心准备，但是，凭着从江南制造总局获得的经验和自己在理论上的根底，他认为根本就不会发生那次大爆炸。

他曾仔细回忆过自己的一举一动，还是不知道问题究竟出在什么地方。后来，诸葛锦华终于把火药研制成功了，他感到欣慰。

裴元基可以不管自己身上的疼痛，但他的夫人不能不管。

那一天，姚心林和裴云珠见到了受伤的诸葛锦华，又听说裴元基比诸葛锦华伤得还要轻些，就放心地回家了。诸葛锦华伤势痊愈，回到了兵工厂，裴元基却没有回来，这使姚心林恍然大悟：原来张之洞是安慰她。她一定要知道丈夫究竟伤到什么程度，当天就让下人把她送到了总督衙门。

张之洞再也瞒不了她，只好让她去见了裴元基。

裴元基浑身上下没有一块好肉，骨头也似乎震软了，无数名医经过几十天的精心治疗，人还是气息微弱。

姚心林当场就昏了过去。第二天幽幽地苏醒过来，她痴痴呆呆地望了好一会儿天，忽然就像悟道的高僧，完全换了一个人，镇定自若，冷静异常。她先回了一趟家，把家里的一切安排妥当，就又去了总督府，从此日日夜夜陪伴在丈夫的身边，密切地关注着丈夫的一举一动。

裴元基在总督府一躺就是两三个月。大夫好多次都想放弃治疗，但是，张之洞没有放弃希望，姚心林也没有放弃希望。裴元基终于挣脱了死神的缠绕，喘出一口流利的气息，回到了人间。

但是，裴元基仍然不能动，也不能讲话。继续在总督府住了两个多月，他总算能够动弹了，也能讲话了。

现在，主要是休养的问题了。姚心林不愿意继续麻烦总督大人，带着丈夫回到了汉阳的家。

在张之洞的关照下，裴俊超已经去两湖师范学堂念书了。抽出时间，他也会去总督府看望父亲和母亲，并帮着母亲照料父亲。裴馨儿没出过家门，听说父亲回到了家，分外高兴，跑上去迎接，一见吓得三天三夜不敢吃饭、不敢睡觉，差一点没饿死。

欧阳锦亮夫妇经常两头跑，看完了诸葛锦华，又去看裴元基。欧阳锦亮事情一多，刘玉蓉就一个人去总督府探望裴元基，一去就是好几天，在裴元基一点意识也没有的时候，守在姚心林身边，便是一种支持、一种安慰；后来裴元基能呼吸了，就帮着姚心林给病人喂水、喂汤。

裴元基回到自己的家，张之洞仍然不放心，不仅让大夫天天去为他复查，还隔三差五地派遣个人代表去探望他。一直到亲眼看到裴元基能够出门走动了，他那一颗悬着的心才落了地。

欧阳锦亮为了给裴元基冲冲喜，就跟夫人商量，看在欧阳宁儿跟裴俊超一向很要好的分上，正式向裴家提亲。刘玉蓉当年嫁给欧阳锦亮，就是自己先看上欧阳锦亮了，等真正要办事的时候，才托媒婆走了走过场。女儿的婚事，她也准备这样办。她先问了女儿的态度，趁着探望裴元基病情的机会，跟姚心林谈起了这件事。

姚心林知道儿子从小就喜欢欧阳宁儿，要不是遇到丈夫出了事，早就托人去欧阳府提亲了。没想到刘玉蓉连媒婆都不要，亲自过来为女儿提亲，把她感动得眼泪流了个一塌糊涂。

裴俊超和欧阳宁儿订婚不久，就发生了凌小梅父亲的那件事（有关这件事情下一节会简略介绍）。

欧阳锦亮夫妇再也没有时间到裴家串门了。裴元基先是很纳闷，后来诸葛锦华把发生在汉口的事情告诉给了他。他虽说很钦佩欧阳锦亮的行为，却也为欧阳锦亮掐了一把汗，呆了半晌，幽幽地说道："但愿老天能够保佑欧阳先生平安无事。"

"是啊，如果欧阳先生有事，就太没有公理了。"诸葛锦华有些愤愤不平。

裴元基想了一会儿，说道："诸葛大人，这事我们无论如何不能袖手旁观。我躺在床上，不能动弹，请你用你我的名义，联名请求总督大人和朝廷不要屈服，得为大清王朝保留一些正气。"

"裴大人请放心，我已经这么做了。"诸葛锦华说道："而且，总督大人并没有苛责欧阳先生的意思。"

"总督大人深谋远虑，一定会有办法的。"裴元基脸上露出了笑容。

能够下床活动了，他就去了兵工厂。听到熟悉的机械轰鸣声，闻到熟悉的枪炮火药味，他就浑身充满了力量。

"裴大人，你还没痊愈，就来兵工厂了？"诸葛锦华大吃一惊，问道。

"我躺在床上的时间太久了，再不做一点事情出来，不仅愧对总督大人的深情厚谊，而且还愧对天下的黎民百姓。"

"裴大人躺在床上，仍然心系黎民百姓，真是朝廷之福，百姓之福。不过，裴大人究竟想怎么做呢？”

“我琢磨了很久，想对枪支的性能进行改良。虽说汉阳造在引进的当年，是世界一流的武器，可是，过了这么多年，跟列强的最新枪支相比，已经落伍了。不尽力提高它的性能，怎么行啊。”

“还是裴大人目光远大，诸葛一定为裴大人当好助手。”

欧阳锦亮的第二夫人凌小梅

欧阳锦亮终于在1906年冬天纳了妾。他和夫人商量好了，把妾当第二夫人。

第二夫人名叫凌小梅，只有十八岁，比欧阳宁儿大两岁。

凌小梅出生于一个小官吏的家庭。父母只生下她这么一个孩子，非常娇宠她，她就是想要天上的月亮，父亲也会为她去摘。不过，女儿自幼就非常懂事，常缠着父亲教她读书。读书也不是读四书五经，而是读才子佳人之类的闲书。凌小梅一读书就读入了迷，把做女人需要的礼数呀，全部抛到一边，一门心思只顾读那些闲书。母亲为此感到很郁闷，但又做不了主，无可奈何。

凌小梅的父亲原以为自己大小是个官吏，足以维持女儿一生的豪华生活。没想到，他竟在一次路过英租界时，撞上了英国人的车子。人家一怒之下，跑下车就猛踢了他几脚，把他当场踢昏过去。父亲一苏醒过来，越想越觉得窝囊，气冲冲地跑去了英租界，想讨一个公道。

原以为只要有英国人出面，把事情说清楚了，道歉了，他就不再追究。谁知英国人不仅不理他的茬，反而以破坏英国人正常生活秩序的名义，一边向朝廷提出抗议，一边派出把守大门的印度人挥动着皮鞭，把他再一次打昏了过去。

事情闹大了。朝廷把凌小梅的父亲好一通训斥，然后罢了他的官，只差没有把他丢进监狱。

汉口人得知消息，一时民情激愤，人人怒火万丈，组织了一支庞大的队伍，把英租界围了一个水泄不通。英国人恼羞成怒，命令把守大门的印度人架起枪，就要扫向手无寸铁的民众。

欧阳锦亮恰巧有事经过这里，一见这个情景，不由怒火万丈，将手臂一挥，带头冲进了英租界。民众群情激奋，跟在他的身后，潮水般地涌了过去。

印度人举起了枪，还没有扣动扳机，愤怒的人群就把那些枪支夺到了手。然后围住整个英租界，要求英国人赔礼道歉。

英国人被迫向凌小梅的父亲道了歉。危机一解除，英国人就凶相毕露，大肆威胁朝廷。

朝廷迫于英国人的压力，要求湖广总督张之洞严惩肇事者。欧阳锦亮知道张之洞接到了朝廷的旨意，马上去总督衙门投案。张之洞既不会拿他去平息英国人的愤怒，也不会拿任何一个无辜的生命去堵塞朝廷的指责之口。纵使面临的压力一天比一天大，他仍然在拖。

凌小梅的父亲做梦也没想到，事情会变成这样。他去了刘记豆皮馆，找到了刘玉蓉，把女儿托付给她，马上去了总督衙门，向张之洞投案自首。

张之洞严厉地呵责他，要把他赶回去，他却抱定了必死的决心，丝毫不为所动。进了监狱，他自思张之洞大人还是没有杀他的心，就要来纸笔，写下了遗书，一头撞死在监狱里。

张之洞接到遗书，眼望苍穹，久久说不出话来。他只有按照死者的遗言，把一切责任全部推到死者头上，对死者枭首示众。

英国人更想让欧阳锦亮死。因为他们清楚，欧阳锦亮在汉口撑起了一个多么庞大的实业，一旦欧阳锦亮死了，他的产业就会全部被英国人夺走，而且还铲除了继续有人支持湖北兵工厂的后患。几经交涉，张之洞态度强硬，英国人得不了什么好处，最后只有把凌家的家产抢掠一空，把凌小梅赶出了家门。

刘玉蓉得知凌小梅流落街头的消息，马上把她接到家里。

凌小梅一到欧阳府上，就要嫁给欧阳锦亮。欧阳锦亮一直没想过要纳妾，何况凌小梅只比女儿大两岁，决定收她为干闺女。可是，凌小梅认定了要嫁给他，绝不给他当女儿。

消息传到张之洞耳朵，他一来想起了凌小梅的父亲用生命保全了欧阳锦亮的性命和朝廷的颜面，也保全了自己的顶戴；二来欧阳锦亮又是在关键时刻挺身而出，帮助自己的人；三来他对欧阳锦亮的祖父十分钦佩，为此在初入官场的时候，还得到过欧阳锦亮祖父的提携和关照，特意收凌小梅做干女儿，把凌小梅接到了总督衙门，准备亲自送干女儿前去跟欧阳锦亮成亲。

欧阳锦亮感激涕零。他的夫人刘玉蓉也深感荣幸。

裴元基一家子和诸葛锦华一家子是当然的贵客。没有女宾席，刘玉蓉专门为裴元基的夫人姚心林和诸葛锦华的夫人裴云珠在另一个房间里摆上了酒席。

裴元杰一样接到了出席欧阳锦亮婚礼的邀请。

这几年，作为新军统制，裴元杰以铁的手腕和顽强的斗志编列和训练新军，表现出了卓越的军事才干，有了很高的威信。

父亲在世时，曾再三催逼他成亲，他却不予理会。哥哥和嫂子劝他成家，甚至为他挑选了一个很好的姑娘，他一样不领他们的情。他如果一定要成亲，也得他自己先看中了，按他自己的意愿把她娶回家。

裴元杰再次调侃欧阳锦亮

裴元杰原来虽说对欧阳锦亮不讨第二个女人说三道四，心里却很看重他，如今一见欧阳锦亮要娶第二夫人，就有些看不起他了。一看不起欧阳锦亮，裴元杰就不想出席他的婚礼，可是，因为张之洞的面子，他不能不去捧场。

那一天，他跟其他武官一样，骑着高头大马，带了几个马弁，过了长江，去了汉口，到了欧阳锦亮的家。其时，他的哥哥、嫂子、姐姐和姐夫早就到了，女人们正跟刘玉蓉帮忙清点东西，男人们三五个相识的凑在一起，相互抱着拳，说一些虚与委蛇的场面话。他没有看到哥哥和姐夫，也没有看到欧阳锦亮，心知哥哥是因为模样全毁了，不想跟人家作无谓的瞎聊，就躲到一边去了。他曾经到过欧阳锦亮的家，知道在什么地方找得到欧阳锦亮。果然，在一个僻静的位置，他大老远就看见三个人坐在那儿聊得正欢。

听说凌小梅的父亲用自杀的方式来成就欧阳锦亮和张之洞之后，裴元基心里就对他产生了深深的敬意。后来听说凌小梅一心要嫁给欧阳锦亮，欧阳锦亮却硬是不愿意的消息，裴元基想道：虽说自己一直认为纳妾是一件对妇女很不敬重的事情，可是，一旦有一个姑娘死心塌地地爱着欧阳锦亮，欧阳锦亮娶她回家，有何不可？于是，在欧阳锦亮前来向他大倒苦水的时候，他劝道："男子汉大丈夫，有凌小姐这样的奇女子爱着，是你的福气。"

"裴大人，你不是一向反对纳妾的吗？"

"我反对纳妾，却不反对一个女子甘心嫁给她愿意嫁的人。欧阳先生，你不要拘泥于自己的想法，打着灯笼也找不到的娇妻，你就娶了吧。"

欧阳锦亮就是在听了裴元基的劝说之后，才决定娶第二夫人的。

裴元杰不知内情，一见他们相谈甚欢，老远就吆喝："欧阳兄，你不是绝不纳妾的吗？是不是嫂子不让你再近她的身，你憋不住，才自毁诺言的呀。"

欧阳锦亮满面通红，作声不得。诸葛锦华愣住了，也不作声。

裴元基怒喝道："元杰，不得无礼。"

"怎么，开不得玩笑吗？"裴元杰继续笑嘻嘻的。

欧阳锦亮生怕裴元杰还会继续拿他开涮，连忙向裴家兄弟和诸葛锦华打一声招呼，招待其他的客人去了。

裴元基劈头盖脑地训斥了裴元杰一通。诸葛锦华也担心小舅子开出过分的玩笑，伤了大家的体面，帮着大舅子数落他的不是。

裴元杰连称晓得分寸，突然想起一件心事，说道："哥哥，姐夫，你们是不是还在研究怎么改造枪支呀。"

"是呀。"裴元基慎重地说。

诸葛锦华深知小舅子的为人，别看他一副玩世不恭、逮着谁咬谁的样子，其实他考虑问题比自己和裴元基都深远。于是，诸葛锦华便身子前倾，摆出一副洗耳恭听的姿态。

裴元杰一见哥哥和姐夫的样子，心里好像吃了蜜一样，问道："研究出什么了吗？"

"你想说什么？"裴元基反问。

"想给你们提一点建议，就是怕你们做不出来。"裴元杰挥了挥手，马上站起身，一副想立刻离开的样子。

裴元基说道："只要你说得有理，我花再大的精力，也一定要把它做出来。"

"是啊，大哥说得对。"诸葛锦华也帮了腔。

裴元杰坐回了原位，说道："光在实验研究枪炮、火药不行，你们要到兵营里走一走，问一问，这样才能发现问题，找到改进的办法。"

一语道破了问题的实质！裴元基深受震动，再也坐不稳了。诸葛锦华急切地问道："你还想到了什么？"

裴元杰笑道："我想的东西倒是很多，要全部告诉你们吗？"

"你快说！"诸葛锦华几乎吼叫起来了。

裴元杰说道："很简单，别让我的兵士打过枪之后再去拉枪栓，应该扣动一次扳机，就把装进去的子弹全部打出去。这比新式火药还管用，而且还不会爆炸，不会让你们受伤。"

婚礼现场的惊讶

忽然，门外传来了一阵接一阵鞭炮声，还有锣鼓、唢呐的鸣响。裴元杰惊讶地大叫一声，扔下哥哥和姐夫，一溜烟地跑了出去。裴元基省悟过来，便和诸葛锦华一道站起身，走向了厅屋。

那儿，已经喜气洋洋地围了好几层人。一看到裴元基和诸葛锦华，有人给他们让开一条路，让他们径直地走进了内层。

欧阳锦亮不仅穿上了大红的新郎服，身上还系了一条粗大的红色丝带，另一端在新娘的手里。两人一起牵着，木偶似的听从司仪的指令。新娘头上盖着大红的盖头，浑身上下一袭红装，宛如一只火蝴蝶在花的枝头跳着舞。

已经进行到二拜高堂的环节了。欧阳锦亮孤身来到汉口，没有高堂，刘玉蓉的父母也早就去世。刘玉蓉权充高堂，端坐在一把高大的椅子上，要接受新郎、新娘的朝拜。在刘玉蓉的两边站着姚心林和裴云珠。她们是应刘玉蓉的要求，滥竽充数，也当一回高堂。不过，她们并没有高堂的样子，新郎、新娘一向她们叩头，她们就马上还礼，逗得看热闹的人哈哈大笑。

裴元杰缩着手，站在离新娘最近的地方，一直不怀好意地笑着。裴元基和诸葛锦华生怕他会做出什么傻事，很想朝他的身边挤，却挤不过去。

拜完了高堂，就是夫妻对拜了。

欧阳锦亮和凌小梅的夫妻对拜进行完了。两名丫环，一边一位，前去搀扶凌小梅。

裴元杰身子一晃，跟了过去，从衣袖里突然伸出了一根细细的竹条，像一条蛇一样飞向了新娘子的脑袋。盖头掀掉了，露出一张绯红的、漂亮的脸蛋，像受惊的兔子一样，左躲右闪。

观礼的人们莫不目瞪口呆，像遭了雷殛，站在那儿，一动不动。

裴元杰惊讶于新娘的美貌，差一点就要大声喝彩。他的确跟许许多多女人睡过觉，却没有一个女人能够像凌小梅一样让他怦然心动。他从来没有考虑过成家，如果凌小梅现在说一声我愿意嫁给你，他一定会迫不及待地把她娶回家。他脑子里出现了短暂的空白，纵身一跃，捡起了盖头巾，搭在了她的头上。

在那一刹那间，他看得出来，她非常感动，流露出一种对他的不舍之情。可是，她是欧阳锦亮的第二夫人，欧阳锦亮又是大哥的亲家，他可以跟他们开任何玩笑，却绝不能向欧阳锦亮的夫人下手。

不下手又怎么办呢？裴元杰心里再也放不下她。她那姣美的脸庞，她那手足无措的娇羞模样，她那浑身透射出来的火一样的热情与魔力，让他时时想去亲近她。他一连好多天，见了任何女人都提不起兴趣，心里想着的是她，眼中浮现的人也是她。他知道自己完了，一缕魂魄已经随她而去，不在自己身上了。

走入军营

裴俊超从两湖师范学堂顺利毕业，到兵工厂走马上任枪厂提调的职位。

此时已是1908年，湖北兵工厂改名为汉阳兵工厂。为创建兵工厂立下了不朽功勋的湖广总督张之洞也奉调进京，入阁当上了军机大臣。裴元基一如既往地按照张之洞在任时候的思路，来规划汉阳兵工厂的发展。他本来早就准备去军营调研，以便获取改进汉阳造的第一手资料，却根本无法从兵工厂抽调可靠的人手帮助自己，事情便拖延下来。儿子一到兵工厂，他马上带着儿子，正式走向军营。

裴元杰接到消息之后，十分高兴，亲自出马，把一切准备工作全部做妥了，就去迎接哥哥和侄儿。

“怎么样，我的意见的确很管用吧？”裴元杰笑嘻嘻地说道。

裴元基轻声训斥道：“你的意见固然很管用，可是，身为新军统领，却不知轻重，只知道自吹自擂，以后还干得出多大的事业来！”

弟弟一见哥哥板起了脸，连忙举起双手，说道：“好啦，我不需要听到你的教训。我能跟你说怎么才能把你的枪炮、火药搞好，就已经证明，我不像你想象的不堪。今后，说不定你还有需要我帮忙的地方呢。”

哥哥怔了一怔，说不出话来。裴元杰成功地让哥哥闭了嘴，就想起了欧阳锦亮的第二夫人。他找不到见凌小梅的理由，觉得如果裴俊超跟欧阳宁儿成了亲，自己就是欧阳锦亮的亲家，就有的是借口去欧阳府上了，马上怂恿侄子道：“俊超，有没有想过要快一点把欧阳家的丫头娶回来呀？”

“叔叔，这个事先不慌。我刚从师范学堂出来，总得先帮父亲对汉阳造进行一番改进再说。”

“傻小子，你以为改进汉阳造很容易吗？你想想看，你父亲研究火药多少年了？不过才搞出一点名堂。等你们把汉阳造改造好了，黄花菜都凉了。你那时再成亲，恐怕人已经老得连路都走不动啦，怎么往媳妇肚子上爬呀。”

裴元基怒斥道：“元杰，有你这样教侄子的吗？”

兄弟俩由此闹上了别扭，一路行来，谁也不再说话。沉闷之中，一行人很快就来到了新军工程兵的营地。

裴元基厌恶那些虚伪的礼仪，直截了当地请管带把他们带往操练场。

管带感到很为难，求救似的看着裴元杰。

裴元杰在训练新军方面，要求是很严格的，无奈下面的人并不能完全按照他的想法去做。他曾经为此大开杀戒，砍掉了几个管带甚至标统的脑袋，终于把兵士训练得像模像样了。后来，张之洞离开了湖北，新任湖广总督虽说继承了张之洞留下来的洋务事业和洋务人才，却对张之洞信任的一帮洋务人才并不重视，裴元杰得不到总督大人的全力支持与保护，难以有所作为，就只能睁一只眼闭一只眼。此时一见管带向自己投来求救的目光，他装作没看见。

管带无计可施，只有硬着头皮召集兵士们操练起来。

兵士们在操练场上精神不振，集合了好大半天，连一个队形都没站好。像这样的队伍，就是有再好的武器，怎么去对付洋人啊。裴元基实在没有想到弟弟抓新军抓了六七年，竟然抓出了一群窝囊废。心里感到十分痛心，不耐烦地瞥了弟弟一眼。

裴元杰心头一振，不由想道：本统领把新军抓得嗷嗷叫的时候，你没看到，带出一群窝囊你就看见了，就看不起我了。不行，得拿出手段，叫你裴元基瞧一瞧。他大声喝问："江管带，队伍违抗军令，该当如何？"

管带浑身一颤，不得不回答："队伍违抗军令，按律得斩。"

"好！"裴元杰大声说道："本统领早就告诉过你，队伍必须按时参加操练，你却花费了整整两个时辰，连队伍也集合不起来，要你何用！"

话音刚一落地，命令随从提起管带，就地一刀砍了他的脑袋。

裴元杰提起那颗血淋淋的脑袋，说道："谁敢违抗军令，一律杀无赦。"

事起仓促，裴元基想拦也拦不住，不由得格外震惊。等他再去看队伍时，队伍已经操练得虎虎生威。他不禁为弟弟拿出霹雳手段产生的效果叫好。现在，他可以按照自己的意图，在整个操练场上看兵士们使用枪炮的情况了。

裴元杰陪同哥哥观看了好一会儿，说道："兵士们在操练场上使用步枪多么费力、费时，要是上了战场，该是怎样一副模样？"

裴元基深感羞愧，嘴唇翕动，说不出话来。

弟弟却似乎是为了报复哥哥原先对自己的轻视，继续说道："要知道，在战场上，哪怕比对手仅仅慢了一眨眼的工夫，对手的子弹就会射穿兵士们的脑袋。如果现在真要用汉阳造去跟洋人打仗，我真想不出会是怎样一个局面。不错，当初引进这种步枪时，它在全世界是最先进的。但是，走过了十年的历程，你根本没有想到怎么改进它，更没有想到要用一种新式步枪去取代它，甚至也没有想过它是不是适合兵士使用，反而继续躺在它的身上睡大觉。今天，就由我给你上一课，你要是真的找到了改进的方法，那才是朝廷的福气。"

"叔叔，其实我父亲早就在琢磨改进汉阳造的。"

"躲在实验室，躺在床上，那也叫改进？就是改进出来了，管用吗？"

裴元基冷静地说道："你说得对，躲在实验室，躺在床上，是改进不了汉阳造的。我得从兵士们的操作与实践上取得灵感，尽可能多地跟兵士们待在一起，不仅询问他们对改进枪支的意见，也要亲自实践。”

兵士们顶着烈日，继续在操练场上一招一式地操作着手里的枪支。

裴元基果然说话算话，投身到兵士们当中去。操练了一会儿，他觉得不用实弹训练，根本就看不出枪支到底在战争当中还会出现什么问题，连忙对裴元杰说道：“我希望接下来能够看到兵士们的实弹操作。”

很快，一箱接一箱的子弹抬出来了，放在兵士们的身边。看着兵士们装填子弹的样子，裴元基的心着实揪了起来。原来只用一支枪射击的时候，觉得汉阳造的威力十足，一个营的兵士全部集合在一起，就显得稀稀啦啦，说不出的别扭。这不是兵士们训练不到位，而是实实在在的事实。

兵士们费力地拉动枪栓、退出弹壳，费力地装填着子弹，费力地扣动扳机，再让另一颗子弹装填进去。

裴元基感到震惊。他情不自禁地拿起了一支枪，爬在地面上，装填子弹、瞄准目标、开枪射击。随着开枪次数的增多，卡壳的现象越来越严重了，操作起来也越来越费劲了。他差一点就要把枪扔到一边。但是，他不能扔，他得找准原因，找到解决问题的方法。

裴俊超也拿起了枪，装填子弹、瞄准目标、开枪射击。每射击一次，他都会有不同的感受。

两个时辰的操练在充满了难以叙说的滋味当中结束了。

裴元基走进兵士中间问道：“你们在使用枪支的过程中，还遇到过哪些问题？又想过用什么办法解决它们呢？”

得到了裴元杰的鼓励，兵士们纷纷开了口，有说枪支使用久了，不仅卡壳越来越严重，甚至有些还爆了膛，有说瞄准的时候因为枪刺的原因不太好对准目标……

这还只是一般性的军事训练，就出现了这么多问题，真的到战场上去使用，该怎么办啊？裴元基心里激荡着一股豪情，对弟弟说：“谢谢你给了我当头一棒。不过，要搞就要把声势搞得更大一些，请你调集更多的新军，在武昌城外展开大规模的军事演练。”

“张之洞大人早就离开了湖北，新任湖广总督不会理这个茬。我无权调集那么多军队。”裴元杰深感为难了。

“那好，我直接向张之洞大人求助。”裴元基坚决地说道。

枪炮对抗汉阳造

张之洞一手扶持起了湖北兵工厂，当然想亲眼看一看自己培植的新军到底有多大的战斗力，更想看一看裴元基能够从这场虚拟战争中觑出什么，一接到裴元基的请求，不仅使出浑身解数，使朝廷同意了湖北新军开演的要求，甚至还准备在正式开演的那一天，亲自去观赏这场类似实战的演练。

为了这场演练，裴元基下足了工夫，把儿子留在裴元杰身边，负责催促、监督军队调集与准备的全过程，自己回到兵工厂，准备搞出一种打不死人、也打不伤人的子弹，以避免在演练过程出现伤亡。

因为弹头都是圆形的，裴元基和诸葛锦华决计用不会伤着人的裹着棉絮的硬木棍当弹头，来解决这个问题。二人商议一定，就正式从各分厂抽调人马，补充到实验室里，按照他们的设想，突击试制这种打不死人的子弹，真正实验起来，装药量和充当弹头的木棍之类的东西都给他们造成了很大的困扰。不过，最后总算把问题解决了，造出了他们想要的子弹。

张之洞赴京担任军机大臣以后，越来越感到力不从心。但是，汉阳造倾注了他大半生的心血，俨然已经成了他的另外一条性命，能够在将要走向坟墓的当口，看到用汉阳造枪炮搞一场逼近真实战争的演习，他一下子变得年轻了许多。

他知道裴家跟欧阳家结了儿女亲家。在这场大演习之后，他要亲自做主，让裴俊超和欧阳宁儿把婚事办了，算是对裴元基、欧阳锦亮和诸葛锦华的最后祝福。

张之洞来到武昌，裴元杰、裴元基、诸葛锦华和欧阳锦亮以及全城大大小小的官员都去迎接。看到了久违的几个最为得力的干将，张之洞脸上浮现出一阵笑意，说道："我希望你们真能给我一个很大的惊喜。"

"绝不辜负大人的期望。"裴元杰、裴元基、诸葛锦华和欧阳锦亮一同说道。

他们很快就来到了指挥现场。指挥部设在一座很高的山峰上，拿上望远镜，足以看出方圆几十里地的战争场面。张之洞环顾了一下四周，满意地点了一回头，对大家说一声："你们不必都陪在我身边，各人到各人的位置上去吧。"

众人纷纷散开。于是，张之洞手持一架望远镜，坐在裴元杰的身边，等待着观赏一场不会死人的战争。

诸葛锦华准备向张之洞解释战争当中汉阳造有可能出现的各种情况。

裴元基不仅自己去了一个营垒，也让儿子去了另外一个营垒。父子俩手里各自提了一支汉阳造，跟普通兵士一样，站在各自的队伍里，准备一听到开战的命令，就杀向对手。

命令很快就下达了。

裴元基属于进攻方。他提了一支汉阳造步枪，跟兵士们一样，摆开散兵队形，在火炮的掩护下，向对方把守着的山头展开冲锋。

快要到达对手的防御阵线了，指挥官一声令下，裴元基和兵士们一样，端起汉阳造，瞄向对方从掩体里露出的脑袋，就开了火。他分明清楚地看见了对方的一颗脑袋，枪口也指向了那颗脑袋，瞄准了，扣动着扳机。扳机扣起来有点费劲，总算扣动了，砰的一声，子弹射出去了。可是，那颗脑袋不见了，缩进了战壕。另一个脑袋又出现了，就在他没打中的那颗脑袋旁边。

对手太没把他的枪当一回事了，竟然把脑袋伸出那么高，不是等着挨枪子吗？裴元基枪口一调，对准目标，就扣动了扳机。枪没响。他这才意识到自己并没有把另一颗子弹装进枪膛。他马上拉动枪栓，退出了弹壳，同时把另一颗子弹推进了枪膛，再去捕捉目标，却哪里还有人影？与此同时，他分明感到对手的枪口指向了自己，而且开了枪，枪口火花一冒，直冲自己而来。

他知道，他完了，只跟对手打了一回合，对手安然无恙，而自己却被人一枪要了命。

看起来，神话了汉阳造，就等于是拿自己的性命和整个大清王朝的江山开玩笑！汉阳造在刚刚投产的时候是最先进的，或许拿到现在，也能跟列强的同类枪支一较高下，那又怎么样？经不住一个回合，连亲手制造出汉阳枪的人也一命归西，先进到哪里去了？

不过，眼下最重要的事情是他要亲眼看一看汉阳造步枪还会出现什么问题，也要亲眼看一看汉阳造火炮、手榴弹、手雷、地雷等武器在战争过程中的实际效果。这是最为宝贵的资料，也是他据此改进甚至设计新式枪炮的基础。

他没有像其他兵士一样一看见对手的枪口对准自己，并且冒出了火焰，就躺倒在地，退出战场，而是继续使用手里的枪支去打击对手，一直到他再也无法打出一粒子弹为止。

很快，他手里的枪就不管用了，马上转移到了火炮阵地。他持续用汉阳造火炮猛攻对方的阵地，本来瞄得准准的，但炮弹一出炮口，不是偏离了目标，就是打向了自己的队伍，好几次，炮弹甚至刚出炮口，就掉落下来，要不是提前做好了准备，把火炮埋伏在一道深深的壕沟里，整个火炮阵地就会彻底玩完。

当天幕四合的时候，战争不得不结束了，因为不管是裴元基所在的进攻方，还是裴俊超所在的防御方，都被打得人仰马翻，再也没有战斗力了。

但是，裴元基和裴俊超的战斗还没有结束。他们要从所有参战兵士的口中获取他们需要的东西。那比战争还要令他们感兴趣。

张之洞亲眼看到了战争的激烈程度，也亲眼看到了汉阳造枪炮的威力。他没有亲自使用汉阳造，自然体会不出来汉阳造存在的问题。随着战争一步一步地打下去，他的心情越来越激动，不住地为汉阳造拍手叫好。

诸葛锦华深受感染，忍不住夸耀地说道："通过这次演练，我们找出了汉阳造存在的问题，一定会把汉阳造改进得更好，让它所向无敌。"

张之洞高兴地说道："那样一来，大清江山就再也不会任由列强蹂躏了。"

他似乎还想继续说下去，不料，身子一硬，猛地朝地上倒去。

诸葛锦华大吃一惊，连忙伸手去扶。裴元杰更是吃惊不小，身子一矮，双手紧紧地抱着张之洞，一点一点地把他抱起来。

张之洞气息微弱，断断续续地说道："裴元基，叫裴元基。"

诸葛锦华连忙派人去找裴元基。裴元杰万分紧张，继续抱着张之洞，大声喝令随队大夫快快查看张之洞大人的病情，同时命令人马快一点准备担架，马上把卸任总督大人抬到总督府去。

张之洞吃力地说道："不要忙活了。我所剩时间无几，快点把裴元基找来，我还有好多话要对他说呢。"

裴元基带着儿子来到张之洞面前时，张之洞已经无法开口说话了。他只是颤抖着双手，要去抓裴元基的手。裴元基一把抓紧了张之洞的手，眼泪哗啦啦地流了下来："大人！"

突然，他感到总督大人的手松开了，连忙看去，张之洞已经闭上了眼睛，脸上洋溢着满足的笑容。

裴俊超成亲

裴元基不能让张之洞的尸首停留在荒野，准备亲自护送卸任总督大人回北京，陪大人走完最后一段路程。

诸葛锦华哽咽着说道："总督大人临走之前，曾经说过，他要亲自主持裴俊超和欧阳宁儿的婚礼。"

裴元基浑身一颤，情不自禁地望着张之洞的尸首，眼泪犹如大雨滂沱。

“可惜，总督大人已经无法主持俊超和宁儿的婚礼了。”裴元杰一样泪如雨下，哽咽不止。

裴元基赶紧对诸葛锦华和裴元杰说道：“你们分头去汉口、汉阳，通知欧阳锦亮和刘玉蓉赶快送欧阳宁儿来成亲，通知姚心林和裴云珠快点把裴俊超成亲的东西准备妥当，送到这里。”

裴元基命令全体将士点燃火把，围绕卸任总督休息的地方修建一个非常庞大的平台，然后把它隔成一间一间的小屋，用染上了受伤兵士鲜血的衣服把平台包裹得严严实实，人走进去，宛如进入了红色的海洋。兵士们唱着歌，笑着，闹着，把新人成亲的气氛营造得格外火热。

半夜时分，欧阳锦亮、刘玉蓉和凌小梅带着欧阳宁儿，还有一大群人浩浩荡荡地赶了过来。刘玉蓉和凌小梅的眼眶里饱含着泪水。欧阳锦亮一脸严肃，脸上看不到一点欢欣的样子。欧阳宁儿一直用红盖头蒙着头。

同一时刻，姚心林和裴云珠带了一大群人从另一个方向赶来了。她们一样披红挂绿，一样脸色严峻。她们是跟裴元杰一块过来的。快到平台时，裴元杰就让她们停了下来，先去见了哥哥裴元基。诸葛锦华也在场。他们忘记了请媒婆，于是，裴元杰充当男方家里的媒人，诸葛锦华充当女方家里的媒人。张之洞大人不能说话，就由一个亲随躲在他的尸首后面，学着他的声音说话。

一切准备停妥，姚心林、裴云珠和裴家大大小小就走上平台，进入到各自的房间。

裴俊超换上了新郎的衣服，骑上高头大马，在一大队兵士的簇拥下，往欧阳锦亮一家子的方向走去。一路上，没有鞭炮、锣鼓和唢呐，就用汉阳造步枪开道，声音此起彼伏，没有断绝。很快，就迎到了新娘子，再在汉阳造步枪的护送下，走向了平台。

在那儿，司仪引导着一对新人，按照成婚的礼仪，他们在张之洞大人的遗体面前拜了天地，拜了家长，夫妻对拜了，在汉阳造步枪和火炮的轰鸣声中，送进了洞房。

此时，天已经亮了。新人们在洞房里的程序没法进行。

裴元基强颜欢笑，到了现在，终于忍不住了，号啕大哭不已。这一下，所有的人都跟着一起大哭起来。哭声震天动地，连绵不绝。

改进汉阳造

张之洞走完了他光彩的一生，他的希望，他对未来的期许，就全部落在裴元基和诸葛锦华的肩上了。诸葛锦华继续全面管理着整个兵工厂，裴元基带着儿子、郝老六和王老四正式开始了对汉阳造步枪的改进工作。

通过这场演练，裴元基已经取得了大量的第一手资料。他现在需要花费大量的时间来整理、分析它们，看能不能尽快找到让枪支易于使用的方法。

裴俊超说道："要想让枪支易于使用，最好的办法是可以连续击发，即用一个什么东西给予枪栓一个后坐力，把枪栓使劲地顶回去，以便把弹壳弹出去，同时又把另一颗子弹装填进去。"

"可是，这是一种什么东西呢？"郝老六和王老四同时说。

裴俊超困惑地摇了一回头，说道："我也不知道。不过，我们要想搞出新的东西，就应该努力把它付诸实现。"

"是的，我们就是要造出没有的东西，否则，就谈不上造出新的枪炮。"裴元基沉思了片刻，又说："当年，我们还没有建起兵工厂的时候，美国人就研制了一种马克沁重机枪，随即风行全球。金陵制造局也曾经仿制过马克沁重机枪，后来因为发现它毛病多多，不甚适用，就放弃了。说不定，我们可以从马克沁重机枪上找到一些灵感。"

他们正说着话，诸葛锦华过来了。等裴元基的话音刚一落地，他说道："这么多年过去了，马克沁重机枪说不定会有新的改进。我们一直把注意力关注在汉阳兵工厂上，并没有真正关心世界军事工业的发展。现在是重新关注世界上出现了什么样的新武器的时候了。"

裴元基苦涩地点了点头。这么多年来，他迭遭家庭和个人的变故，就是想关注世界军火界的最新动向，也力不从心。现在，他必须从这些状况中彻底摆脱出来，全面了解世界军火界的最新动向。能够为他提供一切消息的人，无疑就是当年在德意志帝国留学时的恩师。他本来很想去德意志帝国向老师求教，但是，丢不开手头的工作，只能给老师写一封信，把自己遇到的问题和困惑全部告诉他，寻求他的指教。

他不能等候老师的答复，也不能指望老师真能把所有东西都毫无保留地告诉自己，得自己想办法解决问题。

"完全新式的枪支，我们短时间里造不出来，就先从能够做出来的方面着手，把演练过程中暴露出来的枪炮缺陷解决掉。"裴元基为他们今后的工作定下了基调。

于是，他们仔细地分析研究了汉阳造出现的问题。

“旋转式枪栓太耽搁时间，把枪栓部分改进为直接向后拉，就会省事得多。”裴俊超又提出了新的构想。

裴元基觉得大可一试，便反复设计了好几种方案，每一种方案都经得起理论推敲，可是，一旦要裴俊超、郝老六和王老四按照他的方案去改进枪支的构造时，就会出现许许多多的问题，不是枪栓更不好拉，就是枪栓容易活动，手还没挨上呢，它就稀里哗啦地动了起来。

出现了新问题，就需要新的解决办法。这样搞来搞去，一搞就搞了一年多，总算把枪栓拉直了，把枪管上的套筒除掉了。在拉直枪栓的过程中，他们还意外地获得了一些收获：把刺刀庭改在前护箍下方；把直立式表尺改为固定弧式表尺、分划由5-20改为1-20；把护木也调整到了上方。

改进型的汉阳造生产出来了，裴元基亲自在实验室里进行了验收。接连打出了五颗子弹，比原有的步枪好使多了。他似乎还不放心，又让儿子、郝老六王和老四分别打了一匣子弹。诸葛锦华这一天也来到了实验室，一样试射了一弹匣子弹。

最后，他们去了张之洞去世的地方，朝着远处的几只飞鸟开了枪，一只飞鸟也没有逃得过子弹给予的致命一击。

老师送来了最新消息

一年以后，裴元基收到了老师的回信。老师在信里不仅详细地向他讲述了德意志帝国目前已经在第一代马克沁重机枪的基础上设计并定型MG08式马克沁重机枪，而且还向他说起了整个世界军火界的最新发展趋势。

有关MG08式马克沁重机枪的一切信息，老师描述得极为详细，还随信件给裴元基寄来了一份该型新式枪支的图纸。

除此之外，老师甚至说道，目前军火界已经出现了一种更为灵巧的机枪，叫做轻机枪，完全抛弃了水冷式重机枪的设计缺陷，采用又粗又圆的枪管，其中充满了金属薄片，用以散热。虽说德意志帝国目前并没有制造出这样的机枪，可是，老师对于这种机枪显然了解得非常透彻，并预言：在以后的战争中，因为这款机枪的灵便性，会成为左右战争胜负的重要武器。

裴元基十分兴奋，一边嘱咐儿子裴俊超带着郝老六和王老四等人继续改进汉阳造，一边邀请诸葛锦华一起研究老师寄来的信件和资料详细。

“原来使用一种叫复进机的部件就可以让枪支打出一颗子弹之后，自动退出弹壳，同时把另一颗子弹自动装填到枪膛里去。”诸葛锦华还没有看完老师的回信，就已经高兴得差一点手舞足蹈起来了：“这么说来，其实很简单。我们可以按照老师的说法，自己制造复进机。”

“听起来的确很简单。不过，要想制造出真正管用的复进机，恐怕不会太容易。”裴元基却不像妹夫一样乐观。

但是，不管怎么样，都得造出复进机。他们把欧阳锦亮找来兵工厂，三人商议一回，把寻找相关弹簧的事情交给欧阳锦亮，诸葛锦华就帮着他把关，裴元基继续改进汉阳造。

德意志帝国已经制造出了机枪，进一步改进汉阳造固然非常重要，可是，能够想办法尽快把机枪拿到手，才是跟上先进武器发展的最佳途径。裴元基决定向继任湖广总督提出引进新式机枪生产线的建议。他绞尽脑汁，花了好几天的时间，草拟了一份完整的引进计划，报给了总督。

新任总督口头上答应考虑，事实上却把报告朝一边一放，就束之高阁了。

裴元基既然得不到新任总督的支持，手里也没有过多的资料，只有再一次向老师求援。与此同时，他带着儿子、郝老六和王老四继续改进汉阳造。在此期间，欧阳锦亮和诸葛锦华陆续为他提供了一些弹簧。每当他看到这些东西时，总是如获至宝，丝毫也不敢耽搁，马上开动脑筋想办法，把它用到对汉阳造的改进上，也摸索着用它去改进类似机枪的东西。

近亲恋爱绝不行

就在裴元基一门心思想尽快把汉阳造改进好，把机枪密码破译出来的时候，裴府已经暗藏了要发生一场雷暴的凶险。夫人姚心林意识到了这个问题，等丈夫晚上回到家里，就正式跟他提出来了。

“有一件事情，只能你定夺了。”姚心林说道。

裴元基一向就不管家里的事，突然听夫人这么说话，一时反应不过来，说道：“家里的事不都是你管的吗？要我定夺什么？”

“是馨儿的事。难道你没发现，她已经长大了吗？”

裴元基想了很久，终于觉得女儿的确长大了。笑了一笑，说道："夫人，你要是看上合适的人家，就把馨儿嫁过去。"

姚心林说道："鹏儿从小就跟馨儿一块长大。我看得出来，馨儿喜欢他，他也喜欢馨儿。把馨儿许配给他，我觉得正合适。"

"不行。"裴元基不等夫人说完，断然地说道。

姚心林懵了。她知道，丈夫很喜欢诸葛鹏，满以为只要自己开口一说，丈夫立即就会再说一声你看着办吧。没想到，丈夫竟然断然拒绝了她的提议。

裴元基一见夫人懵了，连忙道歉，说道："不是诸葛鹏不好，他是诸葛锦华的儿子，诸葛锦华跟欧阳锦亮一样，四世单传。诸葛锦华最大的希望，就是要把诸葛家族的血脉传承下去。"

"难道馨儿就不能为诸葛家族生儿子吗？"姚心林气得差一点就大笑起来。

"馨儿当然能够为诸葛家族生儿子。可是，女儿跟诸葛鹏是嫡亲的表兄妹呀。"裴元基说道。

"嫡亲表兄妹怎么啦？亲上加亲的事不是更好吗？"姚心林又笑了。

裴元基严肃地说道："亲上加亲会养出一群低能的后代。别说我们裴家不希望后代低能，诸葛锦华家里更不希望后代低能。"

看着夫人还不理解的样子，裴元基只有一点一点地把在德意志帝国留学时期学到的生育知识讲给夫人听。

姚心林压根也没有想到成亲和生儿育女会有这么多名堂，当时就呆了，一会儿她才说道："可是，我已经同意把女儿嫁给诸葛鹏，现在反悔，该怎么向女儿解释呀？"

裴元基笑了，对夫人说道："你把馨儿叫到我这里来，我跟她谈一谈。"

很快，裴馨儿就来到了裴元基的面前。

裴馨儿原来并不喜欢诸葛鹏，常常欺负他，看不起他。后来，诸葛鹏的聪明和他身上隐隐约约流露出来的反叛情绪，都让她着迷。不知道从什么时候起，她就真心喜欢起他来了，而且一喜欢就想嫁给他。裴俊超和欧阳宁儿举行了那场震撼人心的婚礼后，她就觉得自己应该跟诸葛鹏成亲，也该搞出一个很大的阵势。于是，跟诸葛鹏约好了，先征服母亲，由母亲去说服父亲。

来到父亲面前，裴馨儿觉得成功在向她招手，激动的心一直在怦怦乱跳。

"馨儿，你母亲说，你的年纪不小了。父亲原来一直没有觉察到这一点。现在看到你，才发现我的女儿的确该嫁人了。跟父亲说说，你喜欢嫁什么样的丈夫呀？"

裴馨儿已经知道母亲把她的心思告诉给父亲了，态度不禁矜持起来了，支吾道："父亲觉得我嫁给谁好，我就嫁给谁。"

父亲笑道："那好，我明天就给你欧阳叔叔说一声，托他给你寻一门好亲。"

裴馨儿宛如挨了晴天霹雳，懵过之后，大声喊叫道："父亲，母亲不是跟你说过吗？我只想嫁给诸葛鹏。"

"你怎么能嫁给诸葛鹏呢？你们是嫡亲的表兄妹呀。"

"我不管，我就是要嫁给他。除了他之外，我谁都不嫁。"女儿生气地说道。

裴元基叹了一口气，说道："你和鹏儿是表兄妹，你们生下了孩子，不是傻瓜，就是痴呆儿。你就看在你姑父的分上，嫁给别人吧，别让诸葛家族绝了后。"

裴馨儿倒抽了一口气，眼泪哗啦啦地流出来了："父亲，你想让女儿一生都得不到幸福吗？那么多人都是嫡亲表兄妹成亲，也没见得谁的孩子是傻瓜、是痴子，怎么就我和诸葛鹏的孩子是傻瓜、是痴子呢？"

"馨儿，凡事不能只图侥幸。"裴元基继续劝说道："你要相信父亲，父亲怎么会害自己的女儿呢？"

裴元基知道，要想女儿答应不跟诸葛鹏成亲，有很长的路要走。他不能把女儿逼急了，得给女儿时间，让她慢慢消化自己对她所说的那些话，也得跟夫人采取联合阵线，严防女儿再一次见到诸葛鹏。

诸葛锦华府上，也因为儿子想跟裴馨儿成亲的事闹得鸡飞狗跳。因为欧阳锦亮又为兵工厂寻到了新的弹簧，诸葛锦华本来是怀着高兴的心情回到府上的，却一听夫人说儿子想娶裴馨儿，就立即火冒三丈，屁股底下像燃烧起了熊熊烈火，呼地跳了起来，把儿子唤到跟前，劈头盖脑就是一通恶狠狠的骂。

裴云珠从丈夫支离破碎的骂声中悟出了原委，觉得丈夫是对的。为丈夫考虑，收回了让儿子娶裴馨儿的打算。

"好了，别再骂儿子了。你说不能让他跟馨儿成亲，就不让他跟馨儿成亲，给儿子另寻一门亲就行了。"为了不让丈夫继续施暴，也为了家里得到安宁，裴云珠息事宁人地说道。

诸葛鹏却不干了。他大声吼道："是我要娶裴馨儿，不是你的祖宗要娶她。"

诸葛锦华气得浑身哆嗦，抬手就给了儿子一个耳光，大声骂道："逆子，你这个逆子。"

"我就是逆子，我就是想娶裴馨儿。"诸葛鹏大声吼叫道。

诸葛锦华喝令下人把儿子捆起来，送进柴房，接着就劝说夫人："这个忤逆不孝的东西，得好好管教他。要不然，我的家族就绝了后。"

夫人的确不想让诸葛家族绝了后，只有听凭丈夫的主张。她是一个女人，毕竟比丈夫心思细腻，觉得要是哥哥和嫂子跟丈夫持一样的态度，问题就好办多了。女方那边出了问题，不答应亲事了，儿子总不能非怪他的父亲不可吧？第二天吃完了饭，她就去了娘家。

可巧，姚心林跟裴云珠想到一块去了，只不过比小姑子晚了一步，还没走出家门，就被小姑子堵了回去。

两个女人一说起儿女的事情，头都大了，一同去欧阳锦亮府上讨主意。

刘玉蓉和欧阳锦亮都在府上，很高兴地接待了姚心林和裴云珠。弄清了原委，刘玉蓉觉得裴云珠和姚心林太大惊小怪、小题大做，却当了她们的面，说不出口。

欧阳锦亮却急得差一点跳了起来："哎呀，要真是像元基兄和锦华老弟说的那样，的确不能让孩子们成亲。断子绝孙的事，可千万干不得。"

"是呀，谁说不是呢。"姚心林和裴云珠找到了知己，马上一同附和道。

"我托人给他们分别说一门亲，就让他们死了这份心吧。"欧阳锦亮说道。

"要是这样就能让孩子们死心，他们也就不会相爱了。"刘玉蓉兜头泼了一瓢凉水，把欧阳锦亮刚刚燃起来的激情浇熄了，也让姚心林和裴云珠心如死灰。

凌小梅背叛欧阳锦亮

她们不仅没有得到安慰，心情反而更加沉重。既然来了，光沉重也不是办法，说一点高兴的话题吧。姑嫂二人突然发现欧阳府上少了一个人：凌小梅不见了。她们还以为凌小梅生病了，或者出门了，就没话找话地问道："第二夫人呢？"

欧阳锦亮夫妇马上沉默不语，好像霜打了的茄子，耷拉下了头。

"怎么啦？"姚心林和裴云珠摸不着头脑，面面相觑一回，一同问道。

"不提她了。"刘玉蓉终究比她丈夫要洒脱一些，马上恢复了爽朗的个性，说道："还是说孩子们的事吧。"

"亲家，你别瞎扯了，告诉我，第二夫人呢？"姚心林打断了欧阳夫人的话。

刘玉蓉面孔一阵痉挛，再也说不出话来。

欧阳锦亮心里在流血，他说道："小梅已经走了，她是和裴元杰一起走的。她现在已经是裴元杰的夫人了。"

他的话犹如一阵惊雷在姚心林和裴云珠的头上炸响。姑嫂二人瘫倒在椅子上，浑身虚脱，眼冒白光。她们压根也不愿意相信这是事实，但是，她们都明白，欧阳锦亮绝不会拿他的第二夫人开玩笑。

凌小梅的确跟裴元杰走了，的确成了裴元杰的夫人。

或许，如果不是在凌小梅嫁给欧阳锦亮的那一天，裴元杰闯进了她的眼帘，她就能够跟欧阳锦亮白头到老。虽说那个时候，她还没有想到过要嫁给裴元杰，更没有想到过要跟裴元杰偷情或私奔。但是，洞房花烛之夜，欧阳锦亮竟然成不了事，她对欧阳锦亮的激情就开始消退了，竟情不自禁地想到要是自己现在正跟裴元杰躺在一起，那个生活该是多么美好啊。心里惦记起了另外一个男人，她就绝不会刻意培养自己跟欧阳锦亮的感情，更不会逢迎他。她不仅不愿意跟欧阳锦亮同床共眠，反而觉得待在欧阳家里就是一种折磨。她日日夜夜幻想着再一次见到裴元杰，于是变得整天落落寡欢，不言不语。

丈夫娶回第二夫人，为的是给欧阳家族传宗接代，眼见得丈夫连凌小梅的房间都去不了，刘玉蓉刚开始还以为是年轻女子脸皮薄，对夫妻之间的那点事很隔膜，还不怎么放在心上，以为日子长了，就会好起来，谁知很长时间还是没有改观，心里未免有点纳闷，就询问丈夫是怎么回事。

"我总觉得她只比宁儿大两岁……"欧阳锦亮吞吞吐吐地说。

"我明白了。"刘玉蓉知道问题出在丈夫身上，连忙跑去劝凌小梅："老爷是看在你比宁儿只大两岁的分上，才觉得跟你在一起，有点不自在。夫妻之间的事，有时候，女人也需要主动，要不然，就过不好夫妻生活。"

凌小梅满脸通红，说不出话来。当晚，在刘玉蓉的劝说下，欧阳锦亮再一次进入了凌小梅的房间。凌小梅少女情怀，怎么也盼不到裴元杰，也想跟欧阳锦亮成就一番好事，泼下了脸皮，去迎合丈夫，却终究还是没有把夫妻间的那种好事做好。她心里更加恼恨欧阳锦亮，再也不让他进入自己的房间了。

从此以后，凌小梅死心塌地地思念上了裴元杰。在日复一日的思念当中，她形消骨瘦，精神萎靡。

思念裴元杰的日子一长，却又再也看不到裴元杰，凌小梅慢慢地恨上裴元杰了。她恨他当着那么多人的面向她传来只有男女之间才能清楚的情意，她恨他把她的生活打乱了之后就再也不来看她一眼。

凌小梅不可能知道裴元杰不仅打乱了她的生活，也打乱了他自己的生活，更不知道裴元杰在怎样折磨他自己。

裴元杰为了她，早已变得面黄肌瘦。他一向喜欢寻欢作乐，为了她硬是一连两年没有踏进过欢场。就为这，他变成了名副其实的孤家寡人。他实在忍不住心里的煎熬，好几次骑上高头大马，偷偷摸摸地跑到欧阳锦亮的家门口。但是，他不敢进去，生怕一进去，就脑袋发昏，做出令裴家和欧阳家蒙羞的事来。终于有一次，他在欧阳锦亮家门口张望的时候，刘玉蓉从豆皮馆里回来了，碰到了他，热情地把他邀请进家里坐一坐。他无法拒绝，也不想拒绝，就进去了。他和刘玉蓉在客房里说着话，突然，病歪歪的凌小梅进来了。

凌小梅乍一看裴元杰，差一点没认出来，及至分辨出他就是当年在婚礼现场向自己使眼色的男人，恨不得当场投向他的怀抱，痛痛快快地大哭一场。她又知道自己不能哭，强忍着心里的激情，坐在那儿。

裴元杰也懵了。那个迷人的新娘怎么变成了这个样子呢？他从她的眼睛里看得出来：她喜欢他，她是为了他才变成这样的。

他非常感动，要是自己一个人强忍着，忍到死，他也不会去碰一下凌小梅的指头；眼见得凌小梅也思念着他，思念得人都变了形，他就再也管不了那么多，只要逮着机会，就向欧阳锦亮家里跑。

他第二次去欧阳锦亮家里的时候，欧阳锦亮出去找寻制作弹簧的材料与新工艺去了，刘玉蓉去了豆皮馆，只有凌小梅一个人懒洋洋地躺在大厅的椅子上。

“夫人。”裴元杰喉管里像冒了烟，只轻轻地叫唤一声，再也说不下去了。

凌小梅犹如听到了惊雷，连忙站起身，激动得都不知道说什么才好：“你……”

裴元杰一腔热血直冲顶门，赶紧伸出双手，要去搂抱凌小梅。于是，干柴烈火，劈啪一声碰到一起，激溅出了强烈的火花，把两个人同时烧化了，然后融为一体，再也分不开。

从此以后，裴元杰和凌小梅就经常在欧阳锦亮家里厮混。日子一长，两个人不仅脸色红润起来了，精神也好了许多，干什么都劲头十足。

有一次，欧阳锦亮和刘玉蓉一同出了门，原来说好是要天黑时分才回家的，谁知不到半天，就一起回了家。一进门，他们就感到气氛不对，还以为是第二夫人又患病了，慌忙跑去推凌小梅的房门，门推不开。他们生怕第二夫人有什么意外，连忙一同把房门撞开了。

结果，裴元杰竟和凌小梅正慌里慌张地穿衣服。欧阳锦亮一口鲜血吐了出来，人一晕，就倒在地上。刘玉蓉气得浑身发抖，却顾不得理睬裴元杰和凌小梅，连忙去扶自己的丈夫。

欧阳锦亮苏醒过来了。他不肯说话，也不肯见人，躲在屋子里冥思苦想了好几天，终于觉得娶凌小梅是一种错误，起了床，去了凌小梅的房间，询问她到底跟裴元杰有多少感情，然后找来裴元杰，一纸休书，把凌小梅休掉了。

姚心林和裴云珠听完欧阳锦亮的讲述，什么话也说不出来。她们觉得无颜面对欧阳锦亮和刘玉蓉，连忙起身告辞。

家庭风暴

裴元基很快就知道了弟弟做下的荒唐事，连忙差了下人，火速去把裴元杰找回来。诸葛锦华也觉得裴元杰太过火了，放下儿子和裴馨儿的事不管，也跑来了裴府，要和大舅哥一道，好好说一说不要脸的裴元杰。

裴元杰本来打算过一段日子，就带着凌小梅回家，正式向哥哥和嫂子说明自己已经成家的事实。哥哥的举动打乱了他的计划。他只好独自一人回了家。哥哥和姐夫像阎王爷似的紧绷着脸，一副随时都会差人把他锁进地狱的样子。嫂子和姐姐更是眼中冒火，一双怒目圆睁的眼睛，恨不得生吞活剥了他。

“别搞得太隆重，我不就是回一趟家吗？”裴元杰笑道。

裴元基大声吼叫道：“你这个不知羞耻的东西，瞧你做的好事，把祖宗的脸都丢尽了。”

“我做错什么呀，值得你大呼小叫吗？”裴元杰仍然嬉皮笑脸。

诸葛锦华看到大舅子一口气堵在喉头，再也说不出话来，便出了头，接过了教训的棒子：“元杰，做任何事，都要对得起天地良心。要不然，就会猪狗不如，遭人唾弃。”

“我到底做错了什么呀？”裴元杰还是摆出一副无辜的样子，质问道。

“元杰，你从小就是花花公子，到处拈花惹草，这些都没人管你，可你也不能对自己的亲戚下手呀。”姚心林说。

“明知道欧阳宁儿是你侄媳妇，你还敢跟她的二娘鬼混，还把人家拐跑了。你说，这是人做的事吗？”裴云珠不等嫂子的话音落地，就发挥了嫂子的思想，一本正经地训斥道。

裴元杰笑道：“就这呀。我实话告诉你们，我打第一眼看到凌小梅的时候起，就爱上了她。她也爱上了我。欧阳大哥都快大她二十岁了，本来就不应该娶她。欧阳大哥知道我跟她才是真正的夫妻，就把她还给了我。事情就这么简单。不像你们说的那么复杂。”

裴元基怒火攻心，像一头猛虎似的一跃而起，劈里啪啦给了裴元杰几个耳光。

“无耻！卑鄙！下流！”裴元基一边打，一边接连送了几顶帽子给弟弟。

裴元杰试图去捂一捂脸，但是，手刚伸到脸庞，就又缩了回去。说道：“你白在德意志帝国留学3年，你一点感情也不懂，凭什么教训我？凭什么打我？欧阳大哥比你懂感情。”

说完，他一扭头，就一溜烟地跑了出去，吆喝着随从，骑上高头大马，威风凛凛地回武昌去了。

裴元基心里更是痛苦，颓废地倒在椅子里，双眼泛出了可怕的白光。姚心林和裴云珠吓坏了，张大嘴巴，圆睁眼睛，一动也不动。诸葛锦华长长地叹了一口气。他有满腹的话要说，可是，他不能说，也无法说。

“不好了。大人，少爷不见了。”突然，一个诸葛锦华家的下人慌里慌张地跑进来，大声喊叫道。

诸葛锦华闻声立马站了起来。

自从听说凌小梅和裴元杰的事后，他就把儿子忘掉了。儿子怎么能跑了呢？他不相信这一点，他得快一点回去看一看。他回到了家，直奔柴房而去。柴房的门打开了，儿子已不见踪影。

他的心好像掉进了冰窟，绝望地大声呵斥下人：“找，都给我去找。”

诸葛锦华家的下人说的话一传入耳朵，裴元基犹如挨了当头一棒，愣了好一会儿，突然想起了自己的女儿，顾不得吆喝，也像猛虎一样跳了起来，一阵风似的去了女儿的房间。里面空空如也。他预感到了什么，赶紧命令佣人丫环到处去寻找小姐。

可是，找来找去，哪儿也没有她的踪影。

“她一定跟诸葛鹏一起跑了。”他无力地躺在椅子上，喃喃地说道：“本来是为了他们好，可他们偏偏不懂得老人的心。”

第四章

辛亥革命

轻机枪

仲秋的夜晚，被炽烈的阳光暴晒了一整天的汉阳昏睡过去了。天空中没有月亮，只有一颗颗星斗，像撒落在碧玉盘子里的珍珠，闪烁着晶莹的亮光。汉阳兵工厂里悸动着的声音渐渐停歇下来了。枪炮实验室里，此时仍亮着灯，有好几个人围坐在一起，眼睛一动不动地盯着摆放在一座铁台子上的一挺轻机枪。

这挺轻机枪是欧阳锦亮刚刚送到兵工厂里来的。

前两年，裴元基从恩师的信件上不仅看到德意志帝国生产出了一种威力更为强劲的马克沁重机枪，并且看到毗邻德意志帝国的比利时生产出了一种轻机枪，觉得既然制造马克沁重机枪如此困难，汉阳兵工厂暂时不可能仿制得出来，能够在汉阳兵工厂搞出轻机枪，也是一件极具重要意义的事情。

于是，裴元基再一次给老师写了信，希望老师能够把该枪的一切信息都提供给他，并希望老师能给他一个实物。

“你一直急着想得到一支机枪，为什么不再去一趟德意志帝国呢？”欧阳锦亮曾经这么问过他。

“我倒是很想去。可是……”裴元基说到这里，说不下去了。

欧阳锦亮马上明白了裴元基的意思：如果裴馨儿不跟诸葛鹏一道逃跑，诸葛锦华就能一门心思管理好兵工厂，恰恰是两个孩子的私奔，让诸葛锦华再也无法安心兵工厂的管理了。裴元基怎么能离得开？

于是，欧阳锦亮特地跑去找诸葛锦华，说道：“诸葛大人，我和你一样，都是孤儿，都想延续家族的血脉，可是，你有一个儿子，我只有一个女儿。我都不再把延续家族血脉的事放在心上，你何苦耿耿入怀呢？”

“你怎么理解得了我心中的苦楚啊。”诸葛锦华摇头叹息道。

诸葛锦华心里的确够痛苦了。本以为儿子能够实现祖宗的遗训，可是儿子刚要参加科举考试，朝廷一纸圣旨，就把科举制度取消了。他转而逼迫儿子去考京华大学堂，谁知儿子竟然想跟裴馨儿成亲。他已经在科举考试上没法实现祖宗的遗愿，就绝不能让家族断了香火。可是，他阻止了儿子和裴馨儿在自己面前成亲，却阻止不了儿子和裴馨儿一道私奔。他怎么向列祖列宗交代？他得找回儿子，就是罄尽一切，也得把儿子找回来。

随着日子一天天流逝，找到儿子的愿望越来越渺茫，他开始变得暴躁不安，动辄就要摔盘子揍人；看到任何不顺眼的事情，他就发火、训人甚至打人。

裴元基知道妹夫心里很苦。妹夫无论在外面怎么发泄内心的苦楚，他都可以不管，可是，不允许他这样糟践兵工厂，说道："你心里再苦，也不能在兵工厂撒气呀。"

诸葛锦华一时失去理智，大声吼道："要想我不撒气，你把我的儿子赔回来！"

裴元基无话可说，心里悄悄地在滴血。

欧阳锦亮在派人找寻裴馨儿和诸葛鹏的同时，也经常劝慰诸葛锦华，时间一长，真把诸葛锦华劝得不再随意打人、骂人了。诸葛锦华要造人。他不仅在裴云珠的身上实施造人计划，还找过不少别的女人。可是没有用，裴云珠的肚皮吹不起来，其他女人的肚皮也吹不起来。更可气的是，裴元基竟然有了孙子，叫什么裴运祥！为了照顾诸葛锦华的情绪，裴运祥出生的时候，裴元基并没有大摆宴席。

诸葛锦华再也造不出人来，还想把儿子找回来。儿子是找不回来的了，他也找不回自己。

欧阳锦亮心知不可能让诸葛锦华听从自己的劝告，就只有天天到兵工厂里来看一看情况，看到裴俊超能够独当一面地做一些事情了，就又苦劝裴元基快一点启程去德意志帝国。

裴元基接受了欧阳锦亮的建议，安排好了一切，正准备启程，却突然接到了老师的回信。老师毕竟是世界军火界的泰斗，对当今世上的一切武器都了解得非常透彻，不仅把轻机枪制造的要点毫无保留地告诉了他，甚至还托人从比利时买到了一挺轻机枪，让另一个到中国公干的学生为他带过来了。

"真是太好了！机枪在哪儿？"欧阳锦亮迫不及待地抢过了裴元基手里的信，大声问道。

"在山东青岛，得我们自己去取。"裴元基脸上洋溢着灿烂的笑容。

"把它交给我好了。我会安全无误地把它交到你手上。"欧阳锦亮说道。

诸葛锦华得知消息，突然好像换了一个人似的，抢着要去青岛。欧阳锦亮却早已拿着裴元基写好的收条，踏上了去青岛的行程。

现在，那挺轻机枪伸出前面的两支脚架，正挺立在枪械实验室的操作台上。裴元基、欧阳锦亮、诸葛锦华、裴俊超、郝老六和王老四等人一齐眼睁睁地看着它。谁也不作声，仿佛生怕惊醒了它的酣梦。

轻机枪是崭新的，在灯光的辉映下，闪烁着幽幽的蓝光。枪身比汉阳造高大威猛，有一个圆形的弹匣，装在腹部，随时都有可能朝敢于冒犯它的敌人开火。

革命党人开始攻打武昌

裴元基伸出手，慢慢地摸向机枪，正想分解它，看一看内部的构造。

突然，从天空里隐隐约约送来了一声枪响，他心头一凛，连忙缩回手，侧着耳朵，试图分辨那是不是枪声。其他的人似乎同样听到了这声突如其来的枪响，无不感到惊讶，一同把眼睛从机枪身上移开，朝声音传过来的方向望去。

砰！砰！砰！他们似乎听到了更多的枪声，而且声音越来越急促，越来越密集，好像一阵紧追一阵的惊雷。

他们判断出来了：的确是枪声，枪声是从武昌方向传过来的。

裴元基和诸葛锦华知道，早在1894年，以孙文为首的一帮留学海外的大清子民，就开始密谋推翻大清王朝。此后，这些所谓的革命党人发动了一连串武装反抗大清王朝的暴动，虽说每一次都遭到了失败，但反抗的火焰并没有熄灭，他们时时在等待并且制造再一次反抗的机会。

“他们真的在武昌动手了吗？”诸葛锦华望着大舅子问道。

“拿着朝廷的银子漂洋过海探求新知，不思报效朝廷，反而要推翻朝廷，真是十恶不赦。”裴元基没有直接回答妹夫的问话，兀自愤恨地说。

“你们是说，他们在造反吗？”欧阳锦亮问道。

“是的，他们在造反！”裴元基和诸葛锦华同时说。这一下，他们再也顾不得仔细看一看好不容易搞到手的机枪。他们得尽快探听出武昌那边到底怎么样了。裴元基马上命令肖老二：“赶紧派出人手，分头去武昌探听消息，随时回来向我汇报。”

肖老二领命而去。这时候，从武昌方向隐隐约约传出了火炮的轰鸣声。

裴元基和诸葛锦华更加坐不下去了，赶紧走向兵工厂最高的楼房，站在楼顶，向武昌方向眺望。欧阳锦亮、郝老六、王老四和裴俊超跟在他们的后面，一同来到了楼顶，也向武昌方向眺望着，一个个心里极不平静。

江对岸，火把以及子弹与炮弹激溅出来的火花连成一片，形成了一条条巨龙。有些地方燃起了熊熊烈火，火焰直冲天空，照亮了对岸的一切。利用望远镜，他们看到了成群结队的兵士，在火焰的照耀下，猛烈地攻向了清军把守的营垒。他们甚至看到了更多的兵士，像一群群蚂蚁，像总督府方向冲去。

“叛逆，叛逆！”裴元基浑身哆嗦，手指向战火纷飞的地方，大声骂道。

“父亲，我们现在该怎么办？”裴俊超赶紧问道。

“你快去跟清兵联系。”裴元基吩咐儿子，话音刚刚落地，却又阻止了儿子，亲自跑去驻扎在汉阳的清兵营垒。

此时，清兵营里一片混乱。

裴元基径直找到清军标统，说道：“大人，兵工厂可不能受到叛逆的攻击。请大人派兵保护兵工厂。”

然而，汉阳的一部分新军也正在鼓噪着要造反呢，哪里管得了兵工厂的安危。

裴元基的心头不由产生一股寒意。但是，他不能辜负朝廷的信任，也不能让张之洞大人背上兴建新军却种下了叛逆的禾苗的骂名，得赶紧跟标统商议究竟应该怎么保证汉阳不落到叛逆的手里。

在裴元基的激励下，标统做好了死守汉阳的准备，说道：“龟山是整个汉阳的制高点，请裴大人派一部分人马到龟山去，帮助那儿的部队牢牢守住龟山，这样一来，叛逆再多，也攻不进汉阳。”

裴元基立即回到兵工厂，开始部署人马：欧阳锦亮趁着叛逆还没有攻向汉阳和汉口的机会，马上回到汉口；裴俊超火速把姑姑接到裴家，组织裴家和诸葛家的下人，保护好一家老小；肖老二立即召集全体护卫队，并通知全厂工人迅速回厂，组成队伍，武装起来，沿着兵工厂四周布设防线，阻击叛逆们有可能发动的攻击；郝老六带领一队人马，火速前去龟山埋伏下来，协助清军，在叛逆们向兵工厂发动攻击的时候，出其不意地向叛逆们的后方发动攻击；王老四负责搜集叛军的情报。裴元基就和诸葛锦华一道，指挥整个队伍的行动。

接到父亲的命令，裴俊超立即带了一个随从，把裴云珠接到家里，安排下人牢牢地把守在四周。欧阳锦亮却认为夫人刘玉蓉是江湖儿女，在外面闯荡惯了，用不着他回去保护，硬是留了下来。

诸葛锦华看到武昌方向的阵势，心里情不自禁地滚过了一阵接一阵的波澜。他顶着别人的姓氏，那绝不是他的祖宗希望看到的。祖宗既要他以本来的姓氏在大清王朝的缙绅名册上涂上浓浓的一笔，又要他通过科举考试博取功名，而不是依靠制造武器。他都没有做到，不仅没有做到，连让儿子实现祖宗的遗愿也化为了泡影。他有一个孪生哥哥，这个哥哥就在他的面前，而且时常能够跟他在一起，他却不能认。埋藏在他心里的痛苦，谁能够明白？

他已经失去了儿子，就意味着失去了一切，他就不怕大清王朝乱下去，他甚至希望革命党人的军队快一点发展壮大，把满清皇帝拉下马。那样，他就能跟哥哥相认，他就能说他不是诸葛锦华，而是欧阳锦华。

但是，他又对革命党人是不是能够彻底打败清军，能不能彻底把大清皇帝的皇冠一枪打落在地心存疑虑，决定先作壁上观，一旦革命党人势不可挡，就把兵工厂拱手交给革命党人；要是清军势力强大，革命党人不可避免地要遭到覆灭，他就狠狠地打击革命党人，让朝廷看一看，诸葛锦华在任何时候，都是忠于朝廷的良臣。

武昌那边的枪炮声越来越密集。不断有探子回来报告，一会儿说这个地方被革命党人们攻陷了，一会儿又说那个地方被革命党人攻占了。武昌好像一面被撕破了的筛子，到处都是巨大的窟窿。

“这么说，武昌城迟早要落到革命党人们的手里了？”诸葛锦华下意识地问道。

“是的，武昌一落到革命党人的手里，汉阳就会越来越危险。”裴元基说道：“是我们这些臣子为朝廷出力的时候到了。”

整个兵工厂沸腾不已。工人们接到了命令，很快就在肖老二的统一指挥下，编列成了好几路队形，分别领出枪炮火药，就朝指定位置狂奔过去，他们把武器架在高高的围墙上，紧张地等待着革命党人的攻击。

郝老六带了几十个人，携带了大量的武器、弹药，奔向龟山。清军虽说在龟山上修筑了工事，却形同虚设。郝老六一看，心里凉了半截，狠狠地骂道：“要不是老子带人来到这里，革命党人不需要进攻，你们这些混蛋就会落荒而逃。”

幸亏那儿到处都是树木，可供人马埋伏下来。郝老六勘察了一下地形，命令工人全部躲在大树的背后，把枪口指向了兵工厂的方向，只等革命党人一到，就突施杀手，打他一个措手不及。

不久，裴俊超带人赶了过来。裴俊超本来要和下人一道保护一家老小。可是，母亲觉得，兵工厂存在，家里才会安全，硬是要他带着下人去了兵工厂。裴元基一见儿子带着十几个下人过来了，马上让他们领了武器、弹药，前去龟山，领导郝老六那拨人马，嘱咐他把对付江面革命党人的任务交给清军去做，兵工厂的人马只可出其不意地攻击革命党人们的后方，令其自行瓦解。

最新消息传了过来：总督偷偷摸摸溜走了，革命党人已经攻下了总督府。

同革命党人对决

天亮了，裴元基站在最高楼顶上，用单筒望远镜朝武昌方向望去，只见江面上摆开了许许多多船只。

“革命党人攻向汉阳来了！”欧阳锦亮惊叫道。

裴元基心里一阵紧缩，唤来肖老二，命令道：“通知各路人马，做好战斗准备。”

“是！”肖老二回答道，立即向各路人马下达了准备战斗的命令。

此时，清军已经展开了火炮攻击。密集的炮弹在江面上炸开了花，把许多船只打得粉身碎骨。但是，革命党人冒着炮火，继续向汉阳挺进。革命党人展开了反击，从船只上打来的炮弹和子弹，嗖嗖地叫着，打向了清军的阵地。

一颗炮弹在裴元基身边爆炸了，一块弹片朝裴元基胸口飞了过去。欧阳锦亮刚好闪了闪身，弹片穿进了欧阳锦亮的手臂。他感到隐隐作痛，却没有管它。诸葛锦华一把抓起他的手臂，看到鲜血沁湿了衣服，赶紧喝令人员替他包扎。

革命党人终于渡过了长江，排山倒海般地攻向了清军的阵地，消灭清军之后，向兵工厂攻了过来。

肖老二一声令下，工人们一齐开了火，密集的子弹、炮弹和手榴弹像滂沱大雨冲击着革命党人的整个队形。肖老二亲自上阵，把那挺机枪架在最高处，向革命党人猛烈地扫射过去。

前面的革命党人一排一排地倒下去，后面的革命党人一波接一波地朝前涌。革命党人架起了火炮，炮弹像瓢泼大雨似的轰向了兵工厂。许许多多工人倒在血泊之中。有的围墙挨了炮弹，哗啦啦地倒出一大片缺口。革命党人一窝蜂地冲了过来。

裴元基赶紧喝令一部分人马朝缺口方向增援。肖老二一看情势危急，抱了机枪，一边朝缺口奔，一边死死地扣动扳机，子弹像蝗虫一样扫向了革命党人。手榴弹和手雷都被工人们搬到了战场，纷纷投进了革命党人的阵线。革命党人丝毫也不退让，一波接一波继续向前冲。围墙被打开的口子越来越多，工人们倒下的也越来越多。裴元基万分焦急，一会儿冲向这边，一会儿冲向那边。

欧阳锦亮拿起枪支，朝着革命党人就开火。

诸葛锦华见革命党人的气势越来越大，心里越来越高兴。他像欧阳锦亮一样，也提起了一支枪，准备用这支枪让裴元基停止无用的抵抗。

突然，诸葛锦华听到革命党人的后面响起了密集的枪炮声。如果革命党人能够抵住来自后面的攻击，我就一枪干掉裴元基，然后命令工人们打开兵工厂的大门，投靠革命党。他心里想道。然而，革命党人竟然后退了。

欧阳锦亮惊喜地叫道："是裴俊超和郝老六袭击了革命党人的后方。"

裴元基赶紧发出了命令："立即追击革命党人，和裴俊超的人马一道夹击，消灭他们。"

革命党人一见有人追赶，反而重新调过头来，展开了猛烈的反击。工人们猝不及防，人马死伤惨重。肖老二眼看队伍抵挡不住革命党人的攻击，只有喝令队伍朝兵工厂方向撤了回去。

裴元基怒火攻心，严厉地命令道："队伍一到围墙边缘，马上重新组成防御阵线，一定要挡住革命党人的攻击势头。"

肖老二不敢怠慢，按照裴元基的命令，用各种弹药凶猛地扫向革命党人。革命党人的攻势再一次被遏制了。裴元基接连想了许多办法，想把革命党人从兵工厂附近赶出去。可是，每一次都不成功。战场上呈现了胶着状态。

诸葛锦华一见革命党人又打上了门，知道兵工厂的人马就是全部死光了，也挡不住革命党人。便劝说裴元基："清军都抵挡不了革命党人的攻击，我们何苦要让工人们送死呢？不如跟革命党人握手言和吧。"

裴元基横了他一眼，说道："想让我跟革命党人言和，毋宁死。"

革命党人的火炮一齐射向兵工厂。整座兵工厂好像人间地狱，到处都是惨叫声，到处都是爆炸声。围墙一段段地被打塌。工人一群接一群被打死。第一批人员死光了，王老四送来了第二批人员。兵工厂再也没有多的人员了，王老四抱过肖老二的机枪，猛烈地扫向了革命党人。

突然，革命党人停止了攻击。

裴元基深感莫名其妙。诸葛锦华眼帘出现了三个熟悉的人影：裴元杰、裴俊超和郝老六。裴俊超和郝老六都被抓在革命党人的手里，裴元杰却在革命党人的簇拥下，趾高气扬地站在那儿。

裴元杰大声喊道："裴元基、诸葛锦华，你们设在龟山上的埋伏，已经被我消灭了。裴俊超和郝老六都在我的手里，你们要想活命，就赶快放下武器。"

"裴元杰，你这个革命党人。"裴元基破口大骂道，一边从王老四手里夺过了那挺机枪，就想朝裴元杰开火。

可是，诸葛锦华却把机枪从他手里夺了过去了，大声说道："裴大人，既然元杰就是革命党，我们还是向革命党人投降吧。"

裴元杰加入革命党

裴元杰的确是革命党人。他本来很受张之洞器重，成为湖北新军的统制，要风得风，要雨得雨，日子过得十分快活。不料，因为生性放荡不羁，又自视甚高，除了张之洞，谁也不喜欢他。张之洞调走后，他连新任总督派下去担任管带的亲随也敢杀，惹恼了新任总督。当裴元杰挖走欧阳锦亮第二夫人凌小梅的事情传进了总督的耳朵，他就以有伤风化的名义，把裴元杰贬到工程营当管带，想借用工程营的手，把裴元杰害死。裴元杰为人机灵，多次逃过了暗杀。于是，对总督怀有刻骨仇恨，继而把这种仇恨扩大到了朝廷头上。早已在工程营里秘密发展起来的革命团体共进会很快就察觉到了他的意图，经过几番接触，并帮他挡掉了好几次暗杀，把他拉进了革命的阵营。

终于，革命党人要在武昌起事了。不过，一场意外致使起事领导人伤的伤，逃的逃，湖广总督又在武昌实行全城戒严，大肆搜捕革命党人。革命党人群龙无首，一片混乱。

裴元杰觉得时机来了，马上联络各路革命党人准备同时发动起义。他拿了那支张之洞亲手交给他的汉阳造，一枪干掉了总督安插在工程营的探子，打出了辛亥起义第一枪，紧接着组织人马，占领了楚望台军械库，指挥各路起事的新军向总督府发动了攻击。他攻下了总督府，紧接着，号令起义队伍向汉阳进军，去夺取兵工厂，为起义队伍准备更多的武器、弹药。

他本来不想亲自出面跟哥哥和姐夫敌对，但起义队伍硬是拿不下兵工厂。他只有亲自上阵。裴元基埋伏在龟山上的一批人马宛如一根鱼刺，刺在了他的喉咙，他得想办法先把它拔掉。他探出了准确情报，知道埋伏在那儿的是侄子裴俊超和郝老六，便赤手空拳，亲自向裴俊超和郝老六喊话。裴俊超一见喊话的人是他的叔叔，自然不敢开枪。裴元杰一边喊话，一边往山头上走，在他的身后，跟着一大群荷枪实弹的起义军。

眼见得革命党人离山头越来越近了，裴俊超大声喝道：“你别过来，你再向山上前进一步，我就开枪。”

“小子，想杀你的亲叔叔吗？”裴元杰冷冷一笑，接着又朝侄子喊话。

裴俊超的手在颤抖。郝老六眼见得裴俊超就要扣动扳机，大喊一声：“不要！”就冲了过去，把裴俊超手里的枪抢过来了。

裴元杰旋风似的刮了过去，一把扭住了侄子的手。其他的革命党人趁机一拥而上，把郝老六和所有工人都捆了起来，然后把他们押到了兵工厂，想用他们迫使裴元基停止抵抗。

“你忘掉了是谁把你送到德意志帝国留学的吗？你忘掉了你学习枪炮是为了什么吗？”裴元基疯狂地朝着诸葛锦华吼叫道：“你要不想成为千夫所指的罪人，不想令祖宗蒙羞，就听我的命令：开火，杀死裴元杰。”

“想杀我吗？你没有打着我，你的儿子就得先死。”裴元杰恶毒地说道。

裴元基眼看毕生的心血就要毁于一旦，恨恨地骂道：“就算我没有这个儿子，也要杀掉你这个革命党人。”

一边骂，一边伸手去抢诸葛锦华手里的枪。被诸葛锦华轻轻一闪，就躲了开来。

裴元杰手里拿着那支汉阳造，指着自己的亲哥哥，大声说道：“你可以不为你的儿子着想，但是，你应该为天下苍生想一想。你常说你制造武器是为了抵抗洋人，可是，汉阳造打过洋人吗？你希望大清王朝政治清明，可是，坚持变法的人最后都会人头落地。我们革命党人的目的，就是要赶走洋人，建立一个民主、民生、民有、民享的政权。这个政权不也是你所期望的吗？你为什么不和革命党人合作，实现你心目中的愿望呢？”

枪声都停止了，周围显得一片死寂，只有裴元杰的声音在飘荡。

裴元基差一点被打动了，眼帘一浮现张之洞的身影，就立即转变了态度，趁着诸葛锦华也深深被裴元杰所打动的机会，一把夺过了那挺机枪，枪口朝裴元杰方向一指，就要扣动扳机。

诸葛锦华马上托起了枪口，嗒嗒嗒，子弹从枪口飞出，打向了天空。

“你！”裴元基气得差一点要跳脚，一见欧阳锦亮也拿了一把枪，连忙向他喊道：“愣着干什么？开枪呀。打死裴元杰，打死这个革命党人！”

欧阳锦亮颤抖着举起了枪。

诸葛锦华慌了，一边继续托着裴元基的枪口，一边跪了下来，哭叫道：“哥，别开枪。裴元杰就算是叛逆，可是他做得不错。祖父为朝廷立下了不少功劳，什么罪也没犯过，却被皇帝砍了头，害得欧阳一家从此再也翻不了身。父亲为了实现祖宗的遗愿，忧郁而死；我在十岁的时候被人拐走，被张之洞大人救了之后，连欧阳都不敢姓。我几乎天天都能见到你，但我不能叫你一声哥。我们为什么要落得这种下场，我们欠朝廷什么呀？我们什么也不欠，是朝廷欠我们的。这样的朝廷，推翻就推翻了，只有推翻了这样的朝廷，我才能堂堂正正地恢复原来的姓氏，叫回原来的名字欧阳锦华呀。”

革命党人占领兵工厂

在裴元基错愕不已、欧阳锦亮和诸葛锦华兄弟相认、工人们都不敢开枪的当口，裴元杰率领革命党人迅速冲进兵工厂，缴了工人们的枪。

兵工厂落到了革命党人手里，裴元基浑身疲惫、神情落寞地回到裴府。

姚心林和裴云珠仍在裴府，既担忧丈夫和孩子，也担忧她们自己，在恐惧和担忧之中煎熬了一整天。现在，枪炮声早就停歇了，她们正焦急地盼望着亲人回到身边，却只有裴元基一个人出现在她们的面前。她们心头一沉，一种不祥的预感牢牢地抓住了她们的心。

她们一人抓住裴元基的一条胳膊，同时问道："他们呢？他们在哪里？"

裴元基痛苦到了极点，好像没听见她们的问话，艰难地挪动着脚步，朝卧房里走去。他要一个人好好地想一想。这一夜一天发生的事情太多、太突然了。在战场上没法想清楚，现在必须得想清楚。

"裴元杰一直就是不安分守己的主，他背叛朝廷，倒有迹可循。诸葛锦华怎么也当起了叛逆，甚至撺掇欧阳锦亮也背叛了朝廷。难道就因为他们的祖父被皇上砍了头吗？自古以来，君要臣死，臣不得不死，这是天经地义的事情啊。他们为什么不想到他们之所以有今天，全是仰仗朝廷的恩赐呀！"

"大清王朝历经两百六十多年，那可是一头巨大的野象啊，岂是几只蚂蚁就能推动的！要是推它不动，必然反遭它的践踏和撕咬。那一定是毫不留情的。裴元杰该怎么办？欧阳锦亮该怎么办？诸葛锦华又该怎么办？"

一想到这里，裴元基禁不住浑身一颤，再也想不下去了。可是，思维既然已经进入了这一层面，就由不了他自己，继续牵动着他往下面想："他们是叛逆，千刀万剐也不足惜。可他们又是自己的亲人啊。朝廷震怒之余，一定会对参与谋反的人株连九族，自己岂不是要跟叛逆一样被朝廷打入十八层地狱？"

这个恐怖的前景一进入他的脑海，他更不敢想下去了，脸色苍白，浑身无力，软软地躺倒在椅子上。

裴元基丝毫没有想到，这个时候府上已经乱成了一锅粥。

原来，夫人姚心林、妹妹裴云珠一见他魂不守舍，问他话他也不回答，以为她们的丈夫和儿子丢在战场上了，忍不住放声大哭起来。欧阳宁儿怀里抱着两岁的儿子裴运祥，也在厅屋里等待着丈夫和父亲。看到婆婆放声大哭，一时悲从心来，哭的声音更大，身子一歪，扑通一声跌倒在地，昏死过去。裴运祥吓怕了，哭得惊天动地，一双小手在母亲身上胡乱地抓挠不休。姚心林听到了媳妇倒地的声音，马上惊讶地大叫一声，发疯似的奔了过去，抱着儿媳就是一阵乱摇。裴云珠想帮一帮嫂子，却脚一软，就跌倒在地。佣人丫环们一看势头不好，也纷纷乱叫起来。

外面的声音跟裴元基没有一点关系。他依旧像被抽掉了魂魄，只剩下一个空空的骨架坐在椅子上，双眼泛出阴冷的光，一动不动地盯在窗户上。屋子里已经黑下来了，他什么也没有看见。

突然，他听见了一声撕心裂肺的哭泣声，脑子一下子就清醒了，眼睛向屋子里望了望，在一片黑黝黝的屋子里发现了一些熟悉的迹象，意识到是回到自己的家了。那哭声是欧阳宁儿的。紧接着又是一声尖叫。声音更加熟悉，是夫人姚心林和裴云珠的。

“她们哭什么呢？结束了，一切都结束了。她们不该哭，她们应该笑。欧阳锦亮找到了孪生弟弟，诸葛锦华跟他的孪生哥哥相认了，这是多大的喜事呀。”裴元基心里想道。

一想到诸葛锦华和欧阳锦亮，裴元基本能地认为他们已经听了裴元杰的话，要让兵工厂恢复生产，所以到现在也顾不得回家。

“哦。”思绪一到这里，裴元基恍然大悟：“姚心林也好，裴云珠也好，欧阳宁儿也好，一定以为他们已经死了，才哭的。他们的确死了，他们做了叛逆，跟死了又有什么分别呢？不仅他们得死，就是自己，就是所有欧阳家族、诸葛家族和裴家的人都得死。她们要哭，就让她们哭去吧。她们应该哭，现在不哭，或许不久之后，就再也哭不了了。”

天快亮了，几个女人在厅屋里哭得死去活来，奄奄一息。

突然，从外面传来了一阵非常熟悉的说话声。

她们都听得清清楚楚，那些声音出自欧阳锦亮、诸葛锦华、裴元杰。他们死了，他们回家是为了向亲人报告他们的死讯。姚心林、裴云珠和欧阳宁儿没来由地浑身颤抖，眼睛像受惊的兔子一样到处乱转。

响起了敲门声。紧接着，门开了。三个男人一同挤了进来，一见她们的样子，不由得哈哈大笑起来。

“别过来，你们别过来。”三个女人一块恐惧地叫道，身子一直在朝后退。

“大嫂、姐姐、侄媳妇，你们看清楚，是我们。我们是来找大哥的。”裴元杰朝她们跟前走了好几步，见她们还在发抖，说道。

裴元杰的话又引起了她们的误会。她们怯怯地朝三个男人瞟了一眼：长发不见了，短短的头发，像一团乱麻，胡乱地耷拉在脑后。完了，他们真是死了，被阎王勾去了魂魄，还铰掉了头发。他们是不是觉得裴元基应该跟他们死在一块，才来勾他的魂的？

她们一想到这一点，心就冰凉，连忙一齐哀求道："你们快一点走开吧，别自己死了，就想亲人们也死。你们要是寂寞了，要是没钱用了，就跟我们说一声，我们每年都会给你们烧纸，也陪你们说说话。"

三个男人终于明白了她们在想什么，一齐哈哈大笑起来。

"你们胡说什么呀？我们根本就没有死。"欧阳锦亮和诸葛锦华一同说道。紧接着，欧阳锦亮奔向了他的女儿，诸葛锦华奔向了他的夫人，一同抓住她们的手，就让她们试一试自己的心跳。

"还有更高兴的事情呢。姐夫和欧阳先生已经兄弟相认了！"裴元杰说道。

几个女人宛如遭了雷殛，一双双眼睛圆睁着，直挺挺地看着站在她们面前的欧阳锦亮和诸葛锦华，一点意识也没有。

"诸葛锦华的确就是我的孪生弟弟欧阳锦华。"欧阳锦亮满脸笑意地说道。

几个女人惊讶地叫了一声，一块回过神来，欧阳宁儿扑到她的父亲和叔叔中间，一手拉着一个，都不知道该怎样表达自己的心思才好；裴云珠扑向了她的丈夫，喜极而泣："谢天谢地，原来诸葛家族并不孤单。"

"好事，好事，真是好事。"姚心林一个劲儿地说，脸上挥洒着笑容："诸葛大人重新认祖归宗，应该搞一个隆重的仪式才好。"

"就是呀，应该快一点向欧阳夫人报告。"裴云珠说道。

"向欧阳夫人报告你们去做就行了。我们还得跟大哥商量一些事情。"裴元杰可不愿意继续因为要安慰几个女人而耽误时间。

心灰意冷

裴元杰在攻入兵工厂的时候，发现哥哥手中的机枪。他从来就没有见过这种武器，却分明亲眼看到哥哥使用这种武器的时候，真有一股天下之大舍我其谁的豪情。那哪是枪呀，完全是无常索命的锁链，任谁一碰上，准得玩完。手里要是有这样的家伙，什么朝廷的军队，什么洋人的军队，根本就不堪一击。他要得到这种武器。他要用这种武器武装他的队伍。

战争一结束，他就连忙叫诸葛锦华和裴俊超恢复生产。很多工人被打死了，但是，起义军队没有向兵工厂胡乱开炮，厂子里的一切设备还完好无损呢。他迅速抽调一部分懂得机械制造和枪炮原理的官兵，补充到兵工厂，命令其他兵士火速把兵工厂里被打坏的东西修理完毕，就让兵工厂马上投入了生产。

他询问起了机枪的制造方法。诸葛锦华只知道一点皮毛，裴俊超懂得的东西也不比诸葛锦华多。他只有来求他的大哥了。

“大哥，我们暂时不讨论叛逆的问题，也不讨论革命党的问题。你不是喜欢制造枪炮吗？你造出了机枪，就证明你没有白去德意志帝国。”裴元杰说道，他自以为想到了一个说服哥哥的方法，根本不管哥哥是不是对自己怒目相向。

“呸！我就是死，也不会为叛逆制造武器！”裴元基生气地说道。

“大哥，不推翻清朝统治，国家就永远没有希望，我们也无法把学到的东西全部发挥出来。”诸葛锦华说道。

诸葛锦华是一个心计非常深沉的人。他曾经和裴元基感情深厚，堪比亲兄弟。他们同甘共苦了那么多年，把湖北枪炮厂建起来了，并造出了第一支汉阳造步枪。可是一切风光全部让裴元基一个人占去了，他只不过成了裴元基的下手，一个帮工。他的心里是苦涩的，也是痛悔的。他时时想表现出比裴元基高明的一面，却总是在裴元基的锋芒之下，放不出光彩。他甚至趁裴元基不在枪炮厂的时候，玩弄一个花招，搞了一次自伤，名声也没能超越裴元基。他就想到了要裴元基死。只要裴元基一死，他就成了兵工厂唯一的总办。他以自己的性命为赌注，的确差一点把裴元基送进了阎王殿。张之洞不惜代价的救护，才能让裴元基侥幸活了下来。

诸葛锦华虽说没有害死裴元基，却成功地把兵工厂拿到了自己的手里。他不需要继续陷害裴元基了，裴元基做出来的一切，都有他的份。何况，继任总督对兵工厂并不感兴趣，他就更不需要害裴元基。他甚至还需要裴元基为他创造奇迹。

眼下，革命党人的起义再一次把兵工厂推到了风口浪尖。他已经投到了革命党人的阵营，已经跟哥哥欧阳锦亮相认了，开弓没有回头箭，革命党人需要的东西，他无论如何都要搞出来。时间紧迫，他造不出机枪，就要让裴元基帮他做到。革命党人成功了，他就是必然的功臣。

裴元基从来就没有怀疑过诸葛锦华会对自己下毒手，会利用自己达到他个人的目的。哪怕诸葛锦华临阵倒戈，附从叛逆，让叛逆轻而易举地攻进了兵工厂，他也没有怀疑过诸葛锦华。但是，他已经下定了决心，绝不会因为诸葛锦华的劝说发生任何改变。

“我是裴元基，不是欧阳锦亮，不可能只听你三言两语，就改变自己的思想。”裴元基冷冷地说。

“亲家，你不能固执。需要改变心思的时候，就必须改变。”欧阳锦亮说道：“何况，清朝政权已经搞得天怒人怨，民不聊生，这样的政权，就是我们不推翻它，它又维持得了多长的时间？”

“难道叛逆就没有搞得天怒人怨，民不聊生？”裴元基反问道。

“大哥，你别死脑筋，好不好？”裴元杰急了，吼叫道。

“我一直就是这样，你难道现在还不知道吗？”裴元基冷笑道：“你们的脑袋，还能在项上停留几天？想劝我跟你们一道当叛逆，做梦！”

不仅裴元杰，甚至连欧阳锦亮、诸葛锦华都已经清楚裴元基心意已决，就再也不在他身上浪费时间了。

裴府安静了，裴元基的心里却一直得不到安静。儿子也附从了叛逆，他感到非常难受。当年，对弟弟所做的一切，他都干涉不了，儿子的背后还有弟弟、妹夫和儿子的岳父，他想干涉也干涉不了。明智的抉择，就是把眼睛闭上，哪怕儿子总在眼前晃荡，他也好像没看见。儿子偏不知趣，不仅经常要到他面前晃荡，而且还不停地给他说一些外面的消息。他很不愿意听，可是，那些消息硬是要朝他耳朵里钻，让他不听都不行。

“我和姑父一道，初步弄懂了机枪的制造方法，正在试制机枪。

“革命党人已经在咨议局成立了中华民国湖北军政府，把黎元洪拉出来做了都督。

“当年，在长江边上，叔叔用第一支汉阳造打出了一场雷暴；现在，叔叔在武昌城头打响的第一枪，又引起了一场雷暴。许许多多省份紧跟着湖北的步伐，宣布了独立。

“听说同盟会里仅次于孙中山的首领黄兴正在一路赶赴武昌，准备出任革命军总司令，率领起义军跟清军展开血战。叔叔将被任命为副总司令。

他可以不理会兵工厂现在到底怎么样，却不能不理会当前的局势。几乎一夜之间，那么多省份就步了湖北的后尘，宣布脱离了大清王朝的统治吗？裴元基感到心里一阵接一阵的疼痛。大清王朝真的要完了吗？他不停地问自己。他是那么不希望它完啊，他要是有能力，真的会挺身而出，力挽狂澜。

自己真的会挺身而出吗？他问自己。这么一问，他有点茫然，连自己是不是真的会挺身而出也不清楚了。他清楚的是，他不希望再听到任何消息，希望所有的人都把他忘却。他只想清净，别的都不会去管、不会去想。

在屋子里，总能听到各种各样的消息，他索性经常带了孙子，去江边一待就是一天。望着江水，他总想让自己平静，却平静不了。他想用逗孙子的办法让自己抛开烦恼，可是总也抛不开。

裴元基出山

这一天，裴元基带着孙子来到了江边。从江面吹来的风，裹挟着刺骨的寒意，直朝他的肉里钻。他禁不住打了一个哆嗦，生怕孙子会冻坏，就要脱下衣服，朝孙子身上裹，却见一个人把一件大衣递向他。他侧了脑袋看去，是一个像弟弟一样打扮的军官，威风凛凛地站在他面前。

他把那件大衣扔在地上，固执地脱下了自己的衣服，要给孙子穿上。

“裴先生，请不要拒绝我的好意。”那个军人礼貌地说。

裴元基依旧不理会他，甚至抱起孙子，就想离开。

那人紧紧地跟着他，一边走，一边说：“裴先生，我知道，你觉得是朝廷把你送去了德意志帝国，让你学会了制造军火，你就对朝廷感恩戴德。其实，我原先也是这么想的。是朝廷派我去日本留学的。在日本，见识了日本的复兴之路，我逐渐明白，不推翻大清王朝，不建立一种共和体制，我们的国家永远都不会有希望，永远都会受到列强的宰割。为了国家的强盛，为了民族的希望，我们没有别的选择，只有推翻朝廷，推翻帝制。我们不是为了自己当官，也不是为了自己发财。我们为的是整个国家、整个民族。”

裴元基依旧不理不睬，抱着孙子一直朝前走。

那人不离不弃，继续说：“裴先生，革命发展到现在，势必在很短的时间就会推翻大清王朝，建立中华民国。我们已经跟孙文先生联系过了，他很快就会从海外回来，被我们革命党人推举为中华民国临时大总统。不过，这只是暂时的，一旦共和体制在国内得以实现，他就会辞去大总统的职务。我也不会再担任任何军职。”

裴元基深感震惊：革命党人真的是为了建立共和体制不惜抛头颅、洒热血的血性男儿吗？他不是不知道共和体制的优越，也不是不知道朝廷的腐败无能，只不过，他总以为革命党人是以革命的名义，达成自己取得名誉地位的手段。这个人的话的确打动了他。

他惊讶地望着那人，问道：“这么说，你们革命党人真的不计较个人得失？”

“如果我们违背了自己的誓言，裴先生可以登报揭露我们、鞭挞我们，也可以向革命党人发动一场革命，把我们也赶下台去。”那人点了点头，恳切说道。

裴元基颤声问道：“先生尊姓大名？”

“不才黄兴。自从听说裴先生的事迹以后，黄某一直很想拜访你。可惜，一直抽不出时间。今天跟裴先生一见，实在三生有幸。”那人爽朗地说道。

他就是即将出任湖北军政府总司令的黄兴？同盟会的元老，革命党的先驱，孙中山的得力助手？裴元基愣是不相信自己的眼睛。

这人的谈吐，这人的态度，这人的见识，岂是裴元杰所能比拟的？裴元基可以不相信裴元杰，但是，他可以相信这个人。人跟人之间，不一定是兄弟或亲人才会彼此信任，有共同的理念和爱好，才是彼此信任的基础。

他知道黄兴亲自找他的目的。他心里的疙瘩在这一瞬间完全消失了。他要帮助革命党人造出机枪，去对抗大清王朝已经发动起来的进攻。让张之洞和大清王朝看一看，裴元基从此以后就要跟革命党人站在同一阵线，为建立共和政府去奋斗。

宣统皇帝早就下诏，任命袁世凯为内阁总理大臣，召集各路兵马，在刘家庙一线跟起义军对抗多日，很快就会突破起义军的阵线，杀进汉口最繁华的地带。

裴元基不能继续观望，也不能等待。他已经失去了太多的时间，得迅速回到兵工厂，帮助诸葛锦华和裴俊超把机枪搞出来。可是，凭借仅有的生产线，连制造弹簧的材料也还没有找到，要在短短的时间搞出轻机枪岂不是白日做梦？裴元基且不管它，发狠地尝试着制造出适用的复进机。复进机在一天的时间里就试制成功。裴元基还没有来得及庆幸，北洋军队就打进了汉口市区。

租界里的洋人们一见北洋军队打进了市区，虽说口头上承诺保持中立，事实上却纷纷派遣人员或做内应，或做军事向导，帮助北洋军队攻击首义民军。

血战北洋军

黄兴指挥起义军在汉口市区跟北洋军队展开激烈的大血战。

北洋军队来势汹汹，起义军抵挡不住，只有步步后撤，一撤就撤到了民房林立的镇中心。起义军依托汉口的民房布列阵地，机动灵活地跟北洋军队玩起了“猫捉老鼠”的游戏。北洋军队一见优势的火力无法发挥作用，竟然放火烧房。起义军无法依托民房跟北洋军队作战了，很快就败退到了汉阳。

裴元基对北洋军队火烧汉口的强盗行径产生了强烈地愤恨，为了阻止北洋军攻击汉阳，他火速把工人们分成两拨，一拨到汉江和长江布设水雷，一拨加班加点地赶制枪炮、弹药。

这时候，机枪的所有部件都制造出来了。裴元基亲自组装了第一挺机枪，扣动扳机，打出一匣子弹，效果很好。他大喜过望，把它们送到黄兴手里已经来不及了。布设水雷的工人回到了兵工厂。裴元基火速命令他们操起机枪和火炮，沿着兵工厂布设防线。

起义军被北洋军队赶出了汉口。欧阳锦亮带着夫人和起义军一道撤到了汉阳，在诸葛锦华府上安了家。

“怎么回事？汉口这么快就落到北洋军队手里吗？”诸葛锦华问道。

“他们的武器太厉害了，马克沁重机枪不停地嚎叫，就像一具具杀人的机器；管退炮火力威猛，只一下就能把一幢房子轰平。他们的军队也训练有素。而且，他们还放火烧房。”欧阳锦亮回答道：“革命党这边大多数是没有经过训练的民军，使用的武器几乎全是汉阳造步枪，怎么抵挡得了？”

“我以为只要革命党人振臂一呼，天下从此大定，就可以正式认祖归宗，恢复欧阳锦华的姓名。谁知北洋军队竟然如此厉害。”诸葛锦华说道。

“不管它了，我们只能跟革命党人同生共死。”欧阳锦亮坚定地说道。

“是啊，北洋军队的武器再厉害，却非常笨重，不能在战场上轻易移动；而我们搞出的机枪，单兵都能使用，可以在任何时候、任何地点打击北洋军队，我们还是有实力同他们抵抗的。”

于是，诸葛锦华精神焕发，和欧阳锦亮一道，整天整夜地待在兵工厂里，陪着裴元基，日夜敦促工人们加紧生产机枪。

清军沿着革命党人撤退的路线渡江向汉阳方向攻了过来。

裴元基埋设在江面的水雷一阵接一阵轰响，沿着汉江布设的火炮阵线也猛烈地开了火。清军的船队被打得到处逃窜。黄兴非常高兴，马上就要指挥起义军去追击北洋军。

可是，北洋军很快就收拢队伍，浩浩荡荡地杀了过来。难道连汉阳也要落到北洋军队手里吗？好不容易让裴元基服从了革命，赶制出了机枪，也要全部落到敌人手里吗？不，得拼死打退敌人的攻击。黄兴连忙把战时总司令部设立在昭忠祠，调配所有的起义军沿着汉水布设防线；同时，又从武昌方向调集来了一支援军。

援军指挥员是裴元杰。听了黄兴的号令，他连忙率领一批人马赶到了汉阳，沿着裴元基布设的防线一字排开，组成密集的攻击队形，炮火一阵急射，把敌人的船队赶回了汉口。

裴元基一见机会来了，赶紧命令工人们再次布设水雷。水雷不够，就把手榴弹和手雷的拉环拉开，连在一起，用绳子拴紧了，在整个江面上布设了一张巨大的天罗地网。

北洋军队从汉口向汉阳发起了猛烈的炮火攻击。炮弹像蝗虫一样漫天飞舞，跨越了汉江，落在汉江沿岸的起义军阵地上，把起义军的炮火阵地全部炸毁了。紧接着，北洋军队又开始用船队朝汉阳进攻。船队过了汉江的中心线。突然，从水里接连不断地冒出了巨大的浪头，掀翻了一艘艘船只，也有许多船只直接撞在水雷、手榴弹、手雷上，炸得船板翻飞，兵士像弹雨似的落入汉江。

裴元杰趁机想把炮火阵地重新摆设起来，大部分火炮却再也动不了了。

北洋军队很快拿出了对付水雷的招数，先用炮火朝江面猛烈地轰击一阵，引导着船队慢慢地向汉阳方向驶了过来。

“怎么办，还有没有办法顶住敌人呀？”裴元杰心急如焚，跑去问裴元基。

裴元基没有回答，命令工人们把已经制造出来的机枪架在江堤上，准备偷袭敌人。诸葛锦华和欧阳锦亮没有任何选择，跟着工人们一道跑向了江堤。

北洋军队的火炮一波接一波地朝前面打去。大部分炮火已经打在江堤上了。工人和兵士死亡无数。布设在工厂里的炮火阵地，突如其来地向敌人开了炮。敌人连忙将炮弹打向了兵工厂。埋伏在江堤边的工人和兵士们松了一口气，可以聚精会神地注视着敌人的动静了。

敌人的船只已经陆续停泊在岸边。裴元基一看机会来了，火速命令工人们把手榴弹和手雷朝敌人的船只上扔。也有的敌人已经下了船。一挺挺机枪欢叫起来，猛烈地扫向了下船的敌人，像割稻草一样把敌人打倒了一片又一片。敌人赶紧把炮火对准了整个江堤和江岸，一遍又一遍地轰击着。兵工厂里的火炮打向了敌人的船只。

兵士和工人被压制得抬不起头来，许多人被炮弹击中，惨叫声不绝于耳。黄兴一见敌人真的就要登陆江堤了，命令民军一拨接一拨地赶过来增援。

工人们把机枪对准敌人猛扫。而敌人却宛如疯长的韭菜，被工人们手里的轻机枪割完了一茬，另外一茬又迅速冒了出来。裴元基越来越觉得机枪不够用了。他环顾了一下四周，整个兵工厂早已陷入一片火海，工人们冒着敌人的炮火，在继续制造机枪和弹药，速度越来越缓慢。

没法一下子制造出更多的机枪，得用火药去烧死那些混账东西。裴元基连忙喊来肖老二，嘱咐他快一点把所有的火药都搬出来，布设火药阵。

江堤边的战斗仍在继续。肖老二冒着敌人的炮火，带领人马布设了一条从江堤延伸到兵工厂围墙的火药阵。裴元基命令工人和兵士火速撤向兵工厂。

北洋军队一见革命党人朝兵工厂退去，以为他们是要集中在围墙一带，负隅顽抗，连忙架起火炮，朝着围墙就是一阵猛轰。大多数围墙在敌人的炮击下倒塌了，激起的硝烟和尘灰把整个天空遮得严严实实。

敌人的船只在继续靠岸。兵士一群接一群地往地面跳，迅速组成战斗队形，波涛汹涌地朝着兵工厂攻去。

突然，一声惊天动地的响声压进了每一个敌人的耳鼓。与此同时，出现了一道连绵不绝的火光，炽烈的火焰一下子就烤得人皮肤发痛。

敌人胆怯了，转身就想朝后边逃。可是，后面同样出现了一道连绵不绝的火光，呼啦啦地朝他们追了过来。敌人想朝侧翼逃，一样见到火光气势磅礴地直冲他们而来。跑不掉就是死，敌人管不了那么多，冲进了火海，顷刻之间就化为灰烬。

兵工厂保卫战

经过了第一场战斗，兵工厂已经遭受了很大的破坏，不仅厂房和一些重要设备遭到了敌人的炮火攻击，毁坏严重，而且伤亡了大量的工人。饶是黄兴拨给了裴元基一部分兵力，而且，裴元杰率领了一支人马作为主力军，在整个汉江沿线布设了一个铁桶般的阵地，为裴元基提供了一道掩护屏障。可是，裴元基非常清楚，凭借这些力量根本不可能把北洋军队消灭在汉江流域。下一步该如何走？他不得不把诸葛锦华、欧阳锦亮和裴俊超等人全部召集起来，商讨战争的局势和下一步的战斗计划。

“看起来，敌人的力量太可怕了。虽说我们手里有了黄司令拨过来的援军，但武器装备跟敌人相比落后了太多，无法跟敌人硬拼。”诸葛锦华说道：“只有采取新的策略了。”

“更可怕的是，大部分制造枪炮和火药的物资消耗掉了。”郝老六说：“兵工厂随时都会面临停产的危险。”

这的确是一个极为严重的问题。裴元基下意识地向欧阳锦亮望去。欧阳锦亮立即会意地说道：“原材料供应不上，是我的失误。我当立即去南方以及长江沿线调集原材料。”

说完，欧阳锦亮立即起身，跑原材料去了。于是，众人就战斗部署展开讨论。

“在前期的战斗中，我们只是死守汉江沿线，属于被动防御。要想有效地阻止敌人的攻击，并大量地消耗敌人，我们不能只把眼光盯在汉江南岸，应该把战火烧到敌人的阵线上去。”裴俊超说道。

“不错，是一个好主意。”诸葛锦华率先支持：“只要我们出其不意地冲击敌人的渡江队伍，准能打它一个措手不及。”

诸葛锦华的话音一落地，在座的人一齐拍手称好。

“在船上携带新型炸药，闯进敌人的渡江队伍，有多少敌人，都得把他们送到汉江去喂鱼！”

众人的意见很快就达成了一致，马上转入具体部署程序。裴元基命令：诸葛锦华迅速把工人组织起来，维护工厂的正常生产，枪厂全部生产机枪，炮厂继续生产火炮，火药厂重新配制一种新型火药，用于攻击敌人的船队；肖老二和王老四率领一批人马，去收集大小船只。

各路人马接到命令，迅速投入行动。诸葛锦华备感枪炮生产任务繁重，命令郝老六负责制造机枪，自己坐镇炮厂，和工人们一道生产山炮。裴元基带了儿子裴俊超，在火药实验室里试制新的火药。

几天之后，火药就试制出来了。肖老二和王老四也收集到了一大批船只。裴元基命令肖老二率领工人把火药包扎成一个个巨大的炸药包，安放在一条条小船上，先埋伏在上游，等待敌人的船队向兵工厂方向发动进攻的时候，就迅猛地冲进敌人的船队。

裴元杰也没有闲着，命令兵士们沿着汉江江堤，修筑了许多工事；几十挺机枪，全部架射在隐蔽位置，只等躲过了敌人的炮火攻击，就猛烈地扫向攻到江堤的敌人；炮火阵地靠后了一些，大部分隐蔽在龟山一带，能够辐射到整个江面。他还训练出了一只小型船队，准备主动攻击江面上的敌人，以吸引敌人的注意力，掩护从上游冲下来的杀手。

几天以后，敌人再一次发动了攻击，先用一阵接一阵猛烈的炮火，几乎把起义军的阵地全部耕犁了一遍，然后在炮火的护送下，庞大的运输船队沿着汉江对岸江面全部铺开，像云彩一样地飘向汉阳来了。

裴元杰马上命令小型船队冒着敌人的炮火，向对岸冲去。每一只船上，都架设了一挺机枪，还有一门小型火炮，怒吼着打向敌人。

敌人恼羞成怒，布设在汉江北岸的火炮赶紧调整了打击方向，蝗虫一样的炮弹砸向了小型船队。那些安装在敌人船只上的机枪和火炮，也向革命党人的船只猛烈地打了过来。

裴元杰生怕船队被敌人打垮，连忙命令隐蔽在岸上和龟山上的火炮阵地向敌人开炮，一下子就把敌人的炮火全部吸引过来了。

肖老二早已率领一支自杀式船队隐蔽在汉江上游。时机一到，他率领船队火速冲了下来。

敌人虽说正跟裴元杰的队伍进行激烈战斗，却也时刻提防着革命党人会从上游顺流而下，对他们展开包围。一发现肖老二所率船队的踪迹，敌人连忙调整火炮攻击的方向，朝着船队就要开火。

裴元杰发现了险情，连忙命令火炮狠狠轰击敌人的船队，不给敌人攻击肖老二的机会。

敌人稍一迟疑，肖老二的船队就冲了下来。每一条船上，都配有一支步枪和一些手榴弹。兵士们一冲进敌人的船队，就立刻分散开来，用步枪和手榴弹开路，一直朝敌人船队的中心猛冲。一声接一声的爆炸响了起来，革命党人的船只全部撞上了敌人的船只。一只只被革命党人的船只撞上了的敌船，被炸得粉身碎骨；围拢过来的其他船只，也被炸得四分五裂；整个江面上的敌人，在爆炸激起的巨浪之下，颠进了汉江。

裴元杰在另一端埋伏的一支船队，一见江面上发生了爆炸，连忙奋力地赶过去，把炸懵的敌人全部俘虏了。

敌人的第二次攻势瓦解了，黄兴趁机调整部署，一面派遣一部分兵力偷渡汉江，偷袭敌人沿江部署的营垒；一面收缩战线，在重点部位加固工事，布设陷阱，以便跟敌人周旋到底。

最后的抉择

现在，裴元基手里的资本快拼光了：已经生产出来的枪炮弹药大多数投入了使用，剩余的储存量还不够跟敌人进行一场中等规模的战斗；敌人的炮弹落在了火药库，不仅将剩下的火药全部炸光，就是兵工厂也被震塌了好大一片，枪炮、火药等各个分厂，再也无法正常生产了，连工人们都在爆炸中死亡无数。本指望欧阳锦亮快一点把原材料送到兵工厂里来，而欧阳锦亮走了很长时间，不仅急需的物资连一根毫毛也没运到，欧阳锦亮本人也没有踪迹。

他做出了最后的抉择，集合起大部分工人，把剩下的枪炮和弹药发给了他们，命令他们配合革命党人狠狠地打击敌人；命令诸葛锦华把兵工厂的骨干人员分散开去，等待将来有机会，再重振兵工厂。

连续两场战斗打下来，虽说兵工厂和革命党人都取得了胜利，但是，举目一望，到处一片废墟，人员伤亡惨重，补给越来越短缺，诸葛锦华越来越清楚：敌人的力量过于强大，汉阳也好，兵工厂也好，迟早都会落到敌人的手里。他不禁对自己那一天不理智的行为感到后悔，但后悔已经晚了。

“这就是我们的宿命。”裴元基苦笑道：“我们轰轰烈烈地活了一回，还有什么可担心的呢？”

“你是为了从容就死吗？”诸葛锦华颤抖地问。

“到了现在，你我都非常清楚我们即将面临什么样的命运。但是，兵工厂是我们的性命，我可以死，兵工厂要留下来。”裴元基慷慨激昂地说道：“为了兵工厂，你就带着技术骨干，火速离开汉阳，以图后举吧。”

诸葛锦华决心跟裴元基一样从容赴死。他再也不想祖宗的遗训，也忘掉了过去的恩怨。是他先投靠了革命党人，才把兵工厂拖到了今天的地步。既然革命党人注定要失败，朝廷震怒之下，世界之大，岂有自己的容身之地？与其窝窝囊囊地活，不如像裴元基一样轰轰烈烈地死。

他把裴俊超拉了过来，命令道：“去，把工人给我安顿好。兵工厂的复兴，就靠你们了。”

“师傅，俊超走了，我们留下来帮助你们吧。”郝老六、王老四趁机要求道。

“要你们走，不是要你们逃离战场，而是要你们以后把兵工厂恢复起来。那是我们的心，我们的血。”裴元基的声音像炸雷一样在天空回荡。

郝老六和王老四略一怔，一齐跪倒在裴元基和诸葛锦华面前，向他们重重地叩了几个响头，就在裴俊超的带领下开始拆卸完好的制造设备，陆续运出兵工厂，分散埋在汉阳每一个角落，把更重要的东西朝武昌和更远的地方转移。

裴元基重重地嘘了一口气。现在，他可以毫无顾忌地跟敌人进行最后的决战。

兵工厂里没有火药，也没有任何原材料，只有几挺机枪、几十条步枪和几门火炮。裴元基不再把它们交给裴元杰，他要亲自用它们来打击敌人。

北洋军队终于在火炮的掩护下，突如其来地渡过汉江，向汉阳方向开了过来。越来越逼近汉阳，革命党人只用不多的炮火向船队展开了攻击。敌人的一些船只被打沉、打坏，一些兵士跌进了汉江。如此一点炮火，岂能阻挡得了北洋军队的前进？很快，敌人的船队冒着炮火驶入了汉江南岸。敌人没等船只停稳，就纷纷跳了下去，不顾寒冷，呐喊着朝江堤攻了过去。

几挺机枪在江堤上喧嚣开来，子弹像一阵阵的狂风，把敌人扫倒在地。

“冲上去，消灭乱党。”敌军指挥官挥动着盒子枪，威逼兵士接连不断地朝江堤冲。

敌人很快就把革命党人的枪声压住了，像波涛一样向革命党人的阵地猛冲。革命党人支持不住，向后面一路狂奔。

突然，前面的革命党人不见了。敌人毫无察觉，仍然不停地向前猛冲。

轰隆一声巨响，一团尘灰从地面激溅而起，形成了一股很大的旋流，迅速弥漫了整个天空。紧接着，扑通扑通的声音，人员的惨叫声，枪支走火发出的声音，响成一片。前面的敌人全部跌进了陷阱，你挤我撞，相互践踏，死伤无数。后面的敌人懵了，有的继续向前狂奔，像下饺子一样自动朝陷阱里掉，把一些好不容易要爬起来的敌人重新压进了陷阱；有的想站在原地，却被人裹挟着跳进了陷阱。

裴元杰一见，赶紧大喝一声："给我打！"

霎时，革命党人的枪支呼啸起来，猛烈地扫向了乱作一团的敌人。手榴弹、手雷、简易炸药包像冰雹一样砸进了敌群。

敌军一看大事不好，连忙后撤，却哪里撤得回去，落入陷阱的敌人很快就变成了一具具尸体，乱七八糟地躺倒在陷阱里。后面的敌人你挤我撞，连方向也摸不清楚，无头苍蝇一样胡乱奔跑。

裴元杰命令埋伏在龟山上的兵士偷偷摸摸地下了山，去拦截敌人的退路；正面阻击敌人的兵士向两边散开，等待着敌人的第二次冲锋。

火药派上用场

很快，从龟山上下来的兵士就潜入了江边，把收集到的油料向来不及朝汉江对岸划过去的船只上一倒，一枪打上去，就形成了一个壮观的火焰阵。紧接着，这批人马就向敌人的屁股后面一阵猛打。

敌人失去了船只，回不去对岸，只有硬着头皮朝兵工厂方向展开进攻。对岸的敌人一见这边炮火连天，不由恼羞成怒，马上命令炮火猛烈地轰向了革命党人的阵地，并催促后续船队连夜朝汉阳方向输送援军。

裴元杰连忙命令早就准备妥当的几只小船，托载着裴元基能够收集到的火药，勇猛地冲进敌人的船队，引爆了船只，炸得敌人队形大乱。

敌人越发对革命党人痛恨不已，威逼着船队，继续前进。

裴元杰一见时机来临，急令早已整装待发的偷渡部队偷渡汉江，去攻击敌人的后方。可是，被敌人发现了其意图，一番猛打，把这支好不容易拼凑起来的精锐部队一举消灭光了。

偷渡部队关键时刻掉了链子，裴元杰大为震惊，深感部队再也无力在江面向敌人发动攻击，只好把阵线收缩到江堤，等待敌人上岸的时候，再迎头痛击。

敌人携带了大量炮火和机枪，奋力地杀向了裴元杰的阵线。

裴元杰抵抗不住，率领人马撤向第三道防线。

敌人很快就可以打进兵工厂了。裴元基朝兵工厂望了一圈，所有完好无损的设备，已经被裴俊超、郝老六、王老四和留守的工人们拆卸下来，运到了安全隐蔽的地方，偌大的一座厂房，被敌人的炮火毁得不成样子，许多地方仍在冒着火焰。

后面有了一阵响动，紧接着，裴元基听见了一个熟悉的声音。是欧阳锦亮！他不由心头一喜，可是，这种欣喜转瞬即逝。欧阳锦亮消耗了太多的时间，就是运回了自己所想要的一切，也无法把它们变成武器。

“裴大哥，怎么回事，怎么会变成这样啊？”欧阳锦亮急切地问道。

欧阳锦亮带着黄兴的亲笔信，去了几家火药厂和钢铁厂，以为很快就能把东西搞到手。可是，每一个火药厂和钢铁厂里，都有仍然对清朝忠心耿耿的人。他费尽心机，才收集到了一批物资，日夜兼程，把它们运回兵工厂，可兵工厂已经成了一片空空的旷野。

裴元基看着他疲惫不堪的样子，心里说不出口的苦痛，轻轻地叹息一声：“你回来了，你回来了就好。”

“哥哥，你回来晚了。”诸葛锦华含着眼泪说道。

“不晚，还来得及。父亲、岳父、姑父，我们不能生产枪炮，却可以用炸药去炸敌人呀。”一个声音冲进了每一个人的耳朵。

裴元基不需要去看，也知道说话的人是自己的儿子。儿子带着熟练的技术工人撤离了兵工厂，怎么会出现在眼前呢？他没有问，也不想问。一听儿子的话，他眼睛一亮，马上命令儿子组织人员把火药搬运过来，他要在战场上赋予它们灵魂，让它们发挥出最大的战争效果。

诸葛锦华不由分说，连忙和裴俊超一道冲进了欧阳锦亮运来的火药车，一箱接一箱地把火药运到了裴元基的跟前。

裴元基、裴俊超、诸葛锦华、郝老六和王老四一同紧张地配制着火药，然后把它们捆成一捆捆的并加上了导火索，这就是简易的大炸弹。工人和兵士接连不断地把炸弹往阵地上运。趁着敌人攻上前来的机会，把炸弹滚进了敌人的阵线，每一声爆炸过后，敌人都会倒下一大片。

敌人意识到了什么，赶紧将炮火对准兵工厂，猛烈地轰击着。

一颗炮弹落在裴元基的跟前。诸葛锦华看见了，本能地扑倒在裴元基的身上。他可以死，裴元基却不能死。然而，他也没有死，因为那是一颗哑弹。他高兴地一跃而起，拉起裴元基，又井井有条地搞起炸弹来了。

敌人快要攻破裴元杰的防线了。裴元基有了主意。把剩下的火药弄成简易炸弹之后，在兵士们退却的路线上，布设新的陷阱。

裴元杰眼看兵士们抵不住敌人的强攻，只有拿起汉阳造，向敌人的脑袋上一个个点名。兵士们深受鼓舞，也不顾性命地朝敌人发动了猛烈地反攻。很快，就把敌人的攻势压了下去。

裴元基和诸葛锦华这边的陷阱布设好了。裴元杰赶紧命令兵士们往后面撤。

敌人接连几次上了革命党人的当，生怕落入陷阱，先用炮火向革命党人撤退的路线猛轰了一阵子，然后出动兵力追赶。快要到达兵工厂门外了。突然，一阵阵猛烈的爆炸声响了起来。顷刻之间，就有无数的敌人丧失了生命。后面的敌人马上扎住阵角，再也不动弹了，警惕地注视着周围的一举一动。

裴元杰已经把人马埋伏在四周，只等敌人一晕头转向，就向敌人发动攻击，可是，敌人不仅没有晕头转向，反而提高了警惕。裴元杰不可能等待敌人发动攻击，便马上命令人马向敌人开了火。

敌人一见革命党人主动出击了，凭着优势的力量和武器装备，毫不客气地将积压已久的怒火通过倾盆大雨般的子弹和炮弹砸向了裴元杰的人马。

裴元杰很快就抵挡不住了。整条战线被敌人撕开了无数条缺口。

炮火依旧没停熄

黄兴负责指挥全局，知道驻扎在蔡甸的北洋军和已经从新沟渡河的三千北洋军联合在一块，一路上势如破竹，接连打下马鞍山、粮米山、锅底山、仙女山、磨子山、扁担山，正逼近梅子山，从后面朝兵工厂包抄而来了。局势竟然如此严重，他赶紧就想找裴元基，跟他一同商量该采取什么对策。没想到敌人已经趁势将裴元杰指挥的革命军和兵工厂分割开来。

“给我打开一条通路，救出裴元基和所有被包围在兵工厂里的人。”黄兴向裴元杰发出了第一道命令。

哥哥、姐夫、侄儿都被包围在兵工厂里，裴元杰心里也很焦急，果断指挥人马，接连不断向包围着兵工厂的敌人发动了好几次进攻。可是，每一次，当他指挥人马发动进攻时，四周的敌人就会对他实施反进攻。越来越多的革命党人倒在血泊之中。更为严重的是，敌人对革命党人的包围圈越压越紧，从长江退向武昌的通路眼看着就要被敌人切断了。

“司令、副司令，我们撤退吧。留得青山在，不怕没柴烧。只要我们撤到武昌，还可以跟敌人继续周旋下去！”

各路指挥官纷纷建言。黄兴和裴元杰的脑筋只装着营救裴元基和兵工厂的全部人马，哪里还听得见他们的声音？指挥官们索性架起黄兴和裴元杰，命令部队朝江边撤去。

黄兴和裴元杰被部下绑架到了船上。船开到了江心，部下们这才敢松开手。

“裴先生！”黄兴木呆呆地望着汉阳，眼睛里滚出了一连串的泪水，痛苦地大叫一声，猛地跳进了长江。

“司令！”众人惊讶地大叫一声，纷纷跳入长江，把黄兴救了起来。

黄兴一个劲地挣扎着，痛苦地哀叫道：“革命军无法保卫汉阳，裴先生是我请回兵工厂的，却落入了敌人的包围，我还有什么脸面活在世上呀？”

此时，敌人已经把兵工厂围得水泄不通。

敌人的攻击开始了。一阵接一阵的炮火，毫无目标地向兵工厂一通乱打。一天过后，整个兵工厂就成了一片废墟。许许多多围墙也在敌人的炮击当中倒塌了。

裴元基、诸葛锦华和欧阳锦亮把仅有的一点火药捆扎成了炸弹，把一挺挺机枪架设在敌人的炮火难以打到的位置，等待着敌人的攻击。

敌人持续炮击了半天之后，像云彩一样飘进了被炮弹打开的缺口。

裴元基猛地扔下一捆炸弹，轰隆一声，炸翻了一大批敌人。诸葛锦华、欧阳锦亮同时把炸弹扔了下去。裴俊超架起一挺机枪，突突地喷射出一连串子弹，顷刻间敌人倒了一大片。所有的机枪都响了，子弹呼啸着奔向了敌人。工人和兵士们手里的枪支，也喷出了怒火，烧向敌人。

敌人恼羞成怒，重新架起了火炮，把围墙全部打塌了。紧接着，敌人再度发动进攻，迎接他们的仍是一阵接一阵的弹雨，再加上纷纷降落的手榴弹、手雷和炸弹。

继续攻击，只会增大伤亡，敌人停止了围攻，改为围困已成孤岛的兵工厂。

战争沉寂下来了，裴元基趁机命令兵士们修筑被敌人打烂的围墙。敌人的攻击停止了。这给了裴元基他们修筑工事的时间。工事修筑好了，敌人再一次在大炮的掩护下，各种枪支一齐喷射着火舌，攻了过来。

所有的人斗志昂扬，在裴元基的精心调度下，竭尽全力，抵挡着敌人的攻击，一次又一次迫使优势的敌人不得不停止进攻，使得战争陷入了拉锯战的状态。

又过了一段日子，敌人出动了，却不是发动攻击，而是推出了一个女人。

敌人把那个女人和她怀中抱着的孩子推到队形前面，大声喊叫道："裴元基，你的女儿裴馨儿在这里；诸葛锦华，你的孙子诸葛浩天就在你的面前。你们要打，就先打死他们。"

裴元基手持单筒望远镜，远远地望去，果真看见一个女人怀里抱着一个大约一岁左右的孩子，出现在敌人的正面。从她消瘦的脸庞上，他分辨得出，她的确是他的女儿。不过，她气息奄奄，随时都可能死掉。裴元基心里一阵颤抖，差一点就流出了泪水。但是，他不能流泪，虽说他很想知道女儿为什么变成这副样子，为什么会来到战场上，但是，他不能问。他更不能让敌人抓住了自己的弱点。兵工厂就算要落到敌人的手里，那也得让敌人踏着他的血迹和肉体走进去。他举起了枪，瞄向了自己的女儿，即将扣动扳机。

诸葛锦华出其不意地夺过了他手里的枪，大声叫道："不能杀她们。她们是我的儿媳和孙子，是我欧阳家族的血脉。"

裴元基浑身一颤，不能作声，眼睛一闭，泪水哗啦啦地流了出来。裴俊超、欧阳锦亮，所有的人都大瞪着眼睛，一动不动地看着这一幕。谁也没有作声，谁也没有思想，全都像空空的躯壳。

敌人潮水般地涌到了围墙脚下。

诸葛锦华猛虎一样扑下了围墙，扑向了裴馨儿和诸葛浩天。他什么也不顾，他有一个孙子，欧阳家族没有绝后，他还怕什么呢？就是死，他也可以瞑目了。

但是，他没有死。潮水般涌到围墙边的敌人突然好像被孙悟空使了定身法，再也不向前冲了。

第五章

板荡岁月

岁月留痕

在北洋军队围困兵工厂期间，革命党人与袁世凯展开了一系列博弈。宣统皇帝被袁世凯赶下了龙椅，已在南京就任中华民国临时大总统的孙中山按照约定，将把中华民国临时大总统的宝座让给袁世凯。一场北洋军队镇压革命党人的军事行动画上了句号。

“一个镇压革命党人的刽子手，怎么摇身一变，就要当中华民国临时大总统呢？”裴元基愤愤不平地说道。

“只要推翻了清朝政权，谁当总统都行。”诸葛锦华说道。

裴元基认真地打量了他一眼，点了点头，说道：“是的，因为清朝政权只要存在，你就永远不会恢复原来的姓氏。但是，你的眼光也未免太短浅了。不说你我一同去德意志帝国留学3年，就是革命党人建立共和体制的努力，也应该使你明白，国家现在需要的是什么。”

“你不是非常敬佩孙文先生和黄兴先生吗？他们愿意把中华民国临时大总统宝座让给袁世凯，你就只能尊重他们的决定。”欧阳锦亮一见弟弟脸色难堪，连忙对裴元基说。

“可这个人竟是袁世凯！我真是打心眼里感到别扭！从今往后，我再也不会回到兵工厂里去了。”

裴元基果然再也没有去兵工厂。待在家里，他可以尽量不想兵工厂的事情，也尽量不去过问眼下的时局，可是，家里并不能给他提供避风的港湾，反而令他痛苦不堪，因为他必须面对他的女儿裴馨儿。女儿终于回到了他的身边，可是，女儿奄奄一息，只能断断续续地说出一些她和诸葛鹏一道逃出家门的经过。

裴馨儿和诸葛鹏一道逃到了四川，才落下脚来。两人都不会操持生活，也不会干活，捞着吃的了就吃，捞不着吃的就只能饿肚子。这种生活很快就打垮了他们的身体。他们虽说恩爱，虽说具有抵御一切困难的勇气，但是，身体越来越差。裴馨儿生下儿子不久，诸葛鹏就一病不起，死在了异域他乡。裴馨儿安葬了丈夫，就在丈夫的坟头守了好几个月。

他们的儿子诸葛浩天并没有成为痴子、傻子，反而聪明绝顶。几个月的时间，就能清晰地喊妈妈。这可把裴馨儿高兴坏了，对着丈夫的坟头，大声喊叫道："我们的孩子不是傻瓜，不是痴子！"

丈夫的坟头发出了一阵沙沙声。是丈夫传来了心声："是的，我们的孩子聪明绝顶。他们不是因为我们相爱，而是担心我们的孩子是傻子、痴子，才阻止我们在一起的。你带着孩子回去吧，他们会接纳你。"

裴馨儿带着儿子，一路乞讨，踏上了回汉阳的道路。好不容易到了汉口，却碰上北洋军队正跟革命党人在打仗。她意外地撞上了一队兵士。那队兵士如狼似虎，挥起枪托就朝她身上猛打。她认出了那种枪，赶紧大声喊叫道："别用汉阳造打我。汉阳造是我父亲和公公制造出来的。"

这一声喊真的救了她的命，也把她拖进了一个更加凶险的境地。北洋军队很快就弄清了她的底细，不禁如获至宝，赶紧把她和诸葛浩天推向了前线。如果不是袁世凯和革命党人达成了妥协，她与父亲和公公见面之日，就是她和亲人们一块进入最后归宿之时。

她活着回到了父亲和公公的身边，活着把儿子交给了诸葛锦华，丝毫也不管母亲守在她的身边正一个劲儿地流泪，断断续续地说道："我的丈夫诸葛鹏在那边等着我，我把浩天交给你们了，我要回到丈夫的身边去了。"

"馨儿，你已经回来了，可别吓唬妈妈。妈不会再让你受苦。"姚心林发疯似的大叫道。

"是呀，鹏儿已经不在了，你去他那里干什么呀？"裴云珠泪如雨下。

"我已经听到诸葛鹏在叫我了。"裴馨儿微笑道。

"鹏儿是一个不懂事的糊涂蛋，你已经为我生了一个孙子，我的孙子不是傻瓜，不是痴子。你延续了我们欧阳家族的血脉，你是欧阳家族的功臣，你还要照料我的孙子，你不能去找他！"诸葛锦华急切地说道。

"是啊，你已经回到了亲人身边，再找他干什么？"裴元基流下了泪水。

然而，不管他们怎么挽留，怎么劝导，裴馨儿还是回到了丈夫诸葛鹏的身边。

裴元基深感自己是害死女儿和外甥的刽子手，整日不言不语，望着女儿曾经住过的闺房，默默地乞求女儿原谅自己。

姚心林终日以泪洗面，心里对丈夫和诸葛锦华都充满了怨恨。

裴云珠也一样，恨她的丈夫，也恨她的哥哥。但是，一看见活蹦乱跳的孙子诸葛浩天，她就明白，她要好好地抚养诸葛浩天，再也不要让他从自己的身边离开，更不会让他受到任何苦难。

诸葛锦华心里虽说也很痛苦，也很悔恨，但是，不管怎么说，清朝政府已经被彻底推翻了，他再也不用顶着诸葛的姓氏生活在这个世界上。他现在最想做的事情，就是尽快跟哥哥欧阳锦亮确定日期，一块回欧阳大湾，认祖归宗，恢复他欧阳锦华的原名。

这场北洋军队跟革命党人的战争，把欧阳锦亮的家产几乎摧毁殆尽。他得重振山河，利用战争刚刚结束的机会，好好干一把。没想到，刚刚列出了重新崛起的计划，弟弟就找他认祖归宗，他只有让跟随他多年的弟子们分头行动，自己就把主要精力先放在回欧阳大湾这件事上。

诸葛锦华当然忘不了邀请大舅子一家人去见证那个神圣的时刻。

因为女儿的死，裴元基心里的伤痕还没有完全弥合，袁世凯就一再派出代表，请他尽快出山，把兵工厂恢复起来。可是，他仍然对袁世凯镇压革命党人的行为耿耿于怀，硬是对他派来的代表避而不见。诸葛锦华的要求，正好给了裴元基一个逃离现实的机会，他带着全家人和诸葛锦华、欧阳锦亮一道，浩浩荡荡地去了欧阳大湾。

一路上，裴元基、诸葛锦华和欧阳锦亮三个人神态各异，心情也大不相同。欧阳锦亮想了半晌，问道："裴大哥，兵工厂是你的生命，你为什么还要拒绝跟袁世凯的代表见面？这段时间，你的思想还没有转过弯来吗？"

"我为什么要跟他们见面？为什么要转过弯来？"

"不管怎么说，我们是制造武器的，把这个干好了，谁当总统，都得高看我们。"诸葛锦华说道。

"制造武器，就不管武器是用来干什么的吗？"裴元基质问道。

诸葛锦华略微怔了一下，说道："当然需要了解武器是用来干什么的。问题是，袁世凯已经当上了中华民国临时大总统，他号令我们制造武器，不管怎么说，都是为了国家的需要。"

"我不想把他和国家划等号。"裴元基冷冷地说。

重建兵工厂

从欧阳大湾回来之后，裴元基一直躲在家里教育孙子裴运祥。诸葛锦华已恢复了原名欧阳锦华。裴俊超却在欧阳锦华的再三要求下，回去帮助姑夫重建兵工厂去了。

厂房和各种设备毁损严重，可直接投入使用的东西并不多。所幸的是，欧阳锦华从头到尾都和裴元基在一起打拼，全面参与了兵工厂的筹建和设备的引进及枪炮和弹药的制造等各项工作，很快就拿出了一个稳妥的重建方案。在投入大量的人力、物力重建厂房的同时，把那批受到保护的技术工人全部招回来，取回了分散隐藏在不同地方的制造设备，自己动手，加紧修理那些可以修理的设备，还派遣一些人马去购买了一批新的机器。等待厂房重新修建完毕，设备也能逐渐重新投入生产了。

北洋军队跟革命党人打了一个多月仗，好几次都打到了兵工厂门口，最后终于没能打进去。他们分析原因，觉得主要是革命党人手里有了可以随时转移阵地的轻机枪，于是，给了兵工厂一纸超大的轻机枪订单。

轻机枪是裴元基一手搞出来的。设计图纸、生产要领，都藏在裴元基的脑子里，离了他还真造不出来。裴俊超和郝老六倒是跟着裴元基学了一些皮毛，却想破脑壳也想不出怎么才能把一挺轻机枪完整无缺地造出来。那些亲自造过轻机枪的工人，都死在北洋军队的枪口和炮火下了。

欧阳锦华只好跑去求裴元基，却在裴元基面前碰了一鼻子灰。欧阳锦华心里一发狠，决定哪怕花费再多的时间和原材料，也要把轻机枪重新造出来。

袁世凯可没有那么多时间和原材料让欧阳锦华浪费，只有派出私人代表周大凹常驻汉阳，日日夜夜逼他。逼了欧阳锦华，周大凹还去逼裴元基。

裴元基硬是油盐不进，不理他的茬。周大凹火了，命令兵士把裴元基押去了兵工厂。可他眼睛一闭，手朝袖筒里一缩，什么话也不说，什么事也不做，宛如木偶一般。周大凹恼羞成怒，枪口往他脑袋上一顶，手指头慢慢地扣动扳机，一颗子弹马上就要飞出枪膛，打进裴元基的脑袋。

“你们不能这样对待他。他是兵工厂的支柱。”欧阳锦华连忙求情。

周大凹悻悻地松开了手指头，说道：“袁大总统催得急，你们三天之内不把轻机枪制造出来，谁也活不了。”

说完，周大凹一抖手枪，扬长而去。

“你别拗了。想当年，我们跟着张之洞大人东奔西走，到处受人白眼，不就是为了要造出枪炮吗？可谁给我们机会了？现在，袁大总统把机会送到我们面前。你为什么要放弃这个机会？”性命攸关，欧阳锦华不敢怠慢，苦口婆心地劝说裴元基。

任凭欧阳锦华说什么，裴元基都装作听不见。他静静地等待了三天，不吃不喝，静静地等待着死亡降临。

三天期限一过，周大凹带了一大群兵士闯进来，说道：“裴先生，机枪呢？”

“机枪没有，裴某性命还在，你要，就拿去吧。”裴元基大笑道。

“既然如此，可怪不了周某。”周大凹爆发了一声狞笑，命令士兵：“把他们给我拖出去！”

兵士一拥而上，把裴元基和欧阳锦华一块拖了出去。周大凹命令兵士把裴元基和欧阳锦华推倒在墙角下，然后又把他们拉起来，让他们跪在地上。

欧阳锦华绝望地叫喊道：“我把兵工厂重新建起来了，为什么要把我一块打死？我死了，谁还会替你们造枪？”

兵士们举起了汉阳造。周大凹一听欧阳锦华的喊叫声，马上把手往下一压。兵士们收回了枪。

周大凹笑着走向墙根，先扶起欧阳锦华，再扶起裴元基，说道：“你们已经死过一回，现在是新人了，是袁大总统的人了，就要听从袁大总统的号令，造出更好的武器。”

欧阳锦华感激涕零，一回兵工厂，就使出浑身解数，继续琢磨制造轻机枪的方法。

裴元基觉得自己受了莫大的侮辱，仍然不去兵工厂。制造机枪的图纸和老师写给他的信件，他都藏起来了。他要忘却一切，要做一个平常的人。直到有一天，一个人的突然到访让他改变了主意，重新回到了兵工厂。

“孙中山先生对裴先生在关键时刻挺身而出，支持我们的革命事业，深表赞赏，特地委托黄某前来致谢。”黄兴一见裴元基的面，就说：“不过，孙先生对裴先生不回兵工厂，很有一些不解。”

裴元基没有作声，摆出一副洗耳恭听的姿态，冷静地看着对方。

黄兴笑了笑，继续说：“虽说袁世凯有过镇压革命党人的历史，但是，他把清朝最后一个皇帝赶下了台。他的功绩怎么说都不过分。身为中华民国临时大总统，他负有保卫中华民国不再受到列强侵略的责任。他需要先进的武器，这是对中华民国有利的事情。孙先生希望裴先生能够看到这一点，放弃对袁世凯的抵制，回兵工厂。”

孙中山先生博大的胸怀再一次征服了裴元基的心，他立即回到了兵工厂。

待在家里的日子里，裴元基其实并没有闲着。他不仅一直在琢磨如何进一步改进轻机枪的性能，以便消除在使用过程中暴露出来的问题，而且因为在战争过程中亲眼看到了北洋军队大量使用管退炮以及其他大型火炮的威力，觉得轻机枪虽好，仍然比不上火炮威力无边，就寻思着要在已经制造出的过山快炮等小型火炮的基础上，仿制出大口径火炮了。现在，一进入兵工厂，他立即把裴俊超和郝老六等人召集起来，详细了解了兵工厂的现状，然后去各车间查证一番，悉心指导工人们制造轻机枪的技术，很快就再一次造出了轻机枪；与此同时，他还召集欧阳锦亮和欧阳锦华一块商讨仿制德意志帝国克虏伯75毫米口径山炮的方案，经过几个月的努力，仿制工作也接近完成。

周大凹连忙把好消息报告给袁世凯。袁世凯马上命人把制造这些武器所需的物资源源不断地运往兵工厂，勒令周大凹加紧逼迫工人们赶造它们。

列强并没有侵略中华民国的企图，袁世凯急着要那么多武器干什么？裴元基心里产生了疑虑，就对周大凹说道："技术工人不多，无论你怎么逼，他们也无法在短期里造出大量的轻机枪和山炮。"

"你难道不能招募工人，把工人分成两拨，日夜不停地生产这些武器吗？"

"培训工人也需要时间啊。"裴元基说。

周大凹很有些不高兴了，把脸转向欧阳锦华，问道："你也不能让工人日夜不停地生产轻机枪和大口径山炮吗？"

欧阳锦华听懂了周大凹口吻里强烈的威胁意味。他可不愿意一再去触有权势者的霉头。何况，在这一段时间里，他已经把制造轻机枪和大口径山炮的细节全部搞清楚了，顿了一顿，说道："也许，我能。"

"那好，你就快去招募工人，按我的要求，不停地生产这些武器。"

裴元基越来越感到里面暗藏着什么玄机，趁着周大凹不在身边的时候，对妹夫说道："我们还是把制造轻机枪和大口径山炮的速度缓下来。我感到不对头。"

"袁大总统要求尽快，谁敢缓下来啊？"欧阳锦华摇头道。

就这样，每一天，都会有大量的轻机枪和大口径山炮、炮弹、子弹、手榴弹和手雷源源不断地运出工厂，在周大凹的监督和输送下，运往袁世凯的嫡系部队。

世事无常易变换

正如裴元基怀疑的那样，中华民国表面上风平浪静，其实波涛暗涌。后来，当人们知道了袁世凯就是国民党代理理事长宋教仁被刺一案的幕后凶手后，孙中山和黄兴发起了第二次革命，要把袁世凯赶下台。谁知袁世凯早有准备，不等他们动手，就集中兵马，杀气腾腾地前去镇压。

"袁世凯果然不是东西，欺骗了孙先生，欺骗了大众。"裴元基瘫坐在椅子上，浑身无力，望着天空，喃喃不休地说道。

他已经帮助袁世凯制造出了无数轻机枪、大口径山炮和弹药，岂不是成了袁世凯的帮凶吗？他无法原谅自己，赶紧去了湖北军政府，试图请求湖北都督响应孙中山先生的号召，起来革命。可是，他连都督的面也见不着。他想起了弟弟裴元杰。裴元杰仍然在武昌，手握一个师的兵马。他相信，只要弟弟一出面，再次打响反抗袁世凯独裁统治的枪声，一定会让昔日的革命党人全部加入进来，形成一股洪流，共同推翻袁世凯的统治。他很快就找到了弟弟。

其时，裴元杰正为自己打响了辛亥革命的第一枪，又帮助黄兴在汉阳跟北洋军队浴血奋战却得不到信任而耿耿于怀。明白了哥哥的来意，他愤恨地说道："管他谁当总统，跟我有什么关系？"

裴元基勃然大怒，厉声斥责道："你打响武昌起义的第一枪是为什么？难道不是为了推翻清朝统治吗？现在的袁世凯，就是当年的宣统。你打响了武昌起义的第一枪，就要为了你的信念继续打下去。"

"你还记得是我打响了第一枪！可是，我得到了什么？黎元洪这个王八蛋亲手杀害了革命党人，当年还是我的手下，硬是被拉出来当都督。我却至今还是一个师长。谁想革命，谁自己革去，跟我不相干。"裴元杰咆哮道。

裴元基无法让弟弟拉起反抗袁世凯的大旗，只有垂头丧气地回汉阳。他再也不愿意回兵工厂了。辛苦一年多造出来的武器，竟然真的成了袁世凯屠杀革命党人的工具，他还回去干什么呢？

欧阳锦华却没有任何负罪感。只要推翻了清朝统治，谁统治国家，怎么统治国家，他都可以接受。他最大的愿望就是在武器制造领域里，成为一代翘楚，让任何一个统治者都离不开自己。裴元基不来兵工厂，他乐得独自一人在兵工厂里享受武器制造带来的乐趣。

周大凹也不再管裴元基。听话的欧阳锦华已经能够驾驭一切，还要一个成天把自己当成救世主的家伙干什么呢？当然，裴元基在兵工厂门口让北洋军队寸步难行的一幕，周大凹记忆犹新，私下对兵士们下达过命令："裴元基只要不离开汉阳，到任何地方去都行，一旦他想离开汉阳，格杀勿论！"

这天晚上，裴俊超回到了家，像往常一样向裴元基汇报兵工厂当天的情况。忽然，有一个下人报告：有一个神秘人物想见老爷。裴元基十分纳闷，赶紧叫下人把那人带了进来。

来人十分精干，浑身上下透射出某种说不出的诡秘。裴元基使了一个眼色，让儿子离开了。

那人表明了身份，竟是奉了黄兴的命令，携带着黄兴的亲笔信，请求裴元基为国民党人搞到一批军火，以便对抗袁世凯。

裴元基心情激动。自从国民党人发起"二次革命"以来，他一直为自己给袁世凯制造了一大批武器、弹药而懊悔。现在，武器、弹药终于派上了用场。他赶紧安顿好来人，亲自去了欧阳锦华的家。

“这可搞不得。被周大凹发现了，会立刻要了我们的命。”欧阳锦华听了裴元基的话，也看了黄兴的亲笔信，沉默了好一会儿，低声说道。

“袁世凯跟着大清王朝就背叛大清王朝，投机革命又背叛革命。像他这种人，朝三暮四，说一套做一套，等他想拿你开刀的时候，你就悔之晚矣。”裴元基说道：“跟着孙先生，才有出路。”

欧阳锦华已经认祖归宗，绝不希望欧阳家族再出一个被朝廷砍掉脑袋的人。

裴元基见他态度坚决，说道：“你不愿意跟着孙先生干，我也不勉强你。但是，在我们行动的时候，你应该给我们提供方便。”

给你们提供方便，岂不是跟你们合谋背叛袁世凯吗？欧阳锦华绝不会这么干。可是，他知道，裴元基一旦说出来了，就容不得他不答应。他只有假意答应下来，然后向周大凹告密，等待裴元基和国民党人接头运输武器、弹药的时候，把他们一网打尽。

欧阳锦华能够答应提供方便，裴元基感到很满意。他把兵工厂内部的一切情况都告诉给黄兴的代表，两人商量了很久，终于拿出一个自以为很妥当的方案，剩下的就是具体实施了。

周大凹每天都会把出厂的武器、弹药登记造册，封装完毕，然后放在一起，一批一批地运往指定的军营。现在，武器库里已经有了很大一批武器、弹药。再有两天，就要启程运往一个只有他知道的地方。兵工厂里已经部署了许多兵士，负责押运这些武器、弹药。

欧阳锦华和周大凹计划好了，连夜派遣兵士悄悄地把武器、弹药运到了另一个仓库，却把一些废铜烂铁当成武器、弹药，放置在原来的仓库，并在仓库四周布满了兵士，只等裴元基和国民党人飞蛾扑火，前来送死。

临了，欧阳锦华想起自己好几次都没有把裴元基放倒的往事，心里直犯嘀咕：万一计划不能实现，让裴元基逃脱了，自己不就暴露了吗？他翻来覆去地想了许久，终于想到了一个两全其美的计策：行动之前，让周大凹临时找一个借口，把他约走，造成不在现场的假象。

到了约定的日子，欧阳锦华果然被周大凹叫去训话了。

“会不会是周大凹察觉出了什么，才把欧阳先生骗出去的？”黄兴的代表疑虑地问。

裴元基思索良久，说道：“不应该呀，我们并没有露出破绽。”

“小心没大错。要不然，一旦我们动了手，说不定就会落进对方的陷阱，不仅我们人头不保，连欧阳锦华也会跟着受牵连。”黄兴的代表还是很慎重。

“无论如何，这批武器、弹药，我们一定要搞到手。”裴元基坚定地说。

恰在这时候，郝老六碰到了一个兵士，是他的同乡。老乡见老乡，两眼泪汪汪。把酒往他的肚子里一灌，郝老六就得知了兵士们押运武器、弹药的路线，马上跑回来告诉了师傅。

裴元基和黄兴的代表如获至宝，马上就想改变主意：到运送武器、弹药的必经之路上设下埋伏，实施拦截。转而一想，如果敌人真的把欧阳锦华控制起来了，这边没有行动，敌人一起疑，不按原先的路线行走，拦截的愿望就会落空。再说，敌人就是不运出这批武器、弹药，有那么多军队，也算不了什么。国民党人却不一样，每增加一点武器、弹药，就会增加一分战胜敌人的把握。这批武器、弹药必须迅速送到国民党人的手里去。

他们很快就达成了一致：兵分两路，一路继续向仓库发动偷袭，另一路去设伏。

黄兴的代表指定一个异常精明的同伴，在裴元基的秘密安排下，带领一部分人马，装成工人的模样，进入了兵工厂；同时这位代表还亲自带了剩余的人马在敌人的必经之路设下埋伏。

当那批人马悄悄接近仓库时，敌人的机枪咆哮起来，把他们全部撂倒在地，再也不起来了。

敌人蜂拥而上，从死尸上没有看到裴元基的身影，也没有看到兵工厂的任何一个工人。但是，敌人很清楚，欧阳锦华的密告绝不是空穴来风。他们得永远根除残存在兵工厂的隐患，于是，把裴元基、裴俊超、郝老六和王老四等所有怀疑的对象都抓了起来，严刑拷打，一副不问一个水落石出绝不罢休的架势。

不管敌人怎么拷打，没有一个人承认他们跟国民党人有联系。

几天之后，传来了武器、弹药被国民党人劫走的消息。敌人更是气急败坏，再也不需要口供了，决定把裴元基、裴俊超、郝老六和王老四一同五花大绑，择日押向汉江江堤，全部处决掉。

裴元基就要死了，欧阳锦华心里难过了好一阵子，之后，心里竟然涌起一阵快意："裴元基一死，整个中华民国，就再也没有一个人比我更会制造武器了！今后不论谁坐上了中华民国大总统的宝座，都得对我礼敬三分。列祖列宗的遗愿，变换了一个花样，在这一刻，才算终于实现了！"

第二天，敌人就要对一众勾结国民党人祸害民国的匪犯执行枪决了。这时候，孙中山发起的"二次革命"遭到了扑灭，袁世凯为了表明自己无意于与跟随国民党人起哄的人为敌，决定大赦天下。

就在裴元基、裴俊超、郝老六和王老四等全部跪在刑场上的时候，一道大赦令把他们从阎王殿门口硬生生地拽了回来，举枪的兵士收回了即将扣动扳机的汉阳造。裴元基、裴俊超、郝老六和王老四等人捡回了一条性命。

欧阳锦华的执着

欧阳锦华这一把赌对了。袁世凯不仅很快就镇压了国民党人发动的第二次革命，而且解散了国民议会，废除了《中华民国临时约法》，把内阁制改为总统制，操纵选举，当上了中华民国正式大总统。

袁世凯着实把他好好地夸赞了一通，不过，并没有给予他想要的前程，反而要把枪械厂拆散，分出一半转移到河南去，更要他在最短的时间里，重建一个枪械厂。

欧阳锦华感到很窝火，但周大凹的耳目到处都是，他哪里敢发泄出来？还是想一想办法，怎么把枪械厂重建起来吧。袁世凯分明在卡自己的脖子。在脖子被卡的情况下，还能把枪械厂重建起来，其中的意味，袁世凯不会不明白。

欧阳锦华想了很久，找到哥哥欧阳锦亮，把事情的来龙去脉都告诉了他，最后说道："事情非常棘手，只有你能帮我。"

"可是，我怎么帮得了你？我的全部家业都在战火中毁掉了，拿不出一分钱来为你购买设备呀。"

"你跟所有的兵工厂都建立了很好的关系，可以请求每一家兵工厂支援一部分报废的设备给我。我就可以把它们修葺一新。我还可以请求周代表想办法把你的产业还给你。"

欧阳锦亮无法拒绝弟弟的要求，果然踏上了伸手向人求援的道路。

重建枪械厂的事有了着落，欧阳锦华心里好不痛快。但是，仅仅重建了枪械厂，想在袁世凯心目中树立自己的分量，好像还不够，还得搞出更过硬的东西来，让袁世凯对自己刮目相看。什么东西更过硬呢？想来想去，他想到了裴元基说过的重机枪，当然不是金陵兵工厂仿制出来的那种笨重的重机枪，而是一种新型的重机枪，这种重机枪纵使无法取消水冷构造、不能像轻机枪一样运用自如，也绝对能够像德意志帝国MG08式马克沁重机枪一样在战场上大显神威。这种重机枪论威力比轻机枪大多了，论灵便性也远远超过了金陵兵工厂仿制出来的重机枪，是真正的枪中之王。只要手里掌握了兵权，谁不眼馋这个呀？只可惜，自己不会制造。

好在裴元基并没有被执行枪决。当裴元基侥幸从刑场上捡回一条性命的时候，欧阳锦华心里还感到很失望呢，现在看来，裴元基不死，对欧阳锦华更有好处，毕竟，可以请裴元基帮忙，反正他已经失去了话语权，一旦生产出来了，一切荣耀就全部落在欧阳锦华头上。

拿定了主意，欧阳锦华就去了裴元基的家，打算盛情邀请裴元基父子去兵工厂上班。

这一天，恰好刘玉蓉拜访裴府。她正和姚心林、欧阳宁儿坐在厅屋说话，一见他走了进来，马上把脸转到一边去了。欧阳宁儿倒是想跟叔叔打一个招呼的，却被母亲狠狠地瞪了一眼，就把她快要运到嘴边的话给吞了回去。

姚心林是在自己的家里，不能不说话，态度一样很冷淡："你来啦？"

欧阳锦华知道她们以为裴元基一伙人都被周大凹捉住了，只有自己一个人没事，就怪罪自己。

其实，夫人裴云珠也这样责怪过他。他赌咒发誓，说他的确被周大凹控制了。裴云珠不听他解释，他一急，就说："难道你要眼睁睁地看到你丈夫死掉，你才开心吗？"

一句话就让裴云珠住了口。

欧阳锦华不能拿说夫人的话去说姚心林和刘玉蓉，只好自己说了几句遮脸面的话，就径自去书房找裴元基了。

裴元基礼貌性地向妹夫点了一回头，什么话也不说。

"我知道，你们都以为是我向周大凹告的密。我问心无愧，也不想解释。我今天来，是想请你回兵工厂。你知道，兵工厂离不开你。"欧阳锦华很识趣，直接说出了此行的目的。

"我倒并不觉得你会告密。谢谢你的好意，我再也不会回兵工厂了。"

欧阳锦华在裴元基这里碰了壁，却依旧没有死心，每天都往裴元基家里跑，对他说兵工厂的状况，也说自己研究重机枪的进展，试图唤醒裴元基的兴趣。然而，只要他谈到兵工厂，裴元基就不接他的腔。

"你不去兵工厂，我无话可说。可是，兵工厂正是用人之际，你总得放俊超、郝老六和王老四他们去助我一臂之力吧？"欧阳锦华只好祭出了新的招数。

"我没有限制他们。他们愿意不愿意去兵工厂，是他们的事情。"

欧阳锦华连忙去请裴俊超、郝老六和王老四，左说右说，终于把他们请回了兵工厂，让他们和自己一道一面重建枪械厂，一面研究重机枪，遇到了难题，就鼓动他们去向裴元基请教。

他还接连写了两封信，想向德意志帝国老师讨教重机枪的设计和制造方法，可是，等了快半年，仍然没有收到回信。

叛逆的欧阳浩天

兵工厂按照设计路线有条不紊地往下走，不仅枪械厂的重建工作快要结出硕果，就是重机枪的研制也渐渐摸出了一些门道。这些都令欧阳锦华非常高兴。但是，家里的事情，却让欧阳锦华烦透了心。

夫人虽说不再对他横眉冷对，也能跟他说一些体己话，但是，对他明显缺少发自肺腑的关怀，倒很像官场上的老油条在例行公事。更令他头疼的是孙子。小家伙的确聪明绝顶，他知道，父母的死，是祖父和外祖父造成的，便对祖父和外祖父充满了刻骨仇恨。祖父、祖母、外祖父和外祖母对他再好，他不仅不领情，反而经常对他们恶语相向。他第一次骂祖父和祖母的时候，可把欧阳锦华和裴云珠吓坏了，眼睛睁得老大，一动不动地望着孩子。

欧阳锦华醒悟了过来，一把将欧阳浩天拉到自己的跟前，厉声呵斥道：“小孩子怎么骂起祖父、祖母了？是不是欧阳家的后人呀？”

“我不是欧阳家的后人，我姓诸葛。”欧阳浩天振振有辞地纠正道。

“你不姓诸葛，你姓欧阳。你是欧阳家族的后人，就要守欧阳家族的规矩，不许忤逆，不许随便再说姓诸葛。”欧阳锦华脸色铁青，凶狠地说道。

“我父亲姓诸葛，我就姓诸葛，就不姓欧阳。”小孩子理直气壮地大声吼道。

欧阳锦华一时气极，抡起巴掌，扇了孙子一个耳光，把孙子打得接连打了好几个转，然后一屁股坐在了地上，脸色苍白，眼睛里射出了凶狠的光，恶狠狠地瞪着祖父，既不哭，也不说话。

裴云珠吓得不轻，一面埋怨丈夫，一面急切地把孩子扶起来，抱在怀里，不停地抚摸他，不停地问他哪儿痛。

欧阳浩天哪儿都痛。但是，他丝毫不把疼痛放在心上，对着欧阳锦华大声嚷叫道：“有本事你就打死我。你不打死我，我就姓诸葛。我是诸葛鹏的儿子，我就叫诸葛浩天。”

欧阳锦华一屁股坐在椅子上，两眼泛出可怕的白光，不停地喘着粗气。

如此忤逆不孝的孽障，不能光让自己一个人生气，怎么着也把裴元基拖下水。欧阳锦华带着孩子去了裴府，说道：“大哥，你得替我管管这孩子，我是没有办法了。这个孽障，跟他老子一样，我管不了了。”

“我不是孽障。我是诸葛鹏和裴馨儿的儿子。我有名字，我叫诸葛浩天。”小家伙进门的时候还很老实，一听祖父的话，就不乐意了，大声喊道。

“你瞧，你瞧。”欧阳锦华气得浑身哆嗦，指着小孙子，连话都说不出来。

“浩天，不许惹你祖父生气。”裴元基刚说了这么一句，欧阳浩天就打断了他的话。

小家伙说道：“我就要惹他生气。他逼死了我的父亲，逼死了我的母亲，我就是要惹他生气，让他气死才好。我还要惹你生气。你跟诸葛锦华一样，是逼死我父亲和母亲的凶手。”

裴元基一口气上不来，瘫倒在椅子上。

姚心林听了，也是大惊失色，很想责备小家伙几句，可是，又怕小家伙把自己拉出来一块骂，只有僵在那儿，一动不动。

欧阳锦华看见裴元基夫妻也被孙子骂得狗血淋头，心里头很痛快，却泪眼模糊地说道：“这孩子成天在家里就是这个样子，要是继续搞下去，云珠就会被他折磨得发疯。”

“云珠是柔弱一些。不行的话，你就把孩子交给我吧。”姚心林说道。

欧阳宁儿正在教儿子裴运祥认字，听到厅屋的闹腾声，生怕丈夫又惹出什么事端，连忙跑了过来。

自从丈夫和公公差一点被周大凹枪决之后，她就染上了担忧的毛病。家里太宁静了，她担心；家里有任何响动，她也担心，好像每一种动静里都蕴藏着危险。她实在怕失去丈夫，又无法干预丈夫的行动，只有一天天在担心受怕当中过日子。教儿子念书画画，她的心里才稍感安慰。

这时候，欧阳锦华、裴元基、姚心林和欧阳浩天都没说话，大家都很安静地站在屋子中央。

欧阳宁儿感到纳闷了，问又不敢问，愣在那儿，一动不动。欧阳浩天一见裴运祥，马上高兴起来了，飞也似的跑到了他的跟前。裴运祥见到欧阳浩天，也喜上眉梢。两小家伙一拉一扯，就欢欢喜喜地跑到里面玩去了。欧阳宁儿想去追儿子，却被一个声音拽住了脚步。

“是我们把鹏儿和馨儿逼死了。”裴元基轻轻地叹了一口气，说道：“看起来，有时候，科学也不一定可靠啊。”

“要是我们都能认真对待孩子们的想法，鹏儿活得好好的，馨儿也活得好好的。浩天也就不会没了父母。孩子这样，其实也是我们造成的啊。”欧阳锦华抬眼看着大舅哥，说话的声音显得很无力。

“你们是因为浩天在吵架吗？”欧阳宁儿好像明白了什么，连忙问道。

“你去教教运祥吧。还有浩天，你也得好好教一教。”姚心林生怕儿媳打破砂锅问到底，连忙站起来，挽着她的手，一同走了。

欧阳浩天爱好枪炮却遭祖父反对

欧阳浩天留在裴元基的家里。跟裴运祥一块，他玩得很爽快。欧阳浩天跟裴运祥玩得再高兴，只要裴元基和姚心林接触他，他立即就会翻脸，不是对他们怒目相向，就是朝他们吐唾沫。他不仅跟裴运祥玩得好，也很听欧阳宁儿的话。欧阳宁儿说其他什么，他都听，就是听不得她说他叫欧阳浩天，一说这个，他准得翻脸，一连好几天都不理会她。

有一天，他忽然问欧阳宁儿："姑姑，你告诉我，我父亲小时候到底喜欢干什么呀？"

欧阳宁儿难以回答，就让他去问公公婆婆。

他磨磨蹭蹭地找到外祖父和外祖母，大声大气地说："你们真的知道我父亲喜欢什么吗？"

"浩天，想问事情，就要懂得礼貌。"裴元基板起脸孔，教训道。

欧阳浩天低下了脑袋，叫了一声外祖父，然后把他想问的问题一字一句地问了出来。裴元基很高兴，连忙把当年诸葛鹏怎么喜欢研究枪炮，欧阳锦华又怎么逼迫诸葛鹏去读书的事原原本本地说了一遍。

小家伙嚷道："这么说，是欧阳锦华逼我父亲放弃了他喜欢的东西，又想逼我父亲放弃他喜欢的人。父亲是被他一步一步逼死的。你们也是帮凶。"

"不许这么说，更不许直接叫你祖父的名字。"裴元基愤怒地斥责道。

"我就要叫他欧阳锦华，我就不叫他祖父。他不要父亲学枪炮，父亲没学成，我就要去学。我不像父亲，欧阳锦华不要我干的事情，我偏要干。"

欧阳浩天嚷叫了一通，赶紧回去欧阳锦华的家，一见欧阳锦华的面，就大喊叫道："欧阳锦华，告诉你，我要去兵工厂造枪炮！"

"屁大的孩子，一字不识，造什么枪炮，你当是玩玩具呀。"

小家伙吼道："我父亲想学枪炮，你不许他学；我父亲想跟妈妈成亲，你也不许。你管得了我父亲，可管不了我。我就是要学枪炮。你要是不把我带到兵工厂里去，我就点一把火，把你的房子全部烧光。"

欧阳锦华心里一急，噗的一声，一口鲜血犹如标枪一般从嘴里喷射出来，直直地喷在孙子脸上，然后身子一仰，昏倒在椅子上，一点气息也没有。裴云珠慌了，连忙吆天喝地，要佣人们快一点把老爷抖醒，一边就想责怪孙子，却被孙子狰狞的模样吓得脑袋一昏，差一点也走了丈夫的后路。

苏醒过来以后，欧阳锦华左思右想，觉得是裴元基管不了欧阳浩天，就故意把诸葛鹏和裴馨儿的往事告诉他，教唆他回家跟自己闹腾，于是对欧阳浩天说：“如果有裴运祥陪伴你，我就同意你去兵工厂。”

欧阳浩天果然找到裴运祥，要他跟着自己一起去制造枪炮。裴运祥可没有想到过要制造枪炮，母亲正在家里教他认字，祖父在晚上又教他算术和其他科学知识，过不了多久，送他去学堂。

欧阳浩天说道：“你怎么能不去呢？你要是不去，欧阳锦华就不会让我去。”

“叔叔是这么说的吗？”欧阳宁儿很有点不相信，颤抖着嗓音问道。

“是的，他就是这么说的。”欧阳浩天巴不得满世界的人都痛恨欧阳锦华，添油加醋地说道：“他还说，你们不让他好过，他也不要让你们好过。你不是离不开运祥吗？他就是要运祥离开你，让你也跟我妈妈一样死掉。”

欧阳宁儿两眼发花，脑袋一晕，就倒在了地上。裴运祥大叫一声，扑向了母亲。欧阳浩天恨祖父、祖母，恨外祖父、外祖母，可不恨姑姑，只不过是想制造裴家和欧阳家的矛盾，一看姑姑倒了地，也很紧张，跑到她身边，使出吃奶的力气，想把她抱起来。

裴元基和姚心林一听动静不对，赶紧跑了进来，总算是经受过许多波折的人了，也不惊慌，吆喝着佣人把儿媳妇抬到了床上。

这么一弄，欧阳宁儿就醒了，看到姚心林和裴元基站在面前，泪水滚出了眼窝。姚心林问她，她也不回答。欧阳浩天连忙恶狠狠地把刚才对姑姑说的话，又对他们说了一遍。姚心林犹如遭了雷殛，站在那儿，一动不动。裴元基不明就里，什么都说不出来。

“怎么办呀？”姚心林清醒之后问丈夫。

“我们不可听信浩天的话。不过，浩天一定要去兵工厂，或许倒是一件好事。就让运祥跟着浩天一道去吧。”裴元基冷静地说道。

“可是，宁儿那里通不过呀。”姚心林说。

裴元基打量着夫人，说道：“夫人，为了浩天，你就好好劝一劝宁儿，让她同意运祥去兵工厂吧。”

姚心林费了不少心思，终于说服了欧阳宁儿。

于是，裴运祥和欧阳浩天一起走进了兵工厂。欧阳浩天还是那副样子，一见祖父的面，不是冷嘲热讽，就是横眉冷对。欧阳锦华生怕外人知道了闹笑话，成天不敢和孙子见面，把他和裴运祥一块交给了裴俊超。小家伙对裴俊超毕恭毕敬，对郝老六、王老四和所有的技术工人也很热情，又肯学习，只要看一眼别人的动作，马上就学会了。裴俊超教导的理论和设计，只要听一遍，他不仅记得牢，而且还能提出很有深度的问题。

欧阳浩天再也不愿意回欧阳锦华的家了。他就跟裴运祥住在一起。其实，他对书本很感兴趣，也很想像裴运祥一样好好读书。可是，一想起父亲不愿意读书，却被祖父逼着去读书，他就气不打一处来，硬是把眼睛从书本上移开。欧阳浩天很羡慕裴运祥跟他祖父、祖母的关系，有的时候也很想跟裴运祥一样亲近亲近裴元基和姚心林，却一想到母亲就是被他们逼死的，心里就燃起了仇恨的火焰。他要继续在裴元基和欧阳锦华身上添加几把火，让他们彼此仇恨。

德国老师寄来的重机枪图纸

这一天，裴元基收到一个大包裹，很神秘地去了书房，把门关得严严的。

欧阳浩天很好奇，等外祖父不在那儿，偷偷溜进去，把它找到了。可是，像一条条蚯蚓胡乱趴在上面的文字，他一个也不认识。

“什么鬼东西！”他大骂一声，气得把它们往地上一扔，一个像枪一样的图画立即扑进了他的眼睛。他捡起它，快速地翻找着，一支像汉阳造步枪一样的东西再一次进入了他的眼帘。分明又不是汉阳造，那家伙比汉阳造个头大多了，还四平八稳地坐在一个架子上。

“这是什么呀？”他不由得问了自己一句，接着继续在书里寻找其他图画。枪管、扳机、枪栓、复进机都在上面。而且，还有许许多多数字标在一边。灵光一现，他就知道这是制造什么枪支的设计图了。

他正翻看着，裴元基走了进来，一把从欧阳浩天的手里夺过了那些东西，厉声说道：“你今天看到的东西，永远也不许对外人说，一个字也不行。知道吗？”

欧阳浩天脑袋一嗡，差一点说不出话来。临了，他还是反问道：“不就是制造枪支的图纸吗？你也不制造枪支，留着有什么用，不如把它给我，我能造出一支好枪。”

裴元基暗自叹息一声，把图纸和书收藏好了之后，慎重地问欧阳浩天：“你造出了好枪，准备去打谁呀？”

“管他打谁。我只管造枪。”欧阳浩天扑闪了两下眼睛，理直气壮地说。

裴元基心头一阵发紧，情不自禁地抓住欧阳浩天的肩头，脸色铁青，严肃得像一座冷冰冰的大山，说道：“造枪的人，首先要有是非，要知道造枪的主要目的是为了抵抗列强的侵略和保证国家的安全。一旦有人试图用它来猎取权力和地位，造枪的人就应该停下手来，不要成为人家的帮凶。”

欧阳浩天被外祖父的神态吓着了，一个劲地点着头，表示听懂了他的话。等去了兵工厂，见到了欧阳锦华，他马上想道：这也许可以在欧阳锦华和裴元基之间播撒一点不和的种子，就把自己看到的东西全部告诉了他。

欧阳锦华赶紧去了裴元基的家，要看老师的信和重机枪的图纸。

裴元基沉默了好一会儿，把老师的女儿写给自己的信拿了出来，递给了欧阳锦华。

欧阳锦华说道：“我只想要老师给你的图纸，你给我这个干什么呢？”

“难道你就不想知道老师怎么样了吗？”裴元基感到了一种揪心的疼痛，冷冷地问道。

“老师怎么了？”欧阳锦华下意识地反问道。

裴元基说道：“老师看到自己设计制造的枪炮，都成了德意志帝国侵略别国的工具，一气之下，自杀身亡了。我们是设计和制造武器的，但是，我们不是为了侵略，更不能成为别人的帮凶。老师已经给我们做了一个最好的榜样。我劝你别想着研究和制造武器了，跟我一样，引退吧。兵工厂已经不是原来的兵工厂了，它不再适合我们，它会让你痛苦不堪。”

欧阳锦华说道：“中华民国怎么能跟德意志帝国相提并论啊。袁世凯是中华民国大总统，而在中华民国的领土上，到处都是划给洋人的租界，中华民国能顾全自己的脸面就已经很不错了，哪里会侵略谁，会当谁的帮凶？”

裴元基听妹夫曲解了自己的意思，纠正道：“姑且不说别的，袁世凯是屠杀革命党人的刽子手，你要效忠他，不是帮凶是什么？”

“难道你要我背叛政府，背叛中华民国吗？”欧阳锦华问道。

“别把中华民国和袁世凯混为一谈。中华民国的确不会侵略谁，不会成为别人的帮凶。可是，袁世凯做了些什么？日本趁着德意志帝国侵略其他国家的机会，夺取了德意志帝国在山东的特权。他要是一个真心为国为民的总统，就应该组织军队，把日本人赶回东瀛。然而，他没有这么做，反而承认日本人在山东的特权。不仅如此，还要跟日本签订亡国亡种的‘二十一条’！他不值得人民信任，不值得我们为他造出好武器。”

裴元基恨恨地说完，拿出老师的手稿，一页一页地撕碎，然后扔进火炉。

欧阳锦华虽说仍有点不甘心，但他有信心将这种重机枪研制出来。回到兵工厂后，他和裴俊超、郝老六、王老四继续研究。

欧阳浩天完整地看过一遍那挺重机枪的结构，虽说一字不识，却能够完整把它们画出来。搞懂了轻机枪和步枪的原理和制造方法以后，他竟然琢磨出了重机枪的制造方法。但是，他不能对祖父说。祖父越是急于搞成的东西，他偏偏让祖父搞不成。祖父一搞不成，一蹙起眉头，一唉声叹气，欧阳浩天就觉得心里像吃了蜜一样的甘甜。

他要好好羞辱祖父。于是，当看到祖父和裴俊超、郝老六、王老四一道琢磨那挺机枪的时候，他笑了："你们要想制造机枪，就拜我为师，我可以教给你们。"

谁也不会拿一个四岁孩子的话当真。况且，欧阳锦华经常受到孙子的羞辱，也不理睬他，继续跟裴俊超他们研究着机枪的构造。

欧阳浩天看祖父没什么反应，便说道："我说的是真的，信不信由你。那些图纸我看过，我已经将看到的东西都记住了。现在，你要造枪，只有我可以帮你了。想不想抓住这个机会就看你啦！"

欧阳锦华大吃一惊，抓住欧阳浩天的肩头，激动地说："我的乖孙子，你真是聪明绝顶，画下来，把你记得的东西都画下来。"

"你不是嫌我父母成亲以后，会生出一个傻子、痴子吗？你错了，是不是？只要你到我父母的坟头上去叩几个响头，说你错了。我就把所有的东西都画给你。"欧阳浩天毫不含糊地说道。

欧阳锦华为了搞出重机枪，竟然真的带着欧阳浩天回了一趟欧阳大湾，在儿子、儿媳的坟头跪下，重重地叩了几个响头，悔恨当年不该把他们逼出家门。欧阳浩天遵守诺言，把重机枪的构图画了出来，交给了欧阳锦华。

欧阳浩天绘制出来的图纸虽说很粗糙，欧阳锦华也欣喜若狂，马上组织人马，仔细研究图纸，预备着手试制重机枪样品。

裴元基看到一丝希望

裴元基怎么也没有想到，孙中山先生发起的第二次革命，不到一个回合，就被袁世凯镇压下去了；他更没有想到，在西方列强打得不可开交的时候，本来正是中华民国收复失地的最好时机，怎么就能让一个小小的日本骑在头上？袁世凯要干什么？他已经解散了国会，变内阁制为总统制，享有帝王般的权力，还不满足吗？把宣统皇帝赶下台不几年，他就想当皇帝了？不行，民主与共和已经深入人心，绝不能允许袁世凯称帝。

可是，因为枪械厂重建完毕以后，周大凹进而逼迫欧阳锦华在几个月的时间里造出重机枪，虽然欧阳锦华手里有了孙子画出的图纸，可是他无法在给定的期限里完成，就提请周大凹把裴元基请出来。周大凹一连到裴府去了好几次，使尽各种手段，都没能请出裴元基，就把他软禁在家里，任何地方都不让他去。

裴元基没法动弹，但是，他可以想象得到，孙中山和黄兴是绝不会让袁世凯称帝的，千千万万老百姓也绝不会让袁世凯称帝。自己该怎么办，不去兵工厂帮助袁世凯制造武器就够了吗？不够，他很想帮助国民党人，很想去寻找孙中山和黄兴，为他们提出修建一座更好的兵工厂的计划，以解决国民党人没有武器、弹药来源的问题。他出不了门，无计可施，只有一天天地困守在家里。

整个裴家的人都没法随意走动。连裴俊超父子上下班，也是一大早在兵士们的押送下走进兵工厂，晚上又在兵士的押送下回到家里的。姚心林原来每隔一段日子，总要带着欧阳宁儿，去汉口跟刘玉蓉聊聊天，现在也出不了门。家里日常用品，都是下人们在兵士们搜过身后，再在兵士们的护送和监视下去集市购买回来的。

这一天，一个佣人照例在兵士们的押送下出去购买日常用品。过了半天，人回来了。穿的还是那身衣服，长相也没有大变化，可是，裴元基总觉得这个人有点不同寻常，于是便跟随着她一道去了厨房。

姚心林在惊慌和恐惧当中度过了好几年，的确改变了很多，渐渐养成了敏感和多疑的性格。她跟在丈夫的身后，也去了厨房，不过，并没有进去，而是警惕地注视着外面的动静，生怕那些兵士会突如其来地闯进来，发现点什么。

“说，你到底是什么人？”裴元基把那人堵在厨房里，目光如刀，冷冷地问。

那人连忙掏出一封信，就要递给裴元基。裴元基只朝信封上瞟了一眼，立刻认出了那熟悉的笔迹。不过，他很机警，呵斥道：“我从来不跟任何人秘密来往，凭什么现在有人带信给我？”

那人说出了黄兴亲口向他转达的孙中山先生对他的嘉许。裴元基这才接过黄兴写给他的信件。

黄兴首先对裴元基帮助革命党人搞到一批武器、弹药表示由衷的感激，紧接着，分析目前的局势，认为袁世凯接受日本人提出的“二十一条”，就是为了取得日本的支持，坐上皇帝的龙椅，为此，孙中山先生准备号召民众起来反抗袁世凯称帝的野心，希望裴先生再一次伸出援手，搞出一批武器、弹药。

“孙中山先生又要出手了！”裴元基欣喜若狂，赶紧和来人一道商量什么时候要这批武器、弹药，怎么运出去。

晚上，裴俊超从兵工厂回来了，照例要对父亲说了说兵工厂当天的情况：

“姑父从浩天那儿得到了重机枪的图纸之后，召集我和郝老六、王老四一起研究，总算把它的构造和制作方法搞清楚了。可是，用现有的原材料和制造设备，根本造不出机枪。”

裴元基其实并没有闲着。他当着欧阳锦华的面烧掉了老师寄来的图纸原件，却在暗中早就把所有的内容都抄写下来了。每到夜深人静的时候，他都会把它们拿出来仔细地研究，然后根据兵工厂现有的设备，思考怎么才能把它制造出来。他已经想出了把现有的设备稍加改进，然后再制造重机枪的办法，却一直没有向任何人透露一点风声。他在等待时机。

跟孙中山和黄兴派来的代表进行了一番开诚布公的交谈，他知道制造重机枪的时机已经来临了。他迫不及待地想把它制造出来，然后神不知鬼不觉地送给孙中山先生。但是，他既不能跟周大凹说他愿意回兵工厂帮助欧阳锦华把重机枪搞出来，也不能对欧阳锦华说。这样做无疑会引起他们的怀疑。

现在，听了儿子的话，他眼前一亮，立即想到要隐蔽地把自己摸索出来的一切都教给儿子，让儿子去把重机枪制造出来。裴元基问道：“你们真的把重机枪的构造和制作方法都搞清楚了吗？”

“是的。”

“你们也摸清了兵工厂的所有制造设备吗？”

“是的。”

“你们没有摸清。如果你们摸清了话，就不会束手无策。”

裴俊超想了好一会儿，恍然大悟地说道：“是呀，把设备作一些调整，就可以制造出重机枪了！”

重机枪的制造算是有了着落，可是，怎么把它们运出去呢？裴元基突然想到了一个人，赶紧跟夫人商量，准备叫欧阳宁儿回去探望父母，只要儿媳把自己的意思告诉给了欧阳锦亮，他肯定会找到办法的。

然而，兵士们硬是不放一个裴府的人出去。裴元基气坏了，大声吆喝道：“囚徒还有放风的时间！告诉周大凹，我要见他。”

周大凹很快就来到了裴府，问道：“裴先生该不是想回兵工厂吧？”

裴元基冷冷地说道：“裴某是有一句话想当面向周代表请教：裴某纵然因为不回兵工厂而得罪了周代表，遭到周代表的软禁。可是，不能把裴某一家人都关在家里，不让出门吧？”

“裴先生言重了。周某只不过是为了保证府上每一个成员的安全。”

“多谢周代表的好意。儿媳欧阳宁儿一直身体欠佳，很想回一趟娘家，不知道安全不安全呀？”

周大凹寻思道：眼看兵工厂真能制造出重机枪，不能做让欧阳锦华和欧阳锦亮两兄弟心里不舒服的事情，应该把欧阳宁儿跟裴府其他人区别对待，于是马上命令兵士们把欧阳宁儿护送回了娘家。

欧阳宁儿在娘家待了一整天，然后又在兵士们的护送下回到了裴府。

福星欧阳锦亮

过了几天，欧阳锦亮前来裴府拜访。

为了支持孙中山先生发动的“二次革命”，欧阳锦亮把全部家产都搭进去了，但是，他已经建立起来的关系网络仍然存在。当欧阳锦华告诉周大凹，一切制造武器装备的原材料，只有欧阳锦亮搞得到手时，周大凹为了利用欧阳锦华，便帮助欧阳锦亮把所有关系全部联系上了。

欧阳锦亮再一次恢复了昔日的荣耀。得到裴元基一家被周大凹软禁的消息，他时刻想要为裴元基做点什么，帮助裴家逃出苦海，可是，又深知自己无论做什么，只要裴元基不回兵工厂，裴家的软禁就不会解除，便只有暗自叹息，深恨自己无能为力。

当女儿回到家里，向他转告了裴元基所说的那些话之后，欧阳锦亮心里明白，亲家一定是有重要的事情相托。三天之后，他如约来到了裴府。

府上自从被周大凹封锁以来，第一次来了客人，又是少奶奶的父亲，一家人马上闹腾开了。姚心林欢天喜地，吆喝着下人们都出去购买招待贵客的物品，临了，又想起还要购买一些东西，就把丫环们也打发出去了。欧阳宁儿听说父亲真的来到裴府，分外高兴，赶紧奔出睡房，一见公公、婆婆都围着父亲转，自己插不上嘴，便坐在一边，温情地注视着父亲。等待下人和丫环全部不在了，姚心林便拉着欧阳宁儿，去了她的房间。

裴元基瞥了一眼站在门口的兵士，煞有介事地询问欧阳锦亮的生意。

欧阳锦亮心里明白，裴元基一定是想从自己的生意上找到可以利用的机会，以便帮助他达成什么目的。欧阳锦亮不敢怠慢，连忙把自己眼下所做生意的规模以及大大小小的事情都说了一遍。

原来，欧阳锦亮在周大凹的帮助下，不仅恢复了原先的一切关系，而且为了方便武器、弹药以及原材料的进出，他还掌控了汉江南岸的所有码头。

这么说，跟兵工厂距离最近的码头，也都成了欧阳锦亮的产业了。裴元基一直没想明白怎么把武器、弹药运出去，就是既不能在兵工厂下手，又没有把握弄清楚武器、弹药被周大凹运走的路线。有了欧阳锦亮的码头，问题就变得简单多了。他知道兵工厂内部结构，也知道兵工厂到汉江沿线的距离以及哪些地方可以躲开耳目，从汉江南岸找一个可靠的地方，挖一个地道，一直通到兵工厂的武器、弹药存放仓库，然后神不知鬼不觉地把武器、弹药运出去。自己无法在场全盘指挥，却可以画出一个图纸，让欧阳锦亮找人秘密去干。

裴元基很快就拟出了开挖地道的草图，把它交给了欧阳锦亮。裴元基觉得自己跟孙中山和黄兴的代表很难直接取得联络，就把联络方式告诉了欧阳锦亮，让他去跟他们联络。

欧阳锦亮突然想起了一件心事，问道："能不能把锦华也拉进来一起干？"

裴元基双眼一蹙，凝视着他，说道："我知道，你是觉得锦华在替袁世凯做事，是袁世凯的帮凶，想让他减轻一点罪责。其实，兵工厂总要有人管理，总要有人制造武器、弹药。有锦华在，我们放心。何况，不惊动他，周大凹就察觉不出任何异常，我们成功的把握就会更大一些。"

欧阳锦亮走后，裴元基还是放心不下，时刻保持着警惕，时刻关注着兵工厂的一举一动。却除了儿子带给他一些有关重机枪制造的消息之外，他得不到其他任何信息。

裴元杰投奔袁世凯

这一天，裴俊超下班回家，告诉了裴元基一个重要的消息："重机枪已经制造出来了。周大凹非常高兴，一面向袁世凯发出了报喜的电报，一面在兵工厂加强了戒备，凡是出入兵工厂的人员，兵士们不仅要搜身，还要寸步不离地监视他的工作。"

这么说，很快就要行动了！裴元基急切地想知道欧阳锦亮到底干得怎么样了。可是，没人能够告诉他。他心里焦急，表面上若无其事。

"今天叔叔到兵工厂来过。"裴俊超吞吞吐吐地告诉父亲另一个消息。

弟弟许久都不曾跟自己联系过，现在突然浮出水面，去了兵工厂。裴元基马上想起弟弟拥护袁世凯的事情，心里隐隐涌起一种不祥的预感，脸色铁青，说话的声音很急促："他去干什么？"

"他搞了一个军队请愿团，来找兵士们签名画押。"

"请什么愿？"裴元基更加疑惑了，问道。

“向袁世凯请愿，拥护他当皇帝。”裴俊超眼见得父亲双眼冒出怒火，赶紧续上几句，试图以此减轻父亲的盛怒：“其实，这不是叔叔一个人的发明。五花八门的请愿团太多了，比如说妇女请愿团、农民请愿团、乡绅请愿团等。”

“这个混蛋！”裴元基刚说完，一口鲜血从口腔里射了出来，喷了儿子一身，然后颓然倒在了椅子上。

裴俊超大惊失色，赶紧上前去搀扶父亲。姚心林、欧阳宁儿、裴运祥和欧阳浩天听到动静，都慌里慌张地跑了过来。一见裴元基的样子，欧阳宁儿吓得手足无措，脸色苍白，嘴唇翕动，浑身发颤；姚心林赶紧抢上前去，帮着儿子把裴元基的身子扶直了，不停地询问儿子到底发生了什么事；裴运祥既想去安慰祖父，又想去安慰母亲，最后哪个也没做成，只站在那儿朝母亲看一看，朝祖父看一看；欧阳浩天心里有一股说不出的快意，脑海里幻想着那个能让裴元基吐出一口鲜血的人正是自己。

裴元基很快就苏醒过来，推开了儿子和夫人，就想朝门外冲。几个兵士横拦在门口，封住了他的去路。

“放我出去，我要找裴元杰。”裴元基跳起脚来大声喊道。

任凭他喊破嗓子，兵士就是不让他踏出门口一步。裴俊超和姚心林连忙把他往屋子里拉。裴元基仍然没完没了地大声嚷叫着。

第二天，裴俊超、裴运祥和欧阳浩天在兵士们的护送下去了兵工厂。周大凹找上门来，问裴元基：“听说裴先生想找令弟裴元杰，有什么事吗？”

自从裴元杰出面组织军队请愿团，请求袁世凯当皇帝以来，周大凹就跟裴元杰有了很好的交情。听说裴元基想找裴元杰，他就赶过来，想知道原委。

裴元基冷笑道：“我想当面问一问他，这段日子他是不是有点长进。”

“这个嘛，周某就可以回答得了。他的长进可大了，再过一段时间，他便能飞黄腾达。”

“我还是想当面听一听他是怎么说的。”

裴元杰是在周大凹的陪同下来到哥哥家的。他非常清楚，哥哥不可能跟他走到一条道上去，他早就放弃了劝说哥哥拥护袁世凯的打算。他很不理解，哥哥为什么非要跟袁世凯过不去。跟着革命党人也好，跟着孙中山和黄兴也好，能得到什么好处？除了为他们在战场卖命之外，什么好处也得不到。于是，他厌恶革命党人，进而也就对由革命党人转化而成的国民党人厌恶了。

一厌恶革命党人，裴元杰就向袁世凯伸出了橄榄枝。袁世凯一心想当皇帝，对任何一个有可能帮助他登上皇位的行动，都给予肯定；对任何卖身投靠他的人，都许以高官厚禄。裴元杰觉得出人头地的机会终于降临了，对袁世凯感恩戴德，不仅自己挺枪出马，拉动军队为袁世凯当皇帝请愿，还鼓动夫人凌小梅发动妇女界请愿。

裴元基一见弟弟的面，就怒发冲冠，把弟弟拉到祖宗牌位面前，喝道："跪下！"

"我为什么要跪？"裴元杰又可以在军界呼风唤雨了，当了周大凹的面，真要不分青红皂白地跪下去，还成什么体统？他说道："我没干什么见不得人的事，跪什么？"

"你干的见不得人的事还少了吗？"裴元基大声呵斥道："你把祖宗的脸面都丢光了。什么事你不好好干，偏要去组织乱七八糟的请愿团！"

"我觉得裴师长干得很对。"周大凹说道："难道你还想跟孙中山和黄兴他们混到一块去吗？要是这样，别怪我没有提醒你。上一次的账我还给你记着呢，小心新账、老账一块算，给你抄家灭族。"

裴元基心头一震，不能不理周大凹的威胁，要不然，厄运时刻会降临到一家人的头上，脑筋一转，翻开了弟弟的老账，先是骂他从小就没有学好，到以后干了这个又干那个，不叫人省心，然后逼迫弟弟把裴家祖训背诵一遍，质问他哪些做对了，又有哪些做错了。

周大凹明知裴元基仍在指桑骂槐，可人家拿祖训教育弟弟，外人不好过问，只有睁一只眼，闭一只眼。

裴元杰虽说生性放荡，却拥有过目不忘、过耳不忘的本领。裴家祖训只有数十个字，他记得很清楚，分毫不差，每背一句，就反问哥哥一句自己哪里做得不对了。

裴元基知道弟弟无论如何也回不了头，便仰天一声叹息，说道："从今往后，你跟我没有任何关系。路是你自己选的，你自己去承受吧。"

"我早就在承受自己所做的一切了。"裴元杰丢下一句话，扬长而去。

弟弟回不了头，裴元基无法抑制内心的伤感。但是，他还有更加重要的事情要做，得迅速从伤感之中走出来。

武器成功运出兵工厂

袁世凯已经露出了马脚，要甩开膀子当皇帝了，那么，孙中山和黄兴先生很快就要组织和号召民众，去推翻袁世凯的统治。这需要枪炮，需要弹药。他得尽快搞清欧阳锦亮是不是把那条地道挖通了，也得尽快搞清兵工厂里到底生产出了多少重机枪。

儿子给他带回了两条消息：一是兵工厂已经造出了几十挺重机枪，二是驻在兵工厂的兵士比以前明显增多了。

第一条消息让裴元基感到欣喜，他暗自想道：这些重机枪落到了国民党人的手里，一定会彻底打破袁世凯的迷梦。第二条消息又令他感到不安：这些兵士一定是为了尽快把武器、弹药运出去，用以镇压即将爆发的反对袁世凯称帝的一场革命。他得马上把这个消息告诉孙中山和黄兴的代表，要不然，袁世凯的军队把武器、弹药运走了，一切都来不及了。

他得出去。可是，他出不去，只有整天整夜待在家里，望着天空发呆。

第二天，下人又去了集市，回来的时候，赫然换了一个人：竟是孙中山和黄兴的代表。

裴元基欣喜若狂，马上把他拉到书房，说道："我正急着要见先生呢。我得到消息，兵工厂已经制造出了几十挺重机枪了。不过，进驻兵工厂的兵士比以前更多了。地道挖得怎么样了？"

"我来见裴先生，就是为了告诉你，地道早已挖通了，只等时机一到，就可以把武器、弹药偷运出去。"这位代表说道。

心里的一块石头落了地，裴元基大嘘了一口气。

那人却并没有嘘一口气，问道："武器、弹药被偷运走之后，裴先生和欧阳先生该如何脱身？"

裴元基笑道："先生尽管放心。裴某一家处在兵士们的严厉监控之下，武器、弹药被偷运走了，怎么也扯不到我的头上。袁世凯和周大凹现在很信任欧阳锦亮，就算最后查出是从欧阳锦亮的码头上偷运走的，他也可以用刚刚接收码头，对所有的工人都不熟悉为由，逃脱兵士们的查问。"

两人把话说完了，裴元基就催促那人快一点离开，好跟欧阳锦亮一道部署偷运武器、弹药的事情。可是，那人似乎有什么难言之隐，支支吾吾了好一会儿，一副有话想说，又不知道该怎么说的样子。

"先生还有什么话，请尽快说吧。"裴元基冷静地说道。

那人先是拐弯抹角地询问裴元基知道不知道裴元杰在干什么，一见裴元基脸色大变，就又闭上了嘴巴。他不能一直闭着嘴巴，很快就把眼睛移向一边，说道："鉴于裴元杰已经完全叛变了革命，投靠了袁世凯，孙中山先生想知道裴先生是怎么想的。"

裴元基曾试图把弟弟引回到正确的道路上来，可是，弟弟不听，他又行动不自由，还能有什么办法，又能怎么想？他知道，其实，孙中山先生心中已经有了解决办法：对待叛徒，是不可能仁慈的。他能乞求孙中山先生饶弟弟一条性命吗？他说不出口，也不愿意乞求。于是，只有用一双闪动着哀伤的眼睛看着那个人，听他继续说下去。

那人好一会儿也没听到裴元基的声音，只有自己说下去："孙先生的意思是，对待叛徒，唯有采取最为严厉的手段，才能警示其他的人。但是，裴先生是对革命有大功的人，如果裴先生觉得还有另外一种说法，孙先生可以为裴元杰网开一面。"

裴元基叹息一声，痛苦地闭上了眼睛，转过面去，再也不看那人了。

那人恭恭敬敬地向裴元基作了一揖，在姚心林的差遣下，出去重新购置食物了。姚心林看着丈夫难过的样子，眼泪也流了出来。她无法劝慰丈夫，只有陪着丈夫一道流泪。

几天之后，周大凹带领一大群荷枪实弹的兵士，冲进了裴府，不由分说，把裴元基抓走了。

周大凹把裴元基被抓到兵工厂之后，立即对他实施审问。

裴元基早已想好了对策，冷冷地说道："你们把我一家人关在屋子里，哪儿也不许去，我又没有孙悟空的本事，怎么帮人把武器、弹药偷运出去？"

"只有你对兵工厂了如指掌，只有你对袁大总统当皇帝心怀不满，而且，你还帮助过革命党人偷运军火。不是你是谁？"周大凹咆哮如雷。

裴元基笑了："我就算有偷运军火的动机，被你关在家里，怎么偷运呀？"

"你是勾结外面的人，一起偷运的。"周大凹气急败坏。可是，不论他丢出什么理由，都被裴元基轻轻地顶回去了。

他发狠地在兵工厂搜查一切可疑的线索，好像每一个人都值得怀疑，又每一个人都是清白的。他费尽心思，终于把怀疑的重点对象锁定在欧阳锦亮身上。

于是，他命令人马把欧阳锦亮抓过来，亲自审问；同时更加严厉地看管着欧阳锦华的一举一动。

"说，你是怎么偷运军火的？"周大凹声色俱厉地问欧阳锦亮。

欧阳锦亮回答道："所有的码头都是你硬逼着我接收的。我跟他们又不熟悉，要想偷运军火，他们不会告发我呀？我没有那么傻。"

周大凹气得好半天都说不上话来。

周大凹一面逼迫欧阳锦亮和裴元基交代问题，一面还得逼迫欧阳锦华加紧生产武器、弹药。

哥哥和大舅子一被周大凹关了起来，欧阳锦华就知道，把武器、弹药从兵工厂偷运出去的人一定就是他们，心里想道：你们可好，做下了这件掉脑袋的事情，害得周大凹连我也怀疑上了，派兵监视我，岂不是把我也要搭进去了吗？他左思右想，要保住自己，就必须保住哥哥和大舅子。当周大凹逼迫他加紧生产武器、弹药的时候，欧阳锦华深感机会来了，连忙说道：“可是，欧阳锦亮被抓，没人提供原材料，兵工厂随时都可能停产。”

“别打如意算盘！想要我把欧阳锦亮放出来，不再追究你们了，是吗？”周大凹火冒三丈地喝问道。

“请周代表自己去看一看，原材料确实快要用光了。再说，我也没有请周代表放出欧阳锦亮呀。周代表可以另外派人去收集原材料嘛。”

周大凹临时哪里找得到人接替欧阳锦亮，只有派了几个兵士，像看管犯人一样，押着欧阳锦亮到处去搞原材料。对裴元基的审问也不知不觉停歇下来了。

紧接着，袁世凯果然举行了登基大典，改元洪宪，当上了皇帝。

伴随袁世凯坐上龙椅的那一刻，孙中山发出了讨袁宣言。蔡锷、李烈钧和唐继尧通电讨袁，组织护国军，向四川、贵州和两广进兵。北洋军队节节败退。各省纷纷宣布独立。1916年3月22日，袁世凯不得不取消帝制，他的幻想破灭了，最后郁郁而终。

裴元基被放回了家。他回家的那一天，孙中山和黄兴的代表带着一个约六七岁的男孩和一支汉阳造来到了裴府，把孩子和汉阳造交给他，说道：“令弟裴元杰被装进麻袋，沉入长江。裴夫人得知消息，投江自尽。我们找到了令弟的儿子裴俊贤，也找到了令弟打出辛亥革命第一枪的汉阳造。现在，孩子和汉阳造都交给你了。感谢你对革命做出的贡献。”

修补裂痕

裴元基又回到了兵工厂。欧阳锦华为他举行了盛大的欢迎仪式。

“我真恨自己为什么没有一双慧眼，识别不了袁世凯的本性，替他做了那么多错事。”欧阳锦华说道，他似乎有点羞于见到裴元基。

“其实，正是因为你一直坚守在兵工厂里，兵工厂不仅没有被袁世凯和周大凹搞垮，反而还制造出了重机枪，让革命党人有足够的力量，把袁世凯赶下龙椅嘛。”裴元基真诚地说道：“你的功劳，怎么形容都不过分。”

既然裴元基如此信任自己，欧阳锦华心里感到一阵轻松。

自从兵工厂造出重机枪以来，欧阳锦华的名誉就得到了极大的提升。笼罩在裴元基头上的光环就在兵工厂制造出第一挺重机枪的时候，落到了欧阳锦华的头上。袁世凯不仅给他发来了嘉奖令，而且还实实在在地给予了他所需要的东西：金钱和权力。他感到了一种从来未有过的荣耀，全身心都像浸泡在蜂蜜罐中一样，美极了。

就在他陶醉得云天雾地的时候，谁承想，生产出来的重机枪和一大批军火竟然被人偷运走了，紧接着，袁世凯称帝不久，就被人赶下了龙椅。他已经在周大凹那儿受到了惊吓，袁氏王朝的迅速败落，更让他提心吊胆，日夜不停地问自己："要是革命党人追究我投靠袁世凯的责任，像对待裴元杰一样对待我，把我扔进长江，该怎么办呀？"

他没有被扔进长江，反而继续留任兵工厂总办，心里总觉得不踏实。现在，裴元基的评价给他吃了一颗定心丸。他知道自己逃过了一场灾难，就思索着该搞出一种更为厉害的武器，来报答政府。

生产什么武器呢？这叫他颇为踌躇。

因为他十分清楚，制造重机枪的许多难题都是裴元基在暗中帮助他解决的。裴元基为什么能够制造重机枪，他不用想，也知道裴元基虽说烧毁了老师的遗稿，一定在暗中把内容抄写下来了。自己无法搞出比重机枪更厉害的武器，还得依靠裴元基才行。

"我也希望搞出一种厉害的武器。"裴元基听了欧阳锦华的想法，说道："可是，我们也不得不正视现实。刚刚搞出了重机枪，就想立即制造出比重机枪还厉害的武器，难度实在是太大了。"

"连你都制造不出更加厉害的武器，接下来，我们该怎么做呢？"欧阳锦华说道。

"继续扩大和调整重机枪的生产，等这一技术完全成熟了，我们才好考虑其他的问题。要不然，就是我们设计出了一种新式武器，生产技术过不了关，一样没有用。"裴元基微笑着说道。

自从跟欧阳锦华谈了那番话之后，裴元基就成天待在实验室里，要么把已经制造出来的重机枪拆了又拆，看了又看，似乎在找寻什么东西；要么就是苦思冥想，半天也不说一句话。

欧阳锦华心想：他也许是在对照老师留下的遗稿琢磨怎么改进重机枪吧。

他为什么不跟我商量，也不把老师的遗稿拿出来给我看一看呢？老师在遗稿里究竟说了些什么？欧阳锦华很想知道这个，实在憋不住了，问道："大哥，你回兵工厂已经有一段日子了，琢磨出了重机枪的改进方法吗？"

"现在还没到这一步，我是在查找我们的枪炮制造工艺究竟比德意志帝国差在哪里。"裴元基说。

欧阳锦华问道："需要我帮你做一些什么吗？"

"我希望你跟以前一样，为我打开一扇思考的门窗。"

欧阳锦华立即向裴元基谈起了自己的看法。他很好地隐蔽了自己的企图，丝毫不提老师的遗稿，却几乎每一句话都在围绕着老师的遗稿打转转。

这一下搔在了裴元基的痒处。因为，欧阳锦华的每一句话，不仅跟裴元基的思维不谋而合，而且暗合了老师遗稿的部分内容。裴元基毫不犹豫地拿出了老师的遗稿，跟欧阳锦华共同研讨。

"你不是把老师的遗稿烧了吗？"欧阳锦华故作惊讶地问道："怎么又出了一份遗稿呀？"

"老师的遗稿我是烧了。这是我誊录的遗稿内容。"

"大哥，你既然不想要我知道老师遗稿的内容，为什么又拿出来跟我研究呢？"欧阳锦华不解地说道。

"我根本没有打算隐瞒你。在袁世凯准备称帝的那段日子，我之所以没有给你看老师的遗稿，没有跟你讨论里面的问题，甚至还当着你的面把老师的真迹烧掉了，完全是因为我不想看到你为袁世凯制造这些武器，让一个妄图称帝的野心家去屠杀革命者。"

这就是裴元基跟欧阳锦华的区别。他看得清自己，也看得清欧阳锦华，他有着比欧阳锦华强的一面，也有着比欧阳锦华弱的一面。要想搞出更加先进的枪炮、火药，哪怕手头有老师的遗稿，也不是他们任何一个人可以独立完成的，非得他们两个人携手合作不可。更何况，他们既是同窗好友，又是割不断的郎舅关系，早就融为一体，谁也离不开谁了。

裴元基跟欧阳锦华经过了这一次交谈，两人之间的裂痕完全弥合了，就正式拉开了改进重机枪的序幕。

尽是烦心事

裴元基被周大凹抓走之后，欧阳宁儿就有些精神失常，一天到晚，不是凄厉大叫，就是乱蹦乱跳，或者到处找儿子，害得一家人只能提心吊胆地看着她，连她父亲被抓的事情，也只能瞒着她。姚心林和裴俊超想把她送到汉口洋人开设的医院，周大凹硬是不答应。最后，欧阳锦华不知使了什么手段，才使得姚心林能够陪着欧阳宁儿去医院了。紧接着，裴俊超被抓，日日夜夜地接受盘问，连欧阳浩天和裴运祥也都变成了嫌疑犯，被兵士们控制住了。

欧阳浩天觉得只把外祖父抓起来还不过瘾，一通胡说八道，害得欧阳锦华也被抓被审。接二连三的审问之后，周大凹才发现上了欧阳浩天的当，只好把欧阳锦华放了出来。

直到把袁世凯从皇位上掀下来，裴元基一家人才恢复了行动的自由。

欧阳宁儿的病一天比一天严重。她不停地寻找儿子，却总是见不到儿子，医生怎么治疗都没有用。直到儿子和亲人们全部站在她的面前，她才不喊叫了，很快就出了院。她出院之日，正是孙中山和黄兴的特使把裴俊贤和第一支汉阳造交给裴元基的那一天。

裴元基看到了侄子，看到了弟弟使用了二十年的汉阳造，差一点掉下眼泪。就在那一刻，他下定了决心，要把侄儿好好培养成人。

姚心林觉得自己没有把裴元杰引到正路上去，造成他死于非命，一直心怀歉疚。她不能让裴俊贤再受任何委屈。孙子裴运祥比裴俊贤大一两岁，她时时刻刻嘱咐孙子，一定要好好关照他的小叔叔，就好像小叔叔是一件无比珍贵的瓷器。家里还有一个顽劣的孩子欧阳浩天，他比裴俊贤还小，但是，她可管不了那么多，也不管欧阳浩天是不是愿意听她的话，她就像叮嘱孙子一样，总在叮嘱欧阳浩天照顾小表叔。

因为裴家接二连三出事，欧阳浩天被送到祖父、祖母那儿。他不愿意看到他们，一看到他们就是金刚怒目，骂声不绝。欧阳锦华和裴云珠被他折腾坏了，再也不理睬他，只当没听到，也没看到。

欧阳浩天不光只是骂祖父、祖母，时时还会做出一些更出格的事情。比如看着祖母要做什么事情，他就偷偷摸摸地溜到她身后去，突然跳出来，吓她一大跳。

天黑以后，趁着祖父、祖母都安睡了，他戴上一个面具，溜进他们的房间，发出凄厉的惨叫声。祖父、祖母惊醒了，翘起脑袋一看，一个怪物就站在他们的面前，正张牙舞爪，一副把他们生吞活剥的样子，吓得他们哇的一声叫，双手向天一仰，眼睛一翻，就倒在了床上。

欧阳锦华和裴云珠实在被小家伙折腾坏了，日夜提心吊胆，常做噩梦。

有一次，欧阳锦亮和夫人刘玉蓉一起来看望弟弟，得知了欧阳浩天的所作所为，不由大为愤怒，把小家伙劈头盖脑地训斥了一通，紧接着，就要带着他回汉口，一定要把他的脾气扭转过来。

欧阳浩天能够俯首帖耳地听从欧阳锦亮的教训，却绝不会到他家里去，不跟欧阳锦华和裴元基斗到底，他就不会善罢甘休。

裴云珠实在憋不住了，去了娘家，把欧阳浩天大闹的事情告诉了嫂子。

姚心林担心小姑子真的会被欧阳浩天折腾死，只有嘱咐孙子裴运祥把欧阳浩天重新带回家。

裴府一团混乱，着实让欧阳浩天再也没了兴趣折腾外祖父和外祖母。裴俊贤的出现，让他感到很奇怪。明白了裴俊贤跟自己一样是孤儿，不由对他大兴同病相怜之心。

“知不知道你父母是被谁害死的？”欧阳浩天问裴俊贤。

父母死了就死了，还有被人害死的说法吗？裴俊贤深感疑惑，也不回答，只摇了摇头，眼睛怔怔地看着前方。

欧阳浩天用断然的口气说道：“我知道，一定是裴元基、姚心林、欧阳锦华和裴云珠害死他们的。他们是害人精，一天到晚只会害死别人。我们要报仇，要让他们永远不得安宁。”

“你瞎说。一个叔叔告诉我，我父亲不小心跌到长江淹死了，我母亲得到消息，想把父亲找回来，结果她自己也回来不了。”

欧阳浩天想了想，觉得不对劲：“一个大人，怎么会掉到江里淹死呢？”

裴俊贤也想不通。但是，他想不通就不去想。他相信他的伯伯，就像相信他的父母一样。父母的死，令他很沮丧，也很痛心。一个陌生的叔叔把他带到了另一支军队。他很想跟着那个叔叔在部队里待下去，叔叔却告诉他，要把他送给他的伯伯裴元基，等长大了，随时都可以到部队去。

他就这样来到了伯伯的家。从伯伯、伯母那儿，他得到父母般的温暖和关爱，有什么理由怀疑父亲是死在伯伯手里的呢？

不能把裴俊贤拉进反对裴元基和欧阳锦华的阵营，欧阳浩天只好调换话题，询问裴俊贤为什么喜欢制造武器。裴俊贤把自己想当像父亲一样当个大英雄、大豪杰的想法告诉了他。

欧阳浩天笑了：“亏你想得出来，大英雄、大豪杰有什么当头？你父亲不是大英雄、大豪杰吗？在长江里一淹，就淹死了。多没劲。你应该像我一样，把害死父母的人一个一个整去见阎王，那样才实在。”

裴俊贤无法反驳他，也不想被他牵着鼻子走，就低下了头，再也不说一个字。

欧阳浩天讨了一个没趣，就离开了裴俊贤。他进了姑姑的房间，看见姑姑正搂着裴运祥，一边流着泪，一边摸着他的脸，咕哝着谁也听不清的话；裴运祥却好像一个婴儿，在母亲的怀抱里一动不动。他先是很吃惊，接着就觉得这个很好玩，马上就跑回去，准备在裴俊贤的身上试一试。他在外祖父的书房里找到了裴俊贤，也不管外祖父是不是正在跟裴俊贤讲课，把裴俊贤抱在怀里，也像姑姑抚摸表兄一样，一边摸着裴俊贤的脸，一边咕哝着谁也听不清的话，很想流泪，却怎么也流不出来。裴俊贤挣扎着，想躲开，却挣不脱，也躲不过，脸涨得通红。

裴元基异常惊讶，吼叫道："浩天，你在干什么！"

欧阳浩天不理睬外祖父，依旧故我地玩着这个游戏。裴元基腾地站起身，一把将欧阳浩天提了起来，扔在桌子上。欧阳浩天仍然抱着裴俊贤，连带着把裴俊贤摔倒在地。

"你真是太不像话了！"裴元基愤怒地指责道。

姚心林听到丈夫的吼叫声，过来一看，孩子们都给吓傻了，顿生怜惜之心，赶紧说丈夫："何必跟没有父母的孩子们治气呢？他们想干什么，你就让他们干什么吧。他们总不会把房子给拆掉了吧。"

欧阳浩天趁机从桌子上溜下来，跑掉了。

裴元基轻轻地叹息一声，颓废地倒在椅子上，半天也说不出话来。

终于，裴元基知道了欧阳浩天为什么会做出那种叫人骇一跳的行为。儿媳神经已经不太正常了，欧阳浩天难道也要变成那个样子吗？不行，这怎么也不能容忍。裴元基把欧阳浩天单独叫到书房，跟他好一通长谈。

孩子还是跟以前一样，无论裴元基说什么，说也白说，甚至越说越坏。欧阳浩天一颗聪明的脑袋就是要跟裴元基和欧阳锦华对着干。两个老东西越是不叫他做的事，他越是干得带劲儿；越是要他做的事，他越是不去做。只有跟裴运祥和裴俊贤在一起，他才暂时忘掉了向欧阳锦华和裴元基寻仇。

他向裴元基寻仇的方式比较隐秘、比较斯文。他会偷偷摸摸地溜进裴元基的书房，把裴元基的笔藏起来，或着干脆折断，要么就把裴元基读的书从中间撕掉一页，把它烧掉。他不是什么书都撕，什么笔都折断，只毁裴元基最喜欢的笔和书。他们毁了他的父母，他就要毁掉他们最好的东西。

他曾经对姚心林下过一次手，偶尔听到她哭诉女儿当年不该偷偷溜走，最后得到了这样的结局，他就觉得，母亲被逼而走，也许真的不是外祖母的错。

对外祖父、外祖母的痛恨减轻了一分，对祖父、祖母的痛恨就要加重一分。他每天都要气势汹汹地对他们大吼大吵一顿，放肆地扔掉一些东西，就扬长而去。

欧阳锦华怀疑是裴元基在背后捣了鬼，在一次欧阳浩天回家闹事的时候，说道："当年要不是你外祖父不让你母亲嫁给你的父亲，他们都不会死。"

这一下，欧阳浩天觉得裴元基比祖父更加可恨更加恶毒，决计狠狠地报复裴元基。在实验室里，他故意先把一些火药隐藏在一支枪管里，眼睛朝里望去，说是发现了一个东西。裴元基被吸引过去了。小家伙突如其来地朝里面丢进了一粒火种，差一点没把裴元基炸死。

裴元基在各种各样的压力与危险当中度过了每一天。他仍然根据老师留下的遗稿，摸索着改进枪炮的方法。对待孩子，他决定先送他们去学堂读书，然后再送出国，愿意学枪炮的学枪炮，不愿意学枪炮的，按照个人喜好，学什么都成。

欧阳浩天撒过泼，打过滚，更加凶残地暗害过裴元基，最后还是不得不跟裴俊贤和裴运祥一道，走进了学堂。不过，他不仅不会认真读书，还跟裴元基讨价还价，要利用不上学的时间继续到兵工厂去造枪造炮。

裂痕再现

忽一日，传来一个惊人的消息：宣统复辟了。

"宣统又当皇帝了？"裴元基显得十分震惊。他虽说不关心政治，更不关心谁当总统，但是，再一次出现了皇帝，怎能叫他释怀！

"这个国家到底是怎么啦？辛亥革命到底是打开了潘多拉盒子，让罪恶源源不绝地往外冒，还是一场拯救中华民族的伟大革命？"欧阳锦亮跑到裴府，牢骚满腹。

欧阳锦华已经赌错了一把，再也不敢随意挪动脚步，也跑来找大舅子，问道："我们该怎么办呢？"

裴元基一时心乱如麻，真的搞不清楚该怎么办。

"我真的期盼着一个明朗的天空，期盼着一个良好的环境，让我们能够潜心研究武器装备啊。"欧阳锦华感慨地说道。

"只有孙中山先生能给我们一个明朗的天空。"裴元基突然说。

"可是，孙中山先生每一次出马，虽说都能力挽狂澜，却坐不稳江山，怎么能给我们一个明朗的天空啊。"欧阳锦亮说道。

"纷纷乱世，也只有孙中山先生才是国家复兴的希望啊。"裴元基说："不出两天，孙中山先生必然会有所行动。我们要一道追随孙中山先生，帮助他打牢坐稳江山的基础。"

"可是，孙中山先生自己尚且不能有一个安定的地方，我们怎么去追随他啊。"欧阳锦华说道。

"稳坐兵工厂，等待机会，把兵工厂全部送给孙中山先生。"裴元基说道。

裴俊贤深受父亲的影响，一听说北京发生了天翻地覆的变化，马上对伯伯说道："我也要去北京，打响把洪宪皇帝再一次赶下台的第一枪，像父亲一样，做一个大英雄大豪杰。"

侄子有远大的胸怀，裴元基欣喜不已。但是，弟弟的变化却是裴元基的一块心结，在他心里挥之不去。

裴元基说道："你有远大的志向，伯伯很欣赏。但是，做一件正确的事很容易，一生都做正确的事就很难了。真正的大英雄大豪杰应该先树立为国为民的理想，并具有为实现理想而不惜牺牲的奋斗精神。偶然做成了一两件事，绝不是大英雄大豪杰，至多只是历史舞台上的匆匆过客。"

"我父亲不能算大英雄大豪杰吗？"

"他不是。"

"那谁是大英雄大豪杰？"

"现在的天下，只有一个人，那就是孙中山先生。"

"我要做孙中山先生一样的大英雄大豪杰。伯伯，你告诉我，我该怎么做，才能成为大英雄大豪杰？"

"首先，你得分清是非，知道哪些事情可以做，哪些事情不能做；其次，你得一直做下去，遇到任何艰难险阻，都要有勇气和毅力战胜它，不达目的，绝不罢休。"

"什么事情可以做，什么事情又不能做呢？"

"只要是救国救民的事情，都能做。为什么只有孙中山先生才是真正的大英雄大豪杰？因为他有救国救民的胸怀，他视权力和地位为粪土，他所做的一切都是为着中华民族能够真正赢得世界的尊重。他是一个为理想而奋斗不息的人。"

侄儿是不是明白，裴元基觉得不太重要，重要的是，他可以一而再、再而三地向侄儿灌输这样的思想。

正如裴元基所料，孙中山先生果然作出了反应。孙中山的《讨逆宣言》一经发出，宣统的复辟梦仅仅做了十二天就破灭了。

"这个国家不知道还会在什么时候爆发一场什么样的战争。"

"孙中山先生好像永远也控制不了局势，我们真要稳坐兵工厂，等待机会，把整儿兵工厂全部送给他吗？"欧阳锦华不得不为兵工厂的前途考虑。

"是的。"裴元基简单地回答。

"可是，执政的人会不停地从兵工厂索取武器装备，我们怎么能为孙中山先生守得住呢？"

"暂时只生产已经定型的成熟武器装备。潜心研制新式武器，找到改进已经制造出来的武器技术性能的办法，但不公布、不制造、不改进，作为技术积累，留待孙中山先生需要的时候，我们才把它抛出来。”

复辟闹剧演完了，恢复后的中华民国完全背离了《中华民国临时约法》的精神。

孙中山十分震怒，一面谴责北洋政府，一面誓言护法。秋天，赞成孙中山护法主张的国会议员在广州召开非常国会，成立护法军政府，选举孙中山为大元帅，护法运动正式开始。

护法需要武器，需要制造武器的人帮助护法军解决装备问题。裴元基得知消息，心里马上燃起了一团烈火，觉得率整个兵工厂投奔孙中山的机会来了，马上对欧阳锦华说道：“你在兵工厂负责生产改进型重机枪，我去一趟广州，跟孙中山先生接洽投奔他的事情。”

“广州跟武汉相隔遥远，关山重重，你单独一个人去投奔他，或许还行，要把整个兵工厂都带过去，恐怕很困难。”

这一段时间，欧阳锦华的心里再一次发生了变化。他想道：不论谁当总统，不论国家实行什么体制，跟一个普通老百姓有什么关系？老老实实把事情做好，做得天下只此一家，别无分号，那就是号召力，那就是本钱。何苦要为一个仅仅只是耍嘴皮功夫的人卖命呢？

裴元基很警觉地望着妹夫，问道：“你是不是又动摇了？”

“我不是为了自己，而是为了你、我的家庭。请你好好想一想，你家成什么样子了？宁儿疯了。她怎么疯的呀？还不是因为你今天拥护孙中山，明天反对袁世凯，好像全国就你一个人是清醒的！我就跟你不一样。我不参与政治，只踏踏实实做自己的事。袁世凯当总统，我听他，袁世凯当皇帝，我也听他，我就是造武器的，吃这碗饭就干这件事。袁世凯倒了，我还在造武器。折腾来折腾去，会连累一家人跟着受罪；不折腾，就有踏实日子过。”

裴元基冷冷地注视着欧阳锦华，说道：“既然如此，你我道不同，不相与谋。我不干涉你，你也别干涉我。”

“我不是干涉你，而是在劝说你。除了我，没人会劝你。我已经想清楚了，希望你也想清楚。人家西方国家崇尚科学，崇尚民主，人家发展成非常先进的国家，那是人家的事，跟我们的国情大不一样。我们不必为了一个虚无缥缈的理想，太把孙中山的话当真了。我们有一个美好的前途，就不必节外生枝，把自己的命运押在他的身上。”

裴元基终于没能成行。倒不是欧阳锦华的话打动了他，而是他得到了可靠消息：由于南方军政府的各路军阀心怀鬼胎，不听调遣，孙中山无法施展抱负，只有发出一声“所有南北军阀都是一丘之貉”的感叹，愤然辞去大元帅职务，带着他的追随者去了上海。

欧阳宁儿求医

欧阳锦亮获得了汉口、汉阳绝大部分码头的控制权，俨然成了码头运输业的龙头老大。在他的管理下，码头上的大小帮会基本上没有起过大的冲突。各帮会头面人物，提起他的名字，无不翘手称赞。

他在生意场上顺风顺水，风光无限，内心却仍有说不出的苦楚。其一是他的女儿欧阳宁儿在多次战争过程中受到惊吓，精神受到严重挫伤。他手里有钱，可是，在中华民国的土地上，不是有钱就可以治疗得了女儿的病。他曾和裴元基一道把女儿送到英国人开设的医院，人家倒是给治好了，但一出院，女儿一听到任何响动，都以为是枪炮声，病情又会发作。再去请教医生，人家说了，只有脱离中华民国这个充满战争的险恶环境，到英国去，才能让女儿恢复正常。他当然愿意送女儿去英国，但他非常清楚，英国也不是一个干净的地方，那儿也在打仗。女儿去了英国，又怎么样呢？再跟裴元基商量，两人都觉得应该等英国的战事平定了，再作决定。于是，女儿去英国看病的事就拖了下来。

他的第二个说不出的苦楚是他的亲弟弟欧阳锦华不再是原来的样子了，不仅自私，而且在大是大非面前往往会丧失原则。他曾经多次地告诫弟弟，一切都要向裴大哥学习，做人做事，都要有自己的原则与立场。弟弟却说他是在执行祖宗的遗训。最闹心的是弟弟把欧阳浩天一股脑地推给了裴元基，需知裴元基家还有一个儿媳，就是欧阳锦亮的女儿欧阳宁儿呢。这不是给裴家添乱吗？他曾经劝说过欧阳锦华，不要把欧阳浩天放在裴家，结果弟弟一脸苦相，大吐、特吐心里的苦水。

欧阳锦亮长叹一声，想把欧阳浩天接到自己府上，可是，小家伙不愿意。他转而想把女儿接回家去，让裴府清静一些，女儿却死活不离开裴家。

姚心林气力不足，每逢欧阳宁儿病情复发，就会双手蒙着眼睛，无声地哭泣着。她还要瞒着刘玉蓉。每一次刘玉蓉询问女儿的病情怎么样了，她都回答儿媳一天比一天安静。

这一天，刘玉蓉又来裴府看望女儿。欧阳宁儿突然把她当成了丈夫裴俊超，扑进她的怀抱，又哭又笑。刘玉蓉这才知道女儿的病情是如此严重，连忙跟丈夫商量，无论怎样，也得把女儿送去英国，或者随便哪一个国家。好在这时候第一次世界大战结束了，英国再也不打仗了，欧阳锦亮跟英国医生商谈了很久，终于使英国医生答应，亲自带着欧阳宁儿去英国治疗。

麻烦又来了，欧阳宁儿离不开她的丈夫和儿子，总不可能让裴俊超和裴运祥都跟着去吧？欧阳锦亮和裴元基商量来商量去，最后决定让刘玉蓉、姚心林、裴运祥和欧阳宁儿一道随着英国医生去英国。

她们一走，不仅欧阳锦亮府上寂寞了许多，裴元基府上也寂寞了许多。两个老人在她们走后的第一天，一直待在一起，你看着我，我看着你，谁也不作声，心里都充满了难以言表的感伤。

欧阳锦华也来了。他轻轻地叹息一声，忍不住说开了："这就是你们一定要跟掌权的人较劲的下场。"

裴元基和欧阳锦亮慢慢抬起头，一起看着他，嘴唇翕动，终于没有说出一个字。

欧阳锦华继续说："别这么看着我，我是为你们好。活在这个世界上已经够艰难的了，为什么还要自己给自己的喉咙上套一把枷锁，不是故意找死吗？"

欧阳锦亮说道："难道你忘掉了在德国学到的、看到的东西吗？"

"那是人家德意志帝国的东西，不是我们的。我们不是学人家把大清王朝推翻了吗？不是学人家民主共和吗？结果，一个皇帝被赶下台，总有人想当皇帝。这就是现实。我们逃不过的。能够做的事，我们可以去做；不能做的事，为什么非要去做呢？"

欧阳锦亮心里冒出一团怒火："我们就是在做自己应该做的事呀。倒是你，我真不明白，你为什么会变成这个样子？"

"我遵循祖宗的遗训，不想走家破人亡的老路。"欧阳锦华振振有辞地说。

欧阳锦亮还想继续斥责弟弟，却被裴元基拦住了。人各有志，不必强求。裴元基要做自己，欧阳锦华也要做自己，有什么错呢？裴元基对被推翻的大清王朝仍然怀有一种感恩戴德的情愫，却帮着革命党人推翻了它。结果，不是妻离子散，就是家破人亡。他可以承受得了这些，欧阳锦华不能承受，就不让欧阳锦华承受。

不管是发生在南方政府的新鲜事，还是发生在北方政府的新鲜事，欧阳锦亮都非常留心。在他的码头上，已经建立了各种各样的工会组织。他经常跟工会代表们坐在一起，商讨问题，尽量解决工人提出的一些要求。他甚至告诉裴元基和欧阳锦华，想让他们在兵工厂里建立同样的组织。

裴元基早就不再管兵工厂的事务。他就是去了兵工厂，也一声不吭，连手也不伸一下，就在那儿痴痴地坐着。

欧阳锦华总算听从了哥哥的建议，允许工人们开展工会活动。他不能让工会信马由缰，得把工会置于自己的控制之中，于是，指定郝老六和王老四出面组织和领导工会。

欧阳锦华向省政府告密

世界大战一结束，各大战胜国齐聚巴黎，心怀鬼胎，不仅想从战败国身上榨取最大的利益，而且图谋在全世界范围里猎取最大的利益。列强不仅无视中华民国代表的正义要求，将德国在山东享有的特权全部转给日本，甚至变本加厉，进一步压制中国，逼迫中国赴和会谈判的代表签字。

消息很快就从巴黎传到北京，又从北京传到欧阳锦亮的耳朵。他不由得十分愤怒，马上去找裴元基，想和他一道商谈该采取什么行动，才能使中国不再受到列强的欺侮。

“亲家，还记得1915年的事情吗？”欧阳锦亮问裴元基。

当年，日本人威逼袁世凯签署“二十一条”的消息传扬开来，欧阳锦亮曾经公开把日货全部倒在一起，一把火烧个精光，激起了武昌老百姓的普遍欢迎。一时间，焚烧日货，抵制日货的风潮弥漫了整个武昌，那不仅是欧阳锦亮生涯里的又一个杰作，也是武昌百姓的又一个杰作，裴元基怎么不记得呢？

裴元基一眼就看穿了欧阳锦亮的心意，说道：“我们现在的目标不是洋人，而是北洋政府，显然不能依样画葫芦，去烧毁洋人的货物。”

“我当然知道这一点。我的意思是，我们要像当年一样，搞出一场大的风潮，才能让北洋政府感到疼痛。”

“要让北洋政府疼痛，就得一拳打在北洋政府的命脉上。”

“是的，北洋政府的命脉在于经济！北洋政府要投靠洋人，要以武力镇压老百姓的反抗，要迫使地方军阀不敢向中央政府叫板，就需要大量的武器装备。汉阳兵工厂里制造的武器、弹药，远远不够使用。北洋政府就需要大量的资金向列强购买先进的武器。因而，斩断北洋政府的经济命脉，就是最好的方式。”

“在我们的手上，你掌握着横跨武昌的码头运输行业，我这边有全国最大、最先进的兵工厂。只要你我两家联手同时罢工，足以造成南北运输中断。北洋政府不慌也得慌，民众不醒也得醒。”

正当他们谈得兴高采烈的当口，欧阳锦华在欧阳浩天的煽动下，赶了过来。

裴运祥走后，欧阳浩天跟裴俊贤玩不到一块去，实在闷极了，一从学堂回来，就去欧阳锦华的家，不再向老人吐唾沫，也不再骂他们，只是暗暗地害他们，吓他们。偷偷听到爷爷自言自语，在诅咒裴元基，他就来了主意：让两个老家伙反目成仇，大打出手，一定好玩极了。于是，他马上跑去向裴元基报告。裴元基并不拿他的话当一回事。他大失所望，想来想去，觉得在裴元基面前点不起那把火，在欧阳锦华面前一定点得起来。欧阳锦华果然对他说的话深信不疑。每一次，他都要编排一些什么，既符合裴元基的身份，又说得合乎情理。欧阳锦华最听不得的是裴元基采取卑鄙手段，撕裂他和哥哥欧阳锦亮之间的感情。

欧阳锦华听得越多，怒火也就越大，心里想道：你裴元基不是不当面一套背后一套吗？好，我就要揭开你的画皮。一听孙子的话，他马上跑了过来。

终于知道了裴元基和欧阳锦亮在谈什么。不是欧阳浩天说的那么一回事！饶是如此，欧阳锦华心里还是蹿出了老大的怒火，怒不可遏地说道：“你们是不是不把家人全部害死，就不会罢手呀？”

裴元基说道：“锦华，你怎么说出这样的话来了？”

欧阳锦华大声嚷道：“难道你们没有看清楚，正是你们的冲动，导致你们的家庭四分五裂吗？你们是凡人，不是救世主，救不了这个国家。就是洋人把我们的国家吞并了，又怎么样？国家又不是没有被人家吞并过。元朝是吧？大清王朝是吧？元朝的事我们不清楚，清朝的事我们还能不知道吗？在清朝的统治下，老百姓过的日子要比现在好得多。”

“你胡说什么！”欧阳锦亮腾地跳起身，骂道：“你对国家的事情冷漠不管也就算了，却没想到你竟然忘却了祖宗，忘却了国家。你给我回欧阳大湾去，到列祖列宗的坟头上去，好好向他们忏悔去。你这个数典忘祖的东西！”

“我没有数典忘祖，我正是在遵循祖宗的遗训。”欧阳锦华分辩道。

欧阳锦亮听后更加愤怒了，气势汹汹地抡起巴掌，要扇弟弟耳光。裴元基拦住了。

“你们等着，没等你们发动罢工就都会被抓起来的。”欧阳锦华又气又急，话音还没有落地，人就急匆匆地离开了。

“你看，他竟然敢威胁我们！”欧阳锦亮气呼呼地说道。

“既然知道他只不过是威胁，我们就不要被他吓倒。”裴元基决绝地说道：“既然已经定下了决心，就是刀山火海，我们也要继续闯下去。”

“是的，刀山火海，我们也要闯下去！”欧阳锦亮咬牙切齿地说。

其实，不用欧阳锦亮和裴元基鼓动，码头工人和兵工厂工人就已经在工会的组织下，准备实施罢工了。

欧阳锦亮和裴元基得知消息，连忙跟负责组织罢工的工人代表联络，以他们二人商讨好的方案为蓝本，准备从第二天起，就实施罢工，以反对北洋政府签署丧权辱国的和约。

当天夜里，省政府出动了大量警察，还有一大批兵士，封锁了欧阳锦亮属下的全部码头，把工人们全部关在码头上，不许任何人到处走动。兵工厂里更是如临大敌，全副武装的兵士们，在每一条道路上铺展开来，看见有人走动，不由分说，扳机一搂，子弹就钻进了走动者的脑壳。

欧阳锦华竟然真的向省政府告了密！裴元基十分气愤，急匆匆地赶往欧阳锦华的家，一见妹夫，劈头就是一顿痛斥：“枉你饱读诗书，要是国民都像你一样，听任列强凌辱，这个国家还有什么希望？你知道你是在干什么吗？你是卖国贼。”

欧阳锦华镇定地说道：“我无权无势，当不了卖国贼。我是不愿意看到你们再一次陷入危险。”

裴云珠本是一个非常有胆识的女人，历经几十年的风风雨雨，到头来家里永无宁日，不由向往起宁静、祥和的生活来。然而，不论她怎么向往，生活总是跟她过不去。于是，性情大变，她再也不觉得像哥哥那样的人值得钦佩。明白了原委，她马上站在丈夫一边，说道：“哥哥，因为你和大哥的原因，裴家和欧阳家有好日子过吗？你就不能别再闷着头朝墙壁上撞吗？”

“都像你们一样只顾着过自己的日子，对其他任何事情都无动于衷，国家还有什么希望？国家没有希望，日子又怎么过得下去？我们帮助洋人打垮了它们的对手，还是遭受洋人的欺压。我们为什么要继续忍气吞声，为什么不起来反抗，为什么不能向政府提出我们自己的想法，让政府知道什么才是民心所向？”

裴元基歇斯底里地大声吼叫了一回，把欧阳锦华和裴云珠震得目瞪口呆，再也说不出话来。

恰在此时，欧阳锦亮赶过来了，也不看屋子里的形势，张口就骂弟弟：“你混蛋，你卑鄙，你不是欧阳家族的子孙。在你向省政府告密之前，你难道没有想过，工人们会流血吗？”

“你们的活动取消了，不就天下太平了吗？”欧阳锦华悻悻地说。

裴元基和欧阳锦亮还能说什么呢？骂了欧阳锦华，事情就能解决吗？解决不了，他们得压下心头的怒火，商量接下来到底该怎么办。

裴府的分争

“我真难以想象，如果我们继续鼓动工人把罢工搞下去的话，得死多少人、流多少血啊！”欧阳锦亮一想到这里，耳朵里就听到了子弹的咆哮声，眼帘也横飞着工人们的血液，情不自禁地说道。

“是呀，要我们自己去死，要我们自己去流血，我们无怨无悔，可是，要工人们去死，要工人们去流血，于心何忍！”裴元基感伤地说。

“那怎么办呢？”欧阳锦亮凝视着亲家，问道。

裴元基沉默了许久，重重地叹了一口气，说道：“也许，孙中山先生会像以前一样挺身而出，率先鼓动民众再一次反抗。我们暂时取消罢工，一旦孙中山先生发出号召，便重新振作起来，放手发动罢工。”

两人商议一毕，回到各自的地盘，分别正式通知工会代表延期罢工。原以为已经有人流血了，工人代表会理智地接受他们的决定。没想到，工人们被鲜血擦亮了眼睛，烤硬了心肠，迫不及待地要举行罢工。裴元基和欧阳锦亮的决定，使他们觉得裴元基和欧阳锦亮出卖了工人，出卖了工会，声讨声和谴责声此起彼伏。

欧阳锦亮费尽心机，无论怎么解释，不仅再也没人肯听他的，而且只会赢来一阵又一阵的质疑和怒骂。

裴元基的品格也饱受工人的质疑。虽说郝老六和王老四跟随裴元基几十年了，深知他的为人，还在继续信任裴元基，也依旧尊重裴元基，却也不得不说道：“工会有工会的章程。从今往后，请师傅再也别插手工会的事情；工会是我们工人的工会，不是你们这些管理者和领导者的工会。”

裴元基无法抑制内心的伤痛。但是，他理解郝老六和王老四，只有站在一边默默地关注工会的成长。

欧阳锦亮心里受到的创伤尤为严重。码头是他的私有产业，可是，他再也管不了自己的工人。是否能采取其他措施来证明自己？可是，枪口和刺刀林立，举止稍微不当，就会酿成一场灾难。他只有静待时局的变化。

很快，从北京传来了学生们罢课游行的消息。

中华民国还是有不愿意当亡国奴的热血男儿！欧阳锦亮高兴极了。明白了北洋政府已经在北京城大肆抓捕学生以后，他的心就凝聚成一团沉甸甸的冰块，不断地往下掉。得为北京的学生们做点什么！勇敢站起来呐喊的人们，永远都不应该被政府所扼杀。他紧接着又听说，武昌的学生已经自发地组织起来了，正在声援北京学生运动。他浑身的血液加快了流动，迫不及待地要做出一些什么。

欧阳锦亮马上去裴府找裴元基，想跟他重新商量组织工人罢工以声援北京学生的事情。欧阳锦华也在，跟裴元基较着劲。

“我就知道，你又想凑那份热闹。”欧阳锦华冷冷地看了哥哥一眼，说道。

“那不是热闹，只要是有血性的中国人，都应该起来声援北京的大学生。”欧阳锦亮的态度也很冷：“你如果没有血性，可以离开这儿。”

“别给我说血性，也别给我说民族。”欧阳锦华越说越激动，嗓门提高了不少：“明知道前面是火坑，你们还要往里面跳。你们疯了，还是你们为了沽名钓誉而不惜把一家人都推向死亡？”

裴元基没疯，也不是为了沽名钓誉。欧阳锦亮一样没疯，他们自知没法让欧阳锦华跟他们重新走到一起，就再也不想跟欧阳锦华说下去了。

既然哥哥和大舅子都要孤注一掷，想去响应北京的大学生们，他只有最后的一条路可走：直接告诉省政府，把他们两个关起来。

“别走！”

欧阳锦华抬起脚，正要离开，一声暴喝把他吓住了。他情不自禁地停了下来，还没有转过脸，手就被一个人牢牢地抓住了。他挣扎着，眼睛一落在哥哥那张激愤的脸上，就忍不住一阵发颤，再也不敢动弹了。

“你又想去告密，是不是？”欧阳锦亮呵斥道。

“打他，打他，打死他。”欧阳浩天跑了进来，一见祖父被抓住了，又跳又蹦，挥舞着拳头，朝欧阳锦华身上跃跃欲试。

上了学堂还是如此目无尊长！裴元基心里蹿起一团怒火，动手就要去扯欧阳浩天。欧阳浩天见势不妙，就要溜，衣服还是被外祖父扯着了，一扯就把他扯倒在地。欧阳浩天连翻几个跟头，爬了起来，愤恨地瞥了外祖父一眼，一阵烟似的跑去向祖母告状了。

裴元基并不理会孩子的去向，发狠地对欧阳锦华说道：“今天你就老老实实地待在这儿，我们会回来放你。”

裴元基一边说一边命令下人们找来绳索，把欧阳锦华捆得结结实实。

“把他给我送到柴房里去，看紧点，别让他跑了。”裴元基命令完下人，就和欧阳锦亮朝门外走去，刚刚走到门口，迎面碰着裴云珠在丫环和佣人的搀扶下，急急忙忙地奔了过来。

裴云珠一头撞到哥哥身上，哭叫道："你妹夫劝你，你不仅不听，反而把他捆起来了。你是不是一定要裴家的人都死绝了，才甘心呀！我不活了，今天就死在你的面前。"

裴云珠一面哭一面又往裴元基的身上撞。裴元基招架不住，被撞倒在地。欧阳锦亮连忙伸手去扶裴元基。

裴云珠似乎这才看清欧阳锦亮也在现场，马上转移了怒骂的对象："还有你，是不是要欧阳家的人也死光了，你才高兴呀？你不是口口声声要遵循欧阳家族的遗训吗？欧阳家族的人都死光了，你还拿什么去遵循？"

她一面骂，一面一头撞了过去。

欧阳锦亮想躲，却又担心弟媳妇还没撞着自己，就会跌倒在地，只有弓着腰站在那儿，被她撞了一个四脚朝天。欧阳浩天见了，一面哈哈大笑，一面评价裴元基和欧阳锦亮谁摔的姿态最好看。下人都怔怔地站在那儿，谁也不敢做声。

夫人的喧闹声传进了欧阳锦华的耳朵，他心里一喜，赶紧大声喊叫起来。裴云珠循了丈夫声音传出的方向，就去解救他。裴元基只有吩咐下人把欧阳锦华弄出来，为他松了绑。裴云珠继续哭一声，骂一声，要欧阳锦华再也别管裴元基和欧阳锦亮的死活。可是，欧阳锦华不干了，他非得赖在裴元基家里不可。

一场突如其来的闹剧就这样打乱了裴元基和欧阳锦亮的构想。

很快，传来了上海工人正在举行大罢工的消息，码头工人和兵工厂的工人也得赶紧响应。

裴元基心里很烦闷。他无法让妹妹和欧阳锦华理解自己，只有一天到晚不脱离他们的视野，以换得家里的宁静。这天夜里，他怎么都睡不着，打开门，到外面去转一转。晚风一吹，思维清晰了许多。朝兵工厂方向望了望，心脏怦怦乱跳，催动着他抬起脚，不知不觉走向兵工厂。

裴元基的心声

裴元基回到兵工厂以后，虽说仍然大部分时间待在实验室里，但是，也能经常挤出时间到各制造车间去看一看，对工人们实施技术指导，问一问工人们在制造武器装备过程中，想到了什么更方便、更灵巧的办法。

在国家局势十分混乱的时候，裴元基重出江湖，要亲自研制和改进武器，使裴俊超感到很意外。他不由地问父亲："父亲，你是不是觉得天下快要太平了，就出来制造武器呀？"

"天下混乱，我们才更应该制造出更好的武器，送给能够廓清天下的人，让天下早一点太平。"

裴俊超心里本来充满了痛苦和烦恼，父亲简单的几句话，无疑让他看到了希望，使他忘掉了痛苦和烦恼，他对父亲的每一句话都奉若神明，竭尽全力地想帮助父亲造出更好的武器。

自从亲眼看到叔叔用第一支汉阳造打出一阵接一阵雷暴，他就树立了像父亲一样搞出先进武器装备的理想，因而，从小就跟随父亲学习枪械制造。他原以为研究并制造出更多、更好的武器装备，他的生活就会丰富多彩，他就会很有成就感。事实远不是那么回事。不管他多么希望自己像父亲一样造出新的兵器，可是，现实总是不能让他如愿。

在研制武器方面，他几乎没有获得成功的快感；在家庭生活方面，他一样没有得到自己想要的幸福。

他不仅没有美好的家庭生活，甚至连一份安定的生活也得不到。他的确跟欧阳宁儿成了亲，夫妇二人非常恩爱。但在一次接一次打击面前，夫人欧阳宁儿精神失常。他心里相当痛，没人理解得了，也没有语言可以言表。他还得压制着这份痛，像没事人一样去兵工厂上班。

夫人和儿子在母亲和岳母的陪同下，漂洋过海，去了英国。他十分惦记她们。他真希望那一切都不要发生。那样，他的家就是完整的，他就可以和亲人们常常待在一起。他爱她们每一个人，惦念她们每一个人。

有时候，看到父亲铁石心肠地坐在那儿，对任何东西都不屑一顾，他真的很想问一问父亲是不是在思念母亲。但是，他不能问，也不能跟父亲谈论这个话题。很多时候，他都会一个人躺在床上默默地流泪，并翻来覆去地折腾自己，一夜一夜地睡不着觉。

现在，父亲抛开乱世的纷扰，一心要研制或者是改进武器，他从父亲身上看出了希望，就可以抛开一切的痛苦，丢开一切的烦恼，自然而然地为了隐藏在心中的理想去打拼。

其实，裴元基并不是铁石心肠的人。他的心里也有泪，他也为自己的执着给全家人带来灾难而心生遗憾。在欧阳宁儿第一次表现出精神失常的症状时，他就曾偷偷摸摸地躲在汉江的江堤下流过泪。他也为夫人、为儿子、为孙子，甚至为了死去的弟弟和弟媳流过泪。但是，他不能放弃自己的思想，绝不会因为自己的家庭，就听凭大小军阀拿着自己亲手制造出来的武器装备相互屠杀，以至生灵涂炭。他已经从五月四日的学生运动和随之爆发的工人大罢工当中看出了民族振兴的希望，他就要以万倍的努力，搞出更好的武器，去武装觉醒的人们，去开辟一个崭新的世界。

对儿子的心态，他其实有所察觉。现在，他要为创造一个新世界而打造更好的武器，就不能不需要儿子全力支持自己。这就需要跟儿子好好谈一谈。

“俊超，你是不是觉得父亲很残忍、很冷血？其实，父亲也很关心家里的每一个人，也不愿意让家里的任何一个人受到伤害。但是，有什么办法呢？国家一片混乱，总得有人牺牲自己。让你们跟着受苦，父亲心里一样不好受。”

“父亲，你不要说了，儿子理解。”裴俊超话还没说，眼泪就哗啦啦地流淌而出。

“父亲不是为了寻求你的原谅，也不是为了向你忏悔。父亲对你说这些，是希望你不要迷失自己，男子汉大丈夫，要有担当，要有所为，要有勇气承担一切。有时候，哪怕因为自己的缘故，亲人们都陷入了苦难，只要你认为是对的，就要把眼泪压在心头，哪怕是死，也不要后悔。”

“父亲！”原来父亲也有眼泪，父亲也有悲伤，父亲只不过是强烈地抑制着自己，没有把这些感情表露出来。父亲心里该积压了多少痛苦啊！裴俊超深感震颤，说道：“父亲，请你不要再说了，儿子一定听你的话。”

裴元基密谋炸武器

这一天，裴元基像往常一样，一进入实验室，就吩咐儿子和徒弟们分头去枪炮制造车间，按照图纸要求，做一些零部件来。

突然，外面传来一阵闹哄哄的声音：既有兵士们杂沓的脚步声，又有长官威严的叫骂声、战马的踏踢声，间或还有一些枪跟枪的撞击声和一声声惊讶而又胆怯的哭泣声。

裴元基心里一沉，从脑海深处嗖地闪出一个念头：灾难又一次降临了。

他神色严峻，走出了实验室，想要亲自看一看究竟发生了什么事。刚一出门，他就看见一个青年军官，腰间别了一把盒子枪，手里挥动着一根马鞭，骑在一匹高头大马上，在众多兵士的簇拥下，耀武扬威地奔了过来。

一看到裴元基，那家伙翻身下马，嚷道："裴大总工程师，吴某带了一个营的兵力前来拜见，够给你面子的了吧？"

裴元基冷冷地说道："请吴师长把兵马带出去，这里是兵工厂，不是操练场。"

吴师长仰天大笑一阵，说道："吴某就喜欢像裴工程师这样的爽快人。痛快，真他妈的对了吴某的脾气。不过，吴某手下一向不择地方，哪里都可以当操练场。"

这时候，欧阳锦华得知消息赶了过来，满脸含笑地来到吴师长面前，先拍上一通马屁，然后毕恭毕敬地请吴师长去了他的办公室。

吴师长对欧阳锦华合作的态度大加赞赏，一把将裴元基也拉了进去，说道："吴某跟你们实话实说。北京政府的所作所为，完全违背了民意，吴某看不过眼，很想跟政府较量较量。可是，想跟政府说上话，就需要一大批武器、弹药。我想来想去，就想到了你们。"

裴元基没容他把话说完，就打断了他的话："我明白了，你们又想打仗。对不起，兵工厂虽说有武器、弹药，但是，那是为了防备列强的侵略，绝不会给你们去相互残杀。"

吴师长大笑道："裴大工程师，吴某非常敬佩你，你怎么能认为我拿了武器、弹药就是跟人相互残杀呢？错！我不是去跟谁相互残杀，而是要把卖国的政府赶下台，扶持一个真心为民为国的政府。只有那样，国家才有希望，民族才有未来。"

"是啊，吴师长说得太对了。"欧阳锦华生怕裴元基继续顶撞吴师长，连忙说道："世上多几个像吴师长这样的英雄，天下早就太平了。没说的，兵工厂一定会搞出吴师长所需要的武器、弹药。"

裴元基冷笑道："可惜，这样的英雄，世上已经够多了。"

"裴大工程师，希望你像欧阳厂长一样，好好跟吴某合作。"吴师长不耐烦了："我知道你曾经干过一些什么，我不希望你在我的眼皮底下玩花招。这是对你的忠告。"

说完，吴师长起身就走。

欧阳锦华生怕怠慢了他，连忙跟着跑了出去，不停地向他保证道："吴师长请放心，我一定会把这批武器、弹药送到你手上。"

裴元基气呼呼地坐在那儿，寻思阻止吴师长把武器、弹药运走的办法。现在，吴师长已经派兵把兵工厂包围起来了，沿岸所有的码头想必都被他控制了，想从地道里把制造好的武器偷运出去，沉入江底，显然是不可能的了。找人到半路上劫走那批武器吗？找谁？怎么向外界传递准确消息？

裴元基正在冥思苦想时，欧阳锦华进来了。

一进门，他就埋怨裴元基："你总是以为你是对的，把事情搞糟了吧？吴师长说了，回去之后，要派一个团的兵力，监视兵工厂的每一个人。"

裴元基心里涌出了一股强烈的愤怒，只从嘴里吐出两个字："可恶！"

欧阳锦华说道："你要是继续跟吴师长对着干，不仅你自己会陷入深渊，整个兵工厂也会因此陷入深渊。兵工厂欠你什么了，工人们欠你什么了，我欠你什么了。你别拿大家的性命去逞英雄，好不好？"

是呀，兵工厂欠自己什么了？工人欠自己什么了？他们什么都不欠自己的，他们只是想过一个安宁而又幸福的生活。没有必要把他们拉进死亡的深渊。就在那一刻，裴元基想清楚了，他要跟兵工厂撇清，也要跟兵工厂所有的工人撇清；为了不让那批武器、弹药落到吴师长手里，要炸掉它！可是，不能在兵工厂炸，得让吴师长派兵把它运出去之后再炸。

他躲在火药实验室里，把火药按照一定的比例，分别放置在两个不同的地方，经过一阵摇晃，让火药碰到一块，产生巨大的爆炸。实验成功了，下一步，就是怎么把这些火药装进放置武器、弹药的箱子。

吴师长已经把裴元基当成危险人物，不仅绝不允许他接近任何一口箱子，连所有的制造车间也不允许他进入。他只能待在火药实验室，别的什么地方都去不了。裴俊超、郝老六和王老四也受到了跟他一样的待遇，不能指望他们帮自己把火药偷偷放在弹药箱里。为此，裴元基十分苦恼。

随着吴师长提取武器、弹药的日子越来越临近，裴元基越来越不安，越来越焦躁。

郝老六来到他的身边，轻声问道："师傅是不是在为不能把吴师长要的这批武器、弹药炸毁而苦恼？"

裴元基抬起眼睛，注视着弟子，掩饰地说："我为什么要炸掉那批武器、弹药？难道你忘掉了师傅一再跟你们说过的话吗？制造出最好的武器、弹药，才是我们的目标。"

"可是，你并没有说过不能炸掉它。"郝老六说道："我是你的徒弟，跟了你二十多年，难道还看不出你的心意吗？你早就有计划，不想让我们卷进去，想亲自动手炸掉它，却到处都是吴师长的人，你炸不掉它。为此，你日夜不得安宁。你就把它交给我吧，我会炸掉它。"

裴元基双眼放光，急切地问："你怎么把它炸掉？"

郝老六为人和气，有胆有识，还有担当，一直深受工人们的拥戴。自从欧阳锦华让他和王老四负责组织工会以来，经历了很多事情，培养出了很好的组织和领导能力，并具有很强的预见性。自从吴师长一进兵工厂，他就设想过各种各样的行动，相应地指定了一些非常可靠的工人暗中完成随时交给他们的任务。师傅一问，他马上把自己的部署一五一十地说了出来。

这个计划何其缜密、何其完善，接受任务的工人们相互掩护，相互保密，构成了一张严密的网，绝不会漏出任何破绽。裴元基惊喜不已，马上把火药的配比和放置方法告诉了郝老六。

然后，裴元基说道："虽说在路途上炸毁武器、弹药的事情解决了。可是，要想让吴师长察觉不到是我们在兵工厂做了手脚，应该有人去引爆它才好。要不然，兵工厂逃不脱吴师长的魔掌。"

郝老六胸有成竹地笑道："这些我早就有了安排。师傅请放心。"

不管是谁去引爆那批武器、弹药，都必死无疑。裴元基要亲自去看一看哪个人愿做英雄，宁愿牺牲自己，也不愿看到武器、弹药落入军阀手里。

郝老六依然微笑着，却并不作声，脸上的表情非常坚毅。

王老四下意识地朝他瞥了一眼，眼泪夺眶而出，说道："去引爆武器、弹药的人就是郝师兄。"

裴元基犹如遭了雷殛，好半天也反应不过来。过了很久，他缓缓地站起身，站在郝老六的面前，双手重重地拍打了几下他的肩头，想说什么，却没说，扑通一声，跪倒在地，重重地向他叩了三个响头。

武器、弹药如期交到了吴师长的手里。欧阳锦华松了一口气。裴元基的心里却在滴血。

城头变幻大王旗

这一天，吴师长带了几个卫兵，气势汹汹地闯进兵工厂，把欧阳锦华和裴元基拖出来，劈头盖脑就是一顿臭骂："他妈的，你们这些混蛋，老子恨不得现在就毙了你们。还是让你们的脑袋在脖子上好好地待几天，等老子打完了仗，再回来跟你们一个一个的算账。"

欧阳锦华不知道是哪里出了问题，瞠目结舌，什么话也说不出来。

裴元基心里一沉，知道郝老六已经死了，差一点流出了眼泪。但是，他强忍住，冷静地说道："吴师长，难道你把武器、弹药一运走，回头就给兵工厂送这样的大礼吗？"

"他娘的，你们派人在半路上把它们炸毁了。"吴师长怒吼道。

“我要是派人在半路上去炸毁武器、弹药，还不如就在兵工厂里把它们收拾掉。这不是更省事吗？”裴元基一句话就让吴师长住了口。

吴师长怒气冲冲地离去了。但是，吴师长的威胁在欧阳锦华心里投下一道深深的阴影。他责备裴元基：“你怎么又顶撞吴师长了？既然不是兵工厂干的，好好说也就是了。”

裴元基无法好好说，甚至也不想再跟欧阳锦华说了。他非常担忧，一场争权夺利的战争，到底要让多少无辜百姓惨遭毒手。

裴元基原本打算投靠孙中山，帮助孙中山革命。可是没有成行。因为欧阳锦亮接到了女儿和夫人快要回国的消息，特意把电报送给了裴元基。夫人、儿媳和孙子都要回家了，裴元基的心里涌现出万般亲情、万般感受。他不能让欧阳宁儿回家之后，因为看不见自己而再一次疯癫。他只有压下心头的向往，耐心地等待着夫人她们归来。这一等，就差不多等了快半年的时间。

其时，他接到一个振奋人心的消息：孙中山先生回到广州，担任非常大总统，准备再度举起革命的旗帜，再举北伐。

裴元基非常兴奋，不愿继续等待，决定赶快投奔孙中山。他把欧阳锦亮请到府上，把家里的事情托付给亲家，准备带着王老四一道去广州。他们商量之后，确定了具体的行程安排。这时候，欧阳锦亮的家人急匆匆前来报信：夫人她们已经回到了汉口。

裴元基走不了了，只得放下行装，和欧阳锦亮、欧阳锦华、裴俊超一道去了汉口欧阳锦亮的府上。

经过一年多的治疗，欧阳宁儿的病情基本上治愈了。身边尽管有母亲、婆婆和儿子，可是，她仍然惦记丈夫、父亲和公公。于是，刘玉蓉和姚心林只有带着她和裴运祥一道回了国。欧阳宁儿身子弱，还没到家，就昏过去了。裴运祥困乏得很，也睡着了。刘玉蓉和姚心林疲惫地坐在厅屋里，一看到他们，满脸兴奋。

“孩子再也经受不起任何波折了。”姚心林说道：“医生说，家里再出现任何意外，她都会旧病复发，而且，一次比一次严重。她需要得到家人的关爱，也需要一个安宁的环境。”

“说这些干什么，难道他们不知道吗？”刘玉蓉连忙阻拦道。

裴元基的确知道一个安宁的环境对儿媳意味着什么。他犯难了。抛却一切，继续去广州投奔孙中山吗？可是，他实在不忍心看到一家人因为自己的缘故陷入灾难。这不仅是他一家的灾难，其中还牵连着欧阳锦亮一家人。他不能不顾及到他们。他左右为难。

师傅难过，王老四也难过。这一次，以为跟着师傅去投奔孙中山，就找到了施展本领的机会。没料到，行装早就收拾停妥，却迟迟不能成行。

有一天，他终于忍不住了，对裴元基说道："如果师傅不愿意去南方政府，我明天就独自一人出发了。"

裴元基眼前一亮，马上给孙中山先生写了一封信，交给王老四，说道："把它亲手交给孙中山先生。如果孙先生决定在广州筹建兵工厂，你就先在那儿开展工作，我随后会赶过来跟你会合。"

王老四走了。裴元基收拾好心情，准备一旦南方来了消息，就举家迁至广州。为此，他曾经和欧阳锦亮商量过。

这时候，欧阳锦华跑了过来，很不高兴地对裴元基说道："你要去南方，我不管，为什么不把王老四留给我呢？总不能你走后，汉阳兵工厂江河日下吧？"

裴元基笑了，反问道："难道说，你就没有想过也去南方吗？"

"要去你去，别拉着我。"欧阳锦华马上顶了回去："我不像你，口口声声说兵工厂是你的命根子，事实上却根本不把它当一回事。"

"我正是把它当一回事，才决定要离开它，也想要你离开。当年，我们去德意志帝国学习军械制造，是为了抵御列强入侵，却不是为了让军阀们打内战。兵工厂偏偏已经沦为军阀们打内战的输血工具。整个中华民国，只有孙中山先生能够平定内战；我们为他制造武器、弹药，才算找对了地方。"

欧阳锦华笑了："你以为到了南方，就不是帮军阀们打内战吗？你以为孙中山先生在南方政府就一定会受到欢迎吗？上一次，他的护法运动，还不是因为内部你争我斗熄火了吗？"

弟弟的话音还没落地，欧阳锦亮就教训起他来了。兄弟俩为此好一阵唇枪舌剑。欧阳锦亮终于明白，欧阳锦华是不可能举家南迁了。难道真的要跟弟弟分开吗？分开之后，弟弟会变成什么样子？他实在不敢想象。他要待在汉口，关注弟弟的一举一动。如果说南方政府真要建立兵工厂，他可以交出自己的全部财产，也可以把自己的所有关系全部转移到南方去。

裴元基一样为欧阳锦华不愿意举家南迁而伤感，却因为王老四带回了孙中山先生的亲笔信，让裴元基的伤感一扫而空。

原来，鉴于筹建新的兵工厂需要耗费无数的人力、物力、财力和时间，孙中山先生认为，裴元基先生宜在汉阳兵工厂等待南方大军挥师北伐，协助北伐大军夺取武昌，确保汉阳兵工厂不遭战火摧毁，以便为北伐大军提供源源不断的武器装备，保障北伐大军横扫北洋政府。

裴元基深为感佩，不得不放弃举家南迁的意图，转而思考怎样制造出更为先进的武器、弹药以及如何帮助北伐大军顺利拿下武昌。这是一个极为机密而且又极为庞大的计划。他无法单独完成，便召集欧阳锦亮、王老四和裴俊超等人商讨对策。

他把自己思虑成熟的计划一说，欧阳锦亮马上表态："把刺探北洋军队外围部署的事情交给我去做吧。"

王老四说："我可以悄悄地发动工人，去刺探北洋军队在武昌的部署，也能在北洋军队的内部安插进许多'钉子'，以便在北伐大军攻城之日，快速摧毁敌人防线。"

"我坐守兵工厂，帮助父亲改进和研制新型枪炮，严防枪炮落入北洋军阀的手里。"裴俊超说道。

"好！这样的话计划实施就有保障了。"裴元基高兴地说道。于是，他们开始进入了紧锣密鼓地筹备之中。

岩浆暗涌

裴元基夫妇非常喜欢裴俊贤。孩子喜好什么，他们都会竭尽全力地满足他。裴俊贤不仅有读书的天赋，也对制造武器有一种近乎疯狂的热爱。来到伯伯家多年，在潜移默化之中，裴俊贤接受了伯伯的思想和行为准则。这让裴元基夫妇感到很欣慰。

侄儿能让裴元基夫妇感到欣慰，外甥孙却令他们很伤心。

欧阳浩天去学堂只是应付差事，一旦去了兵工厂，制造枪炮却干得有板有眼。只要认真干下去，他准会成为军工方面杰出的人才。可是，一旦听说祖父和外祖父希望他能成为制造武器、弹药的专家，他马上就变了脸，不再认真地搞下去。为此，裴元基和欧阳锦华没少操心。

其实，不仅裴元基操心没有多大的用处，欧阳锦华操心就更没有用。还是像以前一样，欧阳锦华只要跟欧阳浩天碰了头，小家伙的眼睛里就会冒出怒火，烧得他不得不偏过头去。

欧阳锦华心里越来越苦恼，时间一长，就变成了怨恨。

随着裴元基拥护的对象一次又一次被人利用、被人赶下台，欧阳锦华越来越劲头十足。他要彻底让裴元基臣服于自己，那比什么都让他高兴。

裴元基想走却走不了，欧阳锦华不过问缘由，他只要结果，只要自己赢了，这就够了。他还想到过要利用孙子去斗赢裴元基。欧阳浩天在他和裴元基之间放的野火够多了，他也要在他们之间放一把火。不过，得小心，毕竟孙子再不是东西，也是欧阳家族的血脉，而且是唯一的血脉。他不能让孙子受到伤害，那会活活要了他的命。孙子倒是被利用了，他却也被孙子利用了，让裴元基知道是他在背后捣鬼。

欧阳锦华再也不敢利用孙子了。他只有自己想办法。办法没想好，却传来了一个不妙的消息：孙中山又回到了广州，重新当上了海陆大元帅。

这是怎么回事呀？孙中山太能折腾了！欧阳锦华想了很久，觉得裴元基说得有理，孙中山可能真的就要北伐了。怎么一切都要向着裴元基呢？得好好想一想，就算裴元基是对的，那又怎么样？自己可以比裴元基走得更远，在北伐大军兵临武昌之际，首先为他们提供一切帮助，南方政府还不对自己刮目相看呀。不过，中间隔着一个裴元基。当初，裴元基闹出那么大的动静，要去南方，而且又派王老四先去南方探路，怎么王老四一回来，他就改变主意了呢？是不是王老四见着了孙中山，孙中山给了裴元基什么话，才让他放弃去南方的企图呢？

他马上把王老四叫到跟前，说道："你给我说实话，你是不是见着了孙中山，是不是带回了他的亲笔信或口信？"

"我一介草民，哪里见得着孙大元帅呀。"王老四矢口否认道。

"没见着孙大元帅，你总见着其他人了吧？裴总工程师把你派去南方，你谁都没见着，就回来了？"

"我只是打探到了一个确凿的消息：南方政府内部也不稳定，孙中山非常大总统并不像人们想象的那样拥有绝对权威，所以我就回来了。"王老四一边说，一边还连带着称颂欧阳锦华有远见。

不可能从王老四嘴里掏出实话了。欧阳锦华愤恨地瞪了他一眼，转身就走。他得好好想一想，要不然，就会在裴元基面前栽一个大跟头。

欧阳浩天幽灵一样地出现在他面前，一脸冷酷的笑，说道："你想跟裴元基争一个高低。你输了。所以，你不服气，就想找一个心理上的安慰。你太蠢了，怎么可能安慰得了你自己呢？"

噗，欧阳锦华嘴里喷出一口鲜血，紧接着，身子一歪，就要朝地上倒。欧阳浩天冷酷地笑了一笑，扭头就走。不能倒，不能让欧阳浩天这个小兔崽子看不起，要让他们看一看，欧阳锦华什么时候都不会倒下。

为什么裴元基就一定会成功？孙中山再一次当上了非常大总统，就真能号令天下，去推翻北京政府吗？现在可不是辛亥革命那阵了，孙中山不可能做到这一点。你裴元基不是想支持孙中山吗？我就给你多使一点绊子，让你永远帮不了南方的忙。可是，怎么操作呢？欧阳锦华寻思来寻思去，觉得只有去求吴师长帮忙。

当年的吴师长参加了直皖大战之后，一战成名，摇身一变，成了吴司令。

打了胜仗，他倒并没有怎么为难兵工厂，只是派出一个卫兵，把裴元基、欧阳锦华、王老四和裴俊超等人叫去军营，向他们好好夸耀了一通自己的战绩，然后面孔一板，骂道："他娘的，老子就是没有你们造的那点武器装备，不是一样打胜仗吗？别把你们那点破东西当成宝贝，老子还不一定稀罕呢。话说回来，多一点东西，总比少一点好。你们都给老子听好了，别再给老子使坏，惹火了老子，老子一挺机关枪，就把你们全部交代了。"

从此以后，吴司令就把兵工厂置于他的保护之下，兵工厂的任何动静，都逃不过他的耳目。

孙中山重新回到广州当上非常大总统，裴元基心里高兴得要命，表面上却装出无所谓的样子。他仍然在不停地思索如何改进已经成型的武器装备，如何设计新的枪炮火药。从老师留下的遗物里，他也找到了灵感，终于秘密试制出了迫击炮和冲锋枪。但是，现在他不能把它们公开，兵工厂在吴司令的监控之下，搞出任何新式武器，都是在为虎作伥。他默默地等待着，只要孙中山先生的南方政府发动了北伐，他就把这些东西全部投入批量生产，并暗藏起来，交给北伐大军。

"应该让工人们抓紧时间，按照试制出来的冲锋枪和迫击炮，秘密赶制一批产品，送到北伐大军手里。"裴元基暗自下了决心，对儿子和王老四说道。

"兵工厂到处都是吴司令的兵士，姑父又一直对南方政府不亲不热，如此大规模的生产，要想避开他们的耳目，谈何容易。"裴俊超说道。

"现在不是谈论容易不容易的事，再不容易，也要想办法办到。"

裴元基的命令不容置疑，裴俊超和王老四陷入了深深地思考，场面顿时安静极了。

"我知道，要想短时间里想出一个好办法，是有些难为你们。可是，王老四，你经常在枪械制造车间跟工人们一道，难道不能在工人当中找到好办法吗？"裴元基见他们半晌都没有开口，问道。

不等王老四回答，裴俊超惊喜地叫道："有了！父亲可以把制造冲锋枪、迫击炮的图纸全部交给王师兄，王师兄把一切数据全部记在脑海，然后秘密组织工人，在生产枪炮的时候，采取偷梁换柱的方法，在兵士们的监视面前，大模大样地制造它。"

"是呀！这叫移花接木！真是一条好计！"王老四惊喜地叫道。

"兵士们做梦也想不到我们会当着他们的面生产新式武器，的确可以欺骗敌人。"裴元基露出了笑容，瞬间之后，又提出了新的问题："不过，我们虽说先前已经秘密试制出来了冲锋枪和迫击炮，却并没有检验它们的性能，在你们动员工人制造冲锋枪、迫击炮的时候，还应该先避开兵士们的检查，把试制成功的样品偷偷带出兵工厂，到旷野里检验它们的性能。”

秘密生产新式枪炮

冲锋枪和迫击炮样品很快就秘密弄过来了，混合在其他枪炮里面，只等接受兵士们的检验之后，就运进仓库。按照惯例，欧阳锦华是不参与检验的。但是，裴元基瞒着他，在他眼皮底下做出的许多事情，给他的教训实在太深刻了。他不能每一次都让裴元基得逞。特别是，既然已经决定要死心塌地地为吴司令服务，就必须对吴司令忠诚到底。听到裴元基已经秘密制造出了冲锋枪和迫击炮的传言，欧阳锦华心里一直犯疑，一直要拿到真凭实据，却无论如何都没法抓住把柄。于是，他得严把枪炮进出仓库的关口。既然兵工厂遍地都是裴元基的心腹，他只有亲自出马，想逮住裴元基的破绽。

常常，只要裴俊超和王老四拿起什么武器，欧阳锦华都要从他们手里夺过来，亲眼看一看。可是，他什么疑点也没看出来。趁着他不注意的机会，裴俊超和王老四已经把冲锋枪和迫击炮样品藏起来了。

裴元基得到了冲锋枪和迫击炮的实验数据：准确性和有效射程超出他的想象。

他欣喜万分，马上跟裴俊超和王老四商议具体大批生产冲锋枪和迫击炮的方法。可是，到处都是兵士们的眼睛，还得防备欧阳锦华看出端倪，他们想不出更好的办法，只有在制造旧式枪炮的时候，加工一些冲锋和枪迫击炮的零部件，然后偷偷把它们转往另一个地方重新装配。

一直无法大批量生产新式枪炮。裴元基很焦急，裴俊超和王老四也是束手无策。

过了一段时间，裴元基赫然发现：兵士虽说比以前还要严厉、凶猛，数目却比以前明显减少了。

他不由心下纳闷：是吴司令嗅出了异常，正在暗中部署捉拿自己的方案，还是军阀们又开始了新一轮混战？他得探一下欧阳锦华的口风。欧阳锦华跟吴司令越走越近了，他有把握从欧阳锦华嘴里得到实情。

“兵工厂在你的运作下，已经取得了吴司令的信任。我该怎么向你祝贺呢？”裴元基用讽刺的语调对欧阳锦华说道。

“只要你觉得我是对的就是最好的祝贺。”欧阳锦华岂有不知道大舅子话语里的讽刺意味？却故意装作听不出来的样子，大有自信满满的味道。

“可是，我好像听说是曹锟跟张作霖打起来了呀。”

“他们打起来了就打起来，管我什么事呢？我还是那句话，我就是一个制造武器的。我只管制造武器，其他的什么也不管。”

裴元基得到了准信，心想：得趁着军阀混战的机会，抓紧大批生产新式枪炮。

他对欧阳锦华说道：“你制造武器的劲头，倒的确很叫人佩服。可是，你知道吗？枪厂和炮厂的制造设备太老旧了，听俊超和王老四说，一天比一天出的废品多。这样下去，兵工厂就完了。”

废品一多，原材料损耗太大不说，不能按时如数交付吴司令需要的枪炮、弹药，轻则失去吴司令的信任，重则吃不了兜着走。这可不是好玩的事情。欧阳锦华一下子就跳了起来，自恃是枪炮制造专家，一眼就能看出是不是有人暗中动了手脚，他旋风似的刮进了枪械厂。

大量的废品堆在眼前。欧阳锦华一把扒开一个正在加工枪管的工人，自己动起手来。长时间没有亲自操作过，手有些生疏，枪管一滑，就被锯断了。他猛地扔掉它，重新拿起一根枪管。这一次找到了感觉。可是，一样成了废品。

他又气又怒，愤恨地对裴元基说道：“你一定是看到吴司令带着人马打张作霖去了，就心怀不满，故意损坏了制造设备。”

“你是制造枪炮的行家，怎么说出这种话来？”裴元基感到很惊讶，说道：“就算我对吴司令率领队伍去打张作霖不满，也不会拿自己的脑袋去开玩笑吧？既然你不相信我，我不干了。”

裴元基撂下一句话，甩手就要走。

欧阳锦华根本就没有抓住任何把柄，仅凭怀疑怎么能让别人相信真是裴元基做了手脚呢？再说，武器、弹药供应不上，吴司令真要发起狠来，要杀要剐，总不能自己一个人去承受，得找一个替罪羊。于是，他慌忙拦住裴元基，再三道歉道：“刚才是我急糊涂了，希望大哥不要见怪。事情出了，总得找一个解决办法，要不然，不好向吴司令交代。”

裴元基叹息一声，只有继续留下来，跟欧阳锦华一道寻找解决问题的办法。

为了项上人头，为了未来的前途，欧阳锦华不能不尽心尽力。他本身就是制造枪炮的专家，一旦静下心来，把身子扑进枪械厂，果然就找到了原因。

“大哥说得没错，是设备老化了。怎么办，总不能继续生产十支枪、十门炮，只能一支枪、一门炮管用吧？这个浪费太厉害了，根本不可能满足吴司令的要求。”欧阳锦华着急地说道。

“要想保住你我的人头，得更换一些关键设备。”裴元基提议道。

欧阳锦华连忙向吴司令派驻兵工厂的负责人说明缘由，请他火速向吴司令汇报。吴司令很快就回话了：兵工厂是不是更换关键设备他不管，武器、弹药必须如数如期交给驻厂代表，要不然，机关枪会跟兵工厂说话。

吴司令不愿意拨款更换设备，欧阳锦华绝望了，对裴元基说道：“为了你我和全体工人的脑袋，废品多出一点没关系，只要出足正品数就行。”

裴元基说道：“废品一出得多，原材料就不够用了。”

“我去找我哥哥。你只管把吴司令要的枪炮弄够数就行。”欧阳锦华话一说完，就风风火火地跑去汉口，找欧阳锦亮求援去了。

裴元基成功地制造出了大批冲锋枪和迫击炮。每一支枪、每一门炮的零部件，都堆积在报废的枪炮当中。到了夜晚，王老四就领着工人偷偷摸摸把它们运到一个秘密地点，组装起来。冲锋枪、迫击炮越堆积越多，很快就能装备一个团的兵力。

突然，吴司令带领一拨卫兵杀气腾腾地闯进了兵工厂。他逮着欧阳锦华和裴元基，劈头盖脑就是一阵怒骂：“他娘的，老子在前方打仗，你们不好好地为老子造枪、造炮，反而坏了老子的兴致。今天不好好给老子说清楚，老子首先就要拿你们的脑袋祭枪。”

裴元基镇定自若地说道：“兵工厂面临的困境也是客观情况。就是吴司令没有给兵工厂再拨一两银子，我们还是费尽心思，维持了兵工厂的正常运转，把吴司令需要的武器如数交了出来，坏了吴司令什么兴致？”

吴司令眼珠子一瞪，胡子一吹，手往腰间的盒子枪上一拍，就要破口大骂了。

欧阳锦华赶紧泻火：“吴司令请息怒，总工程师说的是实情，为了执行吴司令的命令，兵工厂不惜血本，报废了那么多原材料，还是保质保量地把武器、弹药交给了驻厂代表。怎么说对吴司令也是忠心的啊。”

吴司令其实是怀着一腔怒气回到武昌的。身为直系军阀，他唯曹锟马首是瞻，为其出生入死，打了许多胜仗。没想到，在他们跟奉军打得不可开交的当口，冯玉祥竟然从前线回到北京，囚禁了总统曹锟，威逼曹锟解除了自己的职务。吴司令像一条丧家犬，匆匆忙忙地带着队伍奔回武昌。一路上，记起驻兵工厂代表在战事吃紧的当口发给他的电报：欧阳锦华和裴元基都在拿设备老化的问题抄自己的后路。心里想道：老子不能把冯玉祥怎么样，也不能把曹锟怎么样，却可以把欧阳锦华和裴元基怎么样，而且想怎么样就怎么样。为了出一口怒气，他这才带着卫兵闯进兵工厂。

欧阳锦华的话使吴司令如沐春风，舒坦极了。但是，他不能就这么算了，他得亲眼看一看兵工厂的设备是不是老化了，制造出来的枪炮绝大多数是不是废品。欧阳锦华和裴元基只好陪同他，到枪厂和炮厂去转了一圈。

吴司令果然看到一大堆一大堆的废品，骂道："你们不能老拿这种货色来糊弄老子。该更换的设备，快一点给老子更换。老子要出一口气，就他娘的需要一大批武器、弹药。"

"吴司令，更换设备需要一大笔钱啊。"欧阳锦华不能不提醒道。

"老子不是印钞机，老子不是袁大头，你给老子说这有个鸟用。老子只问你们要枪、要炮，其他的什么也不管。"吴司令一口回绝了欧阳锦华的提醒，得意洋洋地率领卫兵回去了。

欧阳锦华心里焦急，不知道到哪里才能搞得到钱来更换制造设备。

裴元基关注政治时局

裴元基却听出了一个令人振奋的消息：军阀之间出了问题。冯玉祥囚禁了曹锟，逼迫曹锟解除了吴司令的职务。冯玉祥是要改弦易辙，走孙中山先生的道路，还是跟其他军阀一样，也是为着争权夺利？如果是前者，冯玉祥就像孙中山先生一样是大英雄、大豪杰；如果是后者，南方政府就可以趁机挥师北伐，从而就更容易结束军阀混战的局面。

一想到这些，裴元基就抑制不住内心的万分激动。他很后悔自己一直以来只是沉醉在搞出新式枪炮上，而没有关注国家局势。吴司令给他上了一课，他要把国家的局势搞清楚，看一看北方政府到底要走向何方。

他很快就搞清楚了：冯玉祥囚禁了曹锟之后，马上邀请孙中山先生北上，共商南北和平统一问题。

冯玉祥是一个大英雄！国家有望统一在孙中山先生的旗帜下！一想到这个前景，他就欢欣鼓舞，他就兴奋莫名。从来不喝酒的他，破天荒地让夫人为他倒上了酒。

裴元基举起酒杯，流出了喜悦的泪水："我们终于可以做一个堂堂正正的中国人了。"

"可是，父亲，事情好像并不那么乐观。"

裴俊超也很高兴。不过，他不能不向父亲泼一瓢凉水。因为他知道：冯玉祥在邀请孙中山先生北上的同时，也向段祺瑞和张作霖发出了邀请。他很担心，军人出身的冯玉祥，在玩弄权术和政治方面，怎么也比不过老奸巨猾的段祺瑞和张作霖。北京政权到底会落在谁的手里，只有天知道。他相信，父亲知道了这一点，就再也不会有那么大的雅兴了。

裴元基果然很惊讶，高举在手里的酒杯怔在那儿，一动不动。

姚心林赶紧说儿子："瞧你，你父亲好不容易想喝点酒，被你搅和了。"又说丈夫："就是段祺瑞和张作霖去了北京，人家冯玉祥控制着局势呢，翻不起浪来。孙中山先生一去，国家就会和平统一。"

"是呀，总打什么仗呢？和平多好啊。"欧阳宁儿突然开了口，批评丈夫："你怎么就是想打仗呢？只有军阀才喜欢打仗。你是不是想当军阀呀？"

一批评起丈夫来，欧阳宁儿就不能罢休，说了个没完没了。

裴元基轻轻地把酒杯放在桌面上，缓缓地站起身，去了书房，把门一关，思维像潮水一样哗啦啦地流淌。冯玉祥是何许人也，他不清楚；冯玉祥既邀请孙中山先生北上，又邀请段祺瑞和张作霖去北京，用意何在，他也不清楚；但是，段祺瑞和张作霖的为人他却清楚得很。这两个家伙到了北京，冯玉祥要想控制局势，岂是那么容易的！寄希望于孙中山先生吗？是的，只能寄希望于孙中山先生。但愿孙中山先生一去北京，就能用他伟大的人格和魅力征服他们，跟他们达成和平协议。

坏消息很快就传进了他的耳朵：北京政权重新落到段祺瑞的手里。冯玉祥虽然极力为达成和平统一协议而四处奔走，段祺瑞却一直敷衍塞责。孙中山先生抵达了北京，虽说受到老百姓的热烈欢迎和拥护，却在和平统一问题上一筹莫展，最后因为肝癌死在北京。

孙中山先生离开了人间。裴元基好像被人抽去了脊梁骨，浑身瘫软，倒在椅子上，一动不动。谁能完成孙中山先生未竟的事业？他不停地问自己。可是，除了孙中山和黄兴，他竟然不认识国民党里其他任何人。

他思考来思考去，也思考不出头绪，只看清了一点：南北不可能和平统一，要想统一，只能以武力说话。国家应该早一点统一，他期盼南方政府迅速挥师北伐，犁庭北京。为此，他要继续为北伐大军准备更多先进的枪炮，还要为北伐大军提供情报。

兵工厂因为没法获得大笔资金，设备无法更新，虽然吴司令一再威逼，也只能以每生产出一支枪、一门炮就要浪费十倍以上原材料的进度，慢腾腾地运转着。

就在兵工厂好像一头老掉牙的猛虎，随时都有可能死掉的时候，王老四和裴俊超继续暗地里和工人们一道制造新式枪炮。他们越来越得心应手，一批接一批新式枪炮，安放在一个除他们之外，谁也不知道的地方。

探听北洋军队情报的事情，欧阳锦亮干得更欢。他到裴府更勤了，常常跟裴元基密谈一些谁也不知道的事情。在密谈之中，南方的局势、北方的混乱，他们都掌握得非常清楚。他们知道，需要他们的时候很快就要到来了。他们静静地等候着，也默默地工作着。

第六章

北伐战争

兵工厂的密谋

孙中山先生任命的黄埔军校校长蒋介石担任了北伐大军总司令，率领人马打了过来，一路上过关斩将，势如破竹，很快就席卷了湖南全境，并以凌厉的攻势朝湖北境内凶猛地压了过来。

吴司令不得不亲自率领精锐部队，前去汀泗桥、贺胜桥一带布防，试图利用险要地形，把北伐大军扼杀在崇山峻岭之中；与此同时，他在武昌实施军事动员，学校放假，能够拿起武器的人全部武装起来，围绕武昌布设了一个铁桶般的阵势。

这时候，裴元基越来越有活力，浑然不觉自己已是六十六岁的高龄，日夜坚守在兵工厂。他要为北伐大军准备更多的武器，并让库存和正在制造的武器、弹药不要落到吴司令的手里。他早就有了一个完善的计划，指令裴俊超和王老四秘密实施着。

裴俊贤、裴运祥和欧阳浩天都离开了学校。他们没有跟同学们一道去筑设防线，而是到兵工厂制造枪炮来了。

受伯伯和堂兄影响，裴俊贤对南方政府充满了敬意。他不仅要制造枪炮，还想跟吴司令派驻兵工厂的兵士作战。得到了伯伯的允许，他把父亲留下的那支汉阳造带在身边，时刻准备着用这支枪来实现自己的梦想。

欧阳锦华被北伐大军凌厉的攻势搞得不知所措。他不能不思考：吴司令究竟能不能抵抗得了北伐大军？风风雨雨几十年，他可不愿意把自己的一生全部交给吴司令。一旦北伐大军把吴司令的队伍打垮，他就绝不会俯首帖耳地听从吴司令，就会跟裴元基一道，帮助北伐大军消灭吴司令。

裴元基暗中搞的那些动作，已经落入了他的眼帘。他原本想立即去告密，却听说吴司令在前线打得非常惨烈，就收回了告密的念头，得先弄清楚吴司令是不是抵抗得住北伐大军再说，要不然，出错了牌，麻烦就大了。

等待欧阳锦华弄清情况时，吴司令已经兵败，退回了武昌。

欧阳锦华暗自庆幸没有向吴司令告发裴元基。他不能再当吴司令的走狗，得像裴元基一样，为迎接北伐大军攻击武昌做一些有益的事情。可是，没等他做，吴司令又派来了一拨兵马，不仅监视着兵工厂的每一个角落，就是欧阳锦华的行动也不自由了。

吴司令派驻兵工厂的头目叫文小可。他单独把欧阳锦华拉到一边，说道：“吴司令知道，兵工厂里暗藏着许多阴谋。你和裴元基不是一路人。请你告诉我，他们到底在干什么？”

“他们日夜坚守在兵工厂，为吴司令制造枪炮火药啊。”欧阳锦华已经看清了形势，就不会再轻易出卖裴元基。

文小可知道欧阳锦华的软肋在哪儿，软硬兼施地说道：“这几年，在吴司令的保护下，欧阳先生府上一向风平浪静。如果欧阳先生不想继续维持这个局面，转眼之间，裴元基的遭遇就落到你的头上。”

“我确实只看到他们在为吴司令制造枪炮啊。”欧阳锦华看到文小可双眼里露出了一团杀气，顿时一个激灵，补充道：“不过，他们好像藏起了一些枪炮。”

“他们藏枪干什么？”文小可立即来了精神，追问道。

“我哪里知道？”欧阳锦华连忙撇清自己：“他们藏枪的时候，一直瞒着我。要不是我早就派了几个心腹监视着他们，根本察觉不了。”

“他们把枪藏在哪里了？”文小可又问。

欧阳锦华当然知道武器、弹药藏匿的地点，也知道文小可一搜，兵工厂已经制造出了冲锋枪和迫击炮的事情就会败露，自己就会受到怀疑，就会跟裴元基一样，落入他们的掌握，便信口捏造了一个虚假地点。

文小可如获至宝，马上率领兵士们扑了过去，却扑了一个空。文小可便来找欧阳锦华算账。

欧阳锦华无论怎么分辩，都不能打动文小可，不由冷汗涔涔，为今之计，只有破釜沉舟，让文小可杀死自己，才能解除他的怀疑。于是，欧阳锦华说道：“如果文代表怀疑我，请把我杀掉吧。”

文小可双眼如刀，狠狠地宰割着欧阳锦华的血肉，却一个字也不说。

从此以后，欧阳锦华虽说在文小可面前失去了说话的分量，但是，总算逃脱了死神的拥抱。他心里暗自庆幸不已，决计修复跟裴元基的关系，连忙对裴元基说：“大哥，文小可威胁我揭穿你们私藏武器的事情，并把武器隐匿地点告诉他，我不想让你落入文小可的手里，就随口胡诌了一个地方，总算帮你保住了那批武器。”

裴元基笑道：“在文小可突击搜查的时候，我就猜到了，你的确为我们做了一件了不起的事情。”

王老四仍然怀疑欧阳锦华别有用心。自从去了一趟广州，他遇到的第一个人是共产党人。那个共产党人不仅为他指明了晋见孙中山先生的道路，而且向他介绍了共产党的主张。刹那间，他就明白，自己虽说是裴元基的弟子，却跟裴元基分属于两个不同的阶级，他是无产阶级，他的命运只能跟无产阶级的命运紧密相连。于是他坚决要求成为共产党人。所以，他回到兵工厂，明地里是受孙中山先生的派遣，暗地里却是领了共产党人交给的任务：去兵工厂做工人的工作。他很快就在工人中间成立了秘密组织，经常向工人们宣传共产党的主张。工人们大都在他暗中鼓动之下，形成了一个紧密的团队。

现在，他不仅要把冲锋枪和迫击炮运出去，还要暗中组织工人，跟吴司令的兵士周旋。

王老四只能把目光盯在兵工厂上，裴元基却比他想得更深远。裴元基不仅考虑到了兵工厂，而且考虑到了整个武昌。北伐大军还没出发，他就通过欧阳锦亮把整个武昌的敌情摸了一个底朝天，并专门派遣了一个码头工人把敌情送给北伐先遣部队。现在，吴司令在武昌重新加固了防线。这个情报不及时送出去，北伐大军该付出多大的代价啊。

裴元基还没想到把情报送出去的办法，欧阳锦亮却被兵士们押到兵工厂来了。他是被兵士们押来为兵工厂输送原材料的。他的夫人刘玉蓉作为人质，也被兵士们软禁在家。

战争越打越大，越打越逼近武昌，武器装备耗损越来越严重，而库存的武器、弹药备感不足。吴司令不由逼迫兵工厂加紧生产，并逼迫欧阳锦亮源源不断地提供原材料。

欧阳锦华再三请求吴司令对哥哥网开一面，但吴司令的脑袋就系在兵工厂和源源不断的原材料供应上，哪里还会理会欧阳锦华的要求。

自从跟大舅子修复关系以后，欧阳锦华就从裴元基那儿知道，每一支报废的原材料，其实都是冲锋枪和迫击炮的来源。现在，孪生哥哥欧阳锦亮生死系于一线，他不能让吴司令手下留情，就只有从这里想办法："我们还是先减少冲锋枪和迫击炮的生产，满足了吴司令需要的武器装备再说，怎么样？"

"可是，吴司令是用那些武器装备来打北伐大军的啊。"裴元基说道。

"我也不愿意为吴司令的部队造血，可是，这不是没有其他办法吗？"欧阳锦华说道。

"你们不用为我担心。我个人的生死不重要，重要的是，我们兄弟重新走到一起来了，就一定不要做有损北伐大军的任何事情。"欧阳锦亮说道。

欧阳浩天突如其来地闯了进来，哈哈大笑道："你们都觉得自己了不起，以我看，其实你们就是糊涂蛋。最边角不是堆积着历年报废的材料吗？把它们修一修，弄一弄，就是新的了。"

裴元基和欧阳锦华双眼闪着光亮。虽说他们一心想制造出更为先进的枪炮弹药，痛恨弄虚作假，但是，为了让北伐大军快速打垮吴司令的队伍，他们再也顾不得以往坚持的原则。为了防止武器和弹药还没有运出兵工厂，就被文小可发现，他们命令裴俊超和王老四指导工人像模像样地制造武器，一道程序也别少，然后将这些用报废材料造成的枪炮混在一些好的枪炮里，蒙混过去。

欧阳宁儿发疯

突然，兵士们押着一个人进来了。是裴家的下人，一见裴元基就心惊胆战地说道："老爷，不好了，少夫人听到枪炮声，病又复发了。"

裴元基呆住了，欧阳锦亮、欧阳锦华、裴俊超和在场的每一个人都呆住了。

终于，裴俊超清醒过来，大叫一声，发疯似的向外面冲去。

欧阳锦亮强忍着内心的苦痛，坐在那儿，一动不动。他早就意识到一场新的战争很可能会让女儿再一次崩溃，但是，他无力制止战争，只有热切地希望北伐大军早一点攻下武汉，让女儿真正宁静下来。

欧阳锦华一生都想实现祖宗的遗愿，可是，没有一件事情顺他的心。实指望侄女能够给欧阳家族燃出最后一点光亮，她却竟然再一次发了疯。就在这一刻，他油然而生一种痛恨南方政府发动这场战争的情愫。

"是南方政府发动的这场战争，摧垮了欧阳家族最后的一点希望，我为什么要帮助北伐大军？不，绝不，我一定要让北伐大军讨不到任何好处！"他在心里咬牙切齿地诅咒道。

突然，传来裴俊超凄厉的大叫声和兵士们粗暴的呵斥声，他放眼望去，只见裴俊超一个劲地想朝外面闯，却被兵士们用枪死死地阻拦着。

"不知道吗？战争时期，一律不准回家。"一个兵士吼叫道。

什么混账规矩。因为战争，欧阳家族才变得如此凄惨。他恨不得冲上前去，劈面甩给兵士几个耳光。可是，他不能不冷静下来，哀求道："就是文代表在这里，知道裴厂长家里出了事，也会放他回家去处理的。你就行行好，放他回去吧。"

裴俊超终于在好几个持枪兵士的押送下，回了家。

离家还有一段距离，裴俊超就听到一片混乱声。他心头一紧，飞也似的冲进了家门。母亲和几个丫环正死死地抓着夫人。夫人在椅子上不断地挣扎着，不断地说着谁也听不清的话。

他大喊一声，冲了过去，把夫人抱在怀里，急切地说道："夫人，你好好看一看，我回来了。"

欧阳宁儿眼睛发呆，凝视着他，过了好一会儿，终于认出了他，正要抚摸他的脸，突如其来的又是一声炮响。她浑身一颤，慌忙朝裴俊超怀里躲，惊慌地叫道："打炮呀，打仗呀，杀人呀。"

"那不是打仗，是兵工厂在试炮。"裴俊超强忍着眼泪，撒谎道。

欧阳宁儿偏了脑袋，似乎在打量丈夫，又似乎在判断那是不是打仗的声音。又是一声炮击。紧接着，一阵接一阵炮击声传了过来。脚下的地面在抖动。

"是在打仗，一定是在打仗。"欧阳宁儿浑身犹如筛糠，一个劲地叫道。然后望了丈夫一眼，突然伸出双手，把丈夫的双肩抓得紧紧的，急促地说道："不准你去打仗，不准你去打仗。"

"我不打仗，我不去打仗。"裴俊超说道。

"运祥呢，运祥到哪里去了？你是不是把他送去打仗了？把儿子还给我。儿子，运祥，你快回来。"欧阳宁儿突然放开丈夫，拔腿就朝外面冲去。

又是一声炮击。这声炮击宛如惊雷。欧阳宁儿情不自禁地停了一下，然后一声凄厉的惨叫："运祥！"

疯狂地冲出了屋子，冲向了门外。

裴俊超赶紧追了过去。姚心林想跟着去追，却跌了一跤，摔倒在地。丫环佣人们赶紧去搀扶。裴俊超很快就追上了欧阳宁儿，把她紧紧地抱在怀里，不停地告诉她儿子没事，儿子正在学校读书。

又是一阵接一阵密集的炮击声。从武昌方向，飘过来一阵接一阵的硝烟。

欧阳宁儿想起了曾经发生的那场战争，一把揪住丈夫的衣服，大声叫道："你骗我，你把儿子送去打仗了。你还我儿子。"

"我没骗你，儿子真的没去打仗。"裴俊超哽咽着说道。

裴俊超很快就被夫人折腾得筋疲力尽。他不得不强忍着心头的哀伤和身体的疲乏，努力地迎合夫人。他现在只想陪着夫人，安慰夫人。然而，兵士们不会让他继续待在家里。他得去兵工厂。好不容易让夫人昏昏睡去了，在兵士们的押送下，他不得不告别母亲和夫人，去了兵工厂。

他的心头充满了仇恨："是吴司令逆天而行，非要抵抗北伐大军，才造成了夫人再一次精神失常。一定要让吴司令偿还这笔血债。"

商讨帮助北伐军的对策

王老四正要把所有的废弃原材料都拉过来，制成武器，向吴司令交差。裴元基突然听到了北伐大军围攻武昌城的消息，心知吴司令的防线很快就会被摧垮，马上改变计划，对王老四说道："战争发展得很快，就不要制造劣质武器了。你去把欧阳锦亮、欧阳锦华和裴俊超找过来，我们商量一下应该如何配合北伐大军攻打汉阳。"

人员很快就全部到齐。一番唇枪舌剑，大家达成了一致：只等北伐大军渡过长江，攻往汉阳，就发动工人暴动，把文小可和所有兵士全部干掉，然后冲向吴司令设在长江沿线上的防御阵地。

随即，裴元基向各路人马下达命令：裴俊超负责指挥工人的一切行动；王老四负责对内对外的联络；欧阳锦华继续跟文小可接触，以麻痹敌人；裴元基就和欧阳锦亮一道，全面协调各部的行动。

"师傅，我负责对内对外的联络，可不可以帮助欧阳师傅跟文小可接触呀？"王老四依旧对欧阳锦华不很放心，问道。

"你的任务已经不轻了。所有的情报，你还没有送到北伐大军手里呢。"

"师傅，我已经有了妥当的安排，不需要我亲自出马，保证能够及时将所有情报送到北伐大军手里。只请师傅多给我一点任务，否则，看着别人打得起劲，我却只能站在一边看热闹，心里会很难受的。"

欧阳锦华正幻想着利用跟文小可接触的机会，把裴元基的计划全部告诉文小可呢，没料到，王老四竟然节外生枝。他差一点气破了肚皮，不等裴元基答话，就先说道："王老四，难道我这个师傅还不如你吗？"

"二师傅，你年龄大了，应该像大师傅和欧阳先生一样，坐镇指挥全盘的行动才是。至于具体的事情，有事弟子服其劳。"王老四说道。

突然，传来了兵士们杂沓的脚步声和大呼小叫声。大家举头望去，只见文小可率领一群全副武装的兵士，气喘吁吁地冲了过来。一冲进枪厂，一拨兵士把他们团团包围起来，另一拨兵士拿起枪，照着原材料堆上就是一阵乱捅，也有的兵士朝正加工的枪支望去。

大家心头一凛：用劣质材料做枪支的事情泄露了。他们暗自庆幸北伐大军进攻神速，让他们改变了计划，要不然，很难想象会造成什么后果。

兵士们搜查了好一会儿，也没有发现情况。文小可把眼睛盯在裴元基的身上，说道："我警告你，你的一举一动，都在我们的掌握当中。你要再不老实，我就真的不客气了！”

文小可挥舞着盒子枪，大肆威胁一通，带着兵士们灰溜溜地走了。

吴司令以为把欧阳锦亮抓进兵工厂，就可以威逼他源源不断提供原材料，却不知道正是欧阳锦亮进了兵工厂，就把兵工厂和码头上的工人全部联系起来了。他们一直在利用那条地道，向码头工人发号施令。现在，文小可带领兵士前来搜查，虽然没有公开说是为什么，他们却都明白文小可的用意，大家都怀疑是不是欧阳锦华告了密。

欧阳锦华一看众人的眼神，马上说道："你们是不是又怀疑我告密了？"

"没有人怀疑你。"裴元基说道："现在是关键时刻，我们可不要自乱阵脚，还是按照原来的计划分头准备去吧。"

众人离开之后，裴元基私下里又把欧阳锦亮和裴俊超找来商量："为了保险起见，我们再也不能通过地道传输任何消息了。然而，我们又必须得尽快把兵工厂的情形传出去；要不然，一旦北伐大军不能了解详情，就会遭到重大伤亡。你们说，该怎么办呢？"

他们商量来商量去，商量到了一个办法：趁乱逃一个人出去，通过码头工人把消息传到北伐军手里。

防止欧阳锦华泄密

夜里，一场突如其来的爆炸把整个兵工厂都震得颤抖不已。文小可还以为是北伐大军从武昌向兵工厂开炮了呢，命令守卫在长江沿线的炮兵阵地，向武昌方向展开了猛烈的轰击。

这当口，一个工人已经翻越了围墙，逃到了码头，随后偷偷地渡过长江，向北伐军报告汉阳的情况了。

文小可终于搞清了原因：是制造炮弹的时候操作不慎，导致了爆炸。

北伐大军一连几天不停地向武昌展开猛攻，一直没能攻下武昌，却没有转而攻击汉阳的迹象。裴元基深为纳闷：是派出去的人没有把情报送到北伐大军手里，还是北伐大军正在调整部署？需不需要再派一个可靠的人去传送情报？可是，自从上次爆炸过后，兵工厂遭到了更加严密的监视，根本无法派出任何人。

欧阳锦华本来打算了解裴元基的图谋以后，就告诉吴司令，以报南方政府强攻武昌而让侄女发疯的仇恨。没想到，一来王老四竟然识破了他的计谋，一步不离地跟着他，让他的计划破产；二来文小可突如其来的搜查，让裴元基再一次对自己产生了怀疑。欧阳锦华心里想道：既然我无法帮助吴司令，你也别想帮助南方军队，决定一步不离地紧跟着裴元基。

在来到裴元基身边之前，欧阳锦华跟文小可见过面。当着王老四的面，两个人眉来眼去了好一阵子，文小可终于说话了："欧阳先生，听说你们曾经把袁世凯的军队拦在汉江以北好几个月，是怎么做到的？"

"那是裴总工程师的主意。只有像他这样的英才，才想得出用水雷及火药阵封锁江面的办法。"

"好极了，你就把兵工厂里的火药全部交给了文某吧。"文小可狡黠地笑道。

王老四无法阻止欧阳锦华，马上就想找裴元基，想跟他商量用什么办法才能阻止敌人布设水雷及火药阵，却又担心欧阳锦华会把兵工厂的一切计划全部泄露出去，只有继续像没事人一样地跟着欧阳锦华。

欧阳锦华跟裴元基一汇合，就再也没有分开。王老四知道欧阳锦华是想用这个招数来绊住裴元基。怎么办？得把欧阳锦华从裴元基身边骗开。王老四连忙借口上厕所，就想去找裴俊超，突然想到裴俊超要办的事情一样紧急，就又去找裴运祥。

裴运祥、裴俊贤和欧阳浩天被裴俊超编成了一个小组，准备对付把守在兵工厂围墙上的敌哨楼。三个小家伙已经练成了神枪手，每一次出手，都能百发百中。

王老四一找到他们，就把自己亲耳听到的欧阳锦华和文小可之间的对话说了出来，说道："你们快点想办法把欧阳厂长从总工程师身边骗开，然后把这些话告诉总工程师。"

欧阳浩天赶紧如飞一般地跑了过去，对欧阳锦华说道："快点回去，祖母突然病了，快不行了。"

欧阳锦华大吃一惊，赶紧就想跑回家去，却突然想起孙子一向爱捉弄自己，就又犹豫不决。欧阳浩天拉了祖父的手，就朝大门口跑去。跑了一阵子，手一松，回身就去找裴元基，把王老四说的话学了一遍。

王老四趁机溜到欧阳锦华身边，再一次把他看得严严实实。

裴元基愈加焦急了：要是北伐军再不渡江，一切都来不及了。他冷静地思索了一回，决定连夜采取行动，先控制兵工厂，然后向敌人的江防沿线展开进攻，瓦解敌人部署水雷与火药阵的企图。正要下达命令，传送情报的工人回来了，带回了北伐大军明天就攻击汉阳的消息。裴元基终于松了一口气，下达了夜半时分以第一声枪响为号，全厂工人立刻行动起来，向指定位置集合，按照预定方案攻击敌人的命令。

战斗正式打响

很快，裴元基的命令就传达到了每一个人的耳朵。

裴俊贤偷偷取出了自己的枪，瞄了瞄敌人的哨楼。他的眼帘依稀闪现了父亲的雄姿，也觉得自己就跟当年的父亲一样，一枪就可以把吴司令的威风扫落在地。他静静地等待着那个时刻来临。时间到了，他果断地举起枪，指向了哨楼上那个兵士的脑袋。砰！一声枪响，划破了子夜的宁静，在汉阳的上空回荡开来。那个兵士一头栽下了哨楼。

砰！砰！欧阳浩天和裴运祥也动了手，把另外两个哨楼的兵士送进了阎王殿。

立即，工人们呐喊着奔出各自的岗位，手里拿着枪支，冲向兵士的营地。兵士们惊慌失措，举枪展开反击。一个工人倒下去了。

裴俊贤怒火中烧，一枪打向了那个开枪的敌人。工人们哗啦一声，涌了进去，把敌人全部撩翻在地。另外两个方向，裴运祥和欧阳浩天干掉了哨楼上的敌人，将把守在机关枪跟前的兵士打翻在地，冲进了敌人的营地，把敌人消灭了。他们沿着不同的方向，在裴俊超的统一指挥下，杀向江堤。

欧阳锦华眼看大势已去，又不想帮助北伐大军，只好躲到一边，痛苦地闭上了眼睛，任由泪水哗啦啦地往外流。

“师傅，我们一道去打击吴司令的队伍吧。”王老四说道。

“去吧，你自己去吧。”欧阳锦华有气无力地说：“不要管我，我已经没有一点力气了。”

在江堤设防的敌人听到动静，心知不妙，赶紧集合人马前来镇压。

工人们刚刚冲出大门，就跟敌人迎面相撞。裴俊超不由分说，一枪打向了当面的一个敌人，紧接着率领工人们一边开着枪，一边勇猛地冲向了敌人。

兵工厂的敌人早已肃清，裴元基和欧阳锦亮一见敌人攻到了兵工厂门外，连忙命令工人架起迫击炮，对准敌人的后面就是一阵猛轰。敌人纷纷撤退。裴俊超火速命令队伍分头冲向江堤。裴俊贤、裴运祥和欧阳浩天冲在每一支队伍的最前面，手里的枪不停地射向敌人，为队伍前进开辟出了一条条通路。

很快，欧阳浩天带领人马率先攻破了敌人的江防阵地，留下一部分人马就地肃清残敌，率领大多数人马朝右一拐，就要去增援裴俊贤。

裴俊贤碰上的敌人最为凶悍，敌人的阵地最为坚固。敌人把阵地正面对准了长江，一听到从兵工厂传来了枪战声，就立即调整部署，准备迎战工人队伍。裴俊贤率领的队伍大多数手持冲锋枪，一攻到阵地面前，就被敌人的火力压制得再也不能前进了。从兵工厂里调出了迫击炮，对准敌人的阵地就是一阵猛轰，也没有把敌人打下去。

欧阳浩天向右一拐，正好打在敌人的侧翼。在那儿，堆积了许许多多的弹药，还有从兵工厂搬运过来的火药。一颗炮弹落在火药上。一声惊天动地的大爆炸过后，所有人的耳朵都聋了，意识都麻木了。欧阳浩天第一个清醒过来，哇哇大叫着，就要冲向敌人的阵地。忽然，他看见一个熟悉的人影，穿透弥漫了整个天空的硝烟，正向这边挥动着双手，似乎是在喊叫着什么，但是，他听不见了。他认出来了，那个人就是他的姑姑欧阳宁儿。

姑姑为什么在敌人的阵地上？姑姑在那儿干什么？他非常焦急，大声喊叫着，想要姑姑快一点让开。很快，他就意识到敌人是把姑姑抓过来作人质，逼迫裴元基和欧阳锦亮为他们卖命。可恶的敌人，连一个疯女人也不放过，欧阳浩天饶不了你。

欧阳浩天举起枪，瞄向一个敌人，扣动扳机，一枪结果了他。他清晰地看到另一个敌人已经把枪口指着欧阳宁儿。他不能再举枪了，那个敌人竟然躲在姑姑的背后，自己就是神枪手，也不可能打不着姑姑。他的耳朵里有了响声，接着就听到了姑姑的声音："俊超、运祥、父亲，你们在哪儿呀？这里在打仗，你们不要过来。小心一点，别叫枪炮打着了。还有浩天、俊贤，你们没有父母，你们也要注意啊。别打仗了。"

"姑姑！"欧阳浩天大叫一声，眼泪哗啦啦地流了一地。他举足就要冲过去，可是，迎面射来了一颗子弹。他心里一惊，只有怔怔地站住。

"母亲！"

"嫂子！"

几乎同一时刻，从另外两个地方分别传出了一个凄厉的叫声。紧接着，两条人影飞快地冲向了敌人。可是，敌人的子弹纷纷射向他们，他们也只好都站住了。

敌人在叫："裴元基、欧阳锦亮、裴俊超、王老四，你们听着，快一点回工厂去，要不然，欧阳宁儿就没命了。"

欧阳宁儿在不停地挣扎，脑袋在不停地乱转乱动。她看向了江面，在一片熹微之中，无数船只布满了整个江面，浩浩荡荡地朝汉阳开了过来。欧阳宁儿心里一紧，马上回过头，对着在火光中发呆的丈夫说道："乖，听话，别打仗。从江里过来了好多船，你快跑，别跟他们打。"

敌人吃惊不小，慌忙回首去看。欧阳浩天举起了枪，扣动了扳机。敌人看到了江面的船只，惊慌失措，手跟着身子一转，正好让欧阳宁儿挡在了自己面前。子弹击中了欧阳宁儿的心口。她再也说不出一句话了。

"姑姑！"

"母亲！"

"嫂子！"

三种声音同时响了起来。三条人影飞快地冲向欧阳宁儿。裴俊超也是一声凄厉的大叫，率领工人飞快地攻了上去。

欧阳浩天读书成痴

敌人被工人队伍拖住了。北伐大军迅速在汉阳登陆，以横扫千军之势，很快就把盘踞在汉阳的敌人全部消灭光了，实现了汉阳全境的解放。

裴元基、欧阳锦亮和所有参加战斗的人们都受到了北伐大军的高度赞扬，整个汉阳沉浸在一派喜气洋洋的气氛当中。但是，裴元基、欧阳锦亮和裴俊超仍然压抑不住内心的伤感和痛苦。如果不是北洋军阀阻挡北伐大军，欧阳宁儿就不会死，他们把满腔伤感和痛苦化作对敌人的深刻仇恨。只要敌人挡在面前，他们绝不留情。

他们立即取出了冲锋枪和迫击炮，也把库存的弹药全部交给了北伐军，便准备跟随北伐大军一道攻击汉口，活捉吴司令。

然而，北伐军将领不希望他们亲自参加战斗了，觉得他们在兵工厂制造冲锋枪和迫击炮，才是最佳选择，声称那同样是打击吴司令，而且比他们直接参与作战效果要好得多。

裴元基听了北伐军将领的话，打消了亲自去攻击敌人的念头。

"你以为姑姑是我打死的，就不想向吴司令讨还血债吗？"欧阳浩天得知消息，不由得气急败坏，质问外祖父。

"浩天，不准胡说。"欧阳锦亮跟裴元基在一块，呵斥侄孙道。

"你们就是这么想的。要不然，你们怎么只听人家三言两语就改变了主意？"欧阳浩天说着说着，失声痛哭起来："可是，我不是故意要打死姑姑的，是吴司令的人捉住了姑姑。我要打死的是吴司令的人。”

“浩天，我们的战场在兵工厂。为北伐大军源源不断地提供武器、弹药，就是为你姑姑报仇。”裴元基擦拭着欧阳浩天的泪水，说道：“好孩子，不要再哭了，为你姑姑报仇去。”

裴元基立即向兵工厂发出了动员令。工人们斗志昂扬，意气风发，在很短的时间里，就把所有制造设备修复到了最佳状态。欧阳锦亮秘密储存的许多原材料像血液一样输送到了兵工厂。

欧阳锦华心里充满了悔恨。侄女突如其来的死亡击碎了他敏感的神经，人一下子苍老了许多。他常常埋怨自己，要不是自己一念之差，在听到欧阳宁儿发疯的消息后，就怪罪北伐大军不该举行北伐，放弃了支持北伐大军的打算，把裴元基的图谋泄露给了文小可，敌人就不会把欧阳宁儿抓过来当人质，欧阳宁儿就不会死在欧阳浩天手里。

他再也不愿意回兵工厂了。对他来说，那是一个让人伤心让人难过的地方。他为兵工厂耗费了一生的心血，兵工厂报答他的却是家破人亡。他还去兵工厂干什么呢？尽管裴元基曾经找过他，劝说他回兵工厂，帮助北伐大军尽快扫平吴司令的队伍，为宁儿报仇雪恨，他还是无动于衷。

欧阳锦亮也想让弟弟振作起来，强忍内心的悲痛，想好了一大套说辞，却禁不住弟弟一顿痛哭，就让他一个字也说不出来。

再也没有人来打扰欧阳锦华了。他躲在家里，不停地折磨着自己的脑筋。唯一能够让他心里好受一点的是欧阳浩天在开了那一枪之后，比以前成熟多了，再也不拿他当敌人了。小家伙既不再去裴元基的家，也不去兵工厂，更不打听学堂是不是复课了，整天待在家里，闷声不响。

在那一刻，欧阳锦华老泪纵横。是啊，侄女不在人世，不是还有孙子吗？孙子才是延续家族血脉的希望。他不能只顾自己痛苦。他可以想象得到，孙子在开出那一枪之后，也是多么的痛苦。他得让孙子远离痛苦，要不然，孙子就会毁掉。

“浩天，你怎么一天到晚也不出去？你不是喜欢制造枪炮吗？你可以回兵工厂呀。”他对孙子说道。

“是我打死了姑姑。”欧阳浩天仰起头，看着祖父，说道。

欧阳锦华心里在滴血，眼泪差一点滚出了眼窝，说道：“不，孩子，你姑姑不是你被打死的。”

“是我打死了姑姑。”欧阳浩天说道。

欧阳锦华无法就这个事情跟孙子谈下去了，只好换了一个话题：“你也可以打听一下学堂是不是复学了，可以去上学呀。”

“是我打死了姑姑。”欧阳浩天还是以这句话作答。

欧阳锦华接连跟孙子谈了好几次话，欧阳浩天都是这样回答他。他生怕孙子走了侄女的老路，就想让哥哥欧阳锦亮和大舅子裴元基帮自己劝说孩子。

三个男人又坐在一起了，他说道：“我怎么也想不到，吴司令的人会把宁儿当人质。”

“唉！”欧阳锦亮心里涌起一阵伤感，长长地叹了一口气。

欧阳锦华不敢看哥哥的脸色，低垂着头，声音小了许多：“我心里一直很苦，我都不知道该怎么说才好。”

“你能够走出府邸，这就很好。”裴元基说道。

欧阳锦华心里是很苦，但是，他哪里知道，其实裴元基心里的苦远比他心里的苦要大得多。就在欧阳宁儿死的那一天，姚心林也差一点死在吴司令的兵士们手里。

兵士们本来想同时抓住姚心林和欧阳宁儿，用她们逼迫裴元基、裴俊超和欧阳锦亮放弃帮助北伐军的企图。兵士们一冲进家门，首先遇到了欧阳宁儿。欧阳宁儿惊慌万状，乱喊乱叫，到处乱跳乱跑。兵士赶紧追她。姚心林冲了过来，想保护儿媳，却被兵士重重地推倒在地，没了气息。兵士们这才放弃了姚心林。姚心林在丫环和佣人们的救扶下，一苏醒过来，就急着去寻找欧阳宁儿。这时候，战斗开始了。儿媳一向害怕打仗！她更是焦急，跌跌撞撞地冲出了门，循了枪声响起的地方找去。突然，一颗子弹贴着她的头皮飞了过去，她脚一歪，一头栽倒在地，眼帘马上幻出无数的影子：她见着了裴元杰，见着了凌小梅，见着了诸葛鹏，见着了裴馨儿，还看到了欧阳宁儿。他们终于团聚了，她露出了笑容。

是丫环佣人们赶了过来，把她救回去的。她的脑子受了伤，经常跟丈夫说自己见过裴元杰、凌小梅、裴馨儿、诸葛鹏和欧阳宁儿。

裴元基心里头的痛苦，谁能知道？

欧阳锦华感激地瞥了大舅子一眼，说道：“其实，我是为了浩天才来找你们的。他成天一声不吭，我跟他说话，他也只回答一句：姑姑是我打死的。我很担心，长期下去，他会不会憋出病来。”

“当时如果能够打到汉口去，他或许就不至于这样了。”欧阳锦亮淡淡地说道。

“是呀，当时，积压在浩天胸中的悔恨和怒火能在战斗中消除就好了。”裴元基说道：“他是一个绝顶聪明的人。往往，绝顶聪明的人才容易走极端。我反复跟他谈了好几句话，曾经让运祥把俊贤和浩天带回兵工厂。他一到兵工厂，看到枪炮就禁不住浑身发抖。”

女儿已经死了，欧阳家族现在只有欧阳浩天一个后代。欧阳锦亮不能不为欧阳家族唯一的血脉找出路。他说道：“应该让他离开这个环境。学堂早就复课了，得快点送他去读书，让他忘掉这件事。”

裴元基说道：“北伐大军一旦打向河南，平定天下，就是早晚的事情了。国家需要各种各样的人才，得把三个孩子一道送到国外，让他们按照自己的意愿，学到本领，为国出力。”

可是，孩子们并不完全听从老人的安排。裴俊贤只想待在国内，一面继续到学堂读书，一面等待机会，用父亲留下的汉阳造，再打出一段辉煌的历史。欧阳浩天也不愿意出国，无论谁劝说都没有用。最后，只有裴运祥接受了祖父的建议，踏上了去德国学习军械制造的道路。

“本来是为了浩天，才跟大哥他们商量把三个孩子都送到外国去的，结果浩天不去，这是什么事呀？”欧阳锦华心里更加郁闷，接二连三地往裴元基和欧阳锦亮家里跑，劳动他们不停地劝说欧阳浩天。

欧阳浩天听到了太多的劝说，心窍竟然通了，虽说还是不愿意出国，但总算去学堂读书了。这一次，他不再是混日子，书是真读，而且读书成痴，手里一拿着书，别的什么他也不管，常常连饭都忘了吃。他走路的时候也念念有词，说课本上的东西。

欧阳锦华万分高兴，可是，时间一长，就感到不对劲了：仅仅闷着脑袋读书，不跟人交流，不做别的事情，还不把人读出毛病。他于是尝试着问一问欧阳浩天学校里的事，问一问欧阳浩天在外面碰到了什么。

欧阳浩天半天不吭声，问多了，才说：“你不是要我好好读书，为欧阳家族争光吗？我干吗要顾及别的事情呢？”

“算了吧，孩子能读书，就已经够了。”欧阳锦华只好这么安慰自己。

裴元基的思想

入夜，裴家大院灯火通明。可是，屋子里没有一点声音，死气沉沉。在卧房里，靠着床边放了一把椅子。姚心林坐在椅子上，眼睛一动不动地注视着躺在床上的丈夫。

这几个月来，兵工厂事无巨细，裴元基都要亲自过问，又要惦记夫人，精神和体力严重透支，一下子病倒了。一点意识也没有。裴俊超想要送父亲去医院。可是，姚心林想起欧阳宁儿被兵士抓走的一幕，说什么也不让丈夫离开自己的家。没有办法，医生只好天天上门服务。

姚心林坐在丈夫身边，不住地端详着他。终于，她看到丈夫脸上露出了一丝笑容，紧接着，丈夫就醒了。她轻轻地问道："刚才看着你笑了，你是不是看到馨儿和宁儿了？她们怎么样，对你说了什么？"

裴元基睁开眼睛，看着夫人，说道："没有，我没有看到她们。"

"你骗我，我分明看到你笑了。"姚心林感到很纳闷，丈夫没有看到女儿，没有看到儿媳，笑什么？脑子一转，马上叫道："我知道了，你看到了元杰，看到了凌小梅，也看到了诸葛鹏，是不是？"

不等丈夫回答，姚心林立即催促道："快点告诉我，他们怎么样了？"

夫人的脑筋更加混乱了。裴元基心里又是一阵痛苦。他不能让夫人继续沉浸在虚无缥缈的幻觉里，说道："是的，我见着他们了。他们告诉我，要我好好地保护你。如果你有任何闪失，他们会找我算账。"

"我总是看到他们，总是想跟他们说话，可是，他们谁也不理我，谁也不跟我说话。他们怎么就跟你说话了呢？"

"他们要我告诉你，因为你常常想跟他们说话，他们再也不理你了。"

裴元基就这样一步一步地让姚心林从虚幻的景象中走了出来。他自己，也在跟夫人的谈话中，获得了一丝安慰。

裴元基的身体一天天好起来。欧阳锦亮夫妇经常到家里来探望他。这几天，欧阳锦亮一副心事重重的样子，问他，他又不说，裴元基感到很纳闷。欧阳锦华夫妇也隔三差五地来看望他。裴云珠看到嫂子也一天天神清气爽，心里既高兴又感慨。

这天晚上，趁着母亲不在父亲身边，裴俊超进入了父亲的卧房。

有一件事情像铅块一样压在裴俊超的心头，使他喘不过气来。因为它不仅涉及兵工厂到底要不要继续为北伐大军提供武器、弹药，甚至还影响整个国家的走向。他没有父亲一样洞察秋毫的眼力，搞不清楚事情到底会朝什么方向发展，时常在心里问自己："裴家和欧阳家为了帮助北伐大军，搞得家破人亡，难道就是为了造就一个新军阀吗？"

看到儿子走进来，一副欲言又止的样子，裴元基马上联想起欧阳锦亮的神态，心里涌起一阵不祥的预感，赶紧催问："是不是兵工厂遇到难事了？"

"不光是兵工厂的事。"裴俊超说道。

原来，北伐军总司令蒋介石在攻占上海不久，就下令枪杀了许许多多跟国民党一道参加北伐的共产党人。武汉政府马上发出通电，宣布蒋介石发动了反革命政变，正在集结兵力，要向蒋介石开刀。兵工厂里，王老四情绪激动，鼓动工人们加入到了声势浩大的反蒋游行当中。

裴元基不由万分震骇，激动地说："北伐大军已经把整个湖北全部收入囊中，只要继续挥师北伐，北洋政府覆灭的日子马上就会到来。在这个关键时刻，蒋介石怎么能做出这种事情来？武汉政府怎么会如此不理智，跟蒋介石决裂干什么？队伍宜合不宜分，合则有力量打倒北洋政府，分则会给北洋军队造成可乘之机。难道他们不知道吗？"

于是，裴元基支撑着病躯去了武汉政府，极力劝说汪精卫跟蒋介石继续合作。汪精卫没有当面回答他，只是把北伐大军为什么能够打到武汉，又为什么会有北伐军的事情告诉了裴元基。

原来离开了共产党人的帮助，就不可能有北伐。既然如此，蒋介石的确不应该屠杀共产党人。裴元基得马上去上海找蒋介石，向蒋介石晓以利害，迫使他继续跟共产党人合作。他见着了蒋介石。

蒋介石的一番话把他扔进了另一层云雾："别看共产党人平时高喊革命口号，其实他们在培植自己的势力。这样的话，北伐大业就会搞得一团糟。"

"共产党竟是这样的人吗？"裴元基问道。

"是的，共产党就是这样的人！"蒋介石说道："裴老先生是一位德高望重的长者，每说一句话，都有人听的。希望裴老先生劝说武汉政府不要听共产党人妖言惑众，要跟共产党人划清界限，把北伐的事业做到底。"

裴元基觉得蒋先生的话说得也在理：你共产党跟国民党合作的时候，手里没有一兵一卒，怎么能趁着北伐的机会培植自己的势力呢？这就是祸乱的根源。但是，他也不赞同蒋介石为此就屠杀共产党人，觉得拉拢总比屠杀好。这一下，可跟蒋介石有了共同语言。两人竟然相见恨晚。你吹我拍了一通，裴元基就带着蒋介石先生的意图回去武汉，再一次见到了汪精卫。

汪精卫静静地听完裴元基一席话并表了态："如果共产党人愿意听从蒋介石和裴先生的建议，汪某为什么一定要跟蒋介石兵戎相见呢？"

汪精卫发了话，裴元基觉得共产党那边的事应该更好办。没料到，他在共产党人面前碰了壁。共产党人对他的态度倒是非常友好，说的话却锋芒毕露，跟蒋介石完全南辕北辙。

仔细一想，共产党人也不是没有道理：战斗最激烈的地方，都是共产党人在冲锋陷阵。这样的共产党人掌握了一些权力，不是对北伐更为有利吗？蒋介石完全背离了孙中山先生的遗愿，要做新式军阀。这才是他悍然发动"四·一二"反革命政变的原因。如果蒋介石能够重新回到革命阵营，共产党人可以不计前嫌，继续跟他合作。

"难道问题真出在蒋介石的身上吗？"裴元基不能不怀疑了。可是，蒋介石在孙中山先生生死难料的情况下不顾个人安危，前去保护孙中山先生，在孙中山先生死后，应该没有不遵循孙中山先生遗愿的道理。

武汉政府再一次兵发河南，把河南打下来了以后，整个河南地盘全部交给了冯玉祥，就班师回到武汉，密集地调动军队，十多万大军正沿着长江中下游集结，跟蒋介石之间的战争一触即发。裴元基准备在战争爆发之前的最后一刻，再去见一见蒋介石，力劝蒋先生对共产党人作一些让步。不过，他还没有成行，汪精卫就举起屠刀，砍向了共产党人。

裴元基大嘘了一口气：孙中山先生最信任的部下蒋介石和汪精卫都反共，他们就能走到一块了，北伐大军可以继续一往无前地攻向北洋政府的军队，彻底推翻北洋政府，然后废除列强在中国的特权，恢复中华民国的尊严。

欧阳锦亮却忧心忡忡，从汉口跑了过来，对他说道："共产党人怎么说都是在北伐呀，他们怎么都向共产党开枪了呢？"

"无论怎么说，北伐大军可以团结一致，继续北伐，这就是最大的成绩。"

面对裴元基的冷静和执着，欧阳锦亮有些不解。他跑过了太多地方，知道共产党人在北伐大军中的威望，也知道孙中山是在共产党人的帮助和推动下，才改组了国民党，赋予了国民党强大的生命力。现在向共产党开刀，岂不是有点卸磨杀驴的味道吗？

欧阳锦亮说道："可是，共产党在北伐当中也是出了力的呀。即使有些分歧，好好坐下来谈一谈不行吗？"

"也许，共产党人做得过分了。要知道，光蒋介石屠杀共产党，我们可以指责蒋介石，连汪精卫也屠杀起共产党来了，就是共产党的问题了。但是，这是政治，我们不必去管它，只要继续北伐，我们就要一如既往地支持。"裴元基回复道。

苦涩的结局

裴俊超自从接任厂长以来，一直督促工人们夜以继日地制造枪炮弹药，以供应北伐大军。王老四更是精神振奋，不分白天、黑夜地帮他解决技术问题。在裴元基生病的日子里，没有王老四的支持，兵工厂就运转不下去。可是，王老四一听到汪、蒋合流，向共产党人展开了血腥屠杀的消息，竟然鼓动工人们罢工。工人们群情激愤，一呼百应，谁也不再上班，整个兵工厂就像一座被遗弃的监狱。裴俊超无力应付这场突如其来的变故，只有回家向父亲报告。

裴元基犹如被人打了一记闷棍，头脑发昏，一时之间失了主张。

欧阳锦亮叹息道："这是一种信号，大家对国民党人屠杀共产党不满。继续下去，北伐肯定要夭折了。"

欧阳锦亮的话提醒了裴元基。他不能眼睁睁地看到北伐因此而夭折。他得快一点回兵工厂去，劝说工人们停止罢工，回到岗位上去，继续安心生产。欧阳锦亮跟着他，一道去了兵工厂。

武汉政府得到兵工厂发生罢工的消息，马上派出了一个团的人马前来镇压。所有的工人，已经在刺刀和枪支的威逼下，回到了兵工厂。可是，没有一个人愿意复工，全都赤手空拳，跟兵士们对峙着。

裴元基一见这阵势，心里像着了火。不过，他强迫自己镇静下来，希望带队军官把兵士们撤出去，余下的事情交给自己处理。带队军官早就知道裴元基的威名，果真把兵士们撤到了大门外，在那儿严阵以待，一副见势不妙，马上就会冲进兵工厂的样子。

裴元基对工人们说："北伐军内部出了问题，那是国民党和共产党的事情，不是我们操心的事。我们的责任就是造出更多、更好的武器、弹药，提供给北伐军，让他们去打北洋军阀。所以，我希望你们马上复工。"

王老四说道："师傅，孙中山先生联俄、联共、扶助农工的三大政策，现在被蒋介石和汪精卫全部糟蹋了。他们背叛了孙中山先生。他们是叛逆。共产党才是北伐胜利的希望。我们反对国民党人对共产党的大屠杀，其实是在支持你所崇敬的孙中山啊。"

裴元基说不上话来。

欧阳锦亮显然被王老四的话打动了，很想明确支持王老四，但在裴元基面前他说不出口。

兵士们等了很长一段时间，见工人们迟迟不肯开工，再也忍不住了，像决堤的洪水一般冲了进来，枪栓拉得哗啦啦的响，枪口朝着工人们一横，马上就要扣动扳机。

王老四挺身而出，怒斥道："你们不把枪拿去打北洋军阀，不去打新军阀，却用来对准制造枪的人，你们良心何在！"

哗啦啦的响声停歇了，兵士们举枪一同对准了王老四。

裴元基慌忙阻止。兵士们果然收回了枪，一拨人却一拥而上，把王老四绑在一个大铁杆上，不停地抽打，威逼他快一点叫工人复工。工人群情激奋，咒骂不休。兵士恼羞成怒，扣动扳机。砰！枪响了，一颗子弹射进了一个工人的脑袋，血连成一线，标枪一般从他头上喷射而出。

裴元基飞快地冲了过去，一把抱起那个工人，朝兵士们疯狂地叫喊道："他不是共产党，他是工人，为北伐出过力，流过汗，也流过血。你们就是这样对待他吗？"

兵士们手里的枪不动了，却依旧冷冷地瞄着工人。

裴元基马上对工人吼叫道："你们还愣着干吗？难道想他们杀掉你们吗？复工，快点复工。"

汪精卫接到兵士们大闹兵工厂的消息，大为恼怒，亲自出面，把肇事军官捆着，带到了兵工厂，想向裴元基赔礼道歉。可是，扑了一个空，马上赶赴裴府，先是一通诚恳的道歉，然后把那个军官带到兵工厂，当了全体工人的面，一枪把他毙掉了，又亲自抚慰王老四，表彰王老四在兵工厂作出的贡献。

裴元基退出兵工厂之后，继续研究老师的遗稿。他有两个可靠的助手，一个是儿子裴俊超，可以跟他一道研究，并把研究出来的东西带到兵工厂去做实验；一个是侄儿裴俊贤，对制造枪炮的兴趣大着呢，纵使上了学堂，也改不了研究枪炮的喜好，一回到家，总爱跟伯伯在一起，琢磨着枪炮、弹药。他还有一个非常有力的后备军：孙子裴运祥。只要孙子学到了德国最先进的枪炮制造技术，归国之后，一定会使汉阳兵工厂跃上一个新台阶。

这天夜里，裴俊贤又从学堂回家了，和堂兄裴俊超一道，在裴元基的指导下，在书房研究新式枪炮。突然，王老四出现了。

王老四说："我今天是来跟师傅道别的。汉阳兵工厂不能再承载我的理想，我得离开了。"

"你怎么说出这种话来了？"裴元基吃惊地说。

"师傅请放心，我会去建立一个新的兵工厂。从这个兵工厂生产出来的武器、弹药，绝不会对准任何一个对国家、对民族有用的人。"

"你是想去投靠共产党吗？"裴元基脸孔一板，大加训斥："你知道你在做什么吗？共产党没有枪炮，有的只是一张嘴皮。你去投靠共产党，不是要把自己逼向绝路吗？"

"我早就是共产党了。"王老四镇定自若地说道："共产党人现在没有枪炮，但是，烈士的鲜血已经擦亮了共产党人的眼睛。共产党一定会有自己的军队、自己的枪炮、自己的武器。我就是要像当年的师傅一样，为给共产党人建立一座兵工厂，去不懈地奋斗。"

"叛逆，你完全是叛逆！"裴元基气得浑身发抖，指点着王老四，骂道。

"我是共产党人，我不是叛逆；蒋介石和汪精卫才是叛逆。他们背叛了革命，背叛了孙中山先生的三大政策，已经沦为新型军阀。"王老四不紧不慢地说道："师傅，你不是为了孙中山先生的事业，不惜牺牲自己，也义无反顾吗？现在怎么是非不分，连谁是真正的叛逆也搞不清楚呢？我不想指责师傅为虎作伥；我找到了自己的理想，就要为这个理想去奋斗。我可以告诉你，共产党自从诞生的那一天起，就是为了整个中华民族的利益，不惜牺牲个人的一切。共产党人不仅要打倒军阀，打倒列强，还要建立一个人人平等、自由的中国。这才是共产党人的崇高理想。”

裴元基宛如被一粒子弹击中了，目瞪口呆，找不到驳斥王老四的理由。

潜藏在裴俊贤内心的情绪被唤醒了，他鼓掌说道：“我曾经听说过共产党。共产党是真正的英雄豪杰。我赞成你去投靠共产党。有朝一日，我也会去投靠共产党。”

“闭嘴！”裴元基对侄儿怒目相向：“不许你再提投靠共产党的事。”

王老四走了。裴元基好像被人抽去了脊梁骨，浑身瘫软在椅子上。他再也无法静下心来跟侄儿和儿子研究武器。他的心乱成了一团麻。他的眼帘不断浮现出王老四、肖老二、郝老六和郑庆光跟随自己一道筹建兵工厂的情景。他们一道度过了无数艰难岁月。郑庆光先去了，随后是肖老二，再就是郝老六，他们一个接一个地离开了自己。现在王老四竟然以这种方式也离开了。王老四此去是凶是吉，勾起了他深深的惦念，也不能不使他对蒋介石、汪精卫和国民党产生一丝怀疑。

终于有一天，儿子给他带来一个惊人的消息：共产党人发动了武装起义，占领了南昌城。

共产党果然走上武装自己的第一步。王老四的确没有说错，他在共产党那里可以找到用武之地。裴元基在赞叹共产党人说到做到的同时，心里泛起了蒋介石对自己说过的话：共产党的目的就是争权夺利。

“看起来，用嘴巴无法夺取权力，他们就要用武力去夺取了。乱党，完全是乱党；叛乱，完全是叛乱。”裴元基在心里叫骂道。

新的消息源源不断地传进了他的耳朵：国民党大军压境。共产党无力抵抗，不得不退出南昌，并率领残兵败将一路不停地朝南方退却。国民党紧追不舍。两支曾经在北伐当中并肩合作的队伍，展开了激烈的厮杀。共产党失败了，叛军全部被国民党人消灭了。

“叛逆们就应该得到这样的下场！”裴元基长嘘了一口气。

他不能不为王老四担忧。王老四不会在共产党人跟国民党人的战争当中死掉了吧？果真如此，一代制造武器的英才，就此夭折，就太可惜了。是共产党人妖言惑众，蛊惑人心，才让王老四失去了理智。于是，裴元基更加痛恨共产党了。

第七章

国共硝烟

退居幕后

共产党人并没有被完全消灭，仍然在全国各地不停地发动反抗国民党反动派的武装暴动。

1927年9月，毛泽东遵照共产党中央的指令，拉起一支部队准备围攻长沙，失败之后，辗转前往井冈山，开始了工农武装割据。紧接着，黄麻农民暴动、广州起义以及几乎遍布全国的工农武装起义，此起彼伏，热热闹闹地上演了。

裴元基每听到共产党人发动了一次武装暴动，就增加了一份对共产党人的愤恨。他不断地给自己施加压力，试图尽快搞出更为先进的枪炮、弹药，帮助国民党人尽快消灭共产党；但事实却谈何容易！老师留下的手稿，还有许多东西他并没有完全弄懂，在现有条件下，他无法把它搞出来。

不久，国民党内部捅出了一个天大的窟窿：不满蒋介石的各路人马，联合起来，跟蒋介石的嫡系部队打起来了。

"争权夺利，都是一群乌合之众！"他心如死灰，对蒋介石的信仰也在那一刻崩溃。国民党也没有希望，民众应该把希望放在谁的身上？他不得不思考这个问题，可是，又思考不出什么结果。

欧阳锦亮跟裴元基一样，越来越反感目前的局势，决计退居幕后，和欧阳锦华商量，准备培养侄孙欧阳浩天当接班人，可是，遭到了欧阳浩天的拒绝。

小家伙完全沉醉在书本当中，对其他的一切都不感兴趣。无论两位老人怎么劝他，他都不作声。实在被劝烦了，就是一句："你们不是希望我遵循祖宗的遗愿，通过考试来博取功名吗？我就想把书读好，去考功名。"

"可是，早就不搞科举考试了呀。"欧阳锦亮说道。

"无非是变了一种形式。考试永远是考试。"欧阳浩天的话就是那么让人难以驳倒。

欧阳锦亮跟弟弟商量，打算征求裴元基的意见，先让裴俊贤或者裴俊超接受他的产业。

裴元基觉得欧阳浩天读书成痴，现在不把他逼出来做事，只怕他以后永远都不会做事了，便去苦口婆心地劝说欧阳浩天，碰了钉子以后，只好帮欧阳锦亮解决眼下亟待解决的接班人问题："浩天不愿意接手，按说，就应该是俊超，可是，他已经接管了整个兵工厂。”

欧阳锦亮理解地点了点头，说道：“把生意交给俊贤，我一样放心。”

裴俊贤读完了书，因为痴迷于制造枪炮弹药，到兵工厂上了班。裴元基和欧阳锦亮向他说明来意，他马上说道：“我只想操枪弄炮，从来没有想过要做生意。你们另找他人吧。”

“伯父知道，你从小就想做大事情，当大英雄。可说，不仅仅只是操枪弄炮的人能成大英雄，做生意一样可以成为大英雄。”裴元基说道：“你欧阳伯伯，不就是这样的大英雄吗？何况，你欧阳伯伯的生意，大部分都是为兵工厂服务的。你接受这样的生意，不等于还是在操枪弄炮吗？”

“是呀。”欧阳锦亮连忙帮腔：“欧阳伯伯并不是想把你拴在生意场上。等你熟悉了生意的运作，有了空闲，随时都可以回兵工厂去，做你喜欢做的事情。”

裴俊贤先在欧阳锦亮的带领下，去熟悉欧阳家族的产业，拜见各位生意场上的伙伴和长者。欧阳家族的生意真大，放下直接提供兵工厂原材料这笔生意不说，光是豆皮馆，就覆盖了整个武汉三镇，大部分码头也记名在欧阳锦亮的账上。裴俊贤聪明得很，很快就把一切都搞清楚了。

欧阳锦亮终于可以和夫人一起退下来，到处走一走，转一转。其实，他也没有很多地方可走可转，便经常和弟弟一起去裴元基家，三个老头坐在一块，谈论着过去的事情，常常情不自禁地流出眼泪。

他们不能实现的梦想，只有让孩子们去实现。兵工厂交到裴俊超手里，他们都放心。裴俊贤接管欧阳家族的生意，他们一样放心。去了德国的裴运祥，他们也放心。他们最不放心的是欧阳浩天。这孩子再也见不得枪炮火药，甚至连看见一个普通的鞭炮都怕得要命。他们费尽心机，把他送到多家医院看过，也接受了许多忠告，最后一点用处也没有。孩子倒是比以前懂事了，也听话了，可这种懂事和听话比不懂事、不听话还令人心惊胆战，不知道掩藏在他内心的炸弹什么时候会爆炸。

有一次，他们又谈到了孩子们。谈着谈着，欧阳锦华就扯到孙子的头上了，一谈就流泪。

“要是鹏儿他们还活着，浩天有父母管教，就好了。”欧阳锦华说。

裴元基触动了心思，感叹道：“唉，当年我们不强行拆散馨儿和鹏儿的姻缘就好了。”

见欧阳兄弟都沉默不语，他叹息了一声，继续说：“我们年轻的时候，要么为了理想，什么都不顾；要么为了家族利益，也是什么都不顾。你们说，我们这是怎么啦？”

欧阳锦华本能地问道："你这是什么意思？"

裴元基叹息道："当年，元杰本来可以不死。只要我说一句话，他就死不了。我却怎么也开不了口。"

"元杰不是被革命党人沉入长江淹死的吗？"欧阳兄弟一齐惊讶地问道。

"在此之前，孙中山派了一个特使来找我，询问我该怎么处理元杰。"裴元基陷入了痛苦的回忆，眼眶含了泪水。

"这么说，是你让革命党人把他沉入长江的了？"欧阳锦华大声问道。

欧阳锦亮也备感震惊。看着裴元基痛苦的表情，他无法安慰亲家，只有把一双钦佩的目光凝视着他，听他继续说下去："我什么话也没说，只是叹息一声，转过身去，一言不发。"

这就是了。裴元基不应该对他的亲弟弟如此无情。可是，裴元杰到底还是被革命党人沉入了长江。要是裴元基当年说一句把弟弟交给自己处理，革命党人还会杀害裴元杰吗？可见还是裴元基害死了他弟弟。欧阳锦华心里想道，不过，他再也没有作声。

裴元基心里难以平静下来了。以往，只要侄儿和儿子回到了家，他都要把他们拉到书房，一起研究老师留下来的图纸，然后让他们偷偷地在兵工厂做实验。今天，却再也没有这个心情。他原来一直没有想过弟弟为什么会对革命党人心生怨恨，以为自己的做法完全正确，但一再见到由革命党人演变而来的国民党人不可思议的行动之后，他的信心动摇了。弟弟哀怨的目光，弟弟愤怒的眼神，在他眼前飘荡，使他差一点喘不过气来。他多么希望时光倒流，回到从前，让他再做一次选择，挽救弟弟的性命，也挽救弟弟的灵魂啊。

乱点鸳鸯谱

经过了一段时间的医治，姚心林身心恢复了健康。在跟刘玉蓉和裴云珠谈话的时候，她听刘玉蓉说了一件喜庆事，就来跟丈夫商量："玉蓉说，汉口有一个小姐，读了很多书。人家的父母很想跟我们攀亲呢。你看，俊贤也不小了，我琢磨着，是该为他寻一门好亲了。"

接着，姚心林就把那个姑娘的长相、年龄、读了多少书、家庭条件呀什么的，细说了一遍。

裴元基沉默了半晌，说道："依我看，这姑娘说给浩天倒是更合适。"

见夫人异常吃惊的样子，裴元基解释道："那姑娘的年龄跟浩天差不多，喜欢的是读书人。依我看，浩天才最合适她。而且，我们欠着欧阳家的。浩天有一个姑娘喜欢着，说不定就会开朗起来。"

姚心林理解丈夫，把丈夫的意思告诉了刘玉蓉和裴云珠。

刘玉蓉很有些为难："姑娘本来是说给裴俊贤的，却要说给浩天，叫我如何开得了口？"

裴云珠一直为欧阳浩天揪着心呢，天上掉下来一件大好事，自然会马上抓住不放："有什么开不了口的？亲事不都是要找对路的吗？有了更对路的，人家心里也会欢喜。"

姑嫂两人意见一致，刘玉蓉不好固执己见，只有顺坡下驴，决计去试一试了。人家姑娘的父母觉得欧阳浩天拥有过目不忘的本领，是一块读书的料，一定会有远大前程，女儿嫁给了他，总比作商人妇要好得多，便一口答应了。

姚心林和裴云珠得了回信，非常高兴，准备尽快跟姑娘家里商量，确定孩子们的订婚日子。

欧阳锦亮、欧阳锦华和裴元基都是武汉的头面人物，订婚仪式不能不隆重。欧阳浩天却既不热情，也不太冷淡。在裴云珠、刘玉蓉和姚心林的反复教导下，依然木讷讷的。

订婚过后，人们的喧嚣声还没有从耳边消失，裴云珠、姚心林和刘玉蓉就感到有点不对头：欧阳浩天并没有像她们想象的那样恢复正常，反而更加木讷了。她们经常给他制造机会，让他跟殷雪儿单独在一起，让他跟殷雪儿说一些动听的话，他却一个字也说不出口。殷雪儿倒是很主动，时常没话找话，他除了简单地迎合一句，就不知道再说什么。

殷雪儿一气之下，跑回去对父母说道："我要跟欧阳浩天退婚，他完全是一个痴子。"

殷父殷母想起订婚现场的情景：欧阳浩天一句话也没说，都是在他旁边的那个小家伙为他圆场。两位老人顿感上了当，就由殷雪儿的母亲去向刘玉蓉问话。刘玉蓉向她保证欧阳浩天绝对没有任何问题，只是在北伐大军攻击汉阳的时候，脑壳受了一点刺激，就不爱说话，读书却是聪明的。殷母当时看中的就是欧阳浩天读书聪明，这一下可就没话说了。

刘玉蓉着急了，跟丈夫商量："是不是得让欧阳浩天先出去走一走，转一转，让他的心情开朗起来了，再考虑读书的事情？"

欧阳锦亮做不了主，就把欧阳锦华和裴云珠都找过来商量。

几个人合计了好半天，决定让欧阳浩天以留学的名义去日本读书。让孙子一个人上路，欧阳锦华不放心，自己年纪又大，不能陪着他去，就派一个下人跟着。

裴元基也很高兴，吩咐夫人姚心林为他准备了许许多多东西。

欧阳浩天要去日本，就得跟殷家说一说。殷父和殷母当然也说不出反对意见。

欧阳浩天去日本的那一天，欧阳家族、裴家和殷家的人都去送行。殷雪儿再一次看到了裴俊贤，很快就跟他熟络起来了。裴俊贤谈笑风生，意气风发，令她情不自禁地想道：要是欧阳浩天像他一样风趣该多好啊。她不停地询问欧阳浩天过去的事情。裴俊贤自然不敢对她实话实说，有一次不小心露了口风，说出了欧阳浩天打死欧阳宁儿的事情。

怪不得呢，原来欧阳浩天打死了自己的亲姑姑！既然如此，不可能指望他好起来。殷雪儿决定摆脱他，重新寻找属于自己的幸福。

殷雪儿爱上裴俊贤

把自己的幸福托付给谁呢？她想到了裴俊贤，于是悄悄地关注起裴俊贤的一举一动。经过一段时间的观察和试探，她越发觉得裴俊贤是一个可心人，但裴俊贤对她一点意思都没有，她得首先让他对自己产生好感。

花费了很长时间，她觉得裴俊贤已经对自己有了好感，便问道：“你觉得我怎么样啊？”

“挺好啊。”裴俊贤回答。

她心里暗喜，脑袋一偏，又调皮地问：“怎么个好法呀？”

裴俊贤连忙把自己对她的感觉一五一十地说了一遍，然后挺不好意思地补充道：“其实，我是你的长辈，这么说你很不应该的，是吧？”

“谁要你做长辈！”殷雪儿赶紧呵斥道。

“我是浩天的长辈，也就是你的长辈。你不会不认账吧？”裴俊贤以为她是在撒娇，连忙笑道。

“不认、不认、就不认。我不认你是长辈，我只认你做丈夫。”

裴俊贤懵了，赶紧一个劲地撇开自己，实在撇不开，见了她就躲。殷雪儿再也找不到裴俊贤，心里一急，就跑去裴元基的家，把自己爱上裴俊贤的事原原本本地说了出来。裴元基这一惊非同小可，差一点栽倒在地，好半晌没了反应。姚心林反应得快，连说带哄，把姑娘哄出了门。

“派人去把俊贤找回来，问一问他到底是怎么回事。”裴元基说道。

裴俊贤很快就来到了伯伯、伯母跟前，不用他们发问，就知道究竟是怎么一回事，便把事情的原委一五一十地告诉了他们。

“不管怎么说，我们要尽力帮助浩天维持这个婚事。要不然，我实在想不到浩天还会变成什么样子。”裴元基微微叹了一口气，说道：“夫人，也就只有请你亲自去一趟殷家，跟雪儿的父母说清楚。”

姚心林一进殷家，殷家就知道她是来干什么的。

殷雪儿向裴俊贤主动示爱不成，回到家里，就逼迫父母取消自己跟欧阳浩天的婚约。父母慌了神，追问女儿到底发生了什么事，追出了原委，顿时又气又恨。马上责备女儿太不懂事了。

殷雪儿在家里任性惯了，父母一责备，她就生气地说道：“不退亲，我就跟裴俊贤私奔。”

说完之后，她跑出家门，从此以后就再也没有回过家。

“你说，怎么会弄出这么一个事情来呀。孩子也太不听话了，我们托这个、托那个去劝说她，但每一个人都被女儿兜头就打了回来，再也没有一个人愿意去劝她了。我们自己去劝，结果连她的面都见不到。”殷父、殷母不等姚心林提出话头，就大倒苦水。

姚心林知道事情难办了，只有回去跟丈夫商量。

裴元基后悔自己当初不该乱点鸳鸯谱，搞出这么一档子事情出来。他连忙差人去把欧阳锦亮、刘玉蓉和欧阳锦华、裴云珠都找来，大家在一块商量对策。商量一毕，他们就向日本发去电报，催促欧阳浩天火速回家成亲。

欧阳浩天很快就回来了。他跟半年前一样木讷、一样少话。听说是要他回来成亲的，他蹙起眉头，说道：“哪有时间成亲啊？一船一船的日本兵，运到了东北，很快就要打仗了。”

裴元基心头一凛，问道：“你看到了日本兵？”

“是啊，一船一船的日本兵，运到了东北。他们说，东北是他们的，华北也是他们的，中国都是他们的。”

“天啊，日本人终于要大动干戈了！”裴元基大声叫唤道。

裴元基不能再浪费时间。欧阳浩天的亲事，家里的一切，统统放到一边去吧，他要赶紧把新式枪炮搞出来，用它们去打日本人。他腾身而起，健步如飞，奔向了兵工厂。

欧阳锦亮也想去做点什么，可是，欧阳锦华拦住了他。

日本兵来到了东北，欧阳锦华可以不管。孙子回来了，孙子安安全全地把殷雪儿娶回家，才是他最关心的问题。大舅子可以去制造武器，哥哥却要帮助自己把孙子的婚事办好。

欧阳锦华再着急也没有用，殷雪儿已经铁了心不跟欧阳浩天成亲，成天躲在外面，谁也找不到她的影子。欧阳锦华只有请裴俊贤帮忙把殷雪儿找出来。

裴俊贤果然找到了殷雪儿，说道："你还是回去跟浩天成亲吧。我姑父和你父母是不会允许你不跟浩天成亲的。"

"我只想跟你成亲。"殷雪儿一跺脚，坚决地说道："要不然，除非我死。"

"别说死不死的。你就是不爱浩天，也跟他订婚了。这是你自己的选择。而我，从头到尾都没有想到过要娶你。你就是死，我也不会娶你。"

"好，我死给你看。"殷雪儿作势就要朝长江里跳。

裴俊贤慌忙拦住她，说道："你一定要这样的话，我拦得了你一次两次，也不可能永远拦得了你。你再要想死，你就死去吧。"

说完，转身飞也似的跑掉了。

殷雪儿还没有跳江，就不见裴俊贤的身影，心里一阵冰凉，一跺脚，身子一蹲，抱头痛哭起来。

欧阳浩天疯了

裴俊贤一路狂奔。忽然，前面传来了一声声怒吼，他不由自主地停下脚步，放眼望去，只见前面出现了一大群人，高举着标语和横幅，挥舞着拳头，一路呼叫着朝自己走来。

"因为日本人占领了东北，民众发出了怒吼。"他不禁热血沸腾，飞快地奔了过去，加入到游行队伍，一路高呼着口号，朝着市政府走去。

兵士荷枪实弹地把守在市政府门口，将游行队伍远远挡住了。

游行队伍停了下来，高声呼喊着口号："还我东北！"、"还我领土！"、"打倒卖国贼！"

兵士们冲进了人群，一阵乱打乱揍，把游行队伍驱散了。

裴俊贤恼恨不已：这是什么政府，放着日本人不去抵抗，却偏偏要打共产党和老百姓！他的激情已经被点燃，他要向政府发出呐喊，也要把欧阳浩天拉进来。殷雪儿不想跟欧阳浩天成亲，就是责怪欧阳浩天没有男子气。他要让殷雪儿看一看，欧阳浩天一样是热血男儿。他一溜烟地跑去欧阳锦华的家，先跟欧阳锦华打了一声招呼，接着就要欧阳浩天去参加明天的游行。

欧阳锦华原以为裴俊贤带来了好消息，没想到却是这么一回事，不由大为恼火："打不打日本人，那是国家的事，跟你有什么相干？"

"姑父，难道我们应该甘当亡国奴吗？"裴俊贤问道。

欧阳锦华一窒，说不出话来。

裴俊贤拉了欧阳浩天的手，跑到游行队伍集结的地方。等待天明，游行队伍越来越庞大，开始朝预定路线行进，口号声和怒吼声响彻云霄。游行队伍接近兵士们的防线，听到了一阵阵枪栓拉动的声音。游行队伍没有退缩，继续前进。砰的一声枪响，一道鲜血从走在欧阳浩天身边的一个女生的胸腔喷射而出，紧接着，女生就撞在了欧阳浩天的身上，打了个趔趄，就往地下倒去。

"姑姑！"欧阳浩天大叫一声，抱紧那个女生的身体，不断地摇晃着。

游行队伍一片混乱，哭叫声响成一片。枪声在继续。欧阳浩天的哭喊声穿透了密集的枪声，在天空中回荡。他偏过了头，看到一名兵士正举枪对准另一个女生。砰的一声枪响，女生的头上喷出一道血光。

"姑姑！"他又是一声大叫，连忙放下怀里的女生，去抱那位女生。但女生已经重重地栽倒在地，再也没了气息。

"姑姑！"他奋力地去抱那名女生，兵士的皮鞋却踏在他的身上。他一阵疼痛，差一点晕厥。突然，他暴跳而起，闪电似的冲向了一个兵士，一把夺过他手里的枪，扣动扳机，朝着一个兵士头上就是一枪。

裴俊贤夺过了另一名兵士的枪，用枪托猛地砸向一个正准备开枪的兵士，并冲到欧阳浩天跟前了。

欧阳浩天已经杀红了眼，看见手里拿着枪的家伙，就把枪口对准了他。

裴俊贤心知不妙，一闪身，让欧阳浩天的枪扑了空，然后拉着他的手，大声说道："是我！"

"姑姑！"欧阳浩天并不理会他，一个劲地喊叫着，一个劲地朝兵士们开枪射击。一支枪的子弹打完了，他朝地上一扔，就去夺另一个兵士的枪。他依旧弹无虚发，一枪打死一个兵士。

又开来了一群兵士。兵士不由分说，子弹、枪托齐上阵，打向了游行队伍。游行民众死伤惨重。不知谁高喊一声跑，就有许多人跑了。

裴俊贤拉了欧阳浩天的手，也要跑。

"姑姑！"欧阳浩天奋力挣脱了他的手，又要朝兵士打去。

"姑姑已经回去了，姑姑叫你快走！"裴俊贤灵机一动，大声喊道。

欧阳浩天眼睛一转，只见游行队伍快要消失了，连忙扔下枪，跟着裴俊贤就是一阵狂奔。

终于安全了。裴俊贤觉得很窝囊，一直在想：游行队伍怎么一打就散呢？这样，怎么可能迫使政府停止剿共，真心抗日啊。欧阳浩天却到处寻找什么东西，一边寻找，一边呼唤："姑姑！"

裴俊贤心里一紧，赶紧拉住欧阳浩天，说道："姑姑已经死了，别找了。"

"姑姑没死。姑姑刚才还在。"欧阳浩天争辩道，一面毫不停歇地到处寻找他的姑姑。

裴俊贤心里一凉到底。本想让欧阳浩天当一回男子汉，却把他给逼疯了。殷雪儿还会跟他成亲吗？裴俊贤不敢想象，只有灰溜溜地把欧阳浩天送回家。

孙子竟然疯了！欧阳锦华浑身上下好像裹了一层厚厚的冰雪。完了，祖宗的遗愿，欧阳家族的希望，全部毁灭了。他好一会儿才回过神来，操起一根棍子，朝着裴俊贤就是一阵乱打："还我孙子！你还我孙子！"

打了一阵，把棍子一扔，又去看欧阳浩天。欧阳浩天时而一阵哈哈大笑，时而胡乱地喊着姑姑，时而一阵狂奔。欧阳锦华怎么也不能让孙子好好说一句话，更加气恼，指着裴俊贤就骂："欧阳家族欠了你什么呀？你骗走了浩天的媳妇，还把他逼疯了。是不是裴家就喜欢逼死人、逼疯人呀。"

裴俊贤静静地站在那儿，脑子里乱成一团麻，根本没有半点反应。

裴云珠心疼孙子，也心疼侄儿，更要维护裴家的声誉，一听丈夫说得太过分了，生气地白了他一眼。

欧阳锦华看着夫人，喊道："我没有说错，元杰就是死在你大哥手里的。"

欧阳锦华的话犹如一声晴天霹雳，打得裴俊贤瑟瑟发抖。他很想询问姑父，父亲是怎么死在伯父手里的，可是，嘴唇翕动了好一会儿，硬是开不了口。终于，他像狂风一样奔了出去。他跑到长江边，对着长江放声大叫一阵，然后跪在江堤上号啕大哭。他询问长江，父亲可是被伯父逼死的，江水滔滔东去，根本不给他任何回答；他询问父亲，可是惨死在伯父手里的，父亲一样没有回答；他还想询问母亲，母亲一样没有回答。

他静下心来，坐在江堤上，思考了很久，决定去问一问伯父。

裴元基重出江湖，回到了兵工厂，潜心研究老师留下来的枪炮图纸。侄儿突如其来地站在他面前，一脸的严肃，令他感到纳闷。

不过，他还没说话，就听见了一句撕心裂肺的问话："我父亲真是被你逼死的吗？"

裴元基本能地反问道："你在胡说什么？"

"是不是胡说，你自己最清楚。"裴俊贤冷静地说道："我只想知道，我父亲到底是不是被你逼死的。"

裴元基呆了半晌。他不想再隐瞒了，慢慢地诉说着弟弟死去的经过。

裴俊贤虽说已经从姑父嘴里得知父亲的死跟伯父有关，但是，只有当伯父亲口告诉他这一切时，他才真正感到痛苦。是伯父把他抚养长大，是伯父教他怎么做人，是伯父教给他知识并把他送到了学堂，是伯父教会了他设计和制造武器、弹药，是伯父劝说他接手了欧阳家族的生意。他的一切都是伯父给予的。他得感谢伯父。可是，父亲和母亲都因为伯父而死，他不能再跟伯父生活在一起了。

沉默了好一会儿，他翘起头，一眼看到墙上挂着父亲留下的那支汉阳造，禁不住浑身一颤，冲了过去，一把抓过它。

“孩子，来吧，给我一枪。”裴元基镇定地说道：“我就可以去见你父亲了。”

裴俊贤扑通一声跪倒在地，接连向伯父叩了几个响头，腾身而起，把步枪往肩上一扛，说道：“谢谢伯父的养育之恩。我父亲的死，我不怪你。但是，我再也不能跟你生活在一起了。”

“孩子，你要去哪里呀？”裴元基慌忙站起身，一把抓住侄儿的手，紧张地问。

“参加红军！”裴俊贤猛地甩掉了伯父的手，一扭头，旋风一样冲了出去。

纠结的家事

这几年，姚心林的心里充满了痛苦。儿媳去世之后，一大家子人口，就只有她一个女人操持着，哪里轻松得了。欧阳兄弟带着欧阳浩天四处求医，家里只剩下妹妹裴云珠，成天魂不守舍，担心受怕。姚心林每天都会过去看一看裴云珠，陪她说说话，安慰安慰她。有时候恰好遇到欧阳锦华，一见他那充满哀怨的眼神，姚心林就感到不是滋味。她曾经打听到了侄儿要拉欧阳浩天去参加游行队伍的原因，心里活动开了，觉得能让殷雪儿早一点跟欧阳浩天完婚，兴许就能把欧阳浩天的疯病彻底治好，就去找刘玉蓉。

刘玉蓉知道殷雪儿在欧阳浩天还没有完全疯掉之前就已经想退婚了，现在要求人家嫁给他，岂不是痴人说梦？不过，碍于姚心林的面子，她还是去了殷家。

殷雪儿正好在家。她听说欧阳浩天发疯，裴俊贤跑了，就准备回家拿一些钱，出去寻找裴俊贤。结果，一回到家，就被父母逮了一个正着。欧阳浩天发疯了，殷父、殷母也不会把女儿往火坑里推。一见女儿回了家，马上就跟她商量退婚的事。殷雪儿自然万分高兴。她还得去找裴俊贤。殷父、殷母毕竟见多识广，到处都在打仗，一个女孩家，出去怎么找得到裴俊贤呀。不如先给裴家递一个口信，让裴家把人找到了，女儿就嫁过去。殷雪儿一听父母说得有理，马上取消了找裴俊贤的念头，要求父母立刻就去退亲。父母说欧阳浩天刚发疯，再给人家添乱不厚道，等过一段日子，欧阳锦华心里平和了，再说也不迟。殷家想等，没料到欧阳家却不想等。

刘玉蓉先绕了一个大圈子，然后说到正题："雪儿是一个人见人爱的好姑娘，谁娶她都是福气。要她嫁给浩天，的确太委屈了。可是，浩天变成这样，我们心里不好受，就想，也许雪儿嫁给他，他的病就会好起来。"

"要我嫁给一个疯子。我不干！"殷雪儿没等她把话说完，就火冒三丈，腾地跳了起来，又是跺脚，又是挥手地吼叫道。

女儿太无礼了。殷父、殷母吃惊不小，连忙怒喝女儿。殷雪儿却理也不理，继续说："告诉你，趁早死了这份心吧。欧阳浩天就是不疯，我也不会嫁给他。我要嫁的人是裴俊贤。"

刘玉蓉满面含羞地回去了。

姚心林得到回话，一样目瞪口呆。欧阳锦华已经为浩天的事，对裴家恨之入骨了，殷雪儿怎么偏偏要喜欢裴家的人呢？好在裴俊贤已经参加红军了。她便跟刘玉蓉商量，该怎么对欧阳锦华和裴云珠说这件事。

其时，欧阳锦华兄弟正带着欧阳浩天在上海求医，府上只有裴云珠。

裴云珠听了两位嫂子的话，心里想道：浩天已经疯了，也怪不得殷家不认账。但是，殷雪儿要嫁给裴俊贤，她一样感到很为难。

因为孙子发疯，丈夫已经对裴俊贤恨之入骨了，要是再增添上殷雪儿的事，丈夫会怎么想？他只会以为那是裴俊贤早就计划好了的，要把孙子逼疯，然后娶殷雪儿进门。裴俊贤跑了，他暂时不能拿裴俊贤怎么样，但会变本加厉地折磨她。

"浩天跟殷雪儿没有指望，俊贤也跑了。"刘玉蓉宽慰她道："我们再也不用管殷家的事了。"

可是，殷雪儿却不能不管。她一再催逼父母去打探裴俊贤的消息，总是被父母遮掩下去，一时不忿，自己跑去裴家，一见姚心林，就直接询问裴俊贤的下落。一下子就勾起了姚心林的伤心事，让姚心林痛苦地流下了眼泪。

裴俊超回到了家，见此情景，气就不打一块来，怒骂道："你是不是觉得没有把裴家和欧阳家里的人都逼疯、逼死，就不解气呀？"

殷雪儿朝他愤恨地瞪了一眼，一溜烟地跑掉了。她并没有放弃从裴家得到裴俊贤消息的打算，相反，这个打算更加坚定了。她每隔几天，都会跑到裴家来，不再直接询问裴俊贤的下落，像女儿回娘家一样，先对姚心林甜甜地喊上一句："伯母！"然后帮她做这做那，还跟她谈心。

姚心林心里跟明镜似的：殷雪儿还是没有放弃裴俊贤。她怎么能跟殷雪儿实话实说？放下欧阳锦华一定会更加痛恨裴家不说，国民党一直就没有放弃过对共产党人的围剿和屠杀，不论是江西红军，还是鄂、豫、皖红军，随时都处在国民党的围攻之下，炮弹和子弹都没长眼睛，谁知道俊贤是生是死？再说，把一个女孩子推向死亡的境地，她做不出来。

欧阳锦亮兄弟带着欧阳浩天四处求医，虽说没能把欧阳浩天的病彻底医好，却也大有好转，遵照医生的嘱咐，把孩子带回武汉，送到英国人开设的医院去静养。裴俊贤出走之后，欧阳锦亮重出江湖，从弟子当中着意培养人才。

一回到家，欧阳锦华就想赶紧为孙子把殷雪儿娶回来。没想到，刚一跟夫人提了一个头，夫人就说："两位大嫂早就想让浩天尽快和殷雪儿成亲，却被殷家拒绝了。再怎么提这件事呀？"

"拒绝了？"欧阳锦华目瞪口呆，好半天都反应不过来。

"人家觉得浩天已经疯了，当然不肯再嫁给他了。"裴云珠叹息道。

"浩天已经好了。"欧阳锦华把姚心林和刘玉蓉找到一起，说道："你们能为浩天着想，我真是感激不尽。只是，殷家并不知道，其实浩天已经有所好转。请你们再去殷家说一说，让雪儿跟浩天快点成亲吧。"

"已经退了的亲，还能说回来吗？"姚心林和刘玉蓉相互瞄了一眼，问道。

"能，怎么不能呢？殷家在退亲的时候，并不知道浩天的病已经好了呀。只要你们跟殷家说出事实，人家一定会同意。"欧阳锦华说道。

姚心林和刘玉蓉心里蛮不情愿，却看着欧阳锦华的热乎劲，又不忍拂了他的心意，只有答应去殷家走一趟。这一走，不仅没有把事情走好，反而惹得殷雪儿的父母满肚子的不高兴。

"殷家怎么能这样呢？"听嫂子把去殷家的经过一说，欧阳锦华一颗火热的心顿时掉进了冰窟，有点不相信地说道。

刘玉蓉说："为这件事呀，别说我弄得灰头土脸，裴家大嫂也很难堪呢。嫂子今天怎么也得说一说你。浩天弄成这样，不是裴家的错。裴家一直在帮助你。是浩天自己没有从宁儿的死里走出来，怪不得裴家。我们跟裴家的关系就是亲兄弟姐妹。你却把裴家当成了仇人。你说，你为什么要这样呢？"

"大嫂说得对。我是不应该把浩天发疯的事归罪到裴家头上。"欧阳锦华重重地出了一口气，说道："我一定会好好跟裴家道歉。"

日子不断向前流逝。

有一天，殷雪儿又一次来到了裴家，正赶上姚心林在流泪，忍不住问道：“伯母，你这是怎么啦？”

姚心林泪眼婆娑地望着她，说道：“孩子，我知道你一直没有放弃寻找俊贤。可是，他没有福气娶你，他已经不在了，去世了。你就再也别想他了，重新找人，过你的日子去吧。”

殷雪儿一阵天旋地转，发疯似地催问道：“裴俊贤是怎么死的？死在哪儿了？”

姚心林无法面对她，也无法把真实情况告诉她，说道：“是俊贤临死前托过路人绕道汉阳，来告诉我们这个消息的。他死了，尸骨无存，别说你，就是我们也找不到他。”

殷雪儿并没有像姚心林期待的那样不再来裴家。她已经跟姚心林建立了一种类似母女的感情，离不开裴家了，就是裴俊贤不在，她一样每隔一段时间就会来到裴家，没事人一样地跟姚心林闲聊。她渐渐可以做裴家半个女主人了。这让姚心林非常感激。

裴俊贤参加红军

裴俊贤没有死。离开裴府之后，他就跑去七里坪参加红军了。在路上，他碰上了国民党的围剿大军，被强行编入了国军。碰巧，在七里坪跟红军打仗的时候，被红军打败了，他成了俘虏，被红军战士看押起来了。

终于来到红军队伍，他大喜过望，把自己的家世一五一十地告诉了红军指挥员。事情很快就传到了刚刚担任红四方面军总指挥徐向前那里。

徐向前是黄埔军校出身，参加过北伐战争，对汉阳兵工厂早有耳闻，如今一听说兵工厂有人前来参加红军，不由欣喜若狂，马上骑了高头大马，亲自前来看望裴俊贤，跟他好一阵交谈。

“天啊！你就是裴元基老先生的侄儿！你还会造枪、造炮！”徐向前立即命令他组建红军的兵工厂。

红军面临的各种条件都异常险恶，根本不可能复制汉阳兵工厂的枪炮制造模式。虽然如此，裴俊贤依旧信心十足，马上就在根据地搜寻制造火药的原料与钢铁。他还修建了一座化铁炉，用于把收集到的破铜烂铁重新熔炼成能够按照自己的设想用于制造子弹和手榴弹的东西。

第一批子弹、手榴弹、炸药包和地雷制造出来的时候，敌人正向鄂豫皖根据地发动大规模攻击。裴俊贤把它们源源不断地提供给红军战士。敌人的攻击势头越来越猛烈，连中央分局所在地新集也落到了敌人手里。红军不得不撤离根据地。

裴俊贤带领兵工厂踏上了撤离的道路。一路上，不断遭到敌人的围追堵截。红军损失惨重，兵工厂简陋的制造设备几乎丢失了一半。当红军终于摆脱了敌人，在四川和陕西交界地带停留下来的时候，裴俊贤立即选择地形，重建兵工厂。红军用兵工厂里制造的弹药，横扫了整个川北一带的四川军阀，打下了一块固定的根据地。

红军队伍越来越大，仗也越打越大。红四方面军在粉碎了敌人的六路围攻之后，堆积在兵工厂里的破损武器活像一座小山。裴俊贤加紧和工人一道维修它们，却突然接到了转移的命令。他不得不率领工人把设备和破损武器都装运好了，随着部队一道再一次踏上了转移的道路。

这一回，队伍一直在行军，一直在战斗。兵工厂住无定所，裴俊贤只能和修理人员一道，见缝插针，只要能够挤出一点时间，就把一些易于修理的破损武器修理好，重新交回部队。由于过度劳累，他极度疲乏和虚弱，却依旧保持了旺盛的斗志。靠着这种斗志，他度过了无数艰难险阻，终于随同红四方面军一道和中央红军会合了。

喜悦的泪水还没有擦干，痛苦和忧伤的事情就扑面而来：中央红军在毛泽东的带领下，偷偷北上了；红四方面军在张国焘的鼓噪下，高呼着“打到成都吃大米”的口号，杀向成都平原。

刚开始，红四方面军势如破竹，接连攻克了许多地方，却在百丈关一带，遭到国民党中央军的顽强阻截。四川军阀掌控的军队跟国民党中央军不停地向红军展开了顽强的攻击。红军的阵线全部被敌人撕破了。敌人蜂拥而至。红军被迫退却。

红军觉醒了，裴俊贤也觉醒了，张国焘在搞分裂。

进而，裴俊贤明白过来：红军只有跟着毛泽东走，才会有前途。他开始热切地盼望着红四方面军再度跟中央红军会师。这一等，就等了一年多。他吃尽了苦头，却丝毫也没有动摇要去跟中央红军会合的信念。终于四方面军跟中央红军再度会合了。他心里的喜悦无以言表。

他受到了毛泽东的接见。

毛泽东对红军的能工巧匠一向十分感兴趣，询问道：“小伙子，听说你很会造武器，在哪里学过制造武器呢？”

“报告主席，我是从汉阳兵工厂出来的。”

“你姓裴。裴元基老先生是你什么人呀？”毛泽东略一愣，问道。

“是我的伯父。”

“你伯父是个了不起的人。他制造出来的枪炮，不仅国民党在使用，我们也在使用。而且，他还注重培养人才。他老人家的弟子王老四，就是我们红军队伍里一个很好的武器制造专家。”

“主席，王叔叔在哪儿？”裴俊贤惊喜地问道。

“他已经不在了。”毛泽东声音低沉地说道。

原来，王老四离开汉阳兵工厂之后，参加了南昌起义，后来为中央红军组建了一个兵工厂，却在中央红军渡过大渡河时，为了抢回被水冲走的制造设备，跳进水里，再也没有起来。

“王老四牺牲了，我还以为再也找不到像他一样的武器制造专家。没想到，你竟然早就来到了革命队伍。好，王老四没有完成的任务，希望你能接着完成。”

中央红军和红四方面军的兵工厂整合成一家大型兵工厂，裴俊贤担任厂长。

裴俊贤终于可以在贫瘠的黄土高坡施展自己的才干了。他依旧缺乏必要的设备，依旧缺乏工人，依旧缺乏原材料。可是，通过努力，他终于把兵工厂搞得像模像样，不仅能够制造子弹、炮弹、手榴弹和地雷，还能制造枪支。

红军的会师引发了蒋介石的恐慌，同时也给了蒋介石把红军一网打尽的机会。蒋介石迅速调集大军，从四面八方压向陕北，并亲赴西安督战。没想到阴沟里翻船，蒋介石被张学良和杨虎城活捉了。

第八章 抗日烽火

雄狮醒了

西安事变和平落幕了。国民党人跟共产党人再一次联手，结成抗日统一战线，秣马厉兵，就要向日本人开战了。

现在，中国军队终于要砍向日本侵略军的脑袋，裴元基自是异常欣喜。更让他欣喜的是，经过多年的研究与改进，比迫击炮和冲锋枪性能更为优良的新式枪炮终于研制成功了。

“我要尽一切努力，造出更多的好枪、好炮，造出更多的子弹和炮弹，让日本侵略军尝一尝中国人为他们预备的大餐。”他仍不满足，在内心发狠地说道。

在此之前，他一直扑在实验室里，却怎么都破解不了老师留下的难题，便想去华北亲自领略日军武器装备的威力，针对日军的武器装备，研制出能够针对日军特点的新式枪炮。

这时候，孙子裴运祥从德国留学归来，裴元基喜出望外，先让孙子去兵工厂熟悉了一段日子，就在孙子的陪同下，正式踏上了去华北的道路。

裴运祥在德国留学期间，承蒙祖父的老师的女儿帮助和照顾，不仅在生活上没有受到任何波折，而且师从德国顶尖的枪炮制造专家，对整个德国兵器工业的水平和发展趋势了解得颇为详尽。

回到汉阳，在听说了家里的事情之后，裴运祥万分感慨，很感激殷雪儿给自己沉闷的家庭带来了温暖。他只要见到她，心里就有许多话要对她说，却一时又什么也说不出来。殷雪儿却落落大方，常常问他这问他那。两个青年人的心，渐渐地走近了。殷雪儿空虚的内心世界泛出了一丝暖意。她越来越感觉到自己已经喜欢上裴运祥了。裴运祥也是这样。可是，他不能喜欢她。她是叔叔的人，侄儿怎么能喜欢叔叔的人呢？他只有逃离。

殷雪儿心知裴运祥是在躲着她，逮住了他以后，直截了当地说道：“我喜欢你。”

“谁都知道你喜欢我叔叔。你不能喜欢我，绝对不能。”

“你说不能就不能？绝对能！”殷雪儿说道：“我是喜欢过你叔叔，可是，你叔叔已经不在了。我遇到了你，又喜欢上了你，跟你叔叔已经没有关系。”

“谁说没有关系？人活在世界上，不能只为自己，还要考虑到别人的感受。”

裴运祥的话提醒了殷雪儿。她不能只顾自己，得先跟老人们商量，就直接向姚心林说出了自己的心思。

于是，裴家再一次被搞得鸡飞狗跳。

就在家里闹得极不安生的当口，裴元基和裴运祥祖孙二人到达了察哈尔。他们对当地的自然环境和地形地貌作了一番深入的调查研究，摸清了国军的部署，就向当地最高指挥官提出建议：“应该在各交通要道和险要路段部署重兵把守，然后结集一部分兵力在距前方一百华里外的空旷地带集结待命，等待日军有大规模的行动，就可以随时向各方向增援。”

紧接着，裴元基到了国军与日军对峙的最前沿，通过望远镜观察日军的阵地。

日军那边的气氛越来越诡异。裴元基感到，日军很快就要展开行动了。他连忙向最高指挥官提出全体戒备，立即进入战争状态的建议。可是，蒋介石“攘外必先安内”的政策束缚了国军高级将领的手脚，最高指挥官除了一通虚假的感谢，仍然没有采取实际行动。

“祖父，怎么办啊？”裴运祥问道。

“不给日军一些教训，不亲眼看一看日军的武器装备到底怎么样，我绝不罢休。”裴元基说道，立即鼓动兵士们跟自己一道，杀向前线，抵御日军的攻击。但各部队已经接到了命令，不得擅自向日军开枪。

裴元基绝望了。他愤怒地吼叫道：“难道你们的枪口只能对准共产党，却不能对准日本人吗？”

日军的攻击开始了。成群结队的日军展开成散兵队形，在大炮的掩护下，向国军把守的山头发动了攻击。

裴元基悲愤交加，一把推倒一个兵士，操起一支汉阳造步枪，朝着日军就打。砰，一颗子弹穿透了密集弹雨组成的帷幕，飞速地射向日军。一个日本兵双手一扬，倒在了地上。

“兄弟们，难道你们只能听凭日本人来杀你们吗？”裴运祥操起另一支汉阳造步枪，一边打向日军，一边回过头来疯狂地叫喊道。

一颗炮弹落在裴元基身边，一声剧烈的爆炸过后，扬起的硝烟和尘土哗啦啦地砸在裴元基身上。裴运祥大叫一声，奔向爷爷，把爷爷从尘土中挖了出来。老人一脸是血，幽幽苏醒，一把推开孙子，再一次拿起枪，对准越来越近的日军。兵士们感动得流下泪水，相互瞟了一眼，谁也不说话，发出一声怒吼，操起武器，向日军展开了猛烈的还击。

“好小子，干得好！”裴元基兴奋地叫了起来。

在中国军队的顽强抵抗下，日军的第一次攻击被打退了。裴元基并没有从日军手里缴获一些武器、弹药。他需要缴获敌人的武器，很快就构思包围一部分敌人的计划。部署尚未调整到位，日军就发动了第二次攻击。

这一次，日军先用猛烈的炮火持续轰击了大半天，然后出动更多的地面部队，向国军把守的阵地展开了更为凶猛的攻击。

裴元基已经将一部分人马偷偷拉到敌人的后面去了，阵地前沿很快就被敌人冲开了一道巨大的口子。裴元基连忙命令兵士们去抢夺丢失的缺口，敌人却已经源源不断地冲了进来，国军连番抢夺，但缺口越来越大。不跟敌人拼死一搏，整个阵地都会落在敌人的手里！裴元基命令兵士们将手榴弹收集起来，捆成一束一束的，一齐拉开拉环，和着临时捆扎起来的炸药包一道，扔向了敌群。这时候，潜入到敌后的那批人马在裴运祥的率领下，从敌人的后面突如其来地展开了攻击。敌人留下许多尸体，再一次逃走了。

终于收集到了敌人的武器。裴元基如获至宝，仔细地检查了一遍，摸清了各型武器的技术性能，教会兵士们隐蔽自己以避开被敌人杀伤的办法。但接下来，再也没有战斗可打了。国军最高指挥官得知前线正在跟日军进行激战的消息，连忙向南京政府报告了日军进攻的动向和战斗情况，挨了蒋介石一顿臭骂，只得灰溜溜地命令兵士们不得继续抵抗。

裴元基带着满身的伤痕和心灵的创痛，跟孙子一道回到了汉阳。他已经从兵士奋力抵抗日军的进攻上看出了中国军人的抗日精神，他相信，总有一天，中国军队会拧成一股绳，发出一声惊天动地的怒吼，把复仇的怒火烧向日军。他得为这声怒吼注入强大的力量。手里已经有了日军的武器和老师留下的图纸，还有孙子带回的一些新理念、新思维，在兵工厂所有人员的共同努力下，比冲锋枪、迫击炮还要先进的新式枪炮终于试制成功。

现在，中国军队已经联合起来了，共同向日军发出怒吼的时间马上就要到了。他得加紧赶制这些武器装备。

犬养雄一来华

裴元基日日夜夜坚守在兵工厂，对外界的动向毫不关心。忽然有一天，欧阳锦华告诉了他一个令人震惊的消息：当年留学德国的日本同学犬养雄一来到了武汉，想见一见他们，也想看一看汉阳兵工厂。

“自分别以来，我们跟犬养雄一从来就没有联系过。他为什么现在突然冒出来了？为什么要看一看兵工厂？”裴元基本能地问道。

“犬养先生是为了给浩天治病才来到武汉的。”欧阳锦华不得不把犬养雄一跟自己联系的经过告诉了裴元基。

“治病就治病，他为什么还要参观汉阳兵工厂？”裴元基问道。

“人家也是制造武器的专家，当然会对武器感兴趣。这是本质使然。难道你去了日本，有了机会，不想看一看人家的兵工厂吗？”

“我满足他。”裴元基想起了《孙子兵法》上说过“能而示之不能，用而示之不用”。犬养雄一既然来了，就别让他空手而归，让他亲眼看一看兵工厂的设备是多么简陋，生产出来的武器又是多么不堪。

经过几十年的努力，犬养雄一已经成为日本首屈一指的军火制造和供应商。他差不多已经忘了远在中国的同窗裴元基和诸葛锦华，偶尔看到了欧阳浩天，使他终于想起了那两个中国同学。日本早就把征服中国纳入了既定国策，无论中国多么不堪一击，一想起有可能成为对手的两个同学，他就不能不重视。在德国，诸葛锦华的拳脚功夫给了他深刻的教训，裴元基又是老师最为得意的学生，被老师视为军火制造奇才。他们两个人在一起，会给中国军队制造出多么可怕的武器啊！

他开始接近欧阳浩天，有计划、有步骤地从欧阳浩天嘴里探出了裴元基和诸葛锦华在中国干什么。在那一刻，他就想通过欧阳浩天，借看望昔日两位同窗的名义，来到汉阳探探中国武器制造的虚实。没想到，欧阳浩天竟然不辞而别，回了中国。他懊恼不已，所幸已经知道了诸葛锦华和裴元基的一切，便通过日本派驻中国各地的间谍，监视他们的动向。

欧阳浩天精神失常了。犬养雄一听到这个消息，深感向昔日同窗伸出援手的时机到了。他先向欧阳锦华写了一封信，诉说想念之情，继而话锋一转，说大日本帝国具有优良的生活及其他条件，如果欧阳先生有需要，犬养雄一一定伸出援手。

欧阳锦华带着孙子外出治疗，一直不在家，没能早一点看到犬养雄一写来的信。在万般无奈之下，他把孙子送进了英国人开设的医院，自以为从此以后，孙子也就只能在那儿度过余生，犬养雄一的信让他重新鼓起了希望。他连忙给犬养雄一回了信，极其夸张地诉说了一番同学之情，然后点出正题：如果犬养先生能够帮忙把孙子的疯病医好，欧阳锦华将永生难忘。

犬养雄一接到信，已是一年以后的事情。犬养雄一不用慌，他得慢慢玩一玩欧阳锦华，只有这样，才能把欧阳锦华牢牢抓在手心。

欧阳锦华迟迟没接到犬养雄一的回信，发出一封接一封的求助信，迫不及待地希望犬养雄一先生早日大驾光临。犬养雄一眼看日军就要大举攻击中国，这才给欧阳锦华回了信，告诉他自己将亲自带着闻名全日本的精神病医生小泉次郎前来为令孙治疗，希望届时能够到同窗的兵工厂参观一下。

只要能够让孙子恢复健康，别说犬养雄一只提了区区一个要求，就是再多的要求，欧阳锦华也会毫不犹豫地答应下来。

约定的日子到了，裴元基和欧阳锦亮陪同欧阳锦华，去汉口见到了犬养雄一。三个昔日同窗乍一见面，场面热火朝天。欧阳锦亮偶尔也会插几句嘴，为他们谈话增添一点别样的气氛。小泉次郎是一个精瘦而又斯文的中年人，一直恭恭敬敬地坐在那儿，没有开腔。

很快，他们一道去了欧阳锦华府邸。

欧阳浩天在英国人开设的医院治疗了一个时期，神志更加清醒，就出了院，回到了家。可是，稍微有一点响动，他的病就会复发。如此反反复复地在英国人开设的医院和家里两边跑动，已经把他的身体完全击垮了，丝毫看不出他只是一个二十多岁的青年，倒像历经沧桑的老人。

此时，欧阳浩天正一个人枯坐在门口。一看到犬养雄一，他马上跳了起来，一边喊着“姑姑”，一边飞快地跑了过去。下人们阻挡不及，欧阳浩天一把将犬养雄一抱在怀里，不停地叫着姑姑。欧阳锦华连忙去拉，却怎么也扯不脱孙子的手。欧阳锦华和裴元基急了，马上也要施加援手。小泉次郎却不慌不忙地说了一句什么，欧阳浩天立刻就松了手，眼睛偏向他，又是一声姑姑，同时还张开双手，去拥抱他。小泉次郎叽里咕噜地说了一些什么。

欧阳浩天越来越平静了，仔细地盯着小泉次郎，问道：“你是姑姑吗？”

小泉次郎又是一阵叽里咕噜，从口袋里掏出一把糖果，递向欧阳浩天。欧阳浩天迟疑了一会儿，接到手里，马上又递给他。他又是一阵叽里咕噜。欧阳浩天恼了，突如其来地把他扑倒在地，把糖果全部塞进了他的嘴里。众人大惊失色，赶紧就要上前去救小泉次郎，却见小泉次郎又叽里咕噜地说了一些什么，欧阳浩天就从他嘴里掏出了糖果，直朝自己嘴里塞。

欧阳锦华异常震惊，赶紧想把孙子嘴里的东西掏出来，孙子却慢慢地闭上眼睛，朝地上倒去。欧阳锦华赶紧吆喝下人们把孙子扶送到房间里去了。

小泉次郎起了身，幽雅地拍打着身上的尘灰，对犬养雄一叽里咕噜地说了一通。犬养雄一转述道：“令孙只是脑子受了刺激，只要让他接受治疗，保证会彻底恢复。”

真是老天有眼！欧阳锦华喜极而泣，恨不得跳起来高呼万岁。欧阳家族唯一的后人有救了，欧阳锦亮心里也乐开了花，不断地向犬养雄一和小泉次郎说着感激的话。裴元基心里一样很高兴，可是，他仍然很冷静，提醒自己千万别被犬养雄一表面的行为所迷惑。

犬养雄一参观汉阳兵工厂

犬养雄一在裴元基、欧阳锦华和欧阳锦亮的陪同下，去了兵工厂。裴俊超亲自到大门口迎接，跟犬养雄一见了面，说了几句客套话，就带着他们去了枪支制造厂。

一路走过，到处一片颓废，犬养雄一感到很纳闷。论才干，裴元基和欧阳锦华比自己只强不弱，怎么会把一座大型兵工厂经营成这副样子呢？莫非是他们故意给自己布设的迷魂阵？他煞有介事地说道："裴先生在德国的时候，就被老师称为军火制造业的奇才，莫非言过其实吗？"

裴元基回答道："要是裴某的祖国像日本一样强大，像日本一样科技昌明，无论什么样的武器，我都能制造得出来。可是，在中国，一切都受到了制约，巧妇难为无米之炊呀。"

"是呀，中国的确不是可以施展才华的地方。"欧阳锦华附和道。

说话之间，一行人进入了枪支制造车间。犬养雄一可不愿意被几个中国人糊弄住了。他爬上日本军火巨子的地位，可不是图侥幸，靠的是几十年来亲自造枪、造炮干出的精湛技艺。一见工人们懒洋洋地操作着机器，越来越觉得这是裴元基故意做给他看的，也不说话，健步如飞地走向一台机器，手一伸，就熟练地操作起来。他满以为只要自己一出手，一根枪管很快就会从手里生产出来，没想到，钢管一挨上机器，就像打摆子一样抖动不休。他连忙检查机器，各部件严重老化。他不得不遗憾地说道："看起来，我的确老朽了，连一根枪管也造不出来。"

"我可以理解成这是犬养先生对中国军工界的嘲讽吗？"裴俊超冷冷地说。

"不，我是在怪自己。"犬养雄一看着裴俊超，不理解似的说道："难道裴先生觉得我说的不对吗？"

裴元基狠狠地瞪了儿子一眼，阻止儿子继续跟犬养雄一争辩下去。

欧阳锦华一心为了讨好犬养雄一，连忙说道："犬养先生是军工前辈和能手，却做成这样，整个汉阳兵工厂，还能生产出什么好东西呢？”

犬养雄一生性多疑。欧阳锦华马屁一拍，反而令他心里不安，总觉得一定是中国人使了障眼法。他不能被中国人蒙蔽了，参观一个枪支制造厂还不够，得全面了解汉阳兵工厂才行。欧阳锦华有求于他，满足了他的愿望。他看到了整个兵工厂的全貌。

大名鼎鼎的汉阳兵工厂的确老了，再也支撑不起整个中国军队的军火供应了。犬养雄一放心地回去了。在这一次的行程中，他已经紧紧地抓住了裴元基和欧阳锦华的弱点：这是两个面和心不和的人。他既可以在他们中间播撒不和的种子，又可以利用欧阳浩天，把欧阳锦华紧紧抓在手里，让他为自己做一切事情。

裴元基看出了犬养雄一的险恶用心。可是，欧阳锦华对犬养雄一感恩戴德，他自忖难以让妹夫认清日本人的本来面目，就把疑虑告诉了欧阳锦亮，两人结伴去劝说欧阳锦华。

“浩天马上就要痊愈了，你们劝我不跟犬养雄一和小泉次郎接触，是什么意思？”欧阳锦华压住心里的怒火，质问道。

“锦华，人家没安好心。”欧阳锦亮说道。

“那只是你们的猜测。”欧阳锦华反驳道：“他们如果没安好心，就不会大老远来中国给浩天治病。”

“给浩天治病只不过是幌子。你不要被他们欺骗了。”裴元基说道。

“我还没有老眼昏花，认得清人。再说，他们就是没安好心，我已经不去兵工厂了，他们怎么利用我呀？”

裴元基再也不愿意跟欧阳锦华耗下去了，他得把自己得出的结论尽快传出去，让中国军队做好准备，还得加紧制造新式枪炮。

兵工厂焕发活力

裴元基的分析和建议，正好跟各路情报人员发回的信息相吻合，国民政府国防部马上酝酿颁布战前动员令，并派遣人员来到汉阳兵工厂，督促制造新式枪炮弹药。

鉴于上海是国民政府首都南京的东部屏障，首先更换新式枪炮的队伍，无疑落到了上海驻军头上。但是，兵工厂生产能力有限，全面更新装备是一个缓慢的过程。在日本帝国主义全面发动侵华战争的时候，仅仅只有一个师的兵力得到了新式装备。

犬养雄一回日本之后，马上向日本陆军本部提交了一份详细的报告，说明他在汉阳兵工厂看到的一切，得出结论：中国军队没有任何武器可以抵抗得了大日本皇军的凌厉攻势，也没有新式武器在研制。

于是，经过半年的精心准备，日军悍然发动了卢沟桥事变，拉开了全面侵略中国的序幕。

裴元基心里沉甸甸的。他无法拿出更多、更好的武器装备去武装中国军队，只能一遍又一遍地听到中国军队如何挥舞着大刀，迎着日本军队的枪炮，冲进日军阵营。一批又一批的中国军队被打散了，他们丧失了战斗力。他震惊、痛苦、揪心，他整天整夜地泡在兵工厂里，心里只有一个念头：快速地生产枪炮、火药，去打击日寇。

裴俊超更不轻松。他不能不为兵工厂的正常运转劳心费力。所幸的是，儿子裴运祥能够把在德国学到的最新管理办法和制造技术发挥到极致，给予了他很大的帮助。

欧阳锦亮罄尽一切，源源不断地向兵工厂提供优良的原材料。

孙子的病情得到缓解，欧阳锦华被全国性的抗日热情激励起来了，回到兵工厂，他看到眼前的情景，心知裴元基给犬养雄一上演了一曲瞒天过海的好戏，心里想道：你给犬养雄一来这么一手，我没有意见，可为什么要瞒着我呢？立马就感到很不痛快。

裴元基见欧阳锦华主动回到兵工厂，心里非常高兴，正想好好地跟他谈一谈自己的计划，忽然发现他脸色有异，马上明白是怎么回事，说道："兵工厂到底有多大的生产潜力，你我都非常清楚。我为了防止犬养雄一洞悉兵工厂的内情，不得已使出了瞒天过海的计策。没想到，连你也相信了。"

"难道一切不是都在你的掌控之中吗？"欧阳锦华苦笑道。

"幸好一切都在裴大哥的掌控之中。要不然，日本人提前发动了全面侵华战争，我们的军队恐怕更难以抵挡。"欧阳锦亮说道："毕竟，日本人一迟疑，为我们赢得了宝贵的时间。"

欧阳锦华心里的不快并没有因此而消失。他愤愤不平地想道：你们怕我告诉犬养雄一兵工厂的实情，就什么都瞒着我。可是，犬养雄一一直就没有问过兵工厂是不是在研究新式武器，兵工厂到底有多大的生产能力，我为什么要告诉他呀？再说，他就是问，我也不会告诉他呀。你们枉作小人。

重返兵工厂，欧阳锦华虽说没有亲自参与新式枪炮的设计和制造，却得到了跟裴元基一样多的荣誉，欧阳锦华的心情越来越好了。更令他心情愉快的是，孙子欧阳浩天在小泉次郎的指导和治疗之下，已经完全恢复了。

要不是日本人发动了全面侵华战争，欧阳锦华最想干的事情，就是为孙子娶亲。殷家已经退了亲，他就去找嫂子刘玉蓉，希望她为浩天找一位更好的姑娘。刘玉蓉欣然从命，的确物色到了一个比殷雪儿还要好看的姑娘。但是，欧阳锦华跟孙子一说，孙子却不愿意："除了殷雪儿，我谁也不娶。"

"殷雪儿已经跟你退亲了，你怎么娶她呀？"欧阳锦华说道。

"除了殷雪儿，我谁都不娶。"

"浩天只认定了殷雪儿，别的人谁也不喜欢。还得求嫂子到殷家去说合说合。"欧阳锦华无计可施，只有跑到汉口，对刘玉蓉说道。

刘玉蓉心里作了难，一直沉默不语。

"锦华，这个事你叫嫂子很为难呀。难道你不知道吗？人家殷雪儿已经看上运祥了。"欧阳锦亮说道。

"运祥难道不知道吗？殷雪儿跟浩天定过亲呀。"欧阳锦华急了。

欧阳锦亮不满地纠正道："他们已经退亲了。"

"不管怎么说，浩天是我们欧阳家族唯一的后代，你们也不希望欧阳家族从此绝后吧？"欧阳锦华说道。

没办法，刘玉蓉只得答应去求一求裴家了。

欧阳锦华不能把一切希望都寄托在嫂子身上，还得找时间先跟裴元基通一通气。他有把握，只要跟裴元基一说，裴元基没有不答应的道理。寻得了一个空挡，他把孙子病情痊愈，正想把孙子成亲的事情告诉裴元基。

裴元基说道："按理说，浩天是应该娶一门亲了。可是，殷家不是取消婚约了吗？"

"那是人家觉得浩天发疯了，就不愿意再嫁给他。现在，浩天不是痊愈了吗？他正常了，可以成亲了，而且就认定了殷雪儿。我能不帮他达成心愿吗？"欧阳锦华颇为恳切地说道。

这倒的确是事实。裴元基不能不替欧阳锦华着想。他专门回家跟夫人商量，想让夫人促成殷雪儿和欧阳浩天破镜重圆。

姚心林连忙说道："这个事不好弄，殷雪儿心里一直喜欢着运祥。"

原来如此，怪不得欧阳锦华要对自己说那些话呢。裴元基说道："这个姑娘到底是怎么回事呀？完全没有规矩，先是喜欢浩天，后来喜欢俊贤，现在又喜欢运祥。不行，一定不能让运祥喜欢她。"

"不是运祥喜欢她，是她喜欢运祥。"姚心林纠正道。

裴元基说："如果殷雪儿纠缠多了，运祥难免不会动心。我得跟运祥好好谈一谈，你要想办法让殷家恢复跟浩天的亲事。"

夫人答应帮忙说合殷雪儿跟欧阳浩天的亲事，裴元基立即把孙子叫到面前，说道："我听说，殷雪儿喜欢上你了？不管是不是这样，你不要跟她来往了。她迟早得嫁给浩天。"

裴运祥答应道："孙子一定听祖父的话。"

殷雪儿却不会听别人的摆布，任凭刘玉蓉和姚心林磨破了嘴皮，她就是不愿意嫁给欧阳浩天。

裴元基没了办法，只好让裴运祥躲着她。裴运祥越是躲她，她越是来找他。裴运祥连家都不敢回了，只有一天天地待在兵工厂。殷雪儿找不到裴运祥，急眼了，带了一把锋利的刀子，去了兵工厂。她先哀求门岗，后来硬着头皮朝里面闯，却怎么也闯不进去。她便挥舞着刀子，在门口大叫裴运祥出来。裴运祥没出来，她又大叫，换成叫裴元基和欧阳锦华出来。

裴元基和欧阳锦华正在枪械制造厂检查一台突然无法工作的设备，只有嘱咐一个技术工人先把殷雪儿请进来，等一会儿两个人就去跟她谈话。

殷雪儿进了兵工厂，就到处乱撞，非得马上找到裴运祥不可，却一路行去，到处都有人阻拦，甚至有一个持枪的兵士把枪对准了她，喝令她老实一点。她就真的老实了，焦躁不安等候着裴元基和欧阳锦华。

两个老人一露面，她便道："我不要嫁给欧阳浩天，我要嫁给裴运祥。"

殷雪儿停顿了一下，为了增强说话的分量，突然把刀子架在自己的脖子上，继续说："你们硬要逼我嫁给欧阳浩天，我就死在你们面前。"

欧阳锦华慌了手脚，马上就要去阻拦。

裴元基却微微笑了一下，镇定地说道："你为了自己，丝毫不顾别人，更不顾国家现在正遭受日寇的侵略。他忙得焦头烂额，你却到兵工厂来胡闹！看他会不会娶你！"

殷雪儿宛如挨了一阵晴天霹雳，当场愣住，一动不动。好一会儿，她才扔掉手里的刀子，大声说道："我也要抗日，我要制造枪炮！"

裴元基和欧阳锦华都松了一口气。毕竟，殷雪儿不再闹了，就省却了他们的麻烦和烦恼。

殷雪儿进了兵工厂，就整天跟着裴运祥学习枪炮制造。她心里仍然挂念着跟裴运祥的感情，嘴上不说，却每一个眼神、每一个动作都流露出来的情意，让裴运祥发颤。他很想躲开她，却又很想亲近她。他就在这两种不截然不同的情感旋涡里苦苦挣扎着。

汉阳造酿成的风波

日军从海上不断地派兵增援。

把守在吴淞口一线的中国军队跟敌人展开了激烈的战斗，从新式枪炮里射出的子弹和炮弹，一落在敌人的军舰上，就杀死、杀伤一大片。日军恼羞成怒，出动了成群结队的飞机，对吴淞口的滩头阵地进行猛烈的轰炸，然后导引其他日军登陆，却在中国军队的抵抗面前任何企图都无法实现。

日军检讨原因，觉得中国军队的武器装备比他们想象的要厉害得多，连忙向大本营发去了报告。

大本营满脸狐疑，连忙找来了犬养雄一，问道："犬养君，你不是说中国人没有先进的武器装备，也没有制造先进武器的潜力吗？这是怎么回事？"

犬养雄一深感纳闷，为了弄清原委，马上启程，乘上军舰，开到了战场。

日军在犬养雄一的指导下，先用大炮朝接近岸边布设的水雷阵和障碍物一阵猛轰，紧接着，就在几百米之外，对着中国军队的滩头阵地展开了密集的炮火攻击。轰了整整一天，天色快要黑下来了，日军准备登陆。

第一波先头部队登陆了。突然，从中国阵地上喷出的火焰，像一堵密不透风的火墙，重重地压向了冲到滩头阵地的日军，瞬间就把他们化为泡影，紧接着，那团火焰朝正准备跳下军舰的日军烧了过来。许许多多日军一声不吭，就扑进了江里。

犬养雄一不由得大吃一惊："中国军队使用的是什么武器呀？"

得把他们使用的武器搞到手。犬养雄一向大本营请求派遣飞机前来轰炸。

犬养雄一跟随登陆部队一块冲上了滩头阵地。他想找出中国军队使用的枪炮到底是从哪里出产的，可是，他失望了。现场一片狼藉，连一根完整的枪管都不可能找到。他只有根据中国军队打出的子弹和炮弹，反复推算枪炮的性能，得出了一个令人震惊的结论：是德国造的枪炮。

日本天皇得知消息，傻眼了。要是中国得到了德国先进的武器装备，日本别说想征服世界，就是中国这一关，也过不去。天皇马上召开御前紧急会议，与会者争吵了一天一夜，总算达成了一致：一方面通过日本驻德大使向德国政府直接提出抗议；另一方面紧急约见德国驻日大使，向其提出书面照会，严厉地敦促德国信守对日本的承诺。

德国驻日大使懵了，德国政府也懵了，连忙查找是谁胆敢向中国出售先进武器，又是通过什么途径交付给中国的，结果什么也没查出来，马上向日本说明中国军队使用的武器跟德国毫无关系。

天皇再一次召开御前紧急会议，讨论德国是不是在敷衍日本。

犬养雄一说明了自己在中国战场上看到的一切，信誓旦旦地说：“中国不可能制造出如此先进的枪炮，根据枪炮的使用情况分析，只能是德国货。”

德国在狡辩！太不仗义了吧？日本一气之下，断然召回了驻德大使。

德国正试图向周围的国家动手呢，跟日本的关系必须维持，连忙把调查之后得出的结论连同调查材料一道转给了日本。

犬养雄一不由涔涔冒出了冷汗。他不能不承认自己看走了眼，那些武器是中国制造的。给国家造成了巨大的外交损失，他深感无颜苟活人世，拔出一把军刀，就要切腹自尽。但天皇的谕旨到了，命令他火速针对中国的枪炮特点，拿出针对性的解决办法。

他不能死，至少现在不能死，得快一点改进自己的枪炮。为此，首先要把中国人制造的武器搞清楚。他早就在欧阳锦华身上埋下了伏笔，赶紧写了一封信，交给小泉次郎，命令他带去中国，找到欧阳锦华。

新式枪炮投入使用，引发了日本跟德国之间的外交冲突。国民政府倍感兴奋。蒋介石一面向汉阳兵工厂发出了嘉奖令，一面急令全国各地都要把最好的原材料送往汉阳，让兵工厂制造出更多更好的枪炮。

这一天，蒋介石任命的特使来到兵工厂，向兵工厂颁奖。

裴元基早就接到消息，正要和欧阳锦华、裴俊超、裴运祥等人一道去迎接特使，可是，枪械厂设备老化，出了故障。技术工人费尽心机，也无法把它修复，只好前来报告。裴元基立即给身边的人分配任务：“运祥，你跟我一道去抢修机器；俊超，和你姑父一道去迎接特使。”

欧阳锦华和裴俊超陪同特使来到了早就搭建好的颁奖台。轮班休息的工人被招了过来，精神振奋地站在那儿，一见特使上了颁奖台，忍不住送去一阵接一阵掌声。当特使宣读蒋介石的嘉奖令时，整个兵工厂都沸腾起来了，枪械车间和弹药车间甚至鸣起了枪声。紧接着，特使一串激情飞扬的演说，把工人们的兴致提到了沸点。

颁奖仪式很快就结束了。特使要参观兵工厂，欧阳锦华陪同。特使一边参观，一边兴致高昂地询问兵工厂怎么能凭如此简陋的制造设备就造出了令日军心惊胆战的枪炮，欧阳锦华脑子一转，便神采飞扬地加进了一些自己的私货。

特使停顿了好一会儿，说道：“也就是说，这份嘉奖，其实应该由你和裴元基先生分享才对嘛。”

欧阳锦华说道：“都是汉阳兵工厂的荣誉，我感同身受。”

特使注视了他好一会儿，笑着对随行人员说道：“要是我们的同仁都像欧阳先生一样胸怀坦荡，默默无闻地为国家和民族作贡献，我们就一定会彻底打败日本侵略军。”

特使回到南京之后不几天，南京就发来了一份针对欧阳锦华的特别嘉奖令。

小泉次郎要挟欧阳锦华

欧阳锦华还没有来得及消化嘉奖令带给他的快乐，就接到孙子疯病复发的消息，不由脸色大变，飞快地往家里跑。

还没到家门，老远就听到了孙子的嚎叫声，每一声都像是从草原孤狼嘴里发出来的，令人心悸。他越发着急，一头撞进家门，只见孙子已经被紧紧地捆在一把高大的椅子上，夫人裴云珠正在向一个四平八稳地坐在另一把椅子上的人哀求着什么。欧阳锦华一眼认出那人正是小泉次郎，顾不得去看孙子了，连忙对那人说道：“先生来得正好，快帮我孙子治病。”

小泉次郎瞥了他一眼，不慌不忙地说道：“犬养先生本是一片诚心，带我前来为令孙治病，也想看一看昔日同窗，却遭到了欧阳先生的戏弄。这是欧阳先生的待友之道吗？”

那的确是在糊弄犬养雄一，可是，并不是自己的主意，怎么就能怪到自己头上呢？欧阳锦华很想分辩，嘴巴刚一张开，另一种念头浮上心头：犬养雄一果然是要看一看中国人有没有制造先进枪炮的潜力，好为日军全面侵略中国提供参考。就是自己当时在兵工厂，也会像裴元基一样给犬养雄一展示一些破铜烂铁，让好战的日本人尝一尝中国人的铁拳。这话也说不出口，还得求着人家小泉次郎治疗孙子的病呢。

欧阳锦华赔着笑脸，说道：“我很长时间没去兵工厂，哪里知道兵工厂里会有埋伏？只要先生把孙子的病治愈了，犬养先生随时都可以来汉阳，想看什么就看什么，鄙人在场，绝不会再发生欺瞒的事情。”

小泉次郎慢条斯理地拿出犬养雄一写的亲笔信，交给了欧阳锦华。

欧阳锦华看完了，脑袋一晕，差一点就倒了地。天啦，这不是让他当汉奸吗？他背负着祖宗的遗训，决心报效国家，怎么会做出这种苟且的事情来？

小泉次郎接连催问欧阳锦华怎么办，没有听到回答，起身拂袖而去。

裴云珠捡起丈夫掉落在地上的信，飞快地看了一遍，全副身心一起颤抖起来：“你不会为了浩天，真的去当汉奸吧？”

“我要想当汉奸，会这么难受吗？”欧阳锦华怒喝道。

裴云珠心里稍安。

小泉次郎来到家的时候，她感到万分惊讶，却又透着一些欣喜，忙不迭地催促丫环为他上茶上烟。他却拿出一粒药丸，递给欧阳浩天，说是吃了过后，就会完全康复。谁知孙子一吃，立即狂性大作。她再三请求小泉次郎让孙子恢复正常，但小泉次郎一定要等欧阳锦华回来。丈夫回来了，小泉次郎的目的昭然若揭：竟是为了兵工厂的枪炮！她虽说不经常出门，也知道哥哥现在生产的枪炮杀得日军心惊胆战，连蒋委员长都给哥哥颁发了嘉奖令。日本人要枪炮图纸，不就是要制造枪炮打中国人吗？

她既不想让丈夫当汉奸，又不想让孙子痛苦，想了很久，对丈夫说：“不如跟大哥他们商量商量，也许能找到什么法子。”

欧阳锦华瞥一眼孙子，心里感到了无边的悲哀，重新踏进了兵工厂。

裴元基看完犬养雄一的信件，心里一沉，思索着问欧阳锦华：“重新把欧阳浩天送到英国人开设的医院，怎么样？”

这时候，欧阳锦亮运送一批原材料进了兵工厂，见了裴元基和欧阳锦华，得知了事情的原委后说道：“浩天恐怕不再单纯只是发疯，而是日本人下了药，没有日本人的解药，天下恐怕没人能治疗得了。”

裴元基和欧阳锦华面面相觑。

“岂不等于是说，我们要不受日本人的要挟，就只能眼睁睁地看着浩天越来越疯？”欧阳锦华绝望地说道。

“只怕受日本人的要挟，也救不了浩天。”欧阳锦亮痛苦地闭上了眼睛。

“也许，我们可以对枪炮图纸作一些修改，然后把它们交给小泉次郎和犬养雄一。”裴元基说道。

东西很快传到了小泉次郎手里。其实，小泉次郎是犬养雄一的大弟子兼助手，已是日本最知名的军械制造和设计专家。犬养雄一得到欧阳浩天发疯的情报之后，就想出了以给欧阳浩天治病为名，到中国窃取汉阳兵工厂枪炮制造能力的招数，于是，特地请东京最有名的精神病院几个顶尖专家教给小泉次郎跟精神病人打交道的要领，并得到了一些临床有效的药品。临阵磨出来的枪果然很亮。没想到，犬养雄一亲眼看到的情报竟是假的。小泉次郎不敢再有闪失。他仔细研究了这些图纸，看不出什么破绽，就去了欧阳锦华府上，交给欧阳锦华一些药丸，嘱咐他按时给孩子服用，就回日本去了。

欧阳锦华心里一阵苦涩。他很想在武汉找到化验药品成分的医院。

可巧，为裴元基颁发嘉奖令的特使再一次来到兵工厂，传达了蒋委员长将要来视察兵工厂的消息。

这一天，兵工厂像往常一样，工人们照常上班，只有裴俊超、裴运祥和殷雪儿等少数人站在门口，恭迎蒋介石的车队。裴元基、欧阳锦华站在办公楼门口，一见车队过来了，马上迎上前去。

车队停了下来。蒋委员长下了车，特使在一侧为他引路。在他周围簇拥着许许多多高级将领和政府要员。他微笑着向裴元基和欧阳锦华走去。

蒋委员长握住了裴元基的手，说道："裴老先生，中华民国感谢你，中华民族感谢你。你制造的新式枪炮，让中国军队大长了志气，赢得了国际上的声誉，是一个了不起的成绩。"

"谢谢委员长的夸奖。其实，我做得还很不够。"裴元基回答道。

"不，你为中华民族的解放事业立下了汗马功劳。"蒋委员长说到这里，话锋一转，说道："不过，要是你能尽快制造出更多的先进枪炮，日本人绝对打不到武汉。"

"我将竭尽全力，鞠躬尽瘁，死而后已。"裴元基铿锵有力地回答道。

蒋委员长脸上露出了满意的笑容，亲热地拍了一把裴元基的肩头，在特使的导引下，走向了欧阳锦华。

欧阳锦华看到蒋委员长把手递给了自己，心里欢腾得犹如骏马在奔跑。他相信，自己曾经得到过蒋委员长的特别嘉许，现在的褒奖一定少不了。可是，蒋委员长竟然仅仅只对他说："欧阳老先生，辛苦了。"

他的心里一阵失落，脑袋晕晕乎乎，宛如裴元基手里的牵线木偶，静静地陪同蒋委员长参观完整个兵工厂，然后木讷讷地把他送到回程的小车边。

在兵工厂举行婚礼

蒋委员长刚要上车，眼睛一瞥，看到一个年轻貌美的女性站在欢送的人群当中。瞧她穿着一身工装，蒋介石似乎意识到什么，径直地走到那个女性面前，和蔼地问："你叫什么名字？"

"我叫殷雪儿。"女性回答道。脸色因为激动而彤红，声音因为激动而有点变形，双手因为激动而不知道搁在哪儿才好。

"殷雪儿小姐。你是兵工厂的工人吗？"蒋委员长继续问道。

"是的，我是兵工厂的女工。"殷雪儿的声音仍然因为激动而变形，脸色仍然因为激动而彤红，手仍然因为激动而不知道搁在哪儿才好。

蒋委员长笑了：“到兵工厂多长时间了？会造枪造炮吗？”

殷雪儿双手紧紧地握在一起，脸色依旧彤红，回答道：“报告委员长，我到兵工厂差不多快半年了，会制造枪炮。”

蒋委员长扫了一圈围拢在自己身边的所有人，说道：“国家到了危险关头，不仅须眉男儿无所畏惧地奔赴疆场，就是妇女界也行动起来了。战场上有妇女的身影，兵工厂也有了女性。这就是中华民族绝不会被任何列强所打倒的原因。”

欧阳锦华一直盼望蒋委员长能够当面表彰自己，可是，到头来只捞到了辛苦两个字。本来心里就很不好受，一听蒋委员长竟把一个女工吹上了天，心里更加难受；同时涌起一种不祥的预感：殷雪儿离欧阳浩天越来越远了。

殷雪儿脸色更加彤红，心怦怦乱跳，一个字也说不出来。

裴元基也是激动不已。但是，一看到殷雪儿连话都说不出来，连忙低声提醒道：“说话呀，感谢委员长的夸奖。”

殷雪儿凝视着裴元基，机械地说道：“感谢委员长的夸奖。”

“哈哈哈，这哪是感谢委员长呀，完全是感谢裴老先生嘛。”蒋委员长笑了起来。见殷雪儿更加窘迫，不由越发对她感兴趣了，索性跟她聊起了家常，先问她在兵工厂怎么制造枪炮，紧接着就询问她的家庭和背景。

殷雪儿本是一个聪慧机智的年轻女性，很快镇定下来，谈吐高雅，落落大方，回答问题不仅流畅，而且还颇具让人不得不悉心倾听的魅力。

蒋介石赞叹道：“殷小姐受过良好教育，却主动选择进入兵工厂制造枪炮，不仅值得全国军民效仿，我也钦佩之至。”

殷雪儿说道：“其实，我进入兵工厂，是受了心爱的人的激励。”

“哦，有这回事？”蒋介石越发兴致勃勃：“说说看，你心爱的人是怎么激励你的呀？”

“我们本来准备在夏天结婚。但是，日寇发动了全面侵略，蒋委员长发出了地不分南北、人不分老幼，团结一心，全力抗战的号召，他就说，为了响应蒋委员长的号召，我们先别忙结婚，去兵工厂，为国家出一份力。”殷雪儿煞有介事地说。

“撒谎，完全是撒谎！”欧阳锦华心里在咆哮，可是，在蒋介石面前，他又说不出口。

“这孩子，为了跟运祥成亲，倒是什么都敢瞎编！”裴元基暗自嘀咕。

“如此浅显朴实的话语，道出了国民对中华民族的真挚情感。殷小姐，不仅你了不起，你心上人一样了不起。”蒋委员长顿了顿，又说道：“但是，也不能因为抗战就不结婚。我们虽说有尽快把日寇赶出国门的愿望，可是，也得做好持久战的准备。结婚生子，不仅是为了延续家族的血脉，也是为国家抗战储备人才。告诉我，你的心上人是谁呀？”

欧阳锦华的心凝结成一团沉重的冰块，不断地下坠。为了孙子能够跟殷雪儿成亲，他很想大叫一声：“她在撒谎！”可是，在如此众多的高官显贵面前，他竟然没有勇气，难过得低下了头，差一点流出泪水。

裴元基兀自吃惊不小，很想阻拦殷雪儿。可是，在蒋委员长面前，他又不敢放肆，只有把目光凝成一柄无形的利剑，狠狠地刺向殷雪儿。

殷雪儿一把拉着裴运祥的手，说道：“我的心上人就是他，裴运祥。”

裴运祥站在蒋委员长面前的一刹那，欧阳锦华的心掉进谷底。他一个踉跄，差一点晕倒在地。裴元基暗地里伸出手，托住了妹夫的身子。

蒋委员长打量了一下裴运祥，笑问道：“你和裴老先生是什么关系？”

“他是我祖父。”裴运祥回答道。

蒋介石说道：“裴老先生，你们祖孙三代，在国家危难关头，抛弃家庭，都进入了兵工厂，这份为国为民的精神，可钦可佩。但是，你们为了国家，可以连家都不顾，国家也不能辜负你们。”

说到这里，他把目光从裴元基的身上移开，盯着殷雪儿和裴运祥，说道：“你们没有时间成亲，那么，我现在就亲自为你们举行一场婚礼，好吗？”

殷雪儿本能地回答道：“谢谢委员长为我举行婚礼。”

裴运祥也在那一刻激动得差一点昏厥过去。自从第一眼看到殷雪儿，她那清纯的形象，她那无拘无束的个性，她那敏锐的感觉，她那略带一些忧悒和伤感的丰采，马上就攫取了他的心。他很想呵护她。但是，一旦知道她喜欢的人是自己的叔叔裴俊贤，他就只有把对她的爱压在心底。后来，他知道叔叔其实从头到尾都没有喜欢过殷雪儿，他便打定主意要向殷雪儿敞开心扉，但在他和她之间，又横着一个欧阳浩天。祖父他们一心要成全殷雪儿和欧阳浩天，他只有再一次把失落和痛苦咽下去。

现在好了，一切都解决了。他可以堂堂正正地跟殷雪儿结合在一起，可以不理会祖父的感受，可以不理会欧阳家族是不是能够延续他们的血脉。

“你还没有回答我。你愿意我为你主持婚礼吗？”蒋介石笑眯眯地问裴运祥。

“我愿意。”裴运祥轻轻回答。

“告诉我，你们希望在哪里举行婚礼？”蒋委员长亲切地问。

殷雪儿灵机一动，说道：“我们响应蒋委员长的号召，一切从抗战出发，把准备举办婚礼的钱全部捐给兵工厂，以便造出更多的枪炮。我们的婚礼，就在兵工厂举行。我和裴运祥一道生产一支步枪，就是见证。”

“好姑娘！”蒋介石情不自禁地夸赞道。

于是，婚礼正式开始了。一群人浩浩荡荡地跟在蒋介石的身后，走向了枪械制造分厂。

蒋委员长日理万机，不可能一直等待裴运祥和殷雪儿真的造出一杆步枪，裴元基深感无奈，赶紧命令工人提前把已经造好的步枪零部件拿出来，整齐地码放在一个操作平台上。

欧阳锦华木然地跟着他们，走向那个埋葬欧阳家族最后希望的地方。

殷雪儿和裴运祥异常欣喜，迅速奔向操作台，两个人一起动手，敏捷地把步枪零部件组装到一块，一支崭新的步枪很快就出现在大家面前。两个人一起住了手，退到一边。

蒋介石迈着优雅的步伐，走上前去，拿起那支步枪，拉动了一下枪栓，再端起来瞄了一瞄，眼睛里露出了快意的笑，把步枪隆重地交给了殷雪儿和裴运祥，郑重地说道：“你们是中华民族的好儿女，是青年的楷模。我宣布：你们正式结为夫妇。希望你们拿出更大的干劲，造出更多的枪炮，帮助抗战将士，把日本侵略军赶出去。”

翌日，蒋委员长亲自为殷雪儿和裴运祥主持婚礼的事情，印满了大大小小的报纸。人们的激情被他们的爱情故事点燃了，捐出了数不清的财物，源源不断地涌进了兵工厂。

欧阳锦华恨意再生

欧阳浩天看到报纸的照片，马上跳了起来，一边朝兵工厂跑，一边大声吆喝道：“殷雪儿是我的，不能跟裴运祥成亲。”

可是，他刚刚跑到门口，就跌了一跤，一下子倒在地上，赶紧爬起来又跑。裴云珠连忙叫下人们把他拖住。他又急又恼，拼命地挣扎着，突然口吐一阵白沫，双眼一翻，身子一挺，重重地倒在地上。裴运珠急了，让下人们赶紧掐的掐，抖的抖，终于把他弄醒。

欧阳浩天一醒，就不停地大呼大叫：“殷雪儿是我的，她不能跟裴运祥成亲。”而且将头拼命地朝墙上撞。一屋子人吓怕了，不得不再一次把他捆了起来。

裴云珠无法应付再一次发疯的孙子，只好差人把欧阳锦华叫了回来。

“天啊，要不是殷雪儿跟裴运祥成了亲，就不会出现这种事情！”欧阳锦华仇恨满腔，恨了殷雪儿，又恨裴运祥。紧接着，他又把怨恨转嫁到裴元基头上，觉得要是裴元基真心阻止裴运祥，裴运祥敢跟殷雪儿成亲吗？

一旦重新恨上裴元基，欧阳锦华就怎么看他都不顺眼。

裴元基心里正懊悔不已，每当见了欧阳锦华，都自矮三分，不管欧阳锦华怎么对待他，他都能忍下去。

欧阳锦亮和刘玉蓉却见不得弟弟把一切都怪罪到亲家头上，觉得小泉次郎留下的药丸，说不定才是诱使欧阳浩天重新发病的主因，拿了药丸，去了武汉最好的医院。隔了一段日子，检查结果出来了，里面的确含有使人神经紧张的药物。

“犬养雄一，你他妈的不是人，你是畜生！”欧阳锦华破口大骂道。

骂解决不了问题，孙子离了药，就会越来越痛苦，越来越疯狂。为了让孙子安静，欧阳锦华只有一天一天地继续给孙子吃药。

“锦华，你再也别给浩天吃药了。”裴元基赶紧劝说道。

“可是，不给浩天吃药，难道我能眼睁睁地看到他痛苦吗？”欧阳锦华抱着头，痛苦地说道。

“长痛不如短痛。也许，让他痛苦过后，真能挺过来呢？”欧阳锦亮说。

“可是，万一挺不过来呢？”欧阳锦华问道。

欧阳锦亮和裴元基都不好回答。三个人都沉默了好半天，欧阳锦亮终于说道：“我找找人，看能不能清除得了药丸里面的毒素吧。”

日本间谍的卑鄙伎俩

各种各样的消息在武汉上空不停地翻滚着。八路军在平型关打了一场胜仗，消灭了日军板垣师团一千多人马，接着又在娘子关歼敌无数，有效地配合国军遏制了日寇的侵略锋芒，这极大地鼓舞了中国军民的抗战热情。南京那边也传来了消息：南京失守，残暴的日本侵略军在南京展开了血腥杀戮，三十余万中国平民倒在日本法西斯的枪口和屠刀下，也有许许多多人被日军活埋，挖心剖腹，种种骇人听闻的暴行，不一而足。人们莫不被侵略军的残暴行径激起了冲天怒火，越来越多的老百姓加入到抵抗行列。

裴元基在听到日寇屠城南京的消息之后，心在滴血。他再也顾不得过问欧阳浩天的病情了，不停地责怪自己："我要是造出了更多、更好的枪炮去武装中国军队，岂能让日寇如此横行？"

"你也不要过分自责了。枪炮固然重要，可是，问题好像并不完全在于军队没有好的枪炮。"欧阳锦亮说道："你看，八路军的枪炮比国军差多了，大部分还是早期的汉阳造，却以这样的枪炮，硬是打痛了日军。"

裴元基觉得欧阳锦亮说得对极了，思索良久，决定向蒋委员长提出建议：不能把新式枪炮全部控制在国军手里，得分一部分枪炮给八路军。

于是，他连夜起草了一份报告，去了临时中央军事委员会驻地，见到了蒋介石，说明来意，就把报告恭恭敬敬地呈了过去。蒋委员长看了看，脸色很难看。裴元基看得出来，蒋委员长是在压抑自己的怒火。

蒋委员长终于发话了，是冷冷的腔调："是谁让你写这个东西的？"

裴元基回答道："我全面考虑过战场局势之后，觉得事情应该这么办，才斗胆给委员长写了这份报告。"

"我知道了。你去吧。"蒋介石脸上再也看不出任何表情，只是摆了摆手。

裴元基不得不退出去。可是，蒋委员长没说该怎么办呢。其实，蒋委员长的语气和态度已经说得很清楚了：共产党的军队不可能得到这些枪炮。裴元基为此叹息不已。

兵工厂很快就置于军队的控制之下。一大批宪兵开了进来，负责兵工厂的安全保卫工作。进出兵工厂的人员，都要受到严格检查；每一件货物，没有宪兵的许可，就不能通行。

裴元基深知，宪兵不是为了兵工厂的安全，而是为了严防兵工厂生产的枪炮弹药落到八路军和新四军的手里。他不由感到悲哀，感到茫然。

与此同时，欧阳锦华差一点精神崩溃。因为孙子总是像狼一样嚎叫着，抓着什么东西都朝嘴里塞，看着什么人都会大声喊叫着姑姑或雪儿。在殷雪儿和裴运祥成亲后，欧阳浩天的病越来越严重。

忽一日，蒋委员长的特使来到了欧阳锦华府上，先把欧阳浩天送去了最好的医院，命令他们好好治疗欧阳浩天，紧接着希望欧阳锦华重返兵工厂，全面负责兵工厂的技术与管理工作。

欧阳锦华敏锐地意识道：上面已经不喜欢裴元基了。他兴奋极了，立即走马上任，准备好好干它一场。可是，很快就有人到府上来找他了。

那人就是小泉次郎。跟他一块来了好几个人，表面上都文质彬彬，但是，从他们的骨子里都透射出不常有的凶狠。他马上操起电话，想叫宪兵前来捉拿他们。然而，他的手被小泉次郎死死地按在电话机上。

“欧阳先生，难道你不想让令孙继续活下去吗？”小泉次郎冷冷地说道：“你以为中国医院能治疗令孙吗？不，如果继续治疗下去，令孙的性命就完蛋啦！”

“畜生，我再也不受你的摆布了！”

小泉次郎说道：“如果欧阳先生不想接受鄙人送来的药丸，鄙人绝不勉强。不过，请欧阳先生亲自去医院看一看令孙。我猜得不错的话，令孙恐怕已经开始七窍流血了。”

话音刚一落地，小泉次郎就扬长而去了。

欧阳锦华不能不慎重。他得尽快了解孙子的现状，可是，自己又抽不出身，只有嘱咐夫人快一点去医院看望孙子。

裴云珠邀请姚心林和刘玉蓉，一道去了医院。看到欧阳浩天七孔流血，不断地小声哀嚎，三个女人差一点急疯了。裴云珠想起了小泉次郎的话，浑身一阵发凉。

她不知道自己是怎么回家的，然后急忙把看到的情况告诉了丈夫。欧阳锦华差一点晕过去。

突然，响起了一阵急促的电话铃声。欧阳锦华抓起听筒，耳边响起了小泉次郎的声音。小泉次郎说欧阳府邸门檐右边有一个洞，药丸就在那儿，只要令孙吃下去，就会没事。

欧阳锦华果真取到了一粒药丸，交给夫人，让夫人单独去一趟医院。果然药到病除，欧阳浩天奇迹般地恢复了常态。裴云珠喜滋滋地把孙子接回了家。

当天晚上，小泉次郎又打来了电话。

欧阳锦华鼻子上已经被小泉次郎“栓了一条绳子”，不能不听从人家的吆喝与指挥。在一家喧哗的酒店里，他跟小泉次郎见面了。欧阳锦华并不急于索要药丸，因为他清楚，小泉次郎会跟他提出交换条件。

小泉次郎一开口，就对上次欧阳锦华给他几张假图纸的事表示不满，紧接着话锋一转，说道：“犬养先生其实对几张破图纸并不关心，最关心的是兵工厂能不能继续存在下去。如果欧阳先生在这一点上能够跟我们合作，令孙的病马上就会痊愈。”

日本人永远要拿欧阳浩天说事。这一着，的确打在了欧阳锦华的痛处。日本人真是恶毒，完全是釜底抽薪，要把中国抗战的源泉彻底摧毁。他不能做汉奸，也不想做汉奸。可是，不做汉奸，难道眼睁睁地看到孙子死掉吗？

他思索了许久，说道：“兵工厂里到处都是宪兵，任何人的一举一动，都逃不过宪兵的眼睛，没有办法把兵工厂搞垮。”

小泉次郎笑了，说道：“不劳先生动手，你只要帮我带两个人进去就可以了。”

欧阳锦华拒绝不了药丸，只有仔细想一想，怎样神不知鬼不觉地把小泉次郎手下的两个人带进兵工厂。他想到了哥哥的码头。从码头到兵工厂，挖了一条地道，可以钻进去。兵工厂由宪兵把守着，码头上却没有，那儿人多嘴杂，人们互不熟悉，让两个新人混进去，谁也不会觉得奇怪。至于他们进不进得了兵工厂，就不管自己的事。自己只是给他们指一下路，应该算不上汉奸。

权衡已毕，他跟小泉次郎谈好了条件，就正式开始实施了。

他找到了哥哥欧阳锦亮，说道：“兵工厂里有几个工人的老家来人到武汉讨生活，兵工厂实在进不去，可不可以把他们先安置在码头上？”

欧阳锦亮丝毫想不到弟弟会有阴谋，爽快地答应了。

于是，在小泉次郎交给了欧阳锦华一些药丸之后，两个日本人就在欧阳锦华的帮助下混进了码头。

欧阳锦华从此忐忑不安，控制不住自己，遇到不顺心的事就想发火。

发现日本间谍

裴元基十分留心欧阳锦华的一举一动。看着欧阳锦华痛苦，他就恨不得替妹夫分担一些，可是又分担不了。这几天，他突然发现欧阳锦华比以前更加精神恍惚，就去询问是不是欧阳浩天越来越难以控制了。欧阳锦华无法回答，只有抱以苦笑。

裴元基回到家，把这件事告诉了夫人，说道：“云珠一个人在家里，肯定对付不了浩天，希望夫人多去帮忙照料照料，也好让锦华安心在兵工厂做事。”

姚心林望着丈夫，说道：“浩天已经不再发疯了呀？”

裴元基有些吃惊：“浩天已经好了，锦华还有什么好担忧的？莫非外甥孙是余光返照？”

他坐不住了，急急忙忙跑到欧阳锦华家里去看究竟。

欧阳浩天的确不再嚎叫，也不再逢人就叫姑姑和雪儿，安静地坐在家里，眼睛朝谁也不看。

裴元基倾下身子，伸手摸了摸孩子的脑袋。孩子却把头一甩，偏到一边去了。

他问欧阳锦华和裴云珠："这孩子？"

裴云珠说道："浩天很好呀。"

孩子很好，欧阳锦华为什么成天魂不守舍？裴元基想不通，回到家里，恰巧欧阳锦亮过来看望他。裴元基跟他谈起了欧阳锦华的变化。

欧阳锦亮猛然想起弟弟送了两个工人到码头上来，问道："你知道这件事吗？"

"我不知道。锦华不会因为这件事就大失方寸吧？"裴元基回答道。

"我还没有找到治疗浩天的办法，他却好起来了。"欧阳锦亮说道："如果把这件事跟锦华失态联系在一起呢？"

"你怀疑，锦华跟日本人又接触上了？"

"我实在想不出其他理由！"

裴元基和欧阳锦亮面面相觑。过了好一会儿，两人一起奔去欧阳锦华府上。欧阳锦亮大声质问弟弟："你是不是又跟日本人联系上了？你到底在为他们做什么？"

"你凭什么要怀疑我为日本人做事？我难道不能有自己的心事吗？"

"锦华，心思可以有，却绝不要再受日本人的欺骗了。"裴元基说道。

"你们一直在怀疑我。我一有什么心思，你们就非得把我跟日本人扯到一块。你们是不是觉得我是世上最卑鄙龌龊的人啊？"

裴元基和欧阳锦亮谁也答不上话来。

两人从欧阳锦华府邸走出来，低头不响地朝裴元基家走去。一阵阵凉风冷飕飕地朝他们身上灌。经风一吹，他们的脑子越发清醒。

"你记不记得昔日从码头上一直挖到兵工厂一间仓库的地道？"裴元基问。

"怪不得日本人要到码头上去呢！原来他们是想炸掉兵工厂！"欧阳锦亮恍然大悟，急切地说道："事不宜迟，我们赶紧向宪兵报告吧。"

"宪兵一插手，最后一定会追究到锦华头上。"

"我先回去看一看那两个家伙还在不在码头，在的话，就在码头上干掉他们。可以吗？"

"不行，会惊动其他日本人。日本人会认为是锦华暗中给宪兵通风报信，会在锦华身上实施疯狂的报复。最起码得要让日本人进入到兵工厂，在兵工厂埋伏一批人马，等他们一露头，就把他们干掉，才免得日本人怀疑到锦华头上。"

两人商议一毕，就各自分开。

欧阳锦亮去了码头。那两个家伙还在。欧阳锦亮暗自嘘了一口气，心里说道："你们找不到地道，就由我暗中帮你们一把，把你们送到兵工厂领死去吧。”

裴元基连夜回到兵工厂，悄悄进入了那个仓库，没有异样。他松了一口气，召集齐儿子、孙子和殷雪儿，给他们指定了埋伏地点，说道：“你们各自准备一支步枪，看到有人从仓库溜出来，就立即开枪射击。”

殷雪儿埋伏在仓库顶端，枪口对准仓库的出口。由于紧张和兴奋，她连续几夜都没合过眼。夜深了，兵工厂的机器一直在喧嚣不止。穿过这熟悉的喧嚣声，她突然听到了一阵轻轻的响动。

“他们来了！”她激动得差一点跳了起来，连人都没有看清楚，便情不自禁地扣动了扳机，一颗子弹打了下去。

日本人反应神速，立即朝殷雪儿埋伏的地方就是一枪。殷雪儿脚一滑，从仓库顶端稀里哗啦地朝下滑去。隐藏在另一侧的裴运祥见了，连忙开了火。日本人赶紧就地一滚，躲过了裴运祥打来的子弹，就势一枪打向裴运祥。裴运祥连忙把头一缩，躲开了。宪兵们听到枪声，呼啦啦地围了过来。日本人抢上前去，一把揪住了殷雪儿，就把她挡在胸前。裴俊超的枪口已经对准了一个日本人的脑袋，刚要开枪，日本人却把殷雪儿往前面一推，就挡住了裴俊超的视线。日本人立即背靠背，把殷雪儿挡在前面，举起高爆炸药，继续朝弹药仓库走去。

再走一会儿，日本人一接近弹药仓库，不仅兵工厂会毁于一旦，就连兵工厂以及周围的人都会葬送性命。裴俊超不能容许这种情况出现。他再也不能多想了，屏住呼吸，慢慢地扣动着扳机，很快就要击发了。

殷雪儿从仓库顶端滚下之后，被摔晕了，幽幽地苏醒过来，骇然发现自己落在日本人的手里。前面是一排排宪兵，但谁也不敢开枪。她想大声吆喝他们快一点开枪，喉咙却被日本人紧紧地锁住了。脑袋一仰，看到了日本人高举在手里的炸药。她深为后悔，要不是自己开了那一枪，按照爷爷的部署，一切都会做得神不知鬼不觉：宪兵会发现那只不过是自己意外地碰到了日本人，日本人却死了也不知道是怎么死的。现在完了，不仅爷爷的计划破产，兵工厂要是被日本人炸掉了，中国再拿什么去抵抗日寇？不行，绝不能让这种情况出现，即使是死，也要阻止敌人的企图。她拼命地挣扎着，但日本人的手越锁越紧。她的脚尖刚刚只能着地。她突然意识到了什么，死命地朝地上一蹬，然后猛地将头一翘，狠狠地朝日本人头上磕去。

日本人猝不及防，两个人相互一撞，差一点扑倒在地，手里的炸药掉在地上。

机会来了，裴俊超和裴运祥手里的枪同时响了。两个日本人立即命丧黄泉，魂归东瀛。

高爆炸药

兵工厂里混进了两个搞破坏的人，民国政府深感震惊。一时间，军统、中统、警察和宪兵等各路人马云集兵工厂，开始了周密而又严格的调查。

这两个家伙是何方神圣，受了谁的指令，进入兵工厂想干什么，兵工厂里有没有内应，他们是怎么混进兵工厂的？一连串问题，他们都想搞清楚。隔离审查，检举揭发，严刑逼供，各种招式无所不用其极。终于，他们得出结论：那两个家伙是日本人，通过欧阳锦亮的码头混进来，目的是要把兵工厂炸掉。

于是，凡是跟欧阳锦亮和码头有联系的人员都受到了严格审查，连裴元基和欧阳锦华也不例外。最后，因为他们都是蒋委员长表彰过的功臣，找不出证据，又不能用刑，只好解除了对他们的审查。

闹出这么大的动静，欧阳锦华后悔不迭，暗自发誓绝不会再让日本人牵着自己的鼻子走。

后悔归后悔，誓言归誓言，一旦想起孙子痛苦的样子，他心里就情不自禁地打了一阵寒颤。日本人再来找他，他还会为他们办事吗？他要理直气壮地拒绝，他要立即向军统汇报。可是，孙子怎么办？他不能再想下去了。

当他和裴元基、欧阳锦亮再一次聚首的时候，三个人的眼睛里射出了只有他们才明白的光芒。他们不愿意再提那件事，却又不能不提，就用眼神把彼此想说的话都说了出来。

但是，三个人都在一块，不可能仅仅只用眼神交流。裴元基终于说道：“我们得尽快弄清日本人的炸药到底具有多大的威力和制作这种炸药的方法。”

“是啊，这对改进我们的弹药很有好处。”欧阳锦华赶紧附和。

在军统的严密保护下，裴元基取了一小块炸药，和欧阳锦华、裴俊超、裴运祥一起，找了一个偏僻的地方，点燃了炸药，差一点就把一个小小的山头削平了。他们相互打量了一眼，从心里泛起了一股凉意。

“日本人的火药竟然如此厉害！”裴俊超心里仍然有一丝后怕。

裴元基说道：“我们一定要破解其中的奥秘，把它们送还给日本人！”

“用日本人的东西炸死日本人，这个滋味一定很美妙。”欧阳锦华说道。

于是，他们日夜不停地趴在实验室里，研究着炸药的成分，琢磨着炸药的配比和制作方式。

炸药试制成功了。裴元基万分欣喜，连忙调整炸药的生产。

此时，北线的日本侵略军已经攻占了大半个山东，东线的日本侵略军已经攻占了南京。两支侵略军按照预定计划，沿着不同路线，一同向徐州—台儿庄一线发动了新的进攻。

中国军队在广阔的战线上跟日本侵略军进行拼死的搏杀。战斗打得异常激烈，一队队中国士兵在日军强大炮火的攻击下血染疆场。

兵工厂里，工人们生产出了大量的新式炸药。裴元基正竭尽全力地实验着怎么把这些火药装填到子弹、炮弹、手榴弹和手雷里面去，但分量难以把握，经常出现自我爆炸的事故。

“祖父，前线打得很急。不如我们先运一批炸药到前线去吧。”裴运祥说道。

“仅仅用炸药吗？”裴元基问。

“是呀。”裴运祥说道：“孙儿听说当年祖父不是也用炸药把北洋军队炸得难以渡过汉江的吗？”

“可是，军队里没有人懂得怎么使用这些炸药呀？”

“我去！”裴运祥说道：“我一直帮助祖父研究这些炸药，对它们的性能了如指掌，可以教导军队怎么使用它们。”

“我也去。”殷雪儿连忙说。

于是，裴运祥和殷雪儿随同一队兵士押送新式炸药来到了前线。他们原计划把炸药交到前线指挥官手里之后，教会一些兵士布设炸药的方法，然后采取诱敌深入的策略，把敌人引入炸药阵，将其彻底消灭，但在离前线指挥部还有很远一段路程时，就跟敌人迎面相遇。

“既然遇到敌人，就叫它们尝一尝炸药的厉害。”裴运祥扫了一眼身边的火药，对负责押运的国军指挥官说：“你把一部分士兵排成散兵阵线，去阻止敌人；我和殷雪儿一道带着另一部分兵士布设炸药阵。”

国军指挥官立即率领一拨人马，各依地势，兜头送给了敌人一阵弹雨。

敌人展开了拼命的反击，押运车队很快就抵挡不了敌人的攻势，不停地朝裴运祥和殷雪儿布设炸药阵的方向退去。

“敌人快要冲过来了。”殷雪儿向前一看，惊讶地叫道。

“你快去，帮助他们多抵挡一会儿。”裴运祥命令道。

殷雪儿应声而去。裴运祥焦急地和兵士们一道部署完炸药阵，向殷雪儿和国军指挥官发出信号，大家一同飞快地向后撤去。敌人紧紧追赶。轰隆轰隆，一声接一声的大爆炸之后，敌人没了动静。裴运祥、殷雪儿和押送弹药的士兵都被震昏过去了。接应部队冲了过来，一见战场上的敌人全部死光，不禁大喜过望，簇拥着车队，安全地回到了弹药供应基地。

战场指挥官听说了炸药的威力和裴运祥调兵遣将的经过之后，马上请教裴运祥抵挡敌人的方法。

裴运祥说道："由于炸药威力惊人，将军要是改变战术行动，命令士兵们将炸药埋设在前沿阵地，再后退到五华里之外布设第二道防线，不仅可以确保毁灭性地打击日寇，还可以有效地保护自己。将是一个非常有效的战术。"

日寇失去了偷袭部队，异常震怒，马上集结力量，向中国军队发动了猛攻。中国军队抵挡不住，一起向后面退去。敌人岂肯放过消灭中国军队的机会，凶狠地追踪而来。很快，敌人在坦克的掩护下，冲上了中国军队把守的阵地。突如其来的，一阵接一阵剧烈的爆炸声响了起来，顷刻之间，整个山头连同攻到山头的敌人全部消失在一片浓烈的烟雾之中。

敌人一再被中国军队的炸药阵打得死伤惨重，不得不暂时停止攻击，从日本叫来犬养雄一，要他看一看中国军队到底使用了什么东西。

这是日本最新研制成功的高爆炸药。犬养雄一不由想起不久前派遣小泉次郎去中国跟欧阳锦华联络的事情，气破了肚皮，怒骂道："汉阳兵工厂没有炸掉，却把日本列为最高机密的高爆炸药透露给了中国人。这是何等的奇耻大辱呀！一定是欧阳锦华出卖了大日本皇军，一定是裴元基破解了制造这种炸药的秘密。得把他们两个人干掉。他们活在世界上，就是皇军的灾难！"

暗杀

受日本华中派遣军最高司令的派遣，一大批日本间谍在小泉次郎的带领下，潜入汉阳，前来刺杀裴元基和欧阳锦华。

日本间谍一到汉阳，骇然发现整个汉阳地面上，到处都是警惕的眼睛，到处都是行动诡异的行人，别说裴元基和欧阳锦华，就是他们的家人，也受到了极为严密的保护。日本间谍找不到下手的机会。

于是，日本间谍改变策略，转而寻找向欧阳锦亮下手的机会。

欧阳锦亮身边虽说没有宪兵、军统，可是，好像也有一些人在严密地保护着他。

还是直接向裴元基和欧阳锦华下手吧，只要杀掉这两个人当中的一个，对中国军队的士气也将是一个沉重的打击。有欧阳锦华在暗地里帮忙，杀掉裴元基应该容易一些。于是，小泉次郎在一个深夜里向欧阳锦华打去了电话。

欧阳锦华一听到小泉次郎的声音，马上跳了起来，赶快就要向守候在门外的军统特务报告。

可是，小泉次郎紧接着说出的话令他不得不压抑了报告的冲动："欧阳先生，令孙的小命掌握在我手里。我一死，令孙也就死了，难道你想让欧阳家族在你手里彻底完蛋吗？"

欧阳锦华宛如被一颗流弹打中了心脏，瘫坐在床上，一句话也说不出来。

"犬养先生对你接连两次欺骗他感到很不高兴。要不是念在你跟他是德国同窗的分上，他早就不管令孙的死活了。"

欧阳锦华说道："别总是拿我孙子说话，我不会再为你们做事了。"

"你已经做过了，再做一次，又怎么不行呢？这一次，你只要把裴元基的行踪告诉我，帮我制造让裴元基单独出来的机会就行了。怎么样，够简单吧？"

欧阳锦华清楚，裴元基单独出来之日，就是死亡之时。他虽说曾经很多次想置裴元基于死地，现在却并不希望裴元基死。可是，他还有选择吗？没有，孙子的性命操控在人家手上，他只能硬着头皮帮助日本人干下去。

于是，欧阳锦华开始寻找把裴元基单独骗出去的机会和借口。每一次，只要他和裴元基出了兵工厂，明里暗里都会有许多人保护他们。只能在裴元基回家的路上动脑筋。从兵工厂到裴家的路线，他太熟悉了，很快就找到了易于下手的地方。他试了好几次，每当要跟裴元基分开后，只要他突然想起了什么事，一喊裴元基，裴元基就会停下来。明里暗里保护他的人就会立即警惕地向四周分开。保护者一分开，就等于是给日本人制造了杀掉裴元基的机会。他盘算好了，就在小泉次郎再一次打来电话的时候，把这个发现和安排告诉了小泉次郎。事情完结了，欧阳锦华如释重负，大松了一口气。

这天晚上，像往常一样，他和欧阳锦华分开了，各自走向自己的家。突然，他听到了欧阳锦华的叫喊声，停下脚步，身子向后一转，就要走向欧阳锦华。明里暗里的保护者敏捷地向四周分开，监视着周围的情况。

砰，一声枪响，一条火红的光亮从一个角落里喷射出来，犹如一条绸带，径自地钻入另一个角落。紧接着，又是两声枪响，两条同样的火舌烧向了不同的方向。接连三声闷响，好像有什么东西重重地倒在了地上。

宪兵以及所有的密探马上分成两拨，一拨紧紧地贴上裴元基，一拨犹如飞燕一般朝着三个方向扑去。从三个方向跳出了三个手持步枪的人。特务们马上就要开火了，却听到那边大声说："是自己人，别开枪。"密探们果然不开枪了，飞快地奔了过去，只见火焰落地的地方，各躺了一具尸体，身边各有一把打开了枪栓的手枪。

裴元基听到那个声音，心里一阵颤抖，眼泪禁不住扑簌簌地掉落在地，情不自禁地喊道："俊贤，是俊贤吗？"

"伯伯，是我！"那边回答道，一条人影闪电一般地朝着裴元基飞去。

裴元基看得越来越清晰了：出走了七年之久的侄儿手提那杆汉阳造，精神抖擞地奔了过来。他激动地伸出双手，把侄儿紧紧地抱在怀里，久久说不出话来。

宪兵以及所有的密探赶紧检查地上的尸体。是日本人！密探们迅速展开大规模搜查。

欧阳锦华听到第一声枪响，就紧紧地闭上了眼睛。他在为裴元基的死难过，心里既有一种解脱的情愫，也有一种不舍的情分。又响起了两声枪响，紧接着，分明听到了裴元基的叫喊声。那不是临死前发出的痛苦叫喊，而是喜悦的喊叫，是喊他的侄子，是喊裴俊贤。

裴俊贤不是死了吗？怎么会来到这里？欧阳锦华连忙抬眼望去，骇然发现裴元基果然活着，果然跟一个人紧紧地拥抱在一起。欧阳锦华心里说不出是什么滋味，但是，他知道，他不能继续愣下去，裴元基活着，他就得继续跟他说没有说完的话，要不然，像猎犬一样到处嗅探的密探们就会怀疑到他头上。

他赶紧冲了过去，惊喜地叫了一声："俊贤。"

裴俊贤连忙从伯伯的拥抱当中挣脱出来，面向欧阳锦华，亲热地叫了一声："姑父。"

密探们没有查到更多的线索，就开始询问身着八路军制服的裴俊贤。

裴俊贤说道："我是八路军驻武汉办事处成员，特意前来看望伯伯，察觉到有几个家伙鬼鬼祟祟，就决定跟踪他们，看一个究竟，没想到，这几个家伙竟然想杀伯伯，没等他们开火，我们就先动手干掉了他们。"

原来，日德外交风波传扬开来以后，裴俊贤想起了伯伯和堂兄。他迫切地希望从他们那儿搞到新式枪炮的图纸和制造方式，受毛泽东主席的嘱托，带着两个助手，来到了武汉。

兵工厂和裴府处在密探的严密控制之下。裴俊贤无法绕过密探直接跟伯伯相见，便先向国民政府相关机构提出申请，得到批准之后，和两个助手一道，早早地来到了汉阳，却突然意识到这里到处隐藏着危机，就决定先隐蔽下来，看一看究竟会发生什么事。这一看，果然发生了亲自解救伯伯的大事件。

同时从裴府和兵工厂方向冲来几个人。他们是刚从前线回家的裴运祥和殷雪儿等人，因为听到枪声，就跑来察看发生了什么事情。

裴俊贤一出现在眼帘，殷雪儿脑袋里片刻空白之后，燕子一样地飞到他的跟前，一把将他搂在怀里，双手不停地敲击着他的后背，犹如古人打仗时擂响了冲锋的战鼓："俊贤，真的是你吗？"

“叔叔！”裴运祥一样打开双手，作出一个夸张的姿势，要把裴俊贤紧紧地抱住，却看到成亲还不多久的妻子在小叔叔的怀抱里又哭又闹，不由目瞪口呆。

裴俊贤回到裴府

在众人的簇拥下，裴俊贤走进了裴府。姚心林高兴得泪流满面，连话也说不出来。一阵短暂的惊喜过后，裴俊贤娓娓道出别后的经历。

裴元基感慨地说道：“我知道，你不仅是为了看望我们，也是为了新式枪炮。新式枪炮一经生产，就立即在宪兵的监督之下装箱封存，然后由宪兵派兵把守。我无法拿出一支枪、一粒子弹，只能凭着记忆，为你画出新式枪炮的图纸。”

“谢谢伯父。”裴俊贤说道：“共产党的八路军和新四军会谢谢伯父，毛主席也会谢谢伯父。”

“请转告毛先生，伯伯听说过你们共产党的八路军和新四军英勇抗日的事迹，也很想为你们多做一点事情，可是，环境所迫，只能为你们做到这一点。希望你们共产党人能更多地消灭日寇。”裴元基说道。

殷雪儿从喜悦之中走了出来。她很想质问裴元基当年为什么要欺骗自己，也责怪自己当年为什么仅仅只是听了只言片语就以为裴俊贤真的死了。她爱他爱到骨子里，融于了骨髓，听到他的死讯时，她的心也随着他死了，她形同行尸走肉般地生活了那么多年，要不是从裴运祥身上得到了活下去的勇气和力量，她的身体也会随着他死去。

她找到了新的爱情。她本来可以永远不再想起裴俊贤，但在裴俊贤突然出现的那一刻，她的真情得到了宣泄。她可以毫无顾忌地重新投入到裴俊贤的怀抱吗？可她又爱着裴运祥。她彻夜不眠，脑子里一直纠缠不清。她该怎么办呢？她只有诅咒可恶的命运为什么要如此折磨她。

裴俊贤其实一直深深地爱着殷雪儿。不过，他只能把这份爱隐藏在心里，怎么也说不出口。她要跟欧阳浩天成亲，他怎么能跟欧阳浩天去抢媳妇呢？没想到，事隔多年，殷雪儿没跟欧阳浩天成亲，却嫁给了侄子裴运祥。殷雪儿和裴运祥突如其来地出现在他面前的那一刻，他就知道他们是什么关系。他在心里祝福他们，希望他们永远幸福。

裴运祥心里的痛苦不比殷雪儿少。经过种种波折，终于跟殷雪儿结婚了，他原以为自己可以跟心爱的人幸福美满地生活下去，谁知裴俊贤竟然突然活生生地出现在面前，殷雪儿对叔叔的热恋和不忘，让他情何以堪？他该退出吗？他苦苦地思索着这个问题。

侄子和殷雪儿的心态，裴俊贤一目了然。他不能因为自己，让这个处境艰难的家庭再生波折。他走到他们面前，面带微笑，说道："要是你们的婶子也来到了汉阳，我相信，你们会成为好朋友。"

裴俊贤成亲了？殷雪儿心头一震。他什么时候成亲，跟谁成亲，怎么成亲，在哪里成亲的？他的夫人是什么人？一瞬间，她的脑子里翻滚出无数个念头。每一个念头都不需要回答，也得不到回答。另一个念头又袭上了心头：他还是没有爱上自己，他还是跟以前一样，只把自己当成一个家里的人，而不是他自己的人！她的心里一阵悲凉。

殷雪儿恍恍惚惚，终于意识到她永远也不可能得到裴俊贤的爱了。为什么要思念一个并不喜欢自己的人呢？是的，她一直都很喜欢他，那又怎么样？得慢慢把他忘掉，得慢慢把他从一个自己喜欢的人转换到他是自己的叔叔。这是一个痛苦的过程，无论多么痛苦，她都得忍受。

她仰起头，注视着裴俊贤，脸上露出灿烂的微笑，说道："你一定很爱婶子，婶子一定很漂亮。"

欧阳锦亮的产业被夺

欧阳锦亮心力交瘁，一下子病倒了。刘玉蓉慌了手脚，连忙吆喝下人把他送往医院。

他一直高烧不退，脑子都烧糊涂了，眼帘总是模模糊糊地浮现出母亲的影子，父亲不时也会隐隐约约地出现在他的面前。他们都睁大了愤怒的眼睛，责怪他没有照料好弟弟。从来就没有见过面的祖父，也常常出现在他的幻景里。祖父没了脑袋，却可以用腹腔说话，说什么他听不清晰，只隐隐约约猜测到，祖父一样在责怪他没有把弟弟带入正途。

每逢这时候，他就会突如其来地大叫一声，马上苏醒过来。任凭刘玉蓉怎么安慰，任凭医生怎么精心治疗，只要他闭上眼睛，这一幕就会重演。

刘玉蓉心里着急，就打电话向姚心林和裴云珠诉说丈夫的病情，诉说完了，本来是想询问她们自己该怎么办才好，结果悲从心来，不知不觉地说道："他要是有一个三长两短，我该如何是好？只有陪他一块去了。"

昔日强势女人的风采尽失，俨然一只受到伤害的小鸟。

姚心林和裴云珠放下电话，就把消息分别告诉了各自的丈夫。很快，裴元基、欧阳锦华、姚心林和裴云珠就在一大群人的保护下，来到了医院。

他们走进病房的时候，欧阳锦亮刚好发出一声大叫："母亲！"

眼睛一睁，欧阳锦亮看到了欧阳锦华，就想怒骂，却忽然意识到了什么，把眼睛一闭，老泪漫出了眼窝，滚到了脸上。

"你们先出去一会儿，我和锦华先跟他谈一谈。"裴元基对三位夫人说道。

姚心林、裴云珠和刘玉蓉相互搀扶着，走出了病房。

欧阳锦华说道："我知道，你是为我受了冤枉。但是，我的确没有想到他们会那样干呀。"

欧阳锦亮仍然紧闭着眼睛，泪水流得更多了。

裴元基轻轻地叹息道："我知道你心里难受，其实，我和锦华心里何尝不难受呢？想想看，虽说日本人进了兵工厂，我们不仅没有损失，反而捡了便宜，坏事不是变成好事了吗？"

欧阳锦亮微微睁开眼睛，看着裴元基，说道："要是没有你，不知道会酿成多大的乱子。我受一些委屈也就罢了，怎么向列祖列宗交代呀？"

欧阳锦亮的心情稍一开朗，就想起了兵工厂。虽然他在重新接掌生意时，就提拔了两个能干的年轻人当助手，而且在他生病期间，裴运祥也会抽出时间帮助那两个助手管理公司，但他还是放心不下，坚决地回了家。

然而，他仍然有些力不从心，回到了家，也只能躺在床上，什么都做不了。

裴运祥亲眼看到过日本人图谋加害祖父以及政府对祖父采取的保护措施。他心知日本人无法对祖父下手，一定会转移目标，向欧阳锦亮下手，因而，从各地招徕了几十名舞刀弄枪的好手，严密地保护欧阳锦亮一家老少。

这天晚上，他又去公司听姥爷的助手叶钊汇报公司运营情况，忽然觉得有点不对：有一笔生意，分明在姥爷刚生病的时候，就曾经出现过，怎么现在又出现了？他不动声色地听完汇报，挥手让叶钊离开，决定亲自暗中调查。

他带了几个保镖，去了最受怀疑的那间仓库，里面空空如也。他的心一阵紧缩：损失一两笔生意倒没有什么，钢材跟火药供应不上，兵工厂立即就会停产。这个后果，谁能承担得了！一定要把事情查一个水落石出。

于是，裴运祥留下一个保镖，命令他召集人手，把仓库看守人员看管起来，严密封锁整个仓库，严禁任何人出入，也严禁任何人相互通风报信；亲自带了另几个保镖，迅速赶去叶钊家。那家伙却不在家，去了一家妓院。

裴运祥勃然大怒，赶紧带着保镖飞快地赶到妓院。

叶钊正跟把守兵工厂的宪兵头目坐在一起，一人怀里抱了一个女人，喝酒调笑着。

裴运祥对宪兵头目打声招呼，就把叶钊拉了出去，朝车上一扔，径直开往仓库，再把他扔进仓库，刺眼的灯光一直对准他的眼睛，大声喝问道："说，货物到底去了哪里？"

叶钊心里一颤，说道："在师傅被他们抓住的时候，宪兵和军统的人就找上我，利用我经常偷偷逛妓院的事情要挟我，要我帮助他们把师傅的生意全部挖过去。只是因为逛妓院，我当然不肯就范。他们又拿我的家人威胁我，我只有听从他们的摆布了。"

"卑鄙！"裴运祥倒抽了一口凉气："他们可是蒋委员长最忠实的部下啊，怎么会干出如此卑鄙的事情？"

自从欧阳兄弟卷入日本间谍案以来，宪兵和军统就一直处心积虑地要把所有跟兵工厂相关的生意全部纳入到他们的掌控之中，美其名曰能够更有效地保护兵工厂不被任何人觊觎、破坏。但是，太明目张胆，道理上又讲不过去，这才想出谋于暗室的勾当。果然惊动了裴运祥，从裴运祥那儿得到了可以把欧阳家族的产业全部转给他们的保证，物资很快就回到了兵工厂。

欧阳锦亮仍然竭力维持公司的运转。他却不知道，他现在是为别人做嫁衣。

病痊愈了。他再也不愿意让裴运祥为了欧阳家族的生意而影响了枪炮制造，就亲自接管了整个公司。

欧阳锦亮被捉

这一天，欧阳锦亮在保镖的簇拥下，准备去码头上查看情况。小车上了江堤，正要转弯，突然从江堤上打来了一串子弹，小车一个旋转，撞在一道围栏上，停了下来。立即，一辆小车飞驰而来，车还没停稳，就从里面跳出几个人，朝着保镖们就是一梭子子弹，并马上架起欧阳锦亮就朝车子里塞。小车飞快地离开了。欧阳锦亮晕晕乎乎，也不知道过了多长时间，车子停了。那群人如狼似虎地把他押了下来，换上了另外一辆车，然后一枪打在这辆车的油箱上，开动了另一辆车，又是一路狂奔。

欧阳锦亮睁大眼睛，认出坐在自己身边的人骇然正是小泉次郎。他马上意识到日本人抓住自己，是要逼弟弟和裴元基就范，好毁掉汉阳兵工厂。他突如其来地冲开了紧紧抓住自己的一个日本人，一头朝车窗撞去。小泉次郎反应神速，立即朝他的头上猛击一拳，把他打晕过去了。等待他再一次苏醒过来的时候，已经是晚上了。朝四周一看，他们在一个荒废的破屋里。

小泉次郎说道："其实，欧阳先生，我们没有恶意，把你带到这里来，无非是想通过你，跟你弟弟接触上。"

"别枉费心机了。你们干脆杀了我。"欧阳锦亮说道。

"欧阳先生是商业奇才，我不会杀你，只会好好地保护你。要是你知道你一生的心血，全部落到了别人的手里，你现在只不过是为别人打工，不知道会怎么想呢？"

"我老了，又没有子嗣，落到谁的手里，又有什么关系呢？"欧阳锦亮说道，他心头一凛，马上醒悟：不能让日本人牵着自己的鼻子走。

小泉次郎微微一笑，对外面大声喝了一句。

欧阳锦亮骇然看到大弟子叶钊就在两个日本人的挟持之下，来到了身边。小泉次郎轻轻拍打了一下叶钊的肩头，和颜悦色地对他说了一句什么。欧阳锦亮就听见叶钊把军统和宪兵怎么威胁他，怎么把所有仓库的物资全部偷运走，后来裴运祥发现了，又怎么跟宪兵和军统签署了协议，把欧阳家族的生意全部交给宪兵和军统，才把物资送回去的事情原原本本地说了一遍。

"怎么样，欧阳先生，比起你们中国人，我们日本人才更值得信任吧？"小泉次郎笑道："只要你跟我们合作，所有欧阳家族的生意，很快就会回到你的手里。"

"我老了，要那么多生意干什么？谁拿去就是谁的。不劳你们日本人费心。"欧阳锦亮强烈地压抑着自己的情绪，说道。

小泉次郎抓住了欧阳锦亮，原以为只要把宪兵和军统对欧阳家族暗下黑手的事情告诉给他，就可以从他身上找到打开进入兵工厂的钥匙，谁知欧阳锦亮竟然油盐不进。一招失算，小泉次郎得另谋对策，暂时把欧阳锦亮关押起来，利用欧阳锦亮要挟欧阳锦华。

日本人不再打扰，屋子里只有欧阳锦亮和叶钊。

欧阳锦亮心如刀割，紧紧地闭上眼睛，看也不看叶钊一眼。叶钊却不停地向欧阳锦亮忏悔："师傅，弟子不该受他们的胁迫，做出了这么多对不起师傅的事情。请你原谅我吧，要是我们能够活着出去，我一定会聆听师傅的教诲，再也不做任何对不起你的事了。"

"事情已经过去了，说这些干什么呢？"欧阳锦亮终于叹息道。

"弟子察觉到，屋子周围就只有我们两个人。弟子先出去查探一下，或许可以为师傅探出一条逃出去的道路。"

叶钊说完，蹑手蹑脚地溜了出去。刚一出门，一声枪响，一粒子弹飞快地射中了他的眉心。

欧阳锦亮痛苦极了，只有像困兽一样，被日本人用无形的网紧紧地拴在这座牢狱般的屋子里。

晚上，门突然打开了。欧阳锦亮就着门外的月光，看出是小泉次郎带着一群人进来了。有一个人几乎是被拖进来的。几个日本人拖着那个人一进屋，就猛地把他摔在地上。紧接着，屋子里就点着了灯。欧阳锦亮看得更清楚了：所有人身上都沾了一些血迹；地上躺着的人血肉模糊，一脸苍白。

一个日本人操起一瓢凉水，朝躺在地上的那个人身上泼去，把那个人泼醒了。小泉次郎一声冷笑，命令手下扶起那人，开始审问他。

欧阳锦亮弄清楚了：那个人是军统特务，是伙同宪兵头目谋夺了自己全部财产的人。日本人抓他来的目的，也是为了兵工厂。可是，整场演出只有小泉次郎在独唱，军统特务一句话也不说。

小泉次郎火了，一脚踢去，那人重重地倒在地上，死了。小泉次郎吃惊不小：费了九牛二虎之力，死掉了好几个日本间谍，就抓获了这么一个家伙，怎么就死了呢？连忙命令手下又是凉水泼，又是抖，又是拍打的，却怎么也不能把那个人救回来。

小泉次郎冷冷地瞥了欧阳锦亮一眼，嘴巴一张，就想说什么。欧阳锦亮却先开了腔："想从我这里得到什么，做梦！"

"欧阳先生，别自作多情。我不想从你身上得到什么。我让你继续待在这里，就是想把裴先生和欧阳锦华先生也留下来。你们都是临近八十岁的老人了，我不想让你们漂泊异乡。"

"哈哈哈。"欧阳锦亮放声大笑起来："你们日本人太不要脸了，欺负一个手无缚鸡之力的老人，还敢大言不惭。"

"欧阳先生，我们不会欺负老年人，只会尊重老年人。你不知道吧，皇军已经沿江而上，很快就要打到武汉来了。别说兵工厂，就是蒋介石要不快点走，也要落到我们手里。"

被日本人摆布

随着日军一步步进逼武汉，犬养雄一促使日本派遣军总司令改变了策略，不再对兵工厂实施破坏，而是要把兵工厂全部保留下来，供日本人使用。欧阳锦亮为汉阳兵工厂提供一切原材料，留住这个人，他们就可以在攻占武汉之后，立即恢复汉阳兵工厂的生产，用汉阳兵工厂制造出来的武器去屠杀中国人。这比从日本运来武器、弹药要便宜得多。日本人本以为把军统特务抓过来之后，一阵严刑拷打，把他收拾妥当了，便可以达到一箭双雕的目的：既可以通过军统特务安插一些人进入兵工厂，控制兵工厂的要害部门，严防中国人在武汉陷落之前就把兵工厂的所有设备运走；又可以震慑欧阳锦亮，让欧阳锦亮心甘情愿为日军服务。可是，军统特务竟然死了，日本人一番辛苦白白浪费了。

小泉次郎不能就这么算了。他手里还有一张牌：欧阳锦华。现在不是要欧阳锦华破坏兵工厂，也不是要欧阳锦华谋杀裴元基，而是要欧阳锦华保护兵工厂，保护裴元基。这个，欧阳锦华应该会做得到。

于是，小泉次郎给欧阳锦华打去电话："欧阳先生，令兄欧阳锦亮先生就在我的手里。"

欧阳锦华不等小泉次郎把话说完，就大声问："你想干什么？"

小泉次郎说道："我很想用他跟你再做一笔交易。不，这笔交易是可以做的，你不要一口回绝。很简单，就是请你和裴元基先生把兵工厂完好无损地保留下来，你们就可以在大日本帝国的旗帜下好好地生活下去。"

此时，欧阳锦亮失踪的消息，早已传遍了整个武汉三镇，甚至还惊动了蒋介石。他命强力部门的人员一齐上阵，遇到可疑人员，立即抓起来。

欧阳锦华得到了哥哥的准确消息，心里开始盘算开了：哥哥落在日本人手里，国民政府就是出动再多的人力，最后就是找到了，找到的肯定是一具尸体。自己已经做过两回对不起国家和民族的事情了，难道还要做第三次吗？哥哥也不会允许呀。再说，哥哥是生是死，现在还不能确定。依照哥哥的性格，早就跟日本拼起来了，要是那样还好点，可是现在，哥哥一定是死了。一想到这里，欧阳锦华就忍不住失声痛哭。

裴云珠一见，马上怀疑可能是欧阳锦亮死了，跟着也伤心落泪。怎么办？得告诉哥哥裴元基，得听一听哥哥的意见，看是不是得尽快告诉嫂子刘玉蓉。她拿起了电话，正要往哥哥家里拨，欧阳锦华发现了，连忙一把按住了电话机。裴运珠拨不出去了，说道："你总得告诉我，到底发生了什么事呀？"

欧阳锦华不能对任何人说。他得好好想一想，想通了，才决定要不要告诉他们。

第二天，欧阳锦华嘱咐夫人别给孙子药丸，说完他就去兵工厂了。可是刚刚进入兵工厂，就接到夫人打来的电话，说孙子又病了，该不该继续给他药丸。欧阳锦华心里一阵绞痛，事到如今，只有硬着头皮听从日本人的摆布了。

“给，给，给！”他一连说了三声，然后颓废地瘫倒在椅子上，一动不动。

“浩天又不行了？”裴元基关切地问道。

战争打到现在，日军的攻击势头有增无减，中国军队依旧节节败退。国民党临时中央政府已经作出全面撤离武汉的准备。

兵工厂接到了撤离武汉、搬往湖南辰溪的命令，裴元基正在拟制撤离计划。一想到真要离开汉阳，他就叹息不止。这里是生他养他的地方，也是他建功立业的地方，多少欢乐、幸福和汗水，都浸润着这里的每一寸土地，他怎么舍得离开呢？

欧阳锦华无法回答。他的心乱极了：是不是得按照小泉次郎的话去做呢？可是，别说兵工厂，就是裴元基，他都没法留下。孙子难道真要彻底疯狂，一点办法也没有了吗？突然，脑子一闪，欧阳锦华闪出了一个主意：兵工厂明里是自己全面负责，裴元基却是一道绕不过去的坎，如果把裴元基送给日本人，不是可以把他留下来了吗？

当小泉次郎再一次打来电话的时候，他们很快就达成一致：把裴元基送过去。

条件已经谈妥，当裴元基再一次询问原因的时候，欧阳锦华说道：“浩天又疯了。日本人真不是东西，又想拿浩天来钓我。”

“告诉我，日本人想干什么？”裴元基急切地问。

“他们想把整个兵工厂和你我一道留下来！”

“兵工厂是不可能留下来的了。他们要留下我，可以。下一次，小泉次郎打电话的时候，我去对他说。”

“可是，我怎么能让你冒险呢？”

“我一直都不希望离开汉阳。现在，有了永远留在这片土地上的机会，又能为你做一些事情，我何乐而不为呢？只是，我走了之后，希望你无论碰到了多大的困难，也要帮助俊超他们把兵工厂支撑下去。”

裴元基自动上钩，小泉次郎哪有不愿意的道理？连忙跟裴元基约定了下一次电话联络的时间。

欧阳锦亮牺牲

小泉次郎是要部署一番，生怕自己掉进了他们设下的圈套，裴元基不由露出了轻蔑的笑。他已经拟制出搬迁方案，只等上峰下达命令，就可以立即执行。他去了兵工厂，和欧阳锦华一道，把裴俊超、裴运祥和各分厂的负责人找过来，告诉他们兵工厂随时都会搬迁。

大家虽说心里早有预感，可是，一旦真的要离开了，心里都感到不舍，一齐问道："难道我们就不能不走吗？"

裴元基苦涩一笑，说道："我理解，这里承载了我们一生的荣誉，谁也离不开。可是，国家已经到了最危险的关头，兵工厂不能落在敌人的手里。只要我们的心里有汉阳，无论我们走到哪里，哪里都是汉阳；无论我们在干什么，我们都是在造枪炮！"

众人群情激愤，一个个发出怒吼："无论我们走到哪里，哪里都是汉阳；无论我们在干什么，我们都是在造枪炮！"

这就是汉阳的精神，这就是汉阳兵工厂的精神。自己就是死了，汉阳的精神不会死，兵工厂的精神不会死。裴元基可以无牵去挂，可以把他将近八十岁的生命完全置之度外了。

裴元基把新式炸药分放在身上好几个地方，按照日本人的要求去了。到了日本人告诉他的第一个地方，找到了一张纸条，按照上面的指示，去了第二个地方。在那儿，他找到了另一张纸条。按照上面的指示，走向第三个地方。他不知道取到了多少纸条，也不知道转了多少个地方。突然，一辆小车停在他的身边，他看到了小泉次郎，车门一被打开，他就上了车。一个日本间谍在他的身上一阵翻摸，搜出了几包炸药。

小泉次郎笑道："裴先生，大日本帝国不想要你的生命，你何苦要跟自己过不去呢？"

裴元基冷笑道："不把你们这些来自东瀛的强盗全部赶出中国，我何曾愿意过早结束自己的生命？可是，你们一再想要我的命，我不能不提防。"

"用自制炸药提防大日本帝国精英谋害你，说得太妙了。"小泉次郎笑道。

裴元基不再理会他，小泉次郎也不再说话。在天黑的时候，到了一个非常荒凉的地方。车子停下了，裴元基被小泉次郎和一个日本间谍搀扶着下了车，进了一间破败的屋子。里面漆黑一团，什么也看不清。日本人点燃了灯火。裴元基骇然发现欧阳锦亮就坐在一个角落里，正睁大眼睛，看着自己。

欧阳锦亮心头一震，颤抖着站起身来，刚要询问裴元基怎么也进来了，却听到裴元基笑道："亲家，我们又见面了。"

"是的，我们又见面了。"欧阳锦亮回答道。

小泉次郎宛若主人，请他们同时坐下，开始了一通长谈。从犬养雄一怎么景仰他们，一直谈到了现在。裴元基和欧阳锦亮听厌了，不再理会他，小泉次郎识趣地离开了。

屋子里只剩下裴元基和欧阳锦亮。两人相互打量了一眼，心头涌出许多感慨。

裴元基原以为欧阳锦亮死了，打算只要小泉次郎把药丸交给欧阳锦华，见到了欧阳锦华的字条，他就可以放心地引燃炸药，和日本人同归于尽。没想到，欧阳锦亮竟然活生生地坐在自己面前。自己可以死，欧阳锦亮却不能死。裴元基开始盘算怎样让欧阳锦亮离开。

子夜时分，外面响起一阵急促的脚步声，紧接着，门就被打开了。

小泉次郎一声怒骂："该死，中国人跟踪过来了。"

裴元基心头一震，很快就醒悟过来了：一定是军统特务察觉了自己的行动，追踪过来了。日本人现在就要杀死我吗？日本人的药丸还没有交出来，我死了，岂不是死得毫无价值？不，还是有价值的，我落在日本人手里，就会把日本人的重心全部吸引到我身上，兵工厂的搬迁可以顺利进行。

欧阳锦亮在这一刻意识到死亡来临了。但是，他不会害怕，他紧紧地握着裴元基的手，要跟亲家一起走进最后的归宿。

可是，日本人并不想要他们死。几个日本间谍一冲进来，挟持着裴元基和欧阳锦亮就朝门外跑。

欧阳锦亮无意中摸到了裴元基屁股底下的一块炸药，心里一惊，马上意识到裴元基是要以牺牲生命来救出自己。他颇为感动，欧阳家族的生意没有了，他的心已经死了，人更是随时都可以死去，但是，裴元基不能死，他得把炸药引燃，把可恶的鬼子全部炸死。

砰，老远响起一声枪响。紧接着，枪声似暴风骤雨一般在天空回响起来。

小泉次郎赶紧派出两个家伙留下来阻挡中国人，自己却冲在最前面，让另外两个家伙拖住裴元基和欧阳锦亮一块狂奔。很快，前面开来一辆小车。车子风驰电掣般地刮到他们跟前。一个日本人马上跳上了车，另一个日本人夹起欧阳锦亮就朝车子里送。

欧阳锦亮回头一看，小泉次郎正在把裴元基往车子里塞。他意识到机会来了，突如其来地朝裴元基身上一扑，两个人一起滚倒在地。他快速地将裴元基屁股底下的炸药取出来，说了一句："照顾好锦华，别让他再走歪路。"

就势把裴元基朝外面猛一推，然后把炸药引爆了。

第九章

辗转迁移

别了，汉阳

早晨，当第一缕阳光闪耀在东方的天边时，兵工厂的设备就已经全部装载完毕，所有的车辆、民工以及工人们全都汇集在一条条马路上，深情而又默默地回望着这片土地。从人群里传来了一声轻轻的叹息，紧接着，叹息声就像瘟疫一样传染开来。叹息变成了哭泣，哭泣声响成一片，在兵工厂的上空回荡。

裴元基躺在担架里，眼眶里饱含泪水。他强烈地压抑着自己，示意孙子和孙媳把他扶上一台高大的汽车。那上面装载着一台巨大的车床。他挣扎着站起身，朝黑压压的人群接连扫了几眼。人群顿时安静下来了。

他挥舞着拳头，清了清嗓音，说道："人常说，故土难离，我跟大家一样深深地热爱着这片土地，不愿意离开这片土地，可是，日寇的铁蹄很快就要踏过来了，为了抗战大业，我们必须离开。只要心里装着汉阳，哪里都是汉阳；只要汉阳精神不死，哪里都能建起新的汉阳！"

人群经过了短暂的沉默，忽地发出像海啸般的怒吼："只要心里装着汉阳，哪里都是汉阳；只要汉阳精神不死，哪里都能建起新的汉阳！"

裴元基露出了欣慰的笑容，面向大家行了一圈注目礼，把拳头举向了天空，大声喊叫道："出发！"

顷刻之间，到处一片嘈杂、一片热闹。马达一阵接一阵地轰响，汽车开动了，人群离开马路，让汽车缓缓地驶出兵工厂，然后汇合成一道钢铁洪流，爬向了江堤。

宣布出发的命令之后，裴元基就被孙子和孙媳搀扶着下了车，停在路边，继续静静地注视着这块承载了他的全部希望和梦想的土地。

"别了，可爱的汉阳；别了，可爱的故乡！"他慢慢地跪了下来，深情地向这片土地叩了三个响头，两行热泪从眼眶里滚了出来。他使劲抓起了一把土，亲吻了一下，撕下一块衣裳，把它包好，庄严肃穆地装进衣服口袋，然后在殷雪儿和裴运祥的搀扶下，躺在了担架上。

那一天，被欧阳锦亮推下小车后，裴元基不停地沿着一道斜坡往下翻滚。他逃离了剧烈的爆炸，背部却猛地撞到斜坡的底部，一下子晕了过去。等他苏醒过来时，已经躺在医院了。

他接受了军统的盘问，得到了欧阳锦亮已死的消息，心里大为感叹。好不容易解除了军统的怀疑，他想起了兵工厂搬迁在即，不想在医院待下去，便回到了兵工厂。一切安排就绪，他就和欧阳锦华、姚心林及裴云珠结伴去了欧阳锦亮的家，劝说刘玉蓉跟他们一道去湖南。

丈夫一死，刘玉蓉的心就死了。她早已做好了准备，要陪伴在丈夫的身边，要永远跟丈夫在一起。听了亲人们的劝告，她很感动，绽放一丝笑意，说道："我先上楼收拾一下，马上下来跟你们一起走。"

但众人在客厅里等了好半天，仍不见刘玉蓉下来。姚心林和裴云珠一起去楼上看个究竟，骇然发现刘玉蓉已经静静地躺在床上，怀里抱着丈夫的骨灰，眼睛微闭，脸上露着满足的笑意。一个风风火火奔波了一辈子，并在武汉三镇留下了威名的女人就这么去了。

"嫂子，你也去了，哥哥这一支就这么完了吗？"欧阳锦华抱头痛哭道。

"唉！"裴元基心知隐藏在欧阳锦华内心的痛苦，轻轻地叹息一声，费了很大的工夫，总算让欧阳锦华接受了眼前的现实，令人把刘玉蓉的遗体送殡仪馆火化了，连同欧阳锦亮的骨灰，一块带着上了路。

搬迁大军是在宪兵的严密保护下，踏上去湖南的征途的。出了兵工厂，队伍慢慢地往江边开去。

浮桥遇袭

裴俊超走在队伍的最前面。他已经来到江堤。江面上架起了一道宽阔的浮桥，还有来来往往的船只。汽车已经驶上了浮桥，形成一支庞大的钢铁洪流，欢滚着流向长江南岸。突然，空中响起了凄厉的防空警报。

裴俊超心头一凛，喝令道："加快速度，冲过浮桥。"

然而，已经踏上浮桥的人群慌乱起来了，不断地东奔西跑，不一会儿的工夫，就把浮桥堵得严严实实。

"让开！靠边！镇定！"裴俊超跑前跑后，招呼人们按照预定队形向前疾进。

人群终于不再慌乱，行进队伍恢复了应有的秩序，在裴俊超的指挥下，加速从浮桥上通过。队伍过了一半，天空中就出现了几架日军飞机。

敌机刚一飞到浮桥的上空，就接连不断地投掷炸弹。炸弹犹如瓢泼大雨一样落在了江面上，也有一些炸弹狠狠地砸在浮桥上。轰隆的巨响过后，浮桥被炸得千疮百孔，人群被炸得晕头转向、哭爹叫娘，扬起的硝烟在空中飘荡不休。一些驮运物资的骡马受了惊，嘶嘶大叫着，到处乱冲乱撞，最后一头撞进长江。浮桥上架起了防空炮火，一排排子弹打向天空。敌机升到了高空，继续不停地向浮桥上投掷炸弹，扫射子弹，却大部分落到江里去了。一些工兵飞快地赶了过来，抢修浮桥。

姚心林和裴云珠带着欧阳浩天，坐在一辆小车上，夹杂在队伍中间。炸弹爆炸过后，欧阳浩天受惊了，大叫一声“姑姑”，就想朝车外跳。姚心林和裴云珠惊慌不已，赶紧去抓他。

“姑姑！”、“雪儿！”欧阳浩天不停地大喊大叫，不停地挣扎着。

他从姚心林、裴云珠的手里挣脱出来，迅疾地冲下了车子，连带着把欧阳锦亮和刘玉蓉的骨灰盒也弄进了江里。紧接着，他接连撞翻了几个人，一头撞在一辆汽车的前端，重重地倒在地上，再也动不了。

姚心林和裴云珠慌作一团，都不知道自己到底是去抢救欧阳锦亮和刘玉蓉的骨灰，还是抢救欧阳浩天。

欧阳锦华就在欧阳浩天的后面。孙子再一次发狂，他的心完全破碎，什么也不顾，想去拉孙子，自己的身子却跌落在浮桥上。一辆小推车刹不住势，把他卷进了车底。姚心林和裴云珠一声惊呼。一颗炸弹正好落在那辆小推车上，一声爆炸过后，小推车不见了。欧阳锦华被埋进去了。姚心林和裴云珠也被震晕。

“姑父！”裴俊超跑过来了，拼命地把压在欧阳锦华身上的东西推开。

欧阳锦华重重地咳嗽了一声，睁开眼睛，马上想起了欧阳浩天，拼命地大叫道：“浩天！”

下人们已经把欧阳浩天抱过来了。欧阳锦华猛地把孙子抢到手里，拼命地摇动着，拼命地惨叫道：“浩天，你这是怎么啦？你是欧阳家族唯一的血脉。你可不能有事啊！”

“姑父，浩天只是震晕了。他不会有事的。”裴俊超说道。

裴元基正在队伍后面压阵。敌机投下炸弹，民工惊慌失措，纷纷扔掉东西，到处乱跑。裴元基扯起喉咙，拼命吆喝：“不要惊慌，赶紧卧倒！”

轰炸声连成一片，人群的惊叫声遮天蔽日，什么也听不见。

“卧倒！”、“卧倒！”裴运祥和殷雪儿声嘶力竭地吼叫着，依旧阻止不了人们的慌乱。

裴运祥伸手一摸，操起跟殷雪儿成亲时两人制造的步枪，朝天就是一枪。砰的一声，惊醒了靠近他身边的几个工人。那几个工人曾经参加过好多次战斗。裴运祥命令道：“你们赶快阻止慌乱的人群，稳定队伍。”

工人迅速组成一支支小分队，抢在人群的前头，挡住了他们的去路，艰难地吼叫道：“卧倒，统统卧倒。”

劈里啪啦，人们纷纷朝浮桥上卧倒。你挤我拥，相互碰撞在一起，一时间，秩序更为混乱。几乎整个浮桥都被人阻塞住了。

裴元基更是心急，命令孙子和孙媳：“快去疏通道路，要不然，大家只能成为敌人的靶子。”

“是！”殷雪儿和裴运祥回答道，赶紧执行命令去了。

裴元基看见孙子和孙媳消失在混乱不堪的人群，催促担架工人迅速把自己抬上前去。越往前面去，交通越混乱。他心里一急，从担架上翻滚下来担架工人连忙把他扶起来。

面前是一辆被敌机炸坏的汽车，殷雪儿正在奋力地指挥人员抢修。

裴元基瞥了汽车连同汽车上的制造设备一眼，说道：“我是叫你来疏通道路的，不是叫你修理机器。把它们推到长江里去。”

道路疏通了。队伍在敌机的轰炸声中继续前进。

裴元基来到欧阳锦华身边，看了一眼躺在他怀里的欧阳浩天，说道：“锦华，浩天没事。我们还是上路吧。”

“我们还是上路吧。”欧阳锦华机械地重复了一遍大舅子的话。

队伍终于渡过了长江。裴元基面向江北，再一次深情地望了好一会儿，心里默默地念叨：“别了，汉阳。”

欧阳锦华来到大舅子身边，仍然怀抱孙子，望着长江对岸，心里涌起一阵接一阵的痛楚。他在那儿跟李生哥哥相认，跟李生哥哥一道走过了无数岁月，现在，哥哥和嫂子永远留在了长江北岸，连骨灰也落入了长江。他唯一的亲人，就是抱在怀里生死未卜的孙子。是谁造成了现在的局面？是日本人！日本人破坏了他的一切，他对日本人只有痛恨，无尽的痛恨。他年逾古稀，上不了战场，只有在兵工厂里造出更多的枪炮，以报深仇大恨。

“汉阳，我还会回来的。”欧阳锦华情不自禁地说道。

前路漫漫

队伍未出武汉，就遭到日本飞机的轰炸，震惊了国民政府。他们赶紧加派一支部队前来保护兵工厂迁徙途中的安全。一出武昌，按照裴元基的计划，兵工厂的搬迁队伍就在一块山地里隐蔽起来，另外派出一拨人马，紧张地制造模拟设备，组成虚拟的搬迁大军，浩浩荡荡地朝湖南方向进发。

兵工厂的搬迁大军在山地里休整了两天以后，便启程出发，随着朝湖南方向涌去的难民一道，重新踏上了去辰溪的道路。

很快，他们就得到消息：虚拟搬迁大军遭到了敌机的猛烈轰炸，损失了一大半。

裴元基暗自庆幸搬迁大军逃过了一劫。但是，他深知沿途还会遇到日本人的疯狂破坏。于是，他跟宪兵指挥官商量一番，把搬迁大军分隔成了不同的小型方阵，每一个小型方阵里都加派了明岗暗哨，派出一支机动力量，在中间位置待命，随时向各个方向增援。

队伍行了几日，前面又传出消息：日军再一次出动飞机，对剩下的虚拟搬迁大军实施猛烈的轰炸。虚拟搬迁大军全部被日本人摧毁了。

“看起来，我们得在两天之内，超越那支虚拟搬迁大军。”裴元基心里隐隐涌出一丝不安，说道。

“是啊，日本人不亲眼看到兵工厂全部化为乌有，绝不会轻易相信兵工厂被彻底摧毁了。他们一定会派遣间谍过来查清事实。”欧阳锦华恢复了昔日的精明干练，接上了大舅子的腔。

宪兵指挥官马上说道：“是的，我们得快一点超越过去。”

“仅仅只是超越过去，似乎还不够，我们还得在那支虚拟搬迁大军身上多做一点手脚，让日本人看到兵工厂真的被摧毁了。”欧阳锦华说道：“要不然，一样无法逃脱日本人的注意。”

“你说的有道理。”裴元基点头道：“就让裴运祥带领几个老工人，乘坐汽车，快速向前赶去布置。”

宪兵指挥官说道：“为了以防万一，我派遣一支小型分队去保护他们。”

一支微型车队很快就到达了虚拟搬迁大军被摧毁的地方，只见遍地都是废弃的枪支弹药，还有一大片血肉模糊的尸体。

“这是一群为了民族利益而不惜牺牲自己的英雄。”裴运祥在心里说道。

默默地向他们致过敬，正要指挥人马布设疑阵，忽然，裴运祥感觉到远处有一双眼睛正注意着自己。他立即意识到是怎么回事：日本人已经抢在前面过来查看现场了，并且已经怀疑上了，此时再要动手，只会暴露身份，敌人在暗，自己在明，敌人只要扣动了扳机，一个人也别想跑掉。

他脑筋一转，立即喝令工人们赶紧上车，继续朝前面奔去。

其实，小泉次郎并没有死。在欧阳锦亮拉动炸药的一瞬间，他再也顾不得裴元基了，敏捷地朝坡下就是一阵翻滚，躲开了致命的爆炸。紧接着，他就看到军统特务如飞般地赶了过来。他顾不得查看裴元基是死是活，拔起脚来，就朝着黑夜里猛跑。

逃出生天，他不由万分懊恼："自己是精通枪炮弹药的专家，怎么就没有在裴元基身上搜出微型炸药呢？这下可好，不仅大日本帝国精英损失殆尽，连手里掌握的重要棋子也丢失了。"

兵工厂不可能保留下来了。不能为皇军所用，就只能摧毁它。在汉阳无法下手，就只能在兵工厂转移的途中动手了。

他重新召集了一些日本间谍，四处探听兵工厂何时转移、转移到哪里去的消息，很快就探得在长江两岸凭空多了一支忙碌着的架桥队伍。他赶紧绘制了一张精准的浮桥架设位置图，发到了华中派遣军总司令部。在浮桥上并没有把兵工厂全部干掉。他亲自带了人马，一路跟踪而来，不停地向司令部发回情报，指引司令部派出的飞机沿途轰炸。

"汉阳兵工厂真的被炸毁了？"听到这个消息，他心里还是有些怀疑。

想尽了办法，都没能把兵工厂搞垮或留下来，它就这么轻而易举地炸毁了吗？他亲自来到现场，看出了一丝疑惑。

突然，听到了汽车的轰鸣声，他机灵地退到人群里，监视着那辆汽车。看到裴运祥的行动，他明白了：遭到轰炸的是虚拟搬迁大军，中国人想利用它布设疑阵！为什么要布设疑阵？汉阳兵工厂还在后面，很快就要开过来了。

于是，他往脸上涂了一层化装泥，和间谍们一道混进向南涌去的大军里，慢慢向前走去。

半天过去了，他听到了一阵熟悉的狂叫声，禁不住心里一阵狂喜：欧阳浩天是欧阳锦华的心头肉，只要有欧阳浩天在那儿，自己什么事也办得了。他慢腾腾地跟随人群朝前面行进。

欧阳浩天终于看到了小泉次郎，高叫一声："姑姑！"奋力地从几个下人的怀抱里挣脱出来，扑向了他。

小泉次郎抱住欧阳浩天，一面轻轻地拍打着他，一面对着他的耳朵轻轻说了一些什么。欧阳浩天脑袋一耷拉，昏昏睡去。几个下人簇拥着欧阳锦华一齐围住小泉次郎，惊讶得眼珠子都快掉出来了。

欧阳锦华激动万分，把孙子抱在怀里，殷切地希望小泉次郎帮忙治一治孙子的病。

宪兵和军统特务嗅出疑惑，暗中戒备，警惕地注视着小泉次郎的一举一动。

小泉次郎意识到自己被人盯上了，说道："我只不过是一个玩杂耍的，哪里会治病呀？”

说完，举步离开了。

过了许久，欧阳浩天苏醒了。他已经彻底疯了，眼睛一睁开，见到人不是喊姑姑，就是喊雪儿，谁也控制不了。

小泉次郎又出现了。欧阳浩天经过他一摸，又昏昏沉沉地睡去了。他主动来找欧阳锦华，是因为他感觉得到，欧阳锦华已经认出了他，更重要的是，兵工厂迤逦了好几十里地，凭借日本间谍的能力，很难靠近那些设备，只有欧阳锦华才能帮得了他。

“欧阳先生，只有我能救得了令孙。帮我把一些东西暗中藏在队伍里，令孙就可以完全清醒了。”

“别指望我帮你。我哥哥就死在你手里，你会遭报应的。”

“那是一个意外。我要是想要欧阳锦亮先生死，早就杀掉他了，不会等到裴元基露面。眼下，令孙的安危就取决你一念之间。”

欧阳锦华的心乱极了。哥哥临死前曾说过，不要让自己再听日本人的话，难道要违背哥哥的遗言吗？不管怎么说，为了浩天，也得帮助日本人。可是，这就成了中华民族的罪人了。不，绝不能当民族的罪人。

他一路胡思乱想，精神怎么也集中不起来。要不是一阵大雨落了下来，他还会继续陷在乱七八糟的思维里。

欧阳锦华屡次泄密

放眼望去，队伍已经走进了一片连绵不绝的崇山峻岭之中。雨越下越大，迷蒙了人的双眼。人就是站在当面，也难看清晰。欧阳锦华隐隐约约听到前面传来一阵巨大的响动，心里一紧，本能地以为日本人已经动手了，眼睛朝跟前一望，只见自己率领的小型方阵正冒着大雨，艰难地朝前面行进着。

欧阳浩天忽然醒了，从车子上跳下来，一面大声叫喊着“姑姑”、“雪儿”，一面朝山坡上冲去。不等欧阳锦华喊叫，就有好几个人下冲了过去，想阻拦他，却一个个被欧阳浩天推倒在地。眼看欧阳浩天就要跌进万丈悬崖了。

小泉次郎出现了，奋力冲上前去，一把抱住了欧阳浩天。欧阳浩天不再乱喊乱叫了，一双迷茫的眼睛不停朝他望去，似乎想辨认他到底是什么人。

“姑姑。”欧阳浩天轻轻地叫了一声。

小泉次郎掏出一个类似糖块的东西，递给了欧阳浩天。欧阳浩天接在手里，左看右看，在小泉次郎的注视下，慢慢朝嘴巴里塞，塞着塞着，突然转了向，塞进了小泉次郎的嘴巴。欧阳浩天袭击成功，高兴地在小泉次郎的头上使劲地拍打着。小泉次郎吞下了那枚药丸，笑嘻嘻地对欧阳浩天说了几句话。欧阳浩天再一次睡着了。小泉次郎借此机会，就想接近设备，几个工人模样的人却死死地挡在他的面前。他骇然发现那是一批军人，个个身手不凡。他越来越感觉到要想把这批设备毁掉是一件极其困难的事了。

在不停地来回走动之中，他已经跟每一个手下都联络过了。他们仍然分辨不清哪些是设备，哪些是民用物资。中国人真他妈的鬼祟。怎么办？还得召唤飞机前来轰炸。可是，距离拉得太开，得出动多少飞机呀。是了，前面的悬崖绝壁可以帮助大日本帝国的精英把兵工厂的设备和人马全部堵截下来，然后召唤飞机过来轰炸。

他迅速离开，暗地里向同伙发出了将前面的道路全部炸毁的命令。

于是，日本间谍飞快地朝前面奔去。雨继续瓢泼似的向地面倾倒。沿途有不少路段被突如其来的大雨冲断了。很多人在奋力清除路障。日本人猛然觉得这是上天赐予的良机，马上冲上前去，表面上帮助那些人推掉障碍物，暗地里却想引爆聚能炸药，把道路全部炸断。谁知日本人刚刚俯下身子，中国人就猛地扑了过来，把他们压倒在地，搜出了藏在他们身上的炸药。

“想在关公面前耍大刀，没门！”裴运祥轻蔑地冲日本间谍吐了一口痰。

原来，裴运祥一发现有日本人在跟踪，为了引开日本人的注意力，就率领那些工人、宪兵、军统特务如飞一般地朝前面开去。天下起了大雨，他意识到日本人找不到下手的机会，就会将道路炸断，然后召唤飞机前来轰炸。因而，裴运祥先是把一台汽车推下了悬崖，紧接着就在道路上布设了许多障碍物，军统和宪兵就装作清理路障的样子，静候日本人自投罗网。

里面没有自己熟悉的那双眼睛。裴运祥心里一沉，不知道还有多少日本间谍混进了搬迁大军。抓紧审问，但不管什么方法都用尽了，也没审出一个结果。

为什么还要在他们身上浪费时间呢？一路上，更加险峻的悬崖峭壁不知道有多少，只要日本人炸毁一处，整个兵工厂就会彻底玩完。得迅速冲过这一段悬崖峭壁，然后兵分两路，进一步分散目标，只有这样，才能迫使日本人难以得手。裴运祥想道。

于是，他留下一部分工人和宪兵，说道：“你们嘱咐沿途跟上来的车队暗中提防日本人，我继续带队前去探路。”

曾几何时，小泉次郎竟然发现队伍越走越快了。滂沱大雨之下，中国人为什么如飞一样地朝前奔去？奔到前面去干什么？很快，他就意识到：派到前面去的间谍已经遭了中国人的毒手。接下来怎么办呢？为了大日本皇军的胜利，自己就是玉碎，也要留下来，继续跟踪这支队伍，并伺机制造混乱，让他们再也难以向前行进。

怎么制造混乱？小泉次郎要利用欧阳浩天，不再让欧阳浩天安静，而是进一步逼疯欧阳浩天，让他疯得更加彻底，然后牵动着他的思维，轻轻地命令他往每一个小型方阵里丢石块。

欧阳浩天把石块扔向第一个小型方阵的时候，宪兵围拢过来，提起他就朝一边扔。欧阳锦华连忙求情："孙子正在犯病期间，一切敬请海涵。"

宪兵也就真的海涵了，看着欧阳浩天丢石块的滑稽模样，前合后仰地大笑不止。地上的石块被欧阳浩天扔光了，他就抓起泥巴，扔向打从身边经过的方阵。中国人再也不注意小家伙的行动了，小泉次郎拿出一颗颗微型炸弹，就朝欧阳浩天跟前扔。欧阳浩天迟疑了一会儿，捡起它们，就要扔向一个小型方阵。

殷雪儿被祖父裴元基派过来暗地里保护祖母，一直在暗中留意欧阳锦华和那个陌生人之间的动作。她看出来了：那个陌生人是日本间谍。不过，她不知道欧阳锦华到底跟日本间谍有多深的关系，正像祖父一样，她对欧阳锦华怀有深深的歉疚感，就默默地留心着欧阳锦华的一举一动。

她亲眼看到陌生人从口袋里掏出了一些什么，故意扔到了欧阳浩天面前。她心里陡然冒出一股寒意，一见欧阳浩天要将那东西扔向一个方阵，本能地大喊一声："浩天，我是雪儿。"

欧阳浩天不扔东西了，偏了脑袋，看着殷雪儿，问道："你是雪儿？"

"是的，我是雪儿。"殷雪儿一边说，一边出其不意地去夺欧阳浩天手里的东西。

小泉次郎见势不妙，赶紧就要上前去抢夺，可是，分明看到宪兵围拢过来了，只有身子一扭，躲进了人群。

欧阳浩天一看有人来夺自己手里的东西，越觉得好玩，他激烈地挣扎着，嘴巴一张，看见人的手就一口咬下去，咬得一个宪兵鲜血淋漓。宪兵一被咬，越气愤不过，劈面猛地扇了欧阳浩天几个耳光。欧阳浩天马上把手里的东西朝着小型方阵里一丢，回身就去咬那个打他最凶狠的宪兵，紧接着一声剧烈的爆炸，把整个小型方阵的人全部炸翻了天。

殷雪儿手疾眼快，一闻到从那团东西里冒出一股异味，心知大事不好，立即把欧阳浩天一抱，同时卧倒在地。一声爆炸过后，随着滂沱大雨，落了一地模糊不堪的血肉。

欧阳锦华一听爆炸声，声嘶力竭地大喊一声：“浩天！”然后便飞一样地朝着爆炸中心跑去，却没跑出两步，就扑倒在地。

“有日本间谍！”不知是谁这么喊了一声，人群更加混乱。好几个人把脚踩在欧阳锦华的身上。欧阳锦华奋力地爬起来，一面跌跌撞撞地继续朝欧阳浩天奔去，一面声嘶力竭地喊叫道：“浩天！”

小泉次郎神情轻松。他还有几个手下，正分散在不同地方，朝一个个小型方阵扔着炸药。一阵接一阵的爆炸声，在空中不停地鸣响。

前面的一辆汽车被炸翻了，横卧在道路中间，冒出剧烈的浓烟和火光，阻拦了人群的行进。许许多多人被挤下了悬崖绝壁，惨叫声不绝于耳。军统特务朝天放了一阵枪，把人们震慑住了，连绵几十里的道路上，都是肃立的人群。军统特务严厉地清查人群。

裴元基正在后面压阵，听到前面传来一阵接一阵的爆炸声，心一紧缩，脸色铁青，立即吆喝担架工人把自己抬了过去。他亲眼看到一片狼藉的现场，心变成了一块铅，不住地下坠。

他连忙传出命令：“火速清点炸毁的装备。”

结果很快报给了裴元基：主要设备都没有毁坏。

宪兵和军统特务清查了很久，无法查出日本间谍，只有一方面把逃难的人群从搬迁大军中分离出来，再也不准任何人轻易地靠近任何一个方阵；另一方面从当地搬来一支队伍，牢牢地看管着逃难的人群。

巧设虚拟迁移大军

搬迁大军终于抵达了目的地。这里是一片起伏不定的山峦。有一条狭窄的公路，把山峦全部勾连起来，形成了一个非常壮观的景象。许许多多仅容通过一辆独轮车的小路，从各个角落走出来，扑向了公路的主干。搬迁大军每到一个地方，都会留下一些设备和工人。很快，在每一片山脚下，支起了一片片帐篷，安装和调试机械设备，兵工厂开始试制武器、弹药了。

这一路行来，又是风雨，又是跟日本间谍反复搏杀，裴元基和欧阳锦华不堪负重，已经病倒了。他们的夫人气息奄奄，却依旧顽强地支撑着身体，为他们熬药煮汤，伺候他们。

欧阳浩天越来越不安分了，见到任何人，拿起石头和一切可以拿到手的东西，就朝他身上砸。欧阳锦华和裴云珠都无力照管孙子。裴俊超只有命令儿子裴运祥和儿媳殷雪儿把他捆起来，塞在殷雪儿推的独轮车上。欧阳浩天不停地嚎叫，不停地用头和身子撞得车壁轰隆作响。

他们是在离辰溪很远的地方，才彻底摆脱日本间谍的跟踪，把日本间谍与逃难的老百姓一块引进另一个方向。

“如果日本间谍察觉到了什么，这样做只不过是给我们自己制造混乱。”欧阳锦华一听裴元基的计划，摇了摇头，说道。

“你说得不错，我们还得给日本间谍一些甜头。”裴元基笑道：“在搬迁大军快要抵达虚拟目的地时，就把老百姓连同日本间谍一块赶得远远的，一板一眼地布设兵工厂，然后假模假样地制造武器。”

“这样，日本间谍就会竭尽全力地前来破坏兵工厂。”宪兵头目说：“虚假的兵工厂一破坏，他们自然想不到真正的兵工厂仍然存在于世了。”

一切都已计划妥当。接下来的行程就是在暗中有条不紊地予以落实。

小泉次郎一开始的确被中国人的行动绕糊涂了，便下定决心，率领剩余的几个日本间谍继续混杂在逃难的人群，一路跟随着裴元基和欧阳锦华，豁然发现中国人果真在那儿修建兵工厂，不由大喜过望，再一次向日军发出了准确消息。敌机扑了过来，下了一阵弹雨，把所有的设备全部炸得无影无踪。

把守在四周的宪兵和其他军队顿时紧张起来，把整个山冈围得水泄不通，到处捉拿和搜寻可疑人员。

日本间谍并没有马上走开，静静地等待宪兵和所有军队全部撤走之后，来到了那块被炸得不成形的土地。从残留的碎片上，小泉次郎分辨出，它们正是制造枪炮弹药的设备和原材料。

“终于把支那人的汉阳兵工厂摧毁了！”小泉次郎狰狞地笑了。

他唯一感到遗憾的是，自己已经向欧阳锦华心里“打进了一根钉子”，可惜，没来得及发挥作用，汉阳兵工厂就灰飞烟灭。

在以后的行程中，欧阳锦华的确已经完全接受了小泉次郎的提议。

小泉次郎赫然发现兵工厂采取了不同寻常的行动之后，跟踪了一段时间，心里还是无法释然，就突如其来地潜入到欧阳锦华身边，说道：“欧阳先生，好像鄙人说的话，你并不感兴趣呀。”

欧阳锦华正为小泉次郎没有继续骚扰他儿心安理得呢，一见这家伙突然出现，心头一凛，说道：“我不想做汉奸。你要不走开，我可要大叫了。”

小泉次郎开导说：“欧阳先生，何苦拿你和令孙的生命开玩笑呢？你看，我很有诚意，把所有的药丸都给你带来了。只要你能按照我说的去做，这些就全部是你的。令孙吃完了这些药丸，就会痊愈。”

“我不会帮你毁掉兵工厂。”欧阳锦华哆嗦了一下，说道。

“鄙人并没有要你亲手毁掉兵工厂。”小泉次郎说道：“条件很简单，你只须沿途部署我们能够察觉的线索就可以了。”

欧阳锦华经过一番挣扎，终于接过了小泉次郎给予他的一些特殊标志，沿途留下过许多线索。可惜，在大风大雨中泡久了，他支撑不下去，病倒了。在搬迁大军跟模拟大军分开之后很久，他才苏醒，很想再留下一点什么，可是，他躺在担架上，动也不能动。

小泉次郎再也无法跟上搬迁大军了吗？欧阳锦华极力挣扎着，想把小泉次郎交给他的东西扔一些到地上去。

可是，他刚一动，裴俊超就看见了，一边跟着担架走，一面替他盖已经掀开的被子。看到了姑父手里的东西，裴俊超心头一凛：原来搬迁大军的行动，是姑父透露给日本人的！裴俊超气恼已极，却无法说出口，强烈地压制着自己的情绪，轻轻地把姑父的手搬开，将那些东西夺了过来，放进了自己的口袋。

“姑父，你曾经跟我父亲一道商量过怎么把兵工厂安全地转移到辰溪，要是日本人跟上来了，不仅兵工厂完了，我们都得死，是不是？哦，你说你冷，是吗？好的，我帮你换衣服。”

裴俊超说到这里，马上命令担架停歇下来，亲自动手把姑父的衣服扒了一个精光，然后连同那副担架一块换了下来，扛走了。

欧阳锦华心里早把裴俊超骂了一百遍一千遍。骂着骂着，他自己也清醒了：是啊，裴俊超说得对，要是日本人知道了兵工厂的行踪，几架飞机一来，丢下一通炸弹，别说自己，就是孙子欧阳浩天也一样会被炸得血肉横飞。他不由吓了一身冷汗，心里顿时有了一种彻底放松的感觉。

裴元基一样病得不轻。一直迷迷糊糊，眼睛时睁时闭，不停地发着高烧，也不停地说着胡话。医生一直守候在他的身边，不停地给他打点滴，终于使他的体温降下来，眼睛也能完全睁开，意识渐渐清醒。

他望了一眼拥挤在身边的人，问道：“我这是在哪里呀？”

“这里就是我们的兵工厂。”裴俊超说道。

“哦，汉阳兵工厂在这里得到了新生！”裴元基为没能亲眼见证这一刻而万分懊恼，赶紧催促儿子：“把我扶起来，去看一看兵工厂。”

“你一大把年纪，病还没好利索，哪能出去呢？”姚心林连忙阻拦。

“夫人，你应该知道，我只要亲眼看一看兵工厂，嗅一嗅兵工厂的气息，病立即就会好利索。”裴元基说道。

重整旗鼓

裴元基终于在孩子们的搀扶和簇拥下，走出帐篷，来到了旷野。

西边的天空被夕阳的余晖染成了一片火红的海洋。裴元基感到体内有一股强大的力量在冲撞，情不自禁地想投身到那片令人神清气爽的海洋。一阵微风迎面吹来，他打了一个寒颤，脑子更加清醒，极目远眺，一片接一片的帐篷掩映在群山之中，蒸腾出一片热气腾腾的气息。

他精神振奋，情绪高昂，指了指附近一座庞大的帐篷，问道："那是干什么的？"

"枪械制造厂。"裴俊超回答说。

裴元基命令道："走，到那里去看一看。"

裴俊超、裴运祥和殷雪儿搀扶着他来到了枪械厂。工人们在里面忙碌不已，流水线的最终端，一支支成型的步枪正在装配之中。他很激动，情不自禁地挣脱了孩子的手，拿起一支步枪，端详了许久，激动地说道："汉阳造，终于在辰溪获得了新生！"

"是的，父亲，只要汉阳精神在，哪里都是汉阳！"裴俊超凝视着父亲，一样显得很激动："我们终于印证了这个誓言。"

"只可惜，我没有亲自跟你们一道播撒汉阳的精神。"裴元基遗憾地说。

"不，爷爷，精神不是靠瞬间就播撒成功的，它需要长时间的积累和栽培。汉阳精神就是在你的精心栽培下，才一步一步地培养起来的啊。"裴运祥说道。

"是啊，爷爷，要是没有你，根本就没有汉阳精神。"殷雪儿也说。

"不，不仅仅只是我，还有张之洞大人，还有锦华，还有许许多多其他关注兵工厂的人。"裴元基说到这里，忽然觉得欧阳锦华并不在身边，赶紧用眼睛四处搜寻。

裴俊超问道："父亲是在寻找姑父吗？他病了。"

"他也病了？"裴元基下意识地问了一句，说道："走，我们去看一看他。"

在孩子们的搀扶下，裴元基来到欧阳锦华的帐篷。欧阳锦华正躺在一张简易的小床上昏睡。裴元基一走进去，裴云珠就挣扎着要起身，可是被裴元基制止了。他颤抖着走到妹夫的床前，站在那儿，看着妹夫。

欧阳锦华其实并没有睡着。听见大舅子的声音，他就故意把眼睛闭上了。

跟小泉次郎做交易的时候，他不仅接受了小泉次郎的药丸，也学到了让孙子安静下来的方法。他病了，孙子没人管，又疯了，被殷雪儿拴了起来，浑身上下都撞得青一块、紫一块，他心里的疼痛，没人理解得了。于是，牵扯出他对裴家人的痛恨，再也不愿意看到任何裴家的人。

裴元基静静地站了好一会儿，终于说道："到家了，该起来忙碌了。"

欧阳锦华只得睁开眼睛，挣扎着起了身，在孩子们的搀扶下，和裴元基一块走了出去。

已是深夜。山里风儿肆虐，不时地刺向他们的身体。裴元基和欧阳锦华感到浑身冰凉。但是，他们依旧慢慢地在山路上行走着。每到一个营地，每到一座帐篷，他们都要向工人们致以热烈的敬意。一个个营地，一座座帐篷，工人们被他们点燃了激情，他们的激情也被工人们点燃了。

当所有的分厂尽收眼底之后，他们依旧情绪高昂，不知不觉来到一座高高的山冈。站在这里，遥望隐藏在夜色里的山峦，到处灯火通明，机械轰鸣声和工人们的吆喝声，压进了他们的耳鼓，让他们感觉到一股热血在心间流淌。裴元基重重地喘息着，一番心思涌上心头，和欧阳锦华一块坐了下来。

"看到这副情景，你想到了什么？"裴元基偏着头，凝视着妹夫，问道。

欧阳锦华感到自己年轻了，感到自己回到了年轻的时候。当年，为了一种理想，他和裴元基一样，是何等意气风发，是何等的不知疲倦，只顾忘命地工作。现在，日本帝国主义的入侵把他们的心血和汗水全部葬送了。他应该痛恨日本人，应该像当年一样意气风发，不知疲倦，忘命地工作，造出更多更好的武器和弹药，源源不断地交付给抗战的中国军人，让他们早一点把日寇赶出中国，让汉阳兵工厂重新回到原来的位置。可是，他并没有这样做，反而竟然为了孙子，一再听从日本人的指使，要把由自己亲手建成的兵工厂毁灭掉。这是多么厚颜无耻的行为啊！他不由万分痛恨自己，悄悄地流出了泪水。

"这就是重整旗鼓，再造一个汉阳。"欧阳锦华忽而低下了头，说道："只可惜，我们不再年轻。"

"虽说我们不再年轻，可是，我们还活着。"裴元基说道："还记得我们在离开汉阳之前说过的话吗？我们走到哪里，哪里都是汉阳。我们已经在这里重造了一个汉阳兵工厂，就要用我们的热血造出更多的武器，要么把日本侵略军全部赶出去，要么把这些强盗全部消灭在我们的领土上。"

欧阳锦华热血沸腾。在场的每一个人都感觉到体内有一股热血在激荡。他们的眼前已隐隐飘荡着中国军队将日寇赶出国门的前景。为了这个光明灿烂的前景，他们要不懈地奋斗下去。

试爆新式火药

受病体拖累，裴元基和欧阳锦华仍然无法自由行动。但是，他们有经验、有智慧，指点裴俊超和裴运祥，很快就让兵工厂走上了正轨。一批接一批的武器、弹药从这里运出去，送到了抗战国军手里。运送武器、弹药的人也为他们带来了外面的消息：武汉已经沦陷了；犬养雄一在汉阳重建兵工厂，为日寇输送血液。

裴元基站在山冈上，遥望着北方，脸色铁青，喉管里咕咕咕叫个不停。虽说早已知道日本人会占领汉阳，但是，一旦事实摆在眼前，他还是悲愤不已。他怒火满腔，很想大喊大叫，可是，他只能默默地注视武汉方向，流出了痛苦的眼泪。

欧阳锦华站在裴元基身边。听说犬养雄一在汉阳兵工厂的原址上搞出了一个崭新的兵工厂，他同样气愤难当，说道："要是把汉阳兵工厂的一切全部毁掉，不让它落到敌人的手里就好了。"

"犬养雄一，你占领了汉阳兵工厂，但汉阳兵工厂的精神永远不会消灭。你等着，中国军队一定会把你们全部消灭光！"裴元基歇斯底里地怒吼道。

劈里啪啦，前面响起了一阵惊天动地的爆炸声。裴元基和欧阳锦华站在山冈上，也感到脚下在剧烈地震动着。他们情不自禁地向爆炸声传来的方向望去，眼帘飘荡起一股浓烈的硝烟和灰尘。

"不好，发生了爆炸！"两人心头同时一凛，拔脚就想奔向硝烟弥漫的地方。

扑通，扑通，接连两声响，两人同时倒了地，挣扎着想爬起来，身子却不听话，一个劲地朝山下滚。他们听到了杂沓的脚步声。人们正朝硝烟弥漫的地方跑去。有人发现了他们，把他们搀扶起来，抬着他们就是一阵急行。很快，他们就到达了现场，只见裴俊超正在人们的欢呼声中，兴高采烈地挥舞着手臂。许许多多工人和兵士在那儿狂欢不已。

原来是在试爆新式炸药。裴元基和欧阳锦华都想起来了：还没离开汉阳，他们就已经带着裴俊超和裴运祥开始革新火药。到了辰溪，他们病倒了，孩子们却仍在日夜不停地做实验。裴俊超曾经告诉过他们，今天就要试爆火药。可是，听到日寇攻占了武汉和犬养雄一在汉阳兵工厂原址建起了兵工厂的消息，他们的心被深深地刺痛了，硬是把这件事给忘掉了。

亲眼看到整座山冈都飞走了，他们异常兴奋。眼帘接连不断地闪现了一个接一个的幻影：工人们正在把这种炸药装填在制式炸弹壳子里，制成了新式炸弹；把这些炸药装填在手榴弹芯和弹壳里，制成了威力强大的手榴弹和子弹。它们奔赴战场，发出了一声声怒吼，炸翻了一排排日寇，炸得日寇血肉横飞，炸得日寇闻风丧胆。

裴元基不由绽放了会心的笑意。自从日寇向中国发动全面攻击以来，这是他第一次露出了会心的笑。

欧阳锦华一样兴高采烈，一样露出了会心的笑。突然，他听到了一个刺耳的大叫声，这个声音是如此清晰，如此令人心悸，以至于他的心一紧缩，马上大叫一声："浩天！"

接着，欧阳锦华就想朝那个声音传来的方向冲去。可是，他脑袋一晕，身子就朝地上倒去。旁边的工人迅速伸出手来，把他扶住了。

裴元基心头一紧，赶紧催促工人扶着他们奔向欧阳锦华的帐篷。大老远，他看到一个人影正一个劲地朝山冈上猛冲；还有一个人远远地跟在后面，每跑一步，都会重重地跌倒在地，好半天才起得来。

前面的人是欧阳浩天，后面的人是裴云珠。一看清楚那两个人影，裴元基心里就隐隐作痛，半晌也不知道自己在想什么。当他再一次举头去望时，裴俊超、裴运祥、殷雪儿和一大堆人已经围住了欧阳浩天。

欧阳浩天眼睛彤红，唾沫四溅，不断地朝人群冲去。殷雪儿站在那儿，轻声呼唤着："浩天，我是雪儿。"

然而，欧阳浩天丝毫也不理会她的呼唤，继续一个劲地朝人群展开攻击。趁着人群向后退缩的当口，他从一个宪兵手里夺过了一支枪，双手胡乱地摸着枪，扣动了扳机。"砰"的一声枪响，他双手往外一扬，枪掉在地上，眼睛怔怔地盯着它，好像老虎盯着一个猎物。

"抓住他，快一点抓住他。"殷雪儿连忙催促裴运祥。

裴运祥飞快地冲上前去，在欧阳浩天再一次去抓枪支的时候，死死地把他压在地上。欧阳浩天胡乱地扭动着，嘴巴到处乱咬，一口咬在裴运祥的手上，就再也不松开，摇摆着头，想一口把他的手吞进肚子里。

殷雪儿大惊失色，连忙抢上前去，就要搬他的嘴巴。

裴元基和欧阳锦华在工人的搀扶下，赶到了现场。欧阳锦华轻轻地呼唤道："浩天。"他一面呼唤，一面伸手去摸他的脑袋。

欧阳浩天把嘴巴一松，放开了裴运祥的手，怔了怔，一口咬向祖父。这一咬，就把欧阳锦华的手指咬断了。一股血腥味直扑欧阳浩天的鼻子。欧阳浩天愈发兴奋，不停地把祖父的手指朝嘴巴里送。

"浩天，他是你祖父啊！"裴元基叫唤道。

“爷爷，他疯了，他谁也不认识了。”殷雪儿气恼已极，双手握成拳头，重重地往欧阳浩天头上砸去。却不等她砸下去，裴俊超照着欧阳浩天的脖子就是一拳。欧阳浩天仰面倒在地上，再也动弹不了。

“快，把他们都送到医院里去。”裴俊超命令工人们。

忙乱的人群抬起欧阳锦华和欧阳浩天，快速朝医院方向奔去。裴元基仰望天空，质问道：“上天呀，你要怎么折磨我们，才肯罢手？”

在欧阳浩天一口咬断他的手指时，欧阳锦华的精神完全崩溃了。他不是因为疼痛而崩溃，而是因为自己虽说使用了小泉次郎教会的招数，也无法控制得了孙子而崩溃。

裴元基来到医院的时候，欧阳锦华已经苏醒了，正双眼迷蒙地望着窗外，想着心思。他一阵心痛，轻轻地喊道：“锦华！”

“欧阳家族彻底没指望了。”欧阳锦华眼泪一漫，流出了眼窝。

“浩天只是受不了战争。一旦把日本人赶出了中国，国家没有战争了，浩天就会好起来。”裴元基安慰道。

日本人混进兵工厂

裴元基不仅没能安慰得了欧阳锦华，反而让欧阳锦华的思想再一次走入极端：等到中国不再有战争，谁知道会到猴年马月？要是能够用汉阳兵工厂换取孙子的清醒，为什么不愿意呢？

欧阳锦华想通了这一点，就想再次跟小泉次郎接上关系，从他那儿得到进一步控制孙子的法门。

小泉次郎死了吗？不，小泉次郎不会轻易死去，也不会轻易相信汉阳兵工厂完蛋了，一定会在某一个时刻摸到这里来。欧阳锦华打心眼里相信这一点，得做一些准备，要是小泉次郎摸进来了，出不去，就不好办了。他依旧像往常一样，哪里出了问题，就陪同裴元基出现在哪里。

这一天，下起了大雪。裴元基和欧阳锦华一道，正朝实验室里赶去。一辆接一辆运输车，从外面开了进来。欧阳锦华瞥了一眼正从身边过去的车辆，眼睛一放在一个人的脸上，就再也下不来。

裴元基偏头去看，那辆车子却已经驶远了。他问道：“你看到了什么？”

“没有。”欧阳锦华掩饰地说道：“我只是奇怪，现在怎么会有车子进来呢？”

其实，欧阳锦华看到了小泉次郎赫然坐在汽车里。小泉次郎能够在宪兵的眼皮底下，乘坐在汽车上，堂而皇之地混进兵工厂，说明什么？这几辆汽车已经全部落到日本人手里了！所有的驾驶员和押车员，也都是日本人。日本人是怎么找到这里来的？他们是不是想炸掉兵工厂？兵工厂分布如此广泛，怎么可能只凭几个人就把它们全部炸掉呢？该不会是想搞清兵工厂的具体位置和布局，好招引飞机前来轰炸吧？不管怎么样，得寻找机会跟小泉次郎接触，请他救一救孙子，也请他在炸毁兵工厂的时候，告诉自己躲避的方法。不告发日本人，也不能把自己置于危险境地。

欧阳锦华心想：兵工厂里到处是明岗暗哨，日本人进来了也无法随便走动。自己得去寻找他们。

原来，长沙之战以后，中国军队的补给更加快捷了，小泉次郎便怀疑汉阳兵工厂并没有被炸毁，就带了一群间谍，从当时搬迁大军跟虚拟搬迁大军分开的地方一路搜寻过来。不久，他们就发现疑点：有几辆汽车不时从某一个方向进进出出。小泉次郎意识到兵工厂就在附近。经过周密的部署，摸清了那几辆车子进出山峦的规律，就突如其来地在路上设下埋伏，把汽车拦截了，活捉了国民党士兵，把他们的衣服换上了，带上他们的证件，问明了进出兵工厂需要经过的路口与口令，就上了路。

一看到欧阳锦华，小泉次郎马上掏出手枪，就想干掉他，却没有听见他的喊叫声。瞧他的神态，他一定认出了自己。他没有叫喊，肯定是有求于自己。小泉次郎不禁满心欢喜：在兵工厂内部找到了同盟者，把兵工厂毁掉了，还不暴露自己，真是一件大好事。

到了指定位置，按照惯例，日本人进入兵工厂为他们准备好的房间，准备休息一晚，等武器、弹药全部装上了车，第二天就送往指定部队。

小泉次郎原打算把人员分散出去，在各地制造混乱，以便趁乱把兵工厂毁掉，一进来，就知道情况比他想象的要复杂得多。他不敢贸然行动，命令手下人员待在房间里休息，自己在夜里偷偷摸摸地溜了出去，在整个兵工厂仔细搜寻欧阳锦华的住处。

雪越下越大。地面已经积累了将近两尺深的雪。他不敢走大路，就径自去了山上，以为在那儿可以避开宪兵的耳目。

突然，他听到一阵脚步声，连忙藏在雪地里，朝下面的道路上看去，发现一个人正慢腾腾地走了过来。他分辨出那人正是欧阳锦华，不由喜出望外，悄悄地溜下山峦，尾随欧阳锦华回到了住处。

欧阳锦华是以想从押运人员的嘴里探听部队在使用新式弹药之后的反应为

借口，独自出来寻找小泉次郎的。看到了想找的人，他冷笑道："小泉先生未免太不把汉阳兵工厂放在眼里了吧？"

"不，欧阳先生是鄙人在汉阳兵工厂里的好朋友，我岂能不出面接待你？再说，令孙还等着我救命呢。"小泉次郎回答道。

从小泉次郎那儿得到了救治孙子的良方，欧阳锦华赶紧投桃报李："兵工厂里到处都是明岗暗哨，你们没有办法炸掉兵工厂。我为你们画出了整个兵工厂的图纸，希望能对你们有所帮助。"

小泉次郎如获至宝，等欧阳锦华一离开，就把部下召集起来，准备连夜动手，把兵工厂炸掉。从图纸上，他清晰地知道了各个哨卡的位置，巧妙地部署一番，就要向山峦上摸去。突然间，弯弯曲曲的道路上涌来了一群人影。

小泉次郎心里一惊："难道是中国人发现了自己的行踪吗？"

欧阳锦华已经看出了自己，裴元基难道还看不出吗？一定是裴元基向宪兵们告了密，来抓自己了。可是，真要抓自己，他们应该秘密的进行，而不是大张旗鼓的进行。别多心，等他们来到身边，就出其不意地把他们全部干掉，换上他们的行头，在兵工厂不是更畅通无阻吗？小泉次郎脑子接连转了好几圈，主意一定，把头一摇，手下的人马立刻就散开了。

人影晃动得越来越快了，喊叫声也越来越大了。小泉次郎越来越相信，中国人是在故弄玄虚！

中国人越来越近了，就着雪地，小泉次郎分辨出他们果然是一伙持枪的宪兵，正要开枪，宪兵手里的枪却响了，好几个日本间谍倒地而亡。

小泉次郎一边还击，一边朝山峦狂奔。子弹从他的耳朵边擦过。他掏出了一枚炸弹，猛地扔向宪兵，一声剧烈的爆炸过后，宪兵们全部倒了地。他露出了轻蔑的微笑，转身就想奔向火药场。

突然，又是一阵激烈的枪声，子弹像瓢泼大雨一样溅落在他跟前。他连忙在雪地里打了一个滚，滚到了一颗粗壮的大树后面，掏出另一枚炸弹，向着枪声响起的地方丢了过去。

四面八方都是枪声，有无数人朝这边奔过来了。小泉次郎赶紧沿着欧阳锦华指定的路线逃出去，准备召唤空军把整个兵工厂夷为平地。

风雪兵工厂

裴元基分明感到欧阳锦华有些异样，很想知道原因，欧阳锦华却把话题岔开了。他表面上不动声色，暗地里却想把事情弄清楚。于是，跟欧阳锦华分开之后，他就派遣儿子暗中监视妹夫，自己却悄悄去了押运车队的住处。在黑暗中，当一双鹰一样的眼睛落入他的眼帘时，他惊呆了："小泉次郎竟然冒充押运武器、弹药的国军混进了兵工厂！"

他要向宪兵报告，要把这些家伙统统干掉。可是，欧阳锦华正在跟小泉次郎交谈，他不能让欧阳锦华落进宪兵的眼中。

自从弟弟被革命党人沉江以来，他的心里就像压了一块巨大的石头，从此背上了沉重的思想包袱。欧阳锦华是他的亲妹夫，裴元基一定要把欧阳锦华从跟日本人暗中勾结的深渊里拉回来，免得妹夫像弟弟裴元杰一样，被自己人除掉。要不然，他就会再背上一个沉重的包袱。

欧阳锦华一离开小泉次郎，裴元基马上就派儿子向宪兵报告日本间谍混进兵工厂的消息。宪兵立即出动，除小泉次郎漏网之外，其他的日本间谍全部毙命。

大雪一直纷纷扬扬地下个不停。半夜时分，许多帐篷被沉重的大雪和强大的北风掀翻了、压塌了。许许多多工人被活生生地压在雪地里。宪兵和所有人员再也顾不得搜寻小泉次郎了，全部赶赴现场抢救工人和搜寻制造设备。

裴元基和欧阳锦华都支撑着病弱的躯体，参入到抢救的行列。

"父亲、姑父，你们的病还没好，你们歇息去吧。这里有我，我一定会把所有的工人和制造设备都抢救出来。"裴俊超说道。

"胡说，我什么病也没有。"裴元基吼叫道。

欧阳锦华生怕自己跟日本人暗中接触的事情曝了光，一样吼叫道："不要管我们，快点把被压在雪地里的工人和设备抢出来。"

裴俊超是抢救现场的最高指挥官，不停地调度宪兵和工人对被大雪压塌的各个帐篷进行抢救。当所有的设备和物资都从雪地里挖出来之后，现场一片狼藉。

应该在最快的时间里，让兵工厂重新恢复生产。日本人已经混进了兵工厂，可能已经掌握了整个兵工厂的情形，继续在原址搭建帐篷，无异于自取灭亡。

于是，裴俊超、裴运祥和殷雪儿搀扶着裴元基和欧阳锦华，在军统特务和宪兵头目的护送下，一齐走向周围的群山，寻找搭建帐篷的新地点。裴元基和欧阳锦华毕竟年龄老迈，走不多久，就气喘吁吁了。

“你们先去选择重新搭建帐篷的场地。我们歇一口气，很快就会跟上来。”裴元基说道。

裴俊超不得不放下父亲和姑父，带着裴运祥和殷雪儿在军统特务和宪兵头目的护送下进入了更深的群山。看着他们远去的身影，裴元基收回目光，打量着欧阳锦华，说道：“难道你没有什么话要对我说吗？”

“你想要我说什么？”欧阳锦华心里一慌，强作镇定地说。

“说实话，说心里话。”裴元基顿了一顿，见妹夫还在迟疑，加重了语气，又说：“说你为什么一直要替日本人卖命。”

“我什么时候替日本人卖过命啊？”欧阳锦华浑身一抖，狡辩道。

“锦华，自从你第一次跟犬养雄一接触以来，你的任何行动，我都清清楚楚。你是为了浩天才跟日本人来往的。这一点，我能够理解。但是，你可不能一误再误，因为浩天，就变成了千古罪人啊。”

“当我们把日寇赶出中国，国内再也没有战争的时候，浩天还会恢复理智；可是，一旦小泉次郎把你交给他的兵工厂部署图发给了日军，日寇出动飞机一轰炸，不仅兵工厂会彻底被摧毁，你、我，还有浩天，都会葬送性命。你还到哪里去传承欧阳家族的血脉？”

“我糊涂。我再也不会跟小泉次郎有任何来往了。”欧阳锦华流泪道。

“希望你这是最后一次。”裴元基轻轻地拍了一下欧阳锦华的肩头，说道：“走吧，我们得追上他们。”

雪一直下个不停，北风肆虐，寒冷砭骨。进出大山的道路全部被冰雪封死了。按照规划，工人们远离原先的帐篷，开始重新搭建帐篷。人们铆足了劲，花费了很长时间，兵工厂还是没有重新建构起来。

一个多月过后，积雪开始慢慢地融化。工人们在宪兵的帮助下，费了九牛二虎之力，终于把兵工厂的一切设备都重新安装、调试完毕。新一轮生产紧锣密鼓地展开了。

突然，从天空飞来了几架敌机，照着兵工厂原先的位置，投下了大量炸弹。顷刻之间，许许多多山峦被夷为平地。

人们在佩服裴元基有先见之明的同时，不能不怀疑内部出了奸细。于是，一场声势浩大的清查汉奸和奸细的活动开始了。每一个人都成了宪兵和军统怀疑的对象，但每一个人的身上都找不到破绽，最后只好不了了之。

审查运动暂时告一段落，裴元基问欧阳锦华道：“怎么样，再次感受到了恐怖和死亡的滋味吗？”

欧阳锦华感激地说道："谢谢大哥替我遮掩。"

"你还是只顾自己。我警告你：不要再跟日本人有任何联系。我不想说你是汉奸，只想告诉你，你的孙子，也是我的外甥孙，我跟你一样疼爱他。可是，疼爱得有疼爱的限度。何况，你从日本人手里得到了什么？浩天一样在发疯，甚至比以前更加疯狂。要是你继续跟日本人联系，我会毫不犹豫地告诉军统，你就是日本人要找的对象。"

从此以后，日本间谍再也没有到过兵工厂。可是，每隔一段时间，天上都会出现日本人的飞机。敌机一抵达兵工厂的上空，就胡乱地扔下一些炸弹。

继续迁移

战事越来越紧张。兵工厂无法继续在辰溪生存下去了，裴元基他们不得不再一次收拾起行装，踏上了转移的道路。

一路上，崎岖不平的山路，大大小小的河流，陡峭的悬崖绝壁，让搬迁队伍深深地体会到了大自然的严酷。更为严酷的是，队伍刚刚离开湖南，就有数不清的敌机前来跟踪。刚开始，敌机只是一般性的侦察和骚扰，看到搬迁队伍走到悬崖绝壁，就猛然投下许许多多炸弹。一时间，搬迁队伍被炸得人仰马翻。很多车辆都因此栽进了深渊。许许多多工人和宪兵要么立即魂归大地，要么一身鲜血，浑身上下千疮百孔。

欧阳浩天越来越疯狂，一看到飞机飞临头顶，就挥舞着双手，一个劲地朝上跳，一边跳，一边高声喊叫："姑姑。"

一颗接一颗的炸弹投了下来。欧阳浩天继续挥舞着双手，高叫着："姑姑。"

裴云珠又急又慌，连忙催促下人把他拉过来，生怕下人不尽心，颤巍巍地举起手，吆喝道："浩天，那不是你姑姑，危险，快点到奶奶身边来。"

她的话音还没有落地，一颗炸弹就落在了她的头上，裴云珠的身体顷刻之间消失不见了。

下人吓呆了，愣在那儿，一动不动。

"姑姑！"欧阳浩天大叫一声，冲了过来，收集散落一地的骨肉，然后抛向空中。

"云珠！"姚心林一声惨叫，身子一翻，差一点滚进了万丈悬崖。

“夫人！”欧阳锦华疯狂地寻找夫人，疯狂地大喊大叫。

殷雪儿从旁边横冲过来，一把抱住了姚心林。裴运祥赶紧去搀扶欧阳锦华。又是一阵炸弹落了下来，掀起的灰尘和扬起的原材料，把整个公路都掩盖得严严实实。

这时候，裴元基正在前面招呼工人分头隐蔽。亲眼看到工人们不断地倒在敌人的炸弹之下，他心如刀绞，想竭力地保护工人。

一颗炸弹落在裴元基的身边。一个宪兵奋力冲了过来，压在他的身上。一声爆炸之后，裴元基感到头痛欲裂，天旋地转。他屏住呼吸，使出浑身力气，把压在身上的宪兵推了下去，挣扎着想站起来，浑身却火辣辣的痛，又感到从手到脚软绵绵的，身子像棉花一样飘落在地。

难道要把生命交代在这里吗？不，在日寇没有被赶出国门以前，他怎么能倒下，怎么能死？他顽强地挣扎着，想爬起来。眼帘一片模糊。他想大声喊叫，却什么话也喊不出来。

终于，他挣扎着站起来了，眼帘朦朦胧胧地出现了一团接一团人影。他踉跄着朝那一团人影走去。

敌机已经飞走了，天空中的硝烟和阴霾仍然没有消散。道路上，燃烧着一团接一团的火苗。到处是死亡者的尸体，到处是东倒西歪的制造设备。脚被什么东西绊了一下，一个趔趄，裴元基差一点倒了地，眼睛向下一看，是一个从湖北枪炮厂初创时期就跟随自己一道打拼的老工人。裴元基缓缓地蹲下身子，凝视着那张不成形的脸，好一会儿，才颤抖着伸出手，替死者抹上圆睁的双眼，再在孙子的搀扶下，继续向前走去。

一些人能够动弹，挣扎着挺起了身子，静静地站在道路中央，等待着裴元基。裴元基每经过一个人的面前，都用颤抖的双手拂去那人脸上的尘灰，轻轻地拍打着那人的手背。

还有几百条汉子。设备没有了，不算什么，只要有工人，就能创造出一个新的兵工厂。裴元基挥舞着手臂，吼叫道：“日本人想毁掉我们，我们却还活着，我们永远也不会倒下。我们就是用血肉、用石头、用木棍，也要造出杀人的武器，把那些狗日的东洋鬼子全部赶出去。”

“说得好！用你们的血肉，用你们的石头和木棍，也能造出杀人的枪炮。真是豪气干云！”

一个声音传入了每一个人的耳鼓。大家都吃惊不小，一同本能地抬眼望去，骇然看见几个日本人分散地挺立在密林之中，手里都拿了枪，对准他们。宪兵们反应很快，高喊一声“卧倒”，举枪就朝日本人打去。枪还没响，日本人的枪就响了，子弹像雨点一样扫在工人和宪兵身上。

裴元基顺着人们的视线看过去，骇然发现小泉次郎出现在眼前，立即怒火冲天，破口就骂："你这个强盗！"

但一个人横冲过来，硬生生地压在裴元基的身上。紧接着，裴元基看到工人们扬起手，一群群地朝地面倒去。他大声怒吼，想推开压在身上的人，却怎么也推不开。人群全部趴倒在地。他心里涌起一种不祥的预感：难道大家都死了吗？他焦急地挣扎着。又伸过一双手，把他扶起来了。还是孙子裴运祥。有人活着，只要有人活着，兵工厂就依旧存在。

裴元基豪气顿生，对着天空大声喊叫："日本强盗，我一定会让你们尝到中国人的铁拳。"

人马又损失了近三分之一。有人活着，就有了希望。裴元基赶紧组织大家清点被日军炸毁的设备和原材料。清点了半天，仅仅清点出了一些能够制造枪支的设备和钢材。

人马休整了一会儿，就在宪兵的保护下，步行踏上了剩余的行程。

裴元基这才有工夫关心家人的安危，他来到欧阳锦华旁边。

欧阳锦华一直昏迷不醒。欧阳浩天更加疯狂了，几个工人把他捆起来，轮流背负着上了路。

裴元基没有看到妹妹，欧阳锦华又是这样一副神态，心一紧缩，知道妹妹已经丧生在日本人的轰炸之下。一双浑浊的眼泪爬出了眼眶，静静地掉落在地上。他拂了一把泪水，强烈地抑制住自己的情绪。

"锦华，你不能这样。云珠已经不在了，我们却还活着。我们得为她报仇，还得好好照料浩天。"

"你真的需要振作啊，锦华！我们一道为湖北枪炮厂打拼到现在，积累起了不少经验，是两匹识途老马，俊超早已承继了我们的衣钵，运祥学到了德国最新的制造技术和理念，还有几百个熟练的技术工人，天大的难事，也难不倒我们。我们一定能够把新的兵工厂建起来！"

"锦华，我知道，是云珠的死使你受到了打击。可是，对云珠最好的怀念，就是把所有害死她的日本强盗全部消灭或者赶出国门！"

裴元基一直不停地絮叨着，试图把欧阳锦华唤醒。然而，他不知道，欧阳锦华心里的痛苦和自责，已经彻底地把他自己摧毁了。

那一天，欧阳锦华一跟小泉次郎见了面，就被小泉次郎收服了，变成了日本间谍。在小泉次郎保证能让欧阳浩天恢复正常之后，他从小泉次郎手里接过了一批用于指引道路的原料，也接过了一台微型收发机。小泉次郎为了表示诚意，决定把欧阳浩天带去日本。但事实上欧阳浩天没有被小泉次郎带走，是因为裴元基和宪兵发现了日本人，把日本人几乎全部干掉了。

欧阳锦华一直期望孙子能在小泉次郎的救治之下康复，没料到，孙子一次比一次疯狂，如今夫人惨死，他痛苦万分，却又无法说出口，只有自己折磨自己。

日本人给予他的是一个不切实际的幻想，他却紧紧地抓住这个幻想，把一家人推向了深渊。他再也不愿意被日本人利用了。得振作，得跟裴元基联手，帮助裴俊超、裴运祥再造一个兵工厂，用亲手制造的枪炮和弹药去狠狠地打击日本人。

在重庆重建兵工厂

兵工厂搬迁队伍到达重庆并进入指定位置以后，裴元基宛然回到了家，立即准备根据现实环境条件，谋划兵工厂的布局。

裴俊超一安顿好工人，也回到了家。他情绪不高，似乎日本人的飞机把他的情绪轰炸掉了。自从他进入汉阳兵工厂，兵工厂就一直处于鼎盛时期。他听惯了机器的轰鸣声，也听惯了工人们粗俗的说话声，他的心脏随着繁忙的机器运转而搏动。现在，一切都变得那么安静，安静得好像走进了一片空旷的墓地。亲人死去，没有让他难受，一路上受到的磨难没有让他难受，现在，他却难受得几乎要哭出声来。

父亲扫了他一眼，问道："遇到什么难事了吗？"

还有比兵工厂不能开工，厂长不知道去哪里搞来制造设备和原材料更难的事吗？裴俊超苦涩一笑，什么也不说。

"我知道，你觉得兵工厂不可能再生产武器了，心里难受。我们还有几百号人，只要有恒心、有毅力，很快就会造出新的枪炮和弹药。"裴元基眼睛里流露出慈爱的光芒，激奋地说。

"可是……"裴俊超说不下去了，不敢再看父亲的眼睛，偏过头去。

"别可是了。"裴元基严肃地说道："身为厂长，你的精神不能倒。你觉得没有希望了，工人怎么办？军队怎么办？国家在抗日，抗日就需要武器。我们得拟出方案，再造一个兵工厂。"

裴俊超顿时勇气倍增。父子俩跟欧阳锦华和裴运祥一道，经过一段日子的紧张筹划，拿出了一个完整的重建方案。

方案提交到军械管理部门，很快有了答复：兵工厂已经被敌人摧毁，战时物资供应不上，无法提供物资重建兵工厂。

裴元基心里像燃烧了一团火焰，腾地起身，直接跑去找蒋委员长。

一个将近八旬的老人，抗战之心不死，重建兵工厂之心不死，着实叫蒋介石大为感动。他亲自出面接见了裴元基，大笔一挥，让汉阳兵工厂跟从河南巩义搬迁过来的兵工厂合并，专一生产枪支和子弹。

离设想的重塑汉阳兵工厂距离遥远。裴元基虽觉满腹遗憾，但是，兵工厂保留下来了，他稍感欣慰。巩义兵工厂脱离汉阳已久，而且又经历过无数次战争，到底还有多大的生产能力？他非常渴望知道这一点，就和欧阳锦华、裴俊超及裴运祥一道前去实地考察。

“巩义兵工厂使用的设备，仍然是当年从汉阳兵工厂分离出去时的那些东西，历经几十年的风雨，早已破旧不堪，不进行一番大的手术，什么枪械都生产不出来。”欧阳锦华叹息道。

“好不容易得到了重建兵工厂的机会，我们不能叹息，不能退缩，只有横下一条心，让兵工厂重新耸立起来。”裴元基坚决地说道。

经过简单的商议，他们分头行动，马不停蹄地四处奔波，探寻一切可供制造枪械的机床及其他设备。车床、铣床、刨床等大型制造厂家的废旧设备源源不断地送到了兵工厂。在裴元基和欧阳锦华的指导下，裴运祥带领一批老工人，刀、钳、锯和锉全用上，油漆、发蓝齐出笼，把旧设备修理一新。一座座庞然大物顿时活力十足，光芒四射，恨不得伸胳膊动腿，好好表现一番，让日寇尝一尝它们的铁拳。

与此同时，裴俊超带领其他人马，加紧平整场地，盖起了一片又一片厂房。

大半年的时光倏然而逝。兵工厂初具形态，离重新启用的日子越来越近，裴元基的心里好像饮了蜜一样甜。

八十岁生日

这一天，裴元基拖着疲惫不堪的身躯回到家里，只见夫人姚心林脸上浮现了一丝笑意。自从裴云珠被日军炸死以来，夫人一向少有笑脸。裴元基倍感惊讶，还没有问话，就听夫人说道：“老爷，明天是你八十岁的生日，我们是不是应该庆贺一下呀？”

父亲转眼就到八十岁了？裴俊超端详着父亲，心里涌出了无限的感慨。裴运祥和殷雪儿一听祖父八十大寿了，马上闹腾开了，非得要为老爷子好好庆贺一回不可。

孩子们立即热闹起来了，翻箱倒柜，到处搜集可以变成现金的物件。可是，家里实在没有任何值钱的东西。

看着孩子们忙乱的样子，裴元基既感到欣慰，又感到难过。他的眼帘，飘荡着六十大寿的情景。当时，武昌的达官贵人们挤破了门，热烈的爆竹声、大人的说话声和孩子们的喧闹声，一遍又一遍在他的耳边回响。

“要是没有日寇大举入侵，现在仍住汉阳。人常说人活七十古来稀，自己却一脚跨进了八旬的门槛，不知汉阳将会闹腾成什么样子？”他无法想象，也不愿意想象。他要趁着生日的机会，让人们永远记住：不把日本人赶出中国，中国人永远都不会有安生之日。

在这种气氛下为父亲举行生日宴会，裴俊超心里激动不已：这不仅是吹响工人们早日把兵工厂建成的号角，也是对日寇的蔑视。他得亲自去告诉姑父。这一年多来，姑父很少露出笑脸。对孙子呵护有加，是姑父唯一的乐趣。裴俊超要用父亲的生日让姑父感受世界的温暖。

欧阳锦华正在哄孙子睡觉。裴俊超走了进来，俯下身子，看着床上的欧阳浩天。欧阳浩天突然露出笑容，向他转动着眼珠。欧阳锦华这才发觉大侄子来到家里了。

裴俊超说道：“姑父，明天是我父亲八十岁的生日，我们想为他搞一个大型庆祝活动。你觉得呢？”

“你父亲八十大寿？”欧阳锦华微偏着脑袋，问了一句，就陷入了沉思，思考了好一会儿，说道：“你姑姑不在了，你表弟也不在了，你外甥成了这副样子，没人能为我过生日了。”

裴俊超说道：“等姑父八十岁生日的时候，我们一定会为你举行一个更大的生日宴会。”

欧阳锦华脸上浮现出一丝笑意，说道：“我也是明天过八十岁生日。”

裴俊超骇了一大跳，望着姑父，很想询问姑父是不是说错了。可是，姑父依旧说道：“我明天过八十岁生日。”

裴俊超只有顺着姑父的意思，说道：“姑父明天就八十岁了，姑父能和我父亲一道过生日。”

欧阳锦华说道：“浩天，爷爷明天过八十岁生日了，你高兴吗？”

姑父难道也疯了吗？可是，看姑父指导工人干活的样子，分明很正常嘛。姑父到底是怎么了？思念死去的亲人？裴俊超想来想去，总是不得要领，回家就告诉了父母亲。

姚心林微微叹息一声，说道："你做得对。你姑父明天就跟你父亲一块过八十岁生日吧。"

裴元基明白欧阳锦华心里的痛苦。妹夫终于清醒，要用新的生日摆脱那段难堪的回忆。他为此感到高兴，嘱咐家人："你们明天别只顾着想我，要以锦华为中心庆祝生日。"

姑老爷跟祖父一块过生日，裴运祥和殷雪儿更加兴奋。可是，凑起来的东西为一个人过生日都显得寒酸，何况又加了一个人呢？家里实在拿不出东西来，两人想了一想，马上跑出去找人借钱、借物。

这一下，裴元基和欧阳锦华同时过八十岁生日的消息立即传播开了，众人翻箱倒柜，找出家里能拿得出手的东西，纷纷送到裴元基家。不多久，裴元基家就堆积了一大堆什物。年轻人思维活跃，觉得过生日得有一个过生日的气氛，连夜寻找布料，布料不够，就把衣服脱下来，撕成一条一条的，用红色的颜料把它们染红了，再到山上砍来许许多多粗壮的大树，扎成一个巨大的平台，当作庆生场所。

宪兵闻风而动，一下子惊动了记者。一大群记者蜂拥而至，有发送消息给报社的，有继续探听内幕消息的，忙得晕头转向。

第二天，裴元基早早地起了床，就去找欧阳锦华。两人一边说起过生日的事，一边朝施工场地走去。那个宏大的场面一落入眼帘，他们的眼睛就湿润了。

工人从四面八方涌了过来，不断地朝他们招手。宪兵早就拿出了一百六十颗枪弹，装进了枪膛，看着两个老人走过来，就一起鸣枪，欢送他们进入施工现场。记者奋力地挤到两位老人跟前，不断地询问他们为什么要在这个节骨眼上过生日，把其他人的说话声都压住了。

喜庆的气氛激励了工人的情绪。人们挥汗如雨，决意尽快干完一天的活，好热热闹闹地为两个位老人庆祝生日。

突然，一大群人急急忙忙赶了过来，见人就问裴元基和欧阳锦华在哪里。一见到两位老人，连忙催促道："赶紧准备一下，蒋委员长马上就要来祝贺你们的生日。"

工人们欢腾不已。记者马上跟着来人，簇拥着两位老人，朝门口方向涌去。

很快，一长排豪华车队驶过来了。宪兵笔直地站在道路两边。车队穿过了宪兵队形，径直驶向那座巨大的平台。

平台上，姚心林带领着一帮妇女，摆好了桌椅和花生、糖果，四周还有许许多多大瓷碗，还有一坛一坛的烧酒。眼见得车队驶了过来，她们赶紧放眼看去，赫然看到蒋介石下车了，一个个惊讶得说不出话来，手里的东西砰的一声，掉到了地上。

蒋介石一看到裴元基和欧阳锦华，马上伸出手来，扶了扶这个，扶了扶那个，并微笑着说道："恭祝两位老寿星福如东海，寿比南山！"一边说，一边在众人的簇拥下，朝平台方向走去。

工人们从施工现场跑了过来，远远地围在平台四周，一个个眼巴巴地望着蒋介石出神。

蒋介石端起一碗酒，对裴元基和欧阳锦华说道："你们是民族英雄。在国家危难的时候，你们把一切都贡献给了这个深受日本帝国主义侵略的国家。你们的精神，永远值得全国人民学习。"

哗啦啦，一阵热烈的掌声在平台的上空喧嚣起来。裴元基和欧阳锦华流出了幸福的泪水，颤抖着把酒倒进了喉咙。

蒋介石再一次举起了酒杯，对工人们说道："面对日寇的飞机、大炮，你们没有退缩，没有犹豫，一直战斗在你们的岗位上，为抗战军民输送了大量的'血液'。你们都是民族英雄。日寇仍然在我们的国土上横冲直撞，希望你们以最大的热情，尽快把兵工厂恢复起来，制造出更多的枪炮、弹药，武装我们的军队，狠狠打击侵略者。"

哗啦啦，雷鸣般的掌声再一次响了起来。工人们都流出了喜悦的泪水。他们流血、流汗甚至牺牲，蒋委员长都关注着，也惦记着，还有什么比这个更让他们激动的呢？

一辆小车开过来了。小车停下了，几个八路军下了车，气宇轩昂地走向平台。

裴元基认出了其中的一个八路军，便泪水夺眶而出，差一点就要伸出双手，去拥抱他了。裴运祥和殷雪儿翘起头，一看到那个熟悉的身影，禁不住浑身一颤，情不自禁地相互打量了一眼，张开嘴巴，也想喊他的名字。可是，突然感到现场气氛不对，强烈地抑制着自己的情绪，眼睛一直随着他的行动而转动。

八路军走到离蒋介石只有几步远的时候，停歇下来，向蒋委员长致了一个标准的军礼。蒋介石裂开嘴巴，露出一丝不知是真是假的笑意。

八路军走向了裴元基，也向他行了一个标准的军礼。轮到那个熟悉的人影向他行军礼了。老人非常激动，再也忍不住了，哆嗦着双手，就要伸向他。

那个军人亲热地叫道："伯伯，侄儿裴俊贤祝你永远健康长寿。"

兵工厂的血脉

兵工厂终于投入生产，并造出了第一支枪。整个兵工厂震动起来了。人们敲响了喜庆的锣鼓，跳起了吉祥的秧歌，载歌载舞，欢庆着汉阳兵工厂的血脉在这里得以重生。

裴元基心潮澎湃。这些年来，他艰苦创业。但是，他依旧顽强地支撑着残弱的身体，指导整个兵工厂的运作。仰视着欢乐的人群，他的眼帘情不自禁地闪现出当年汉阳兵工厂造出第一支枪的情景。于是，牵动了他敏感的神经，他再也难以控制自己，默默地退出人群，缓缓地走到了山坡上，静静地朝汉阳方向眺望，脑海里翻江倒海，各种逝去年代的经历，一波又一波地向他涌来。

当年，弟弟裴元杰用湖北枪炮厂造出的第一支毛瑟式步枪，为中国打出了一场天翻地覆的变化；现在，这第一支枪能够激励全体中国军队团结一心，把日寇消灭或者赶出国门，实现中华民族的彻底解放吗？

一想到这里，裴元基不由得想起了侄儿和几位八路军前来为自己祝寿的情景，不能不为国家的前途隐隐感到担忧。

侄儿远在延安，却在自己生日的当天，带着毛泽东的亲笔贺信出现了，让裴元基心里充满了巨大的惊喜。他深为毛泽东的文采和气魄所折服，竟一时忘记了蒋委员长就在身边，激动得流下了泪水，饱含激情地说道：“毛泽东先生胸襟广阔，见识高远，真是旷古未见的一代奇才！”

说到这里，他赫然注意到蒋委员长脸上覆盖了一层可以触摸得到的不快，心里一愣，马上想起抗战初期，自己向蒋委员长提议，应该把一部分新式枪炮分给八路军，但蒋委员长再也没有一个好脸色的事情。就是抗战期间，蒋介石仍然对共产党人猜忌甚重，他很难想象得到，以后的抗战会走向什么样的局面。

生日庆祝仪式结束之后，裴俊贤前去拜访伯伯和伯母。

“俊贤，你比上一次又消瘦了许多。”姚心林说道，她凝视着侄儿，内心涌起一种母性的柔情。

“抗战之际，天下没有人不瘦。”裴俊贤说道：“伯母，你也瘦了。”

“唉，什么时候能把日本人全部赶出去就好了。”姚心林叹息道。

“伯母，你放心，有我们共产党人在，有千千万万抗日同胞在，一定会把日本侵略者全部消灭或者赶出国门的。”裴俊贤说道。

“爷爷常说，你们共产党人拿着非常简陋的武器装备，就能够打得日寇满地找牙。讲一讲你们的抗战故事吧。”殷雪儿热烈地说。

裴俊贤说道：“老实说，我没有上过战场，在后方负责制造武器、弹药。有一次深夜，我突然接到警报，说是有一个联队的日寇正兵分几路朝兵工厂方向运动。当时，所有的战斗部队都分散出去了，根本不可能迅速收拢。只有一个连队的部队保卫兵工厂的安全。上级通知我们迅速埋好武器、弹药，把人员安全撤离开去。我正在组织人员执行命令，赫然发现日寇已经把所有的道路都封死了。撤离是不可能了，只有把日寇向四周引去，拉开一条安全走廊，才能保证兵工厂的安全。于是，我立即命令那一个连队分散开来，前去阻击敌人，逐步把敌人引开。敌人却丝毫不上钩。我迅速命令工人重新取出埋好的弹药，部署了一个接一个的陷阱，付出了惨重的人员和装备损失，总算迟滞了敌人的攻击。就这样，我们一直把敌人拖了一天一夜，各路援军陆续赶了过来，敌人眼看得不了好处，才灰溜溜地撤离了。”

“哎呀，你们打得很惊险呀！”殷雪儿叫道。

“这不叫惊险，这叫置之死地而后生。”裴元基感慨地说道：“时刻把自己投向死亡的险境，也只有共产党人才做得出来。”

“听你的意思，好像你们共产党的兵工厂还很简陋。”欧阳锦华问道。

“尽管简陋，但是，我们一样能够制造出令日寇闻风丧胆的武器。”裴俊贤自信地说道。

裴元基再一次被共产党人不畏艰难险阻、勇于抗日的精神打动了。他多么希望自己能够伸出援手，帮助侄儿也帮助正在跟日本侵略军浴血奋战的共产党人啊。可是，他不能，整个兵工厂完全控制在宪兵和国民党人手里，他只不过是一个工程师，一个能够给兵工厂的运作提出合理建议的老人。

“你觉得，现在的整个抗战局势到底怎么样？”裴元基想到了蒋介石的态度，闪烁其词地问道。

“大体上，有了全国老百姓的拥护，有了许许多多觉醒的爱国侨胞和爱国人士的拥护，蒋介石不可能把共产党人赶尽杀绝吧。”裴俊贤一改谈笑风生的姿态，淡淡地说道。

裴元基心头一震，欧阳锦华、裴俊超、裴运祥、殷雪儿和姚心林也都感到很吃惊：“难道蒋介石对共产党人下过黑手吗？”

这几年，他们很少关注兵工厂之外的事情。现在，听了裴俊贤的话，他们情不自禁地关切起来。

裴俊贤一样感到很惊讶，问道：“国民党顽固势力残杀八路军晋西南支队，逼迫他们离开了晋西南，其后又在皖南屠杀了数千新四军将士，难道你们没有听说过吗？”

“这是干什么呀！国民党这不是在帮助日寇吗？”殷雪儿愤怒地吼叫道。

“蒋委员长难道没有看见国民党人干了些什么吗？”欧阳锦华绝望地大叫。

裴元基重重地嘘了一口气，说道：“蒋委员长难道真的不知道，保护共产党人就是保护自己，就是保护中华民族吗？”

眼见的众人心情都沉重起来了，裴俊贤说道：“也许，我不应该告诉你们这些。请不要为我担忧，也不要为共产党人担忧，不彻底把日本侵略军赶走，我们绝不会退缩。”

侄儿离开了兵工厂，留给裴元基和欧阳锦华的是无穷无尽的烦恼和哀伤。

欧阳锦华翘起头，盯着裴元基，说道：“我走过错路，可是，我迷途知返。蒋委员长，他能吗？”

裴元基重重地叹了一口气，想说什么，却终于说不出来。

欧阳锦华叹息道：“我只是一个制造武器的专家，手里没有一兵一卒，听从小泉次郎的话干了一些不齿的事情，但是，我没有造成更大的伤害吧？蒋委员长他……”

忆往昔峥嵘岁月

欧阳锦华坐在裴元基的身边，和他一样望着远处的群山，并跳过群山，望到了汉阳的家。望了好一会儿，欧阳锦华说道：“这里的确是一个好地方，能够把一切烦恼全部抛到九天云外。”

裴元基淡淡地说道：“再好的地方，也不可能把烦恼完全抛掉。”

欧阳锦华心里一动，又不做声了。他一样不可能把烦恼完全抛掉，甚至每当他感觉到自己快要抛却烦恼的时候，烦恼却死死地纠缠着他，让他喘不过气来。他觉得自己就是汉奸，是自己害死了哥哥和嫂子，害死了夫人。他的心里一直回荡着自己的声音。他完全由不了自己，一回想起这种声音，心里反而更乱了。

“我知道，你想起了裴俊贤。”欧阳锦华沉默了好一会儿，又开口说话了。

裴元基心里又是一阵翻江倒海。他何止想起了裴俊贤，还想到了毛泽东，想到了共产党，想到了国家的未来。他不由自主地流露出了一丝苦笑，说道："是的，我想起了俊贤和八路军。"

欧阳锦华的思维又跳跃了："你说，要是时光能倒流该多好啊。"

裴元基跟不上他的节奏，只有静静地看着他："你不是在跟我说俊贤吗？怎么又说到时光上去了？"

"我想起了我的哥哥欧阳锦亮。"

裴元基感到有些奇怪了，盯着他，说道："锦华，你到底想说什么呀？"

"在德意志帝国留学是一段难忘的日子。"

裴元基越来越感到云天雾地，忽然觉得有些不妙：妹夫是不是有些精神反常呀？他很想伸手去摸妹夫的额头，却自知这一摸，无异于是对妹夫的一次沉重打击，只有放弃这一冲动。

欧阳锦华却并不管裴元基在想什么、做什么，继续沉浸在自我营造的氛围里："我想起了汉阳兵工厂造出第一支枪的情景。唉，真的叫人难以忘记啊。"

他游荡不定的思维终于定格在汉阳兵工厂的记忆里。他陷入了沉思，陷入了一种纯粹的安静状态。在他的眼帘，静静地，静静地，飘荡着靠近江堤上发生的一切。

"那一张非常庞大的平台。那一长排桌子和椅子。摆放在桌子上的由汉阳兵工厂制造出来的第一支步枪。还有张之洞。还有许许多多大小官员和普通老百姓。还有几头狮子，几条长龙，欢庆的锣鼓，劈里啪啦的爆竹，一切的一切，犹如一幅动静画，出现在我的眼帘。"欧阳锦华平静而又安详地说道，脸上露出了一丝笑意，侧头看着裴元基，问道："你看到了吗？"

"我看到了。"裴元基回答道，他不想把妹夫从幻想的状态中拉回现实。

"接下来的画面，你也看到了吗？"

"看到了。我们陪同着张之洞大人，正在一步步走向那支万众瞩目的步枪。"裴元基想象着说。

"可是，元杰突然出现了。"欧阳锦华马上锲进裴元基的话头，神情颇有些激动："他拿起了那支枪，持枪的动作飘逸而又潇洒，漂亮地朝飘荡在长江航道上的一只小船开了一枪。一只巨大的花瓶消失不见了。"

他脸上越来越泛出光亮，双手紧紧地握住，眼睛睁得老大，似乎从里面飞出了一把锋利的刀子，要去抢夺裴元杰手里的枪。

"劈啪！响起了一阵惊雷！"裴元基深受感动，热烈地说道。

"惊雷？"欧阳锦华眼帘飘荡着一阵惊雷，飘荡着是一串接一串的雷暴。他挣扎着站了起来，说道："不是惊雷，是雷暴，雷暴！"

“是的，不是惊雷，是雷暴！”裴元基的眼帘一样闪烁出了那场雷暴。

“雷暴，一场接一场的雷暴，在汉阳，在长江边上。你看，那个气势是多么雄伟啊。”欧阳锦华几乎想跳跃了。

“在汉阳，在长江边，用湖北枪炮厂制造的第一支枪，元杰打出了一场雷暴；在重庆，在长江边，谁能用新兵工厂制造出的第一支枪打出一场新的雷暴，将日寇全部赶出国门呢？”裴元基触动了心思，幽幽地说道。

欧阳锦华眼帘的幻象幻灭了。他举头一望，四周的一切都恢复到原来的样子。只有人群热烈的吆喝声和锣鼓的鸣响继续朝耳朵里钻。他心有不甘地说道：“难道不可能再有新的雷暴吗？”

裴元基正要回答，耳朵里却分辨出一个叫喊声，赶紧循着声音传出的方向望去，眼帘中出现了一个人影。

是裴元杰吗？裴元杰活过来了，要重新实验新的汉阳第一枪？裴元基心里一动，一个荒唐的念头突然从脑海深处冒出来。欧阳锦华感觉到了裴元基的变化，回头看去，也看到了一个人影，心里蓦地涌出跟裴元基一样的想法。

他们激动地望着来人。来人越来越近了。他们分明清晰地看到来人是裴俊超，心里的热情一下子消失无踪，颓废地重新坐在地上。

“父亲、姑父，大家都等着你们去讲话呢。”裴俊超站在两个老人的面前说道。

裴元基和欧阳锦华相互瞄了一眼。裴元基淡淡地说道：“该讲的话，我们一直都在讲。现在，还有什么话可讲呢？”

“可是……”裴俊超说不下去了。

“世界是一个非常庞大的舞台。人人都想演出精彩。我们再也演不出精彩了，就得躲避。”欧阳锦华盯着前方，目光渐渐有些空洞，似是自言自语，又似是故意要打断裴俊超的话。

裴俊超大吃一惊，望着姑父，嘴巴里硬是能塞进了一枚鸡蛋。

欧阳锦华的神情越来越恍惚，目光游移不定。裴俊超不由得从心里涌现出了一丝隐忧，眼睛一偏，看向父亲。父子俩露出了相互理解的神色。裴俊超的心一下子沉到了谷底：这么说，姑父走向了跟欧阳浩天一样的结局？他无力地站在那儿，用复杂的眼神看着姑父，再也说不出话来。

欧阳锦华依旧故我，慢腾腾地说下去。他一辈子也没有说过这么多的话，现在似乎找到了说话的机会，怎么也不肯停歇。裴元基时而插上一句话，欧阳锦华就会稍微停一下，然后说起了别的事情。裴俊超像木头一样地立在那儿，一动不动。他忘掉了自己的目的，耳朵里也听不见远处传来的锣鼓和吆喝声。它们远去了，都远去了，只留下了三个人在这块山地里，说话的继续说话，不说话的继续不说话。天快黑了，裴俊超才打断了姑父几乎梦呓般的说话声，把他扶起来，然后把父亲也扶起来，一道慢腾腾地走回去。

欧阳锦华心中的秘密

兵工厂造出第一支枪之后，慢慢走上了正轨，可以有条不紊地按照计划生产枪支弹药。欧阳锦华已经帮不上他们；裴元基也一天比一天衰老，连走路都感到越来越吃力。裴俊超不再让父亲为兵工厂的事操劳。可是，裴元基是一个操心惯了的人，怎么也闲不住，拄了拐杖，仍然不停地拉着老妹夫到处转悠，到处指点。

欧阳锦华越来越爱说胡话，说着说着就把隐藏在内心的秘密都说了出来。

“唉，我怎么老觉得眼前有一团模模糊糊的影子呀。是我找来的那批到枪炮厂偷原材料的人要找我算账吗？已经过了几十年了，还来找我干什么？我都忘记了。别找我，滚开！”

裴元基一时没有反应过来，瞬间过后，就知道是怎么回事了。他感慨地叹息一声，说道：“锦华，过去了的事情，就不要再提它了。”

“不是说了吗？别再找我，怎么又找我了？哦，你们换了一拨人，是那一天爆炸的时候炸死的冤魂，要向我讨还公道。不错，是我暗中做了手脚，想炸死裴元基。你们只不过是替死鬼，可怪不得我。”

裴元基震撼不已：“你说什么？你是说当年制造火药的时候发生的爆炸，也是你干的吗？”

“你是谁呀？”欧阳锦华问道。

“我是裴元基！”是裴元基气愤地回答。

“哦，你是裴元基。我不炸死你，就永远不可能在张之洞大人面前建立起像你一样的威信，永远不会像你一样受人尊重。你只能怪自己。要是你不遮蔽了我的锋芒，我怎么会害你呢？”

“你！”裴元基举起拐棍，就想朝妹夫头上敲去，却一见妹夫一副神情迷离的样子，兀自叹息一声，慢慢地收回了拐棍，继续陪伴着妹夫四处走动。

接下来，欧阳锦华越说越离奇了。

裴元基心里一次又一次地受到强烈的冲击，渐渐地习以为常，不再激动、不再愤怒。知道了自己百思不得其解的东西，都是欧阳锦华暗中捣了鬼，而且欧阳锦华现在分明已经是一个疯子，他还能说什么，又能做什么呢？

其实，欧阳锦华神智清醒着呢，他是在用另外一种方式请求裴元基宽恕他的罪过。他自知罪孽深重，本以为过完八十岁生日，就可以获得新生，可是，所有的人都把目光聚焦在裴元基身上，他永远只能当陪衬。他深感自己无法活出新的模样，压住内心的伤感，默默地帮助裴元基把兵工厂搞下去。兵工厂造出了第一支枪，他感到自己的责任接近尾声了。他不能让大舅哥带着疑问走进坟墓，他要把内心的秘密全部说出来，以期真正获得解脱。

接下来的路该怎么走？他真希望自己年轻二三十岁，那样，他就能走出兵工厂，寻找小泉次郎，把他遭受的一切痛苦，全部还给那个畜生。可惜，时光一去不复回。他只有含着耻辱，用自己的智慧，来做最后的挣扎。

他非常渴望能够制造出更新的枪械，去狠狠地打击日本鬼子，可是，他越来越感到力不从心，只有用胡言乱语的方式，把盘旋在脑子的东西说出来。

当他第一次说胡话的时候，裴元基就把裴运祥和殷雪儿送到他身边，照顾他和他的孙子。他非常感激，心里感到很温暖，但他还是不会把这种感情表露出来。

殷雪儿一出现，欧阳浩天就会安静得多。欧阳锦华情不自禁地想到当年要不是因为知道近亲结婚对后代不利，就不会硬生生地试图拆散诸葛鹏和裴馨儿的姻缘，诸葛鹏和裴馨儿就会结婚，就会愉快地生活在一起，他的家庭就会变成另一副模样。

“为什么当年要这样做呢，为什么要报复和暗害裴元基呢？”他不断地问自己。答案就摆在那儿，自从他那样干的时候，他就知道答案。他错了一辈子，就以错误的方式结束一生吧。

欧阳锦华的救赎

现在，他得为以后的行动做准备了。

怎么让日本人进入兵工厂呢？手里还有一些小泉次郎交给他的东西，他很想用它们为日本人指路，可是，年龄太大，行动越来越不方便，没法使用，只有盼望日本人自己钻进来。

怎么干掉他们？得用炸药。该死的日本人用炸弹把夫人炸得尸骨无存，就让他们尝一尝中国炸药的厉害。兵工厂已经制造出了聚能炸药。只需一点点，悄悄地带上，趁着日本人跟自己接触的机会，引爆它，跟日本人同归于尽。这样，一生的罪孽才会真正得到消除，才会心安理得去见父母和列祖列宗，也去见一直惦记着自己的哥哥和嫂子。

小日本，你再敢到兵工厂里来，你就去死吧！欧阳锦华心里露出了灿烂的笑，也露出了不常有的凶狠。

每天晚上，欧阳浩天睡熟了，裴运祥和殷雪儿夫妻俩也安睡了，欧阳锦华就会悄悄地起身，把藏好的炸药拿出来，仔细地检查一遍。这一天晚上，他又起了身，拿过藏好的炸药，正检查着，忽然觉得背后有一双闪亮的眼睛刺了过来。他连忙回头去看，骇然发现欧阳浩天已经来到身边，把手一伸，就去抢炸药。他生怕孙子一不小心就把它引爆了，赶紧一把抱过孙子，使出小泉次郎教的招数，让孙子慢慢安静下来了。

不能再把炸药放在家里，要不然，浩天非得把它找出来不可。欧阳锦华想了好一会儿，悄悄地起了身，把炸药包好，藏在屋外。

见过祖父的那个炸药包之后，欧阳浩天就一直想着它。祖父一不在家，他就到处乱找，怎么也找不到。见了裴运祥和殷雪儿，就比划着跟他们要那个东西。裴运祥和殷雪儿猜不透他要什么，急得直跳脚。欧阳锦华知道了，吓出一身冷汗，更不敢再在家里干任何跟炸药包有关的事情。

一天，欧阳锦华像往常一样，跟裴元基一道往实验室走去。突然，他意识到周围有一双剑一样的眼睛正在凝视自己。他太熟悉这双眼睛了，他经历的磨难和痛苦，全是拜这双眼睛的主人所赐。他盼了好几个年头，盼得头发全白了，盼得精神全垮了，盼得连自己都不认识了，却一直没盼来日本人。现在，日本人终于出现了，一雪奇耻大辱的机会已经来临。但是，裴元基就在身边，他不能声张，强烈地压抑住自己的情绪，继续跟裴元基胡乱地说着话，一路慢慢腾腾地朝着既定目标走去。

小泉次郎的确进入了兵工厂。

自从在搬迁途中把整个汉阳兵工厂的制造设备和原材料全部毁灭，又出其不意地干掉了一部分兵工厂剩余的工人之后，小泉次郎就遵守犬养雄一的命令，接手管理在中国汉阳兵工厂的废墟上重新建立起来的由日本人控制的兵工厂。大部分中国战场上的武器、弹药，就是由他提供，以华制华的战略，在武器装备层面上得到了很好的体现。他被渲染成了大日本帝国的英雄，受到了天皇的亲自接见，得到了数不清的奖章。

随着日子不断往前推移，日军在战场上的日子越来越不好过了。小泉次郎搜集到了可靠消息：中国人在重庆又造了一个兵工厂。他吃惊不小：汉阳兵工厂真能折腾，这可对皇军构成了极大的威胁。他为自己没有对中国兵工厂尽到监控的责任而深深地自责了一回，决定立即采取措施，毁掉中国人的兵工厂。

此时，日本侵略军准备向中国军队大打出手，以挽回在太平洋战场上屡遭失败的颜面。破坏中国人的兵工厂，无疑可以取到事半功倍的效果。于是，日本派遣了大量间谍，四处搜索并摧毁中国的大小兵工厂。

小泉次郎自恃对汉阳兵工厂了如指掌，又有欧阳锦华做内应，自告奋勇，来到了重庆。

经过一番细致的探察，他终于查明了兵工厂的确切位置，利用宪兵偶尔疏忽的机会，率领几个手下分头进入了兵工厂。兵工厂内部戒备森严，他们无法自由行动，只有把摧毁兵工厂的希望寄托在欧阳锦华身上。

好不容易到了天黑，小泉次郎潜入欧阳锦华的屋子周围，骇然发现裴运祥夫妇就在屋子里。

耐心地等待他们都睡熟之后，小泉次郎就想溜进屋子，却听见门被打开了，马上隐蔽下来，微微地翘起脑袋：是欧阳锦华走出来了。小泉次郎心里一喜，远远地跟在欧阳锦华身后，来到一个山冈上。

小泉次郎向四周一望，没有任何异常，便跳出来，说道："欧阳先生演技精湛，真不愧为当间谍的高手，佩服佩服。"

"如果我不这样做，会有人随时跟踪我、监视我。倒是你，几年不曾露面，现在才想起我来了吗？"也不等小泉次郎回答，欧阳锦华立即调换了语气："东西带来了吗？"

"欧阳先生要的东西，鄙人怎么能不带着呢。"小泉次郎掏出一个小型袋子，递向欧阳锦华。

欧阳锦华接到手，看了看，正要说话。忽然，小泉次郎轻声叫骂一句，身子一纵，双手紧紧地卡住欧阳锦华的脖子。欧阳锦华顿感呼吸困难，双手本能地在小泉次郎手上抓挠着，却怎么也无法让这个可恶的日本混蛋松开手。

他瘫痪在地，不住地喘着粗气，突然，欧阳锦华耳朵里听到了一个熟悉的声音："姑姑！"

是孙子的声音。欧阳锦华借着月光望去，只见欧阳浩天手里拿着一个什么东西，越走越近，已经到达他和小泉次郎身边了。

小泉次郎伸出手来，捡起欧阳锦华掉落到地上的药丸袋子，准备拿出一粒药丸送到欧阳浩天的嘴里，却分明认出欧阳浩天手里拿的是一个微型炸药包，本能地就想退开。

但欧阳浩天已经扑了过去，紧紧地抱住小泉次郎，大声喊叫道："姑姑！"

欧阳锦华看清楚了，孙子手里拿的正是他准备送给日本人的礼物。日本人还没有集合齐也就罢了，孙子怎么过来了？思维一闪，欧阳锦华恍然大悟：小泉次郎要卡自己脖子，是因为小泉次郎觉得自己泄露了秘密。他真的宁愿脖子被人卡断，也不要看到孙子出现在这里。他痛苦地大叫一声，挣扎着就要爬起来，冲向孙子，却力不从心。欧阳浩天和小泉次郎退到欧阳锦华跟前，两人奋力挣扎之中，爆发一声巨响，把整个山冈都震得颤抖不已。

第十章

叶落归根

兵工厂痛失一元老

裴元基迷迷糊糊地睡着了，眼帘忽然晃动着一个人影，浑身鲜血，看不清五官，发出一声声痛苦的哀号，向他走来。他吓了一跳，苏醒过来后就立刻坐直了身子，心一直怦怦乱跳，眼睛到处乱瞄，屋子里黑洞洞的，什么也看不清。他犹豫了好一会儿，刚想再躺下去，一声剧烈的爆炸传入了他的耳朵，震得床也不住地摇晃。

“怎么啦？”夫人姚心林惊醒了，挣扎着坐起身，双手胡乱地在床上摸索着，问道。

“可能是火药厂出了事！”一种不祥的预感迅速袭遍了裴元基的全身。他一面回答夫人的问话，一面本能地披起衣服，就想跳下床，前去查看究竟，但他眼前一昏，重重地倒在床上，一只手砸在夫人的身上。

姚心林猝不及防，一声尖叫，也倒在床上。挣扎着想爬起来，但丈夫那一下实在砸得太狠，她无法爬起身。

裴俊超听到了爆炸声，迅速跳下床，一边穿衣，一边朝门外跑。接连两下沉闷的响声传入他的耳鼓，紧接着他又听到了母亲的尖叫，心一阵紧缩，连忙扭头跑进了父母的卧室。屋子里黑灯瞎火。他一面冲向父母的床前，一面询问：“父亲、母亲，你们怎么啦？”

父亲的脑袋虽然晕晕乎乎，儿子的询问声却听得真切，大声叫道：“别管我们，快去火药厂看一看！”

裴俊超愣了愣，耳边传来了杂乱的脚步声和人们紧张的询问声。他马上调头冲向门外。在皎洁的月光之下，从各个方向跑出来的人们蜂拥着朝爆炸声发出的方向奔去。宪兵持了枪，旋风一般，冲在了最前面。不用过细分辨，裴俊超看得出来，人们涌向了一片山冈。

“不是火药厂。”他稍微松了一口气，敏锐地意识到了什么，连忙吼叫道：“回来，都给我回来，保护各个分厂。”

然而，人群声音鼎沸，一片杂乱，谁也听不见他的话，继续朝着山冈一路狂奔。裴俊超急了，拦住一个身强力壮的年轻人，命令道：“你给我站住。传我的命令：人马立即回到各自的岗位上去；然后火速通知裴运祥，要他立即组织队伍，把守各个分厂，严防有人暗中破坏。”

在那个年轻人的帮助下，裴俊超终于让人群停歇下来了。经过了短暂的停歇，人群掉转头来，一阵风似的朝着各自的岗位上奔去。紧张的空气继续在人群的头顶发酵。

裴俊超嘘了一口气，并没有随着人群向各制造车间奔去，举头朝前面一望，一个疑问迅速涌入他的脑海：“为什么会在那儿发生爆炸？”

顷刻之间，答案哧溜一声冒了出来：声东击西！日本人混进了兵工厂，想制造机会，调开所有的宪兵，然后直捣各个分厂，一举把兵工厂毁灭掉！裴俊超很为自己在一刹那间所做的部署感到欣慰。

“只要工人们提高了警惕，日本人怎么都不可能得手！”他暗自说道。

突然，裴俊超想到了姑父欧阳锦华。姑父跟日本人早有往来，日本人如果真的进了兵工厂，是不是姑父把他们招进来的？一想到这里，他转身就想朝姑父的屋子里跑去。

从后面传来了一个熟悉的声音：“出了什么事，到底出了什么事？”

是儿媳殷雪儿的声音！裴俊超一阵激动，一面迎着儿媳的声音跑去，一面喊叫道：“雪儿，快点到我这边来。”

两个人很快就跑到一起了。殷雪儿问道：“父亲，出了什么事？”

“你姑老爷还在不在家里？”裴俊超急切地反问道。

“不在。连浩天也没了踪迹。”殷雪儿说到这里，心头立即涌起一种不祥的预感，本能地问道：“父亲，是他们出事了吗？”

“姑父一定是去找日本人了！”裴俊超宛如掉进了冰窟，浑身上下一片冰凉，根本就没有听到儿媳的问话，心里在做激烈的斗争和挣扎，过了好一会儿，才下定决心似的问道：“运祥呢？”

“父亲不是命令他去组织工人严密把守各个分厂了吗？”殷雪儿回答道。

“哦。”他机械地应了一声，盯着儿媳，突然双眼放光，问道：“他已经把工人都组织起来了吗？”

“是的，父亲。在没有爆炸之前，我们就已经醒了，正要去寻找姑老爷和浩天，就听到了爆炸声，他就已经在组织工人把守各个分厂了。”殷雪儿说道：“而且，我还看到，宪兵已经布满了每一个角落。”

日本人绝不可能跟姑父接上头，更不可能破坏得了兵工厂。裴俊超大大地松了一口气，掉头跑向了山冈。

宪兵打亮了电筒，一道道明晃晃的电光在山冈上到处扫荡着，更加增添了周围的亮度。裴俊超隐隐约约分辨出那儿有一个巨大的洞穴，从洞穴里还冒出一缕缕青烟。一股呛人的硝烟和着一股血腥味迎面向他扑来。他感到恶心，很想呕吐，干呕了一下，没吐出来。他看出那儿有一片散乱的血肉模糊的尸体，已经看不出人形，连脑袋也被炸得四分五裂。

裴俊超接近一个正在勘察的宪兵头目，小声问道："是日本人吗？"

"有一个日本人。"宪兵头目停止了忙碌，回答道："好像有一个老人，还有发疯的欧阳浩天。"

裴俊超发疯似的抓住宪兵头目，急切地说道："不可能。他们一个是老人，一个是疯子，怎么可能全部葬送在这里呢？"

宪兵头目甩脱了他的手，说道："我也觉得不可能。可是，事实上，他们的确全部葬送在这里了呀。"

姑父真的遇难了，外甥也死了。姑父一生追求光耀门庭，把欧阳家族的香火传承下去，到头来却是一场空！裴俊超打了一个踉跄，心里哀伤不已，忍不住眼泪连成珠地往外流。

"父亲！"殷雪儿早就赶过来了，正在询问宪兵和查看现场，一看裴俊超神色不对，连忙抢上前去，一把搀住他的手，轻轻地叫道。

"完了，姑父整个家族算是彻底完了。"裴俊超望着儿媳，喃喃不休。

"父亲，你要想开点。其实，欧阳浩天一发疯，欧阳家族就算完了。现在，只不过是他们连生命也消失了。"殷雪儿安慰道。

"他们的生命不能白白消失，我要知道他们是怎么死的。"裴俊超说道。

"我查看过，是炸药爆炸，父亲。"

"从哪儿来的炸药？"

"我们兵工厂生产的炸药。"

"是我们兵工厂制造的炸药吗？"裴俊超再也说不下去了。刹那间，他已经明白了事情的真相：姑父早有准备，把这些炸药弄了出来，就是为了跟日本人同归于尽。姑父是要以死来洗刷过去的耻辱。姑父没有发疯，姑父之所以做出发疯的样子，是想让每一个人都不再关注他，他才能偷出炸药。

可是，外甥又怎么会出现在这里？裴俊超绞尽脑汁，也想不清楚。

裴元基的心声

这时候，裴元基和夫人相互搀扶着，来到了现场。他们不仅听清楚了儿子和宪兵的对话，也听清楚了儿子和孙媳的对话。面对四分五裂的尸首，姚心林流出了眼泪，说道：“锦华，你为什么要走这条路？”

裴元基无法说出口，心里默默地说道：“锦华，你终于证明了自己不愧为一个中国人。”

突然，从四周传来一阵接一阵的爆炸声。所有的人都深感震惊。天快要亮了，从东方的熹微里，露出了一点点微弱的光线。大家举头望去，只见从不同的方向，升起一团一团的浓烟。紧接着，他们就听见了一阵接一阵的惨叫声。他们赶紧四散开来，分别奔向各个不同的方向。

裴元基向四周望了一眼，回过头，继续对欧阳锦华说道：“那些爆炸根本损害不到兵工厂半点皮肉。我们不要受它的打扰，还是说一说我们之间的事情。没有说完的话，我们可以继续说。”

“我们在一起的日子里，有欢笑，有悲伤，还有眼泪。但是，不管怎么说，我们共同度过了那段日子，把汉阳兵工厂创建成在全国最有影响的兵工厂，几乎所有中国军队使用的枪、炮、子弹、炮弹，都来自我们汉阳兵工厂。”

“为亲手造出了那么多武器、弹药，我们自豪过，忧伤过，也痛苦过。”

“不管怎么说，我们终于盼到了国人万众一心，去打击日本侵略军的那一天。他们老了，可是，我们还年轻，我们能够为国家一致对抗外来侵略而战斗不息。我们的梦想就是要把日本侵略军全部消灭或者赶出国门。现在，离这个目标越来越近了，你却再也看不到了。”

“说好了，只要中国的领土上还有一个活着的日寇，我们就谁也不能死。你为什么要提前去死呢？”裴元基喃喃地说道：“你其实可以不死，你活着，才对兵工厂更有利啊。”

无论裴元基怎么说，欧阳锦华都不会再回答他。

“锦华，你听得见的。你为什么不再开口跟我说一说话呢？难道你只是想听我一个人说吗？要是这样的话，我就一直不停地说下去。”

丈夫每说一句，姚心林都要流出一把眼泪。过了许久，她劝道：“锦华已经去了，他说不了话，也听不到你说的话。我们不能让他和浩天一直曝尸荒野，得让他们入土为安。”

“可是，我还有许多话没有跟锦华说完呢。”裴元基低沉地分辩道。

“你们在一起打拼了一辈子，就是心里有话，用得着说出来吗？你理解了他的心意，他理解了你的心意，不是比什么话都管用吗？”

“夫人说得对，我其实什么话也不说，他也知道我的心意。”裴元基慢慢地站了起来，说道：“锦华和浩天都是为了消灭日本间谍而死的，他们是英雄，得为他们举行一个隆重的葬礼。”

逝者已已，活着的人在继续战斗。混进兵工厂的日本间谍试图潜入各兵器制造车间，但在工人和宪兵的严密防守面前，其企图无法得逞，于是恼羞成怒，一面朝制造车间硬闯，一面拉响了炸药，这些日本间谍全部魂回东瀛。兵工厂恢复了正常生产。

日寇投降了

安葬完欧阳锦华祖孙俩之后，裴元基并没有过多地沉浸在伤感之中，继续拄了拐棍，在各个制造车间和实验室来回转悠。

“裴总工程师，你又来啦？”人们只要看到他，无不充满敬意地问候道。

他总是回答说：“瞧你们怎么说的话！应该说你们又来啦。我不是一个人来的，欧阳锦华永远跟我在一起。”

这时，一个巨大的喜信传遍了全国每一个角落：日寇投降了！

多年的梦想终于变成了现实，裴元基喜极而泣。他让夫人和孙媳做了几道菜，儿子和孙子各提了一支装满子弹的冲锋枪，携了一瓶白酒，相互搀扶着，来到了欧阳锦华的坟头。把菜一碗一碗地摆放在欧阳锦华的坟前。裴俊超打开了酒瓶，把酒递给父亲。

裴元基颤巍巍地举起了酒瓶，说道：“锦华，我这次来，是想告诉你：日寇投降了，很快就会一个不剩地滚出中国了！我们的愿望终于实现了。来，为日寇滚出中国，我们痛饮一杯。”

说完，他先往地上倒了一些酒，然后仰起脖子猛灌一口，呛得大声咳嗽了好一阵子，手里的酒差不多快要晃荡光了。裴俊超想从父亲手里把酒瓶拿过来，但裴元基再次举起了酒瓶，先朝欧阳锦华的坟头倒了一些，然后又灌了一口。这一次，没有呛着，他心里高兴了，对欧阳锦华说出以后的打算。

“怎么说呢，我们是被迫撤出汉阳的，还得回汉阳，是不是？我知道，你也想回去。因为你哥哥欧阳锦亮和嫂子刘玉蓉都在那儿等着你。我一定会把你带回去。这样，你、我和锦亮，我们三个人就能永远待在一起了。”

坟头响起一阵簌簌的声音，裴元基举目望去，眼帘模模糊糊地浮现出欧阳锦华的身影。他高兴极了，伸手就去迎接，可是，那道影子消失不见了。心里陡地涌出一丝遗憾，他想继续捕捉那道幻影，却一眼看到了堆在妹夫坟前的一堆黄表纸，马上醒悟过来，嘱咐儿子和孙子把它们点燃了。

伴随着一阵阵青烟，裴俊超和裴运祥提起冲锋枪，朝着天空，砰砰砰砰，一连打出了一百六十响。声声震耳，传播到了很远的地方。

日寇投降了，裴元基再也不需要去制造车间了。每一天，他都会在夫人姚心林的陪伴下，来到欧阳锦华的坟头，不时地对他说一说从四面八方传过来的喜信。其中也有汉阳的消息。

犬养雄一接到小泉次郎的死讯之后，来到了汉阳。他不仅要全面接管汉阳兵工厂，还要全面部署对重庆兵工厂的最后一战，一举把老同学兼老对手的兵工厂全部炸毁。他不仅从日本搜罗了不少绝顶高手，又大肆收买了许多汉奸。谁承想，人马刚刚收拢，任务还没有分派下去，就接到了天皇颁布的投降诏书。

他无法继续派遣人马把重庆兵工厂炸毁。

犬养雄一费尽心机，连最心爱的大弟子小泉次郎也枉送了性命，就是没法把汉阳兵工厂毁灭掉，终于酿成了大日本皇军的心腹大患！

好吧，毁灭不了中国人的兵工厂，就毁灭自己的兵工厂。不仅兵工厂得毁灭掉，就是自己，也不会苟活。

犬养雄一把所有的日本人都集合起来，命令他们四处布设炸药。一切准备就绪，引爆器操在手里，他环顾了一眼整个兵工厂，看到了中国工人欢庆胜利的喜悦，也听到了中国人的狂欢。

他咬牙切齿地大骂一通："支那人，你们永远是孬种！"

话音还没有落地，他便摁住起爆器，一声惊天动地的爆炸过后，一团浓烈的烟雾和灰尘涌向了天空，把整个天空都遮蔽了。

毛泽东接见裴元基

"犬养雄一太残忍了。他以为铲平了汉阳，中国就没有汉阳了吗？不，中国的汉阳一定会以一种崭新的形式展现在世人面前。"裴元基越说越激动，猛地一阵咳嗽，不得不停歇下来。

夫人轻轻地拍打着他的后背，腾出另一只手来，抚摸着他的前胸："别急，慢慢说。"

裴元基舒服了许多，感激地看了看夫人，然后伸出手来，轻轻地在夫人手背上拍了拍，对着欧阳锦华的坟墓，张了张嘴，又想说话，却听到了一阵杂沓的脚步声，不由闭上嘴巴，扭头望去，只见裴俊超和宪兵头目一路跑过来了。

裴俊超和宪兵头目很快就站在裴元基面前。裴俊超说道："父亲，共产党的领袖毛泽东要来兵工厂见你。”

日寇投降之后，国民党和共产党的矛盾再一次成为中国的焦点。裴元基多么希望再也不要发生战争。可是，战争的阴云依旧笼罩在整个中国的上空。毛泽东要见自己，很好，自己可以当面询问毛泽东：共产党可以在抗战时期跟国民党结成统一战线，为什么赶走了日寇以后，不共同建设被日寇破坏的家园，又要跟国民党刀枪相向呢？

终于，毛泽东出现在裴元基面前。

裴元基眼前一亮：毛泽东是一个豁达而又坚韧、睿智而又执着的人，从他的骨子里透射出一种令人不可抗拒地想接近他的魅力。

毛泽东握着裴元基的手，说道：“裴老先生，你和汉阳兵工厂是中华民族的脊梁，支撑起了中华民族的希望。有了你，有了汉阳兵工厂，中华民族才没有被列强征服。”

“毛先生言重了，裴某只不过做了自己应该做的事情，真正的脊梁应该是你们这些拿着刀枪，跟敌人浴血奋战的英雄。”裴元基顿了顿，说道：“裴某很想问一问毛先生，自第一次鸦片战争以来，战争延续了上百年，老百姓从来就没有得到过安宁的生活。现在，日寇投降了，该是放下刀枪，好好医治战争创伤的时候，为什么你们还要跟国民党发生战争呢？”

“裴老先生，毛某绝不希望共产党跟国民党发生战争。毛某跟你想的一样：延续上百年的动荡和战乱，搞得国家疮痍满目，百姓民不聊生，现在，日寇投降了，国家需要和平，民众需要安宁，战争的创伤需要医治。所以，毛某才来重庆见蒋委员长。”

“毛先生和蒋先生见面了，是不是意味着国民党和共产党之间就不会发生战争了呢？”

“这就要看蒋先生的意思了。我们共产党人的主张早就向全国人民交代过，也向全世界交代过：那就是要建立一个由各党派、各民主人士共同参与的联合政府，使国家和人民得以休养生息。这是符合全国人民意愿的。我相信，裴老先生也会认同。”

毛泽东的话说到裴元基的心坎上了，他当然认同。在德国留学的日子里，他就听说过民主与联合，只不过，受中国传统文化影响太深，他对大清王朝忠心耿耿，从来就没有想过中国需要民主与联合。后来，辛亥革命推翻了大清王朝，结束了封建帝制，却并没有像孙中山先生希望的那样建立起民主共和体制。自袁世凯以后，无论谁登上权力巅峰，从来都是挂羊头卖狗肉，他就更对能否在中国建立一个民主联合政权感到悲观失望。现在，毛泽东的话像一缕春风，吹进了他的心田，让他感到了一种从来没有过的暖意。

毛泽东离去了，裴元基心里仍然荡漾着激情。他再一次去了妹夫的坟头，把见到毛泽东的经过，一五一十地告诉了妹夫。

裴元基说道：“我们原先只是希望中国不要爆发内战，却从来没有想过中国为什么会爆发内战。毛先生使我明白：有的时候，为了国家的安宁，为了民众的幸福，应该有一种力量挺身而出，向邪恶势力开枪，打倒它，推翻它。毛泽东和共产党人就是这种力量的代表。我敢说，如果蒋先生继续发动对共产党人的战争，他注定要被共产党领导的人民打败。”

他越说越激动，越说越情绪激昂。他已经控制不了自己，连夫人在一边不停地阻止他，也止不住他说下去的势头。

汉阳兵工厂精神得到传承

“裴老先生，你说得真是慷慨激昂啊，连我都忍不住热血沸腾了。”不知什么时候，宪兵头目像幽灵一样地出现在他的身边，一脸的阴沉，从嘴角露出了残酷的笑意。

“我只是说出了一个事实。”裴元基冷冷地说道。

“什么事实？你无非是听了毛泽东的一番陈词滥调，就大放厥词。裴老先生，要是蒋委员长知道了你的心思，后果很严重。”宪兵头目威胁道。

“不劳你费心，裴某自然会向蒋委员长陈述我个人的想法。”裴元基说道。

“裴老先生一定会后悔的。”宪兵头目冷笑道。

“扶我起来。”裴元基挣扎了好一会儿，也没能站起来，只好对夫人说道：“我现在就去见蒋委员长。”

宪兵头目没料到裴元基竟然如此决绝、如此顽固，气呼呼地掉头就走。

姚心林心里隐隐涌起一种担忧：“你真要去见蒋委员长，真要把你想说的话全部告诉他吗？”

“等宪兵头目先告诉了他，我就人头不保了。”裴元基笑道：“我虽说不怕死，可是，没有回到汉阳之前，我还不能死。我已经跟锦华说好了，要把他带回汉阳的，是不是？”

裴元基见到了蒋委员长。蒋介石早已接到了宪兵头目的报告，他对裴元基的言论气恨不已，可是，当着一个八十多岁老人的面，又不能不强烈地压制着内心的不快，虚与委蛇地哼哈了几句，就把裴老先生礼送出门了。

时光不停地向前流逝，兵工厂越来越平静了。

“难道蒋介石真的认清了形势，不准备向共产党人开刀吗？”一想到这一点，裴元基就感到很痛快。

不过，他很快就痛快不起来，因为儿子告诉了他一个可怕的消息：“父亲，听说国民党的军队正在全面装备美国制造的武器。”

“这么说，蒋委员长还是要向共产党人动手！”裴元基怔怔地说道。

“应该是的，父亲。”裴俊超说。

“内战既然不可避免，就让蒋介石在共产党的铁拳面前碰得头破血流吧！但是，蒋介石为什么不再使用汉阳兵工厂制造的武器、弹药？为什么要花血本去购买美式枪炮？难道说，汉阳兵工厂从此就会被历史淘汰吗？”裴元基说到后来，心一阵紧似一阵。

裴俊超何尝不懂得父亲的心思？别说父亲非常留恋他一手创建并辉煌过的兵工厂，就是裴俊超自己不也一样心怀不舍吗？他知道，在飞机、坦克和其他各式新型武器面前，汉阳兵工厂制造出来的武器确实落伍了。

“也许，这是一个痛苦的事实，也是一个不能不正视的事实。”裴俊超低垂着头，几乎不敢看父亲的脸。

裴元基悲凉到了极点。他无法跟儿子谈下去，摇摇晃晃地来到了欧阳锦华的坟头，几乎泣不成声了：“锦华，汉阳兵工厂走到了末路，我们的儿子，我们的心血，就这么完了！”

“父亲，你的心血并没有消亡。俊贤是共产党那边制造武器、弹药的专家。他全面继承了汉阳兵工厂的衣钵，制造的武器装备深深地打上了汉阳兵工厂的烙印。共产党人是在使用汉阳造抵抗美国的飞机、大炮和坦克！”

“是啊，汉阳兵工厂仍然没有垮掉，仍然要热气腾腾地干下去。只有共产党人才知道怎么把汉阳精神传承下去！”裴元基惊喜地大叫道。

他忽而深切地感到，自己的心原来跟共产党人如此贴近。他的心里澎湃着激情，遏制不住地想高声呐喊。汉阳兵工厂在一个地方陨落了，却在另一个地方得到升华，还有什么比这个发现令他更加惊喜的呢？

他大声喊叫道：“锦华，我们的儿子，我们的心血，都没有完，汉阳兵工厂在共产党那边得到了延续。”

回到汉阳

兵工厂的人员陆续被遣散回家，整个营地一片安静，好像被遗弃的坟墓。国民党和共产党之间的战争，以国民党数十万大军对共产党的中原解放区实施猛烈的攻击拉开了帷幕。

裴元基心如止水，再也兴不起任何波澜。他早就知道国民党和共产党一定会兵戎相见，也早就知道共产党一定会最终战胜国民党，他们是从哪儿开始打起来的，他又何必关心。他反而想起了故乡，想起了他一手创建起来并把它推向了顶点，最后却不得不离开的汉阳兵工厂。他要回汉阳。他已经亲眼看到了日寇被赶出中国的一幕，自知无法看到一个宁静祥和的中国，就要把一身皮囊还回给生他、养他的汉阳；他还要亲眼看一看，那个凝集了他一生心血的兵工厂原址，到底被犬养雄一糟蹋成了什么样子。

儿子裴俊超年约六旬，早过了知天命之年，对国民党和共产党的战争漠不关心。只要父亲不再痴迷，他就感到说不出的轻松。因而，兵工厂的沦落，对他而言，其实是一种解脱。他跟父亲一样，也想回到汉阳。那儿，有他刻骨铭心的爱，也有他刻骨铭心的痛。他漂泊数年，无时无刻不把夫人欧阳宁儿潜藏在他的内心。这几天，他一直梦见夫人，夫人在召唤，夫人在等待他归去。他怎么能拒绝得了夫人？

裴运祥和殷雪儿依然对制造枪炮弹药恋恋不舍。蒋介石虽说遣散了以汉阳兵工厂为班底的重庆兵工厂，却并没有忘记曾经留学德国的军械制造专家、正值青春年华的裴运祥。裴运祥已经接到了命令，要去另一家兵工厂担任总工程师。赴任之前，他向上峰告了假，要和夫人一道护送爷爷、奶奶和父亲回汉阳。

裴元基和夫人分别在儿子、孙子和孙媳妇的搀扶下，沿着整个兵工厂周围转了一圈，最后来到了欧阳锦华和欧阳浩天的坟墓前。他们静静地站在那儿，许久都没有作声。

时光慢慢地朝前移动，坟墓上已经照见了夕阳的余晖。

裴元基长长地嘘了一口气，说道："锦华，我们该回汉阳了。抗战八年，孩子们也没想着要生个一男半女。你放心，只要裴家香火不断，你们欧阳家族的香火也不会断绝。"

祖父的话音一落地，裴俊超便和裴运祥、殷雪儿一道，默默地挥舞着锄头，一下一下地挖掘这座庞大的坟墓。

他们携带着欧阳锦华祖孙二人的遗骨，在第二天天亮时分动身去了码头，随着拥挤不堪的人群挤上了一艘开往武汉的轮船。几天之后，轮船停靠在港口。他们下了船，辗转回到了汉阳。

一踏上汉阳的土地，裴元基立马精神倍增，再也不需要儿子和孙子搀扶了，摇摇摆摆地走向兵工厂，对着欧阳锦华的骨灰说道："锦华，我们回到了兵工厂。"

兵工厂已经不复存在，到处都是残垣断壁，可是在裴元基的眼里，一切都是那么美好，一切都是那么赏心悦目。他抑制不住再一次对欧阳锦华的骨灰深情地说道："锦华，看见了吗？看见了汉阳兵工厂吗？"

裴元基缓缓地抬起头，眼帘依稀浮现了工人们制造枪炮弹药的情景，耳边依稀听到了机器的轰鸣和工人的嘈杂声。

裴俊超搀扶着母亲，和裴运祥、殷雪儿一道，紧紧地跟在父亲身后，默默地陪伴着他，走过了已经成为废墟的兵工厂，站在兵工厂的尽头，心怀敬意地注视着父亲。

过了好久，裴元基依然没有放下伸出去的手。

裴俊超提醒道："父亲，我们该回家了。"

他的话音还没落地，只见父亲缓缓地朝后倒去。他大吃一惊，赶紧松开母亲，从后面紧紧地抱住了父亲。

"父亲！"裴俊超声嘶力竭地喊道。

然而，裴元基再也没有苏醒过来。裴俊超把裴元基和欧阳锦华一同安葬在废弃的汉阳兵工厂里。在两位老人的坟墓中间，裴俊超还为欧阳锦亮立了一个衣冠冢。三座巨大的坟墓一字排开，宛如三位老人手挽着手，一齐静静地诉说着发生在他们身上以及这片可爱的土地上的悲壮故事。

老人家的故事结束了，可是，他们对这个社会以及他们后代的期许并没有结束。三年以后，共产党果然打败了国民党。在共产党人以摧枯拉朽之势横扫国民党反动派的时候，裴运祥和殷雪儿在裴俊贤的策划下，加入了共产党。后来，他们生了一对孪生儿子，遵从祖父生前对欧阳锦华许下的诺言，为老大取名欧阳伯宇，为老二取名裴仲宇。